U0133889

〔英〕温斯顿·丘吉尔

二战回忆录

晦暗不明的战争

〔英〕温斯顿·丘吉尔◎著

蔡　亮◎译

吉林出版集团股份有限公司 ｜ 全国百佳图书出版单位

版权所有　侵权必究

图书在版编目（CIP）数据

晦暗不明的战争 /（英）温斯顿·丘吉尔著；蔡亮
译 . -- 长春：吉林出版集团股份有限公司，2023.7
（二战回忆录）
ISBN 978-7-5581-7129-1

Ⅰ . ①晦⋯ Ⅱ . ①温⋯ ②蔡⋯ Ⅲ . ①丘吉尔（
Churchill，Winston Leonard Spencer 1874-1965）—回忆
录②第二次世界大战—史料 Ⅳ . ① K835.167=5 ② K152

中国版本图书馆 CIP 数据核字（2022）第 005057 号

审图号：GS（2021）134 号

二战回忆录

HUI'AN BU MING DE ZHANZHENG

晦暗不明的战争

著　　者：〔英〕温斯顿·丘吉尔
译　　者：蔡　亮
出版策划：崔文辉
项目统筹：郝秋月
责任编辑：王　妍
出　　版：吉林出版集团股份有限公司（www.jlpg.cn）
　　　　　（长春市福祉大路 5788 号，邮政编码：130118）
发　　行：吉林出版集团译文图书经营有限公司
　　　　　（http：//shop34896900.taobao.com）
电　　话：总编办 0431-81629909　　营销部 0431-81629880/81629900
印　　刷：三河市兴国印务有限公司
开　　本：720mm×1000mm　1/16
印　　张：25
字　　数：360 千字
版　　次：2023 年 7 月第 1 版
印　　次：2023 年 7 月第 1 次印刷
书　　号：ISBN 978-7-5581-7129-1
定　　价：68.00 元

印装错误请与承印厂联系　　电话：0316-7151807

致　　谢

　　我能写成这本书，离不开亨利·博纳尔爵士、艾伦准将、牛津大学沃德姆学院迪金上校提供的帮助。亨利·博纳尔爵士在军事方面的问题上给了我很大的帮助，艾伦准将在海军问题上给了我帮助，迪金上校在欧洲和一般问题上给了我帮助。而且，在我写《马尔巴罗传》的时候，迪金上校也给了我帮助。在措辞上，爱德华·马什爵士对我帮助很大。还有许多人审阅过原稿并且提出了意见。我在这里一并对他们表示感谢。

　　给了我宝贵帮助的还包括伊斯梅勋爵。在以后，他和我的其他一些朋友还会继续帮助我。

　　我要感谢英王陛下政府，我能复制某些官方文件的原文，有赖于它的批准。按法律规定，这类文件的王家版权属于英王陛下政府文书局局长。

温斯顿·斯宾塞·丘吉尔

序　言①

我将第一次世界大战的事情，在之前通过《世界危机》《东边战线》及《战争之后》三本书加以了叙述。因此，我必须认为"二战回忆录"是对它们的延续，它们合起来组成了对第二次"三十年战争"的记载。

笛福写了一本叫《骑士回忆录》的书。在写作的过程中，笛福对重大军事和政治事件的议论，用一个人的个人经历串联了起来。在本书的写作上，我竭力模仿了笛福的叙述方法。

我是用不同的立场，以及比之前几本书更大的权威来写这部书的，因为既作为政府高级官员又经历过两次最大灾难的人，或许只有我。所不同的仅仅是：我在第一次世界大战时担任的是次要职位，而在第二次对德国的战争中，我整整五年时间都担任英王陛下政府的首要人物。

我是通过对秘书的口授来处理所有公务工作的。在担任首相期间，我发布了将近一百万字的指示、私人电报、备忘录及摘要。我必须说，我在担任首相期间每天写出来的这些文件，会有很多不足的地方，因为我那时每天要处理许多重要的事情，而作为依据的资料又只能是当时所能够得到的。不过，它们是我，一个在不列颠帝国和联邦的战争，以及政策上负有主要责任的人，对当

---

① 本册及上册《从战争到战争》在英文原版中同属一卷。——译注

时看到过的那些重大事件的真实记载。这种对战争和政府工作的逐日记录工作，我不知道在将来还能否再有。叙述历史是后人的工作，因此我并不把我的这些文件称为历史。但是，我有把握称它们是对历史的一个贡献，是对后世提供的一份借鉴。

人们在对我做出评断的时候，我希望他们的评断基于这样一点：我在三十年的行动和主张中投入了毕生精力。如果在事情发生之前我没有公开或者正式发表过看法，又或者没有提出过警告，我严守不在事情发生之后批评在战争或政策上任何举措的原则。事实上，我在后来回忆的时候，已经将当时争论中许多严厉的话改得更加温和了。我非常难过，因为我在写作过程中，要叙述许多我爱戴和尊敬的人同我的不同看法，我必须这样做，因为在未来之前将过去的教训叙述出来是一项必要的工作。那些诚实而善良的人的行为也被收入书中，我希望不会有人因此而轻视他们。对后一部分人，我认为他们实际上更应该去反思自己是如何履行公职的，以便于用过去的教训指导未来的工作。

我并不奢望所有人对我所说的一切都表示认同，我写出它们也并非为了迎合大众。我对它们的论证，完全是以我的看法作为基础的。在核实材料的事情上，我是极其认真和谨慎的。我所得出的结论当然会获得一些新的补充，因为敌方被缴获的文件会公布一些信息，也因为后来会有一些新的发现，还因为不断地会有一些历史事实被公布。但只要所有情况没有完全弄清楚，我的结论必须以当时真实的记录及成文的意见作为根据。我也是因为这一点而认为我写这部书是非常重要的。

罗斯福总统有一天问我应该给这次战争起一个什么名称，他当时正在就这件事征求大家的意见。我立即告诉他，应该叫"不必要的战争"。这次战争比任何一次战争都容易被阻止。给世界带来巨大伤害的上次战争所遗留下来的东西，被这次战争几乎破坏殆尽。在付出了最大的牺牲和努力之后，数以亿万计的人现在获得了正义事业的胜利。但是，我们获得和平与安全了吗？我们其实处在比已经被克服的上次危险更为严重的危险当中，完全可以将现在比作人类悲剧最高潮时期。我们必须从发生过的事情当中总结经验教训，只有这样才能更好地处理后面的事情。我无比愿意看到，后人将以前的一些错误改正，并且能够以人类的需求和光荣为根据，让正在拉开序幕的可怕的未来景象得到控制。

温斯顿·斯宾塞·丘吉尔
写于肯特郡威斯特罕的恰特威尔庄园
1948 年 3 月

目　　录

英语世界的人民是怎样因为自己的失算、

掉以轻心和善良而放纵敌人再次武装。

第一章　战争

张伯伦先生邀请我入阁——9月2日：犹豫——9月3日：宣战——第一次防空警报——再次主管海军部——海军上将达德里·庞德爵士——我在海军事务方面的经验——1914年和1939年的对比——海军的战略形势——波罗的海——基尔运河——意大利的态度——我们在地中海的战略——潜艇的威胁——空袭的威胁——日本的态度——新加坡——澳大利亚和新西兰的安全——战时内阁的组成——张伯伦先生最开始的选择——一个老一辈的人——午睡的好处

9月1日，德国在黎明时分进攻波兰。当天清晨，我们所有的部队都接到了动员命令。下午，我应首相的邀请到唐宁街去见他。他对我说，他认为与德国的战争已无法避免，并提议成立一个战时内阁来指挥作战，其内部成员由各政党少数当权人物组成。他说，他非常愿意看到自由党参与进来，虽然据他所知，工党并不愿意加入联合政府。他邀请我担任战时内阁成员这件事，我毫无意见地同意了，并以此为基础，针对人员的选择和举措，我们进行了长时间的交流。

经过考量，我觉得构成最高执行机构的指挥作战的内阁成员，平均年龄肯定会让人感觉太高了。此时已过午夜，我给张伯伦先生写了信：

你昨天跟我提到了六个人，我发现他们的年龄总和竟有三百八十六岁之多，平均下来，也在六十四岁以上！如果这样的话，再过一年，他们就可以按照政府规定领取养老金了。我们这些成员竟然显得如此年迈！其实，我们是可以将平均年龄下调到五十七岁半的，你只需要把辛克莱（四十九岁）和艾登（四十二岁）邀请进来就可以了。

《每日先驱报》报道说工党不想加入联合政府，如果这种说法是真实的，那么我们在以后会经常受到指责，同时也会常常遇到战争所带来的不尽人意和令人措手不及的事情。所以我认为，目前更重要的事情是邀请自由党，让他们坚定地加入我们的队伍，不过有一点，就是他们现在正处于反对党的地位。对支持艾登的保守党和态度和善的自由党分子，艾登还是有相当大的影响力的。我觉得可以利用这种影响力，同样是一个增加实力的特别重要的方法。

到现在为止，波兰受到凶猛的攻击已经有三十个小时了。让我十分忐忑的是，巴黎方面一再提照会的意向。关于联合宣战的声明，我相信你最晚会于今天下午议会开会时提出来。

如果海军部不采取特殊的举措并于今天将信号发出，那么"不来梅"号德国军舰就要驶出阻截区。这不是一个首要问题，却也很有可能惹来麻烦。

在此敬候批示。

1939 年 9 月 2 日

9 月 2 日这天让人十分紧张，却始终没有收到张伯伦先生的消息，这让我感到非常奇怪。我觉得他可能是为了维持现在和平的局面而在做最后的努力。事实证明了我的想法。但是，在议会上发生了一场辩论，虽然短暂，却十分激烈。在此期间，首相的声明闪烁其词，让所有的下院议员不悦。当工党和反对党的代表格林伍德先生起立并开始发表言论时，埃默里——

这位保守党的代表已经在席位上大声对他嚷起来："要站在英国的立场上说话。"此番言语为他赢得了高声喝彩。下院是主战的,通过他们的情绪已经显露无疑。相对我在1914年8月2日参与过的那次会议来说,我认为这次他们的立场显得更加坚定,彼此间也更加团结。各党派的一些代表人物因担心我们无法履行对波兰的义务而表现得十分担忧,所以在当晚都到我位于威斯敏斯特大教堂对面的寓所来拜访我。下院想要召开第二次会议,时间定于第二天下午。在当晚,我便写信给首相,信件内容如下:

在星期五,我们进行了会谈,也由此得知,我将成为你的下属,并且你也说很快就会公布此消息。但直到此刻,你都没有丝毫动静。在这动荡不安的一天中,我实在不知道到底出了什么状况,尽管我感觉你和我谈起的那种"大局已定"的思想跟现在占主导地位的思想已完全不同。我知道或许方式的转变对应对欧洲这种关键时刻的格局是十分必要的,我对此也表示理解。但是我想知道的是,不管是为己还是为公,我们目前所处的到底是什么立场,我有权知道,也希望你能在中午的辩论会开始之前告诉我。

我认为,如果工党表现出冷漠的态度,根据我得知的情况,自由党的态度也会如此。如果这样的话,那么在这个薄弱的基础上想要建立一个你所希望的行之有效的战时政府是很困难的。我感觉我们需要加把劲儿,努力争取自由党的加入,同时需要对我们之前谈及的战时内阁的组成及范畴重新进行商定。在今晚的会议里,存在这样一种观点,认为全国齐心协力的精神受到了破坏,这是由于我们信心不足所致。我知道你在处理法国问题上受到了很大的打击,可是我坚信,现在该是我们自己做主的时候了,进而在各方面给我们的法国朋友做出表率。为了实现这一目的,我们就需要尽量组建最为强大和完善的联合政府。为此,请先不要公布战时内阁的组成人员名单,因为我们需要再一次磋商。

一如之前信中所说，我整装待发，希望协助你完成艰巨任务。

1939 年 9 月 2 日

英国已于 9 月 1 日晚上九点三十分将最后通牒递交德国，并于 9 月 3 日上午九点再次递交，这也是最后一次。这些情况我也是后来才知道的。9 月 3 日清晨，广播上公布了首相将要发表演说的消息，时间定于当日十一点十五分。此时来看，英法两国一定会马上加入战争，我便随之准备了一篇简短的、自认为对我们一生中能见证历史上这一伟大时刻来说很合适的演讲稿。

通过首相的广播，我们知道已置身于战争当中。一阵生疏的、漫长的、凄惨的警报声在他的话音刚落时就在我们的耳边响起，而在这之后，人们对这种声音就变得习以为常了。迫于当时危险的形势，我的妻子跑进屋来，神色显得很慌张。我俩挽手登上了寓所的屋顶，看到了外面的情形。9 月的阳光是如此明媚，我们四周已经有三十或是四十个圆柱形气球在伦敦大街小巷的屋顶和尖塔上缓缓升起。政府显然是有所准备的，我对此很高兴。我预测会有一刻钟的时间留给我们做准备，于是我们带着一瓶白兰地和其他用得上的药物，前往预先给我们安排好的防空洞里。

沿着街道步行约一百码的距离，是一个外面还没有码起沙袋的四敞大开的地下室，这就是我们的掩护所。早已聚集在内的附近六家居民都保持着一种既快乐又幽默的神态。英国人的民族本色在前途未知的环境中表现得淋漓尽致。我站在门口，望着清冷的街道和拥挤的地下室，我的脑海中出现了这样一种情形：覆灭与杀戮交织的场景，隆隆的爆炸声蹂躏着大地，高楼大厦瞬间倒塌；在敌机的轰鸣声下，消防队和救护车穿梭于浓烟之中。空袭是多么可怕，我们不是早已听说了吗？空军部必然会夸大了空袭的危险来突出他们的重要性。大家这种恐慌的心态，非战主义者之前曾想办法利用，而我们对那种恐惧的预见并不认可，但是以此来形成对当前政府的一种鞭策，达到我们一直催促政府快速筹办并成立一支占上风的空军的这一目的，我们还是很赞成的。我知道政府为了抢救在空袭中受伤的人员，已经事先准备好了两万五千张病床，在战争刚开始的几天，这项工作就已经完成了。预估太低的问题，至少在这方面没有出现。现在可以来看一下当前的实际情况了。

警报声在过了约十分钟之后又响起来了。当我还不敢断言是不是警报再一次响起的时候，见有一个人边跑边高喊道："警报已解除！"然后大家便散开，各自回家忙自己的事情去了。我独自一人去往下院。下院的会议在中午按时召开，根据议事流程不紧不慢地进行着，所做的祷告简洁而庄重。在议会中，我收到了一封来自首相的便笺，上面说让我在演讲结束后立刻去他的房间。我在自己的席位上落座，聆听议员们的演讲。由于我近几天心里异常兴奋和激动，一种十分强烈的宁静感随之产生，并在此刻牢牢地抓住了我。我感觉内心平静，一种凌驾于人间事务和个人问题之上的超脱感油然而生。在国家荣誉的召唤下，尽管英国热爱和平、准备不足，却刹那间能体现出勇者无惧的气魄。这种旧时英国的光荣传统，让我全身心极度兴奋的同时，好像也将我们的命运升华到一个远离尘嚣和肢体感觉的境地。在我发言时，我盘算着把这种心情在一定程度上转达给下院，结果反响良好。

张伯伦先生对我说，他已经斟酌过我的来信了，并告诉我关于加入政府的事，自由党表示回绝；针对我提出的平均年龄的建议，他想让海陆空三个部的有行政职务的大臣加入战时内阁，这样在一定程度上就会与我的建议相符，同时平均年龄将会降低到六十岁以下。通过这样的安排，他说就可以邀请我担任海军大臣一职，同时加入战时内阁。我肯定是更喜欢明确的职责，而不喜欢那种居高临下、献计献策、监督别人的工作。因为我之前从未提及这些，所以当我听到此番话时感到特别愉悦。身为部长，不管其势力范围多大，只要不掌控专部，往往会产生发布训令要易于提出建议这样的结果，但是如果能有采取行动的权利，即使范围不大，相对于能参加泛泛的讨论来说却更合适。如果首相刚开始就让我在加入战时内阁和主管海军部之间进行二选一的话，我肯定会选择海军部的，而现在我却两者兼得了。

张伯伦先生对我到底在什么时候才能由国王正式授职一事绝口不提。事实上，我就职的时候已经是3日了。因为对海军来说，战争开始的这段日子也许关系着他们的生死存亡，于是我联系了海军部，通知他们我将立即任职，并准备于六点到海军部视察。海军部接到通知后，立刻善意地向舰队发出了信号说："温斯顿回来了。"就这样我再次回到了那间差不多刚好于二十五年前离开的办公室，而当时我从这间办公室离开的时候却满是苦恼和惋惜。二十五年前，费希尔勋爵辞职了，而我也因此被解除了海军大臣的职务，关于在达达尼尔海峡强行登陆的重要计划，事实证明，受到的损失是不可挽回的。[①] 我在以前用过的那把陈旧的椅子上坐下，在我背后几英尺的地方有一个木制的装有地图的箱子，这是我1911年时放那儿的，至今箱内仍存放着北海的地图。当时我曾命令海军情报局，每天都要将德国公海舰队的变动和布置情况标注在地图上，以便我能集中关注最重要的目标。从1911年至今，已经二十多年过去了，但是来自同一个德国的、在其魔掌下遭受荼毒的威胁，我们却依然需要面对。为了保卫一个无辜受到侵略和践踏的弱国的利益，我们再一次奋起抗战。我们又一次为了生存和荣誉，对勇敢、有纪律却残忍的日耳曼民族所带来的所有疯狂暴力进行奋起反抗。既然我们需要再一次斗争，

---

① 1915年，英国海军为了达到转战近东、逼迫土耳其退出战场、打击德国的目的，发动了达达尼尔战役。这场历时八个月的战争以英国的惨败而告终。同年5月，继第一海务大臣费希尔辞职后，丘吉尔的海军大臣职务也被解除了。——译注

那就来吧！

*　　*　　*

没多久，身为第一海务大臣的达德里·庞德来拜访我。我认识他还是在之前任海军大臣一职的时候，当时只知道他是费希尔勋爵的亲信参谋军官之一，但我们彼此不是很熟悉。之前，意大利对阿尔巴尼亚发动进攻的时候，那时他的职务是地中海舰队总司令，当时我曾在议会中就地中海舰队的部署进行过强烈的抨击。目前我们互为同事，彼此间是否能保持紧密的关系并在见解上达成基本的共识，关系到海军部这个庞大的机构能否顺利运行。我们看待彼此的眼光是质疑却友好的。然而我俩的友谊和互相信任的程度，没过多久就慢慢地加深，熟悉起来了。我对庞德海军上将在业务上的特长给予了恰当的评价，并对其高尚的人品更加欣赏了。变幻莫测、胜负难定的战争，让我们一起经受了强烈的打击，也因此让我们既是战友又是朋友的这种友谊变得更加深厚。对意大利的战争在四年之后取得了全盘胜利，而就在此时，他却撒手人寰，我怀着万分沉痛的心情哀悼海军和全国所蒙受的一切损失。

3日晚上，大部分的时间被我用于接待各海务大臣和海军部各部门的负责人；4日早晨，我开始着手料理海军事宜。在总动员之前，海军就已经采取了防御突然袭击的警戒举措，这与1914年如出一辙。早在6月15日，他们就招募了大量的后备军官和士兵服兵役。8月9日，国王曾对人员已经齐全、从事演习的后备舰队进行了一次检阅；22日，其他各级的后备人员也应征入伍。24日，议会通过了《紧急国防授权法案》之后，立即命令舰队向战时据点开拔。实际上，我们的海军主力到达斯科帕湾已经有几个星期的时间了。海军部的作战方案在舰队受命进行总动员后逐渐顺利实行。尽管当时存在的某种缺陷十分要紧，这在巡洋舰和反潜艇的舰只方面表现得尤为突出，但面临挑战时，舰队完全有担当当前重大任务的能力，这一如1914年的情形。

我对海军部和皇家海军了如指掌，读者对此或许是知道的。从 1911 到 1915 这四年间，在一开始局势严重的十个月中，我负责准备舰队作战的事务，同时主持海军部的工作。在我一生中，这四年的光阴留下的印象十分深刻。在舰队及其海上战斗这方面，我收集了许多资料，而且特别详尽，同时也汲取了很多教训。在之后的日子里，我对海军问题曾有过很多研究和著作。针对这些问题，我在下院多次发表言论。我和海军部的来往向来维持得很紧密，在这些年里，虽然他们一直抨击我，可是在暗中我却介入了他们的很多机密行动。对于雷达最新的发展我是知道的，这得益于我之前在防空研究委员会有过四年的工作经历，目前这些发展已经对海军事务产生了深远的影响。1938 年 6 月，身为第一海务大臣的查特菲尔勋爵陪我参观了位于波特兰港的反潜艇学校，并且乘驱逐舰参加在海上举办的用"潜艇探测器"侦察潜艇活动的演练。我同已经去世的亨德森海军上将之间的友谊十分深厚，在 1928 年以前，他一直任海军部军需署长一职。当时的海军大臣就新战舰和巡洋舰的设计问题鼓励我和查特菲尔勋爵进行讨论，我也由此对海军新的建设方面有了一个全面的了解。在此之外，依据已刊登的报道，我特别熟悉我国舰队真正的和潜在的实力、组织和结构，及其德国、意大利、日本的海军的类似情况。

为了起到指正和激励的作用，我的公开演讲肯定难免要对我国海军的短处和弊端进行重点说明，这些演讲在本质上并没有对皇家海军的强大实力进行表述，同时我个人对海军的信心也没有流露出来。如果说张伯伦政府及其海军顾问对于海军同德国作战，或是同德国及意大利作战并没有充足的准备，这样的说法是不公平的。为了防止日本同时对澳大利亚和印度进行攻击而采取有效保卫的问题，引出的要紧的难题很多，但此刻看来，也许不会发生这样的攻击，同时英国肯定会因为这样的攻击而被卷入泥潭。因此，我在任职时，感到自己指挥的舰队毫无疑问是世界海军作战部队中最精锐的一支队伍；并且我可以断定，对于在和平年代所造成的疏忽，我们会有时间来补救，同时可以对在战争中确定会出现的突发事件加以应对。

＊　　＊　　＊

1914年，海军的特殊局势跟现在的情况绝对是不一样的。当时我们在参加作战的时候，我们同敌人的主力舰比例是十六比十，巡洋舰比例是二比一。我们当时动用的作战分舰队数量有八个，其中包含八艘战列舰，各分舰队中都有一艘巡洋舰和一个小舰队，并配备重要的独立巡洋舰队。我为等候跟敌人实力稍差但仍然很强大的舰队进行全面的作战而感到兴奋。目前，德国的海军因刚开始重建，其实力并没有形成战斗优势。对于他们的"俾斯麦"号和"提尔皮茨"号两艘巨大的战列舰，尽管我们势必要假设二者在吨位上已经违反了《凡尔赛和约》所指定的范围，但是距离竣工至少还需要一年的时间。德国人使用欺骗的伎俩将已经在1928年完工的"沙恩霍斯特"号和"歌奈森诺"号两艘轻型战斗巡洋舰的吨位从一万吨增加至两万六千吨。此外，德国还拥有"史培伯爵"号、"舍尔海军上将"号和"德意志"号等三艘一万吨的袖珍战列舰、两艘一万吨的配备八英寸口径大炮的快速巡洋舰、六艘轻巡洋舰，以及六十艘驱逐舰和较小的舰艇。所以说，在海面舰只上，敌人绝对不可能挑衅我们的制海权。在实力和数量方面，英国海军对德国毫无疑问具有压倒性的优势，并且也绝对没有理由认为它在科学训练或是技术上有任何缺陷。除了巡洋舰和驱逐舰的不足之外，舰队自始至终都保持了它一贯拥有的高水准。它今后要面临的是怎样承担起无数烦琐沉重的任务，而不是怎样同敌人作战取胜。

＊　　＊　　＊

在我到海军部时，对于海军战略局势的看法大体已经形成。控制波罗的海对于敌人来说是十分重要的。德国海军势必要想方设法控制波罗的海的原因是为了得到瑞典的铁矿石——由斯堪的纳维亚半岛供应，更重要的是为了守卫没有设防的德国北部海岸（其中一处与柏林不过一百余英里之遥），以防止苏联的攻击。所以说，我深信德国一定不愿意让它对波罗的海的掌控权在战争开始的时候受到损害。因此，它绝对不乐意冒险舍弃任何为掌控波罗的海所必需的舰只，不过动用潜艇和袭击商船的巡洋舰或是派袖珍战列舰来对我们的航运形成干扰却是有可能的。按照这时的发展状况来看，德国首要的、几乎是唯一的目标就是必须掌控波罗的海。我们为了维护制海权这一主要目的，同时坚持"封锁"这一主要的海军攻势，必然要将一支有优势的舰队放在北海，好像不需要动用十分强大的英国海军力量去监视波罗的海及赫尔戈兰湾的出口。

如果对沟通波罗的海的侧门的基尔运河进行空袭的话，即便是使它在很短的时间内不能使用，那对于加强英国的安全来说，效果也是很明显的。

一年之前，我曾将一个讨论这种异常作战行动的攻略交给了英森金普爵士：

1938 年 10 月 29 日

切断基尔运河将成为对德战争中具有头等重要性的成果。我认为这一点是大家公认的，我对此不想做详尽的陈述。实现这个目标的计划，现在应该由一个专门技术委员会来制订，并根据需要对计划变动的各项细节进行商榷。因为基尔运河两端的海平面没有明显差异，并且运河水闸很少，所以如果在破坏的时候使用高度爆炸性的炸弹，即使是最重型的炸弹，它修复的速度也是非常快的。但是，如果将很多带有定时雷管的中型炸弹投掷于运河内，并让其在一天、一星期和一个月内分别爆炸，由于不好预估爆炸的时间和地点，这样就可以对运河实现封闭，直到完成对整个河底重新深挖一次之前，让军舰和重要船只不能通过。除此之外，也可以考虑使用具有磁性感应的特殊雷管。

考虑到不久我们就要遇到的状况，应该特别关注上文中提到的磁性水雷。但当时并没有采用非常行动。

＊　　　＊　　　＊

在战争爆发时，英国商船的总吨位数总计超过了两千一百万吨，这与 1914 年基本相仿。较之以前，船的平均体积增大，所以在数量上相对减少。但是这个总吨位数并不完全是用于商业用途。海军需要的大部分的各种类别的辅助船舰，必须从最大的定期远洋商轮中征集。全部国防部门都需要具有特殊用途的船只：陆军和皇家空军方面，需要将军队和装备通过船只运往海外；海军方面，作为舰队根据地和完成其他各种工作，尤其是载运油类燃料以供应遍布全世界的各个战略据点的任务，需要船只来完成。要完成全部这些目标总共需要大约三百万吨位的船只，除此之外，帝国海外的航运也需要加上。到 1939 年底，英国所有可供商用的船只总吨位数大概有一千五百五十万吨，这是将所得与耗损加以平均后得出的数据。

＊　　　＊　　　＊

意大利并没有宣战。墨索里尼正在等候时局的变化，这是很明显的事实。我们认为，在当前形势还没有清晰，我们的布置还没有全部完成之前，出于慎重考虑，我们还是将航运绕道好望角更为妥当。就我们自己的海军实力而言，对德国和意大利海军的联合力量具有压倒性的优势，除此之外，强大的法国舰队也会助我们一臂之力。法国舰队已经获得了最大的实力，这得益于达尔朗海军上将的杰出才能和长期主管，这也是帝国时期以来，法国海军从没有达到过的新高度。假如意大利成为敌对国家的话，那地中海势必会成为我们的第一战场。我对于抛弃地中海、仅仅封闭这个大内海两端的计划是完全反对的，若是将此作为一种短暂性的权宜之计则除外。即便没有法国海军和他们的设防港口的帮助，单凭我们自己的实力，也足以将意大利的战舰从地中海驱逐出去，让海军在两个月或是可能更短的时间内完全掌控地中海。

对处于敌对地位的意大利而言，英国掌控了地中海，势必会让其损失惨重，这对它继续作战的力量打击可能是致命的。它在利比亚和埃塞俄比亚所有的军队，将会变成被折枝后插在瓶中的花朵一般。我们和法国在埃及的部队，在增援上会变得毫无压力，而意大利的军队即使不会活活饿死，也将不堪重负、应接不暇。相对而言，如果中部地中海不能守住的话，陷于暴露状态的埃及和苏伊士运河及法国属地，就会受到由德国把持的意大利军队的攻击。在这个战场上，如果在战争一开始的几个星期内能迅速取得接连不断的重大胜利，那么对德国的主要战争所带来的影响无疑是最有益的。我们在海军和陆军方面要取得这些成果，任何力量都不能阻碍。

*　　*　　*

关于海军部在很大程度上已可以战胜潜艇的看法，我在复职之前就非常轻松地接受了。对于"潜艇探测器"的技术性能，虽然在最初和潜艇很多次的遭遇战中得以证明，但是并不能减少我们遭受的惨重损失，因为我们反潜艇的方法终归非常有限。当时我曾发表见解说："对于潜艇，在外海应该能够控制，在地中海肯定能够控制。在今后难免要受损失，但它对于局势的演变是无法影响的。"这种见解并非不正确。潜艇战的第一年，什么重大事件都没有发生。对于大西洋之战，[①] 还要等到 1941 年和 1942 年。

一如在战前海军部普遍的看法，我也没有将空袭对英国战舰可能造成的危害和由此发生的对英国战舰的阻碍作用进行充分的预判。我在战争爆发前几个月曾写道："以我很谦逊的观点来看（因为这些问题确实也很难

———————

① 第二次世界大战期间，英国、美国同德国在大西洋战区进行的保护与破坏海上交通线的作战。——译注

断定），按照英国战舰目前拥有的武装配备和防护来说，空袭将不会对它们充分发挥海上力量的优势造成影响。"虽然这过分夸张了空袭的阻碍作用，但不久后确实因空袭严重阻挠了我们舰队的行动。特别在地中海方面，空袭的可怕威胁几乎立刻得到了证明。马耳他岛几乎没有任何空防，这也让其成了一个无法立刻解决的问题。但在战争的第一年，英国没有因为空袭而导致任何主力舰被击沉。

＊　　＊　　＊

没有任何情况说明日本在此期间有任何敌对行动或是企图。日本最为关注的当然是美国。我认为，就算这时美国自己还没有卷入战争的泥潭，但是它几乎不可能会以消沉的态度，对日本全面侵吞欧洲国家在远东的所有利益而置若罔闻。在这样的情况下，尽管日本成为敌对国家会给我们带来很多烦恼，但如果可因此让美国加入战争，或许它只同日本一方作战，那么两者相比较而言，对我们来说也是利大于弊的。无论怎样，我们绝对不可以因为远东方面出现的任何危机而转移对欧洲首要目标的注意力。我们在黄海地区的利益和财产，无论采取什么措施都不能防止它免受日本的袭击。如果日本加入战争，新加坡要塞将是我们能保护的最远的地方。在地中海得到安全保证和意大利舰队被消灭之前，我们必须对新加坡进行坚守。

在战争爆发时，新加坡要塞要是有充足的守军，同时有能坚持六个月的粮食和弹药的储备的话，那么对日本将要派一支舰队和陆军去攻克新加坡这一事件，我们就不会有恐惧感。新加坡对日本来说是遥远的，一如南安普敦对纽约一样。如果日本想在新加坡登陆并开展围攻行动的话，那就得派遣它的主力舰队对装载有至少六万人的运输舰进行护航，航行的路程足有三千英里；但是，一旦切断了海上交通线，那日本的这种围攻势必会以惨淡而收场。可是，只要日本攻占了中南半岛和暹罗（即今天的泰国），同时在离暹罗三百英里的地方建立起强大的陆军和实力十分雄厚的空军后，那么上述的观点肯定不适用了。只不过，这些情况在一年半之内不会发生。

英国海军只要没有战败并且我们对新加坡加以固守，在通常情况下，日本不可能轻易对澳大利亚或新西兰进行攻击。为了保护澳大利亚不受到侵略的危险，我们可以给它一个可信赖的保证，但采取这种行动的前提是，我们一定要按照我们自己的计划，遵照战争紧急的先后顺序来完成。如此看来，如果日本成为敌对国，在它趾高气扬地掌控了黄海之后，然后再从海上派遣一支长征部队去战胜澳大利亚并实行殖民统治，这是不太可能的。要想让澳大利亚有所恐惧，日本必须要在很长一段时间内组建一支庞大的、装备精良的部队。这样的决策，必然要让日本舰队在力量的转移上很是草率，深陷澳大利亚长期散漫的战争中。只要在地中海取得的胜利具有决定性，不管时间早晚，都可以把特别强大的海军部队抽调出来以截断侵略者和它们的根据地之间的联系。对于美国而言，如果日本把舰队和运输舰开到赤道线以南，它可以十拿九稳地告诉日本，认为这是一种战争行为。这种声明的发表，美国很可能是有意的。我们现在可以就这种十分遥远的、可能发生的事来试探一下他们的意见。

在本书附录中已列出了到 1939 年 9 月 3 日晚为止，关于英国和德国舰队的实力，包括已经建成和正在建造的舰只，以及同样基础的美国、法国、意大利、日本的舰队实力。我坚信（有记录可以证明），澳大利亚和新西兰它们的本土，在世界大战的第一年内，不会有什么危险，并且我们可以期望在第一年结束的时候，海洋上的敌人已经被消灭。作为对第一年海战展望的这些看法，证明是正确的。对 1941 年至 1942 年远东方面发生的重大事变，我将会在本书恰当的地方再进行阐述。

*　　*　　*

对于战时内阁由五个或六个不负责专部职守的人员组成这一原则，以《泰晤士报》为首的报纸舆论表示赞成。据说人只有这样，才能在作战策略，尤其是策略较大的方面，采取一个宽泛而妥当的意见。总而言之，"五个人只管指挥战斗，而对其他盖不过问"这种被认为最合乎理想的做法，实际上也存在着许多缺点。很多高高在上的政治家，在跟他们关系密切的重要部门的主管大臣打交道时，无论名义上权威有多大，却常常处于十分不利的地位。这种现象在海陆空三个部门表现得尤为明显。对每天进行的事宜，战时内阁的成员不能承担直接的责任。他们可以采用一些重要的决定，也可以事先提出一般性的见解或是事后进行指责。但用一个例子来说，他们却无法跟洞悉问题的各种细节、有专业同僚协助并负行动责任的海陆空三部大臣平起平坐。战时内阁的成员，如果众志成城，则所有的事情都可以决定，但他们之间的意见常常不能达成一致。就在他们无休止地进行争论的同时，战争却是逐日追风地变化着。面对掌控了所有事实与数字的相关负责大臣，战时内阁成员肯定是自愧不如的，也不敢向其发难。他们不忍心再给那些具体负责实施与指挥的大臣增加负担，于是他们就逐渐成为理论上的督导人和评论者，每天都会阅读大量的文件资料，却不知道怎么样应用他们的知识，在不带来更多的烦恼的同时，促进工作的顺利开展。他们通常只能通过仲裁或是采取妥协的态度来处理各部之间发生的纠纷。因为上述原因，这个最高机构的组成人员应该是负责外交和作战部的大臣。一般情况下，"五巨头"中至少有一些人是因为他们政治上的势力入选，而不是由于他对作战有特别的知识和才干。于是，战时内阁的人员数量开始增加，而且远远超过了之前所规定的界限。如果首相自己兼任国防大臣的话，在人数上当然可以大大减少。就我个人来说，在主持国政时，我不愿意有不负责本部的人员在我身旁。跟我打交道的人，我情愿是负责专部的大臣也不希望是顾问。所有人，每一天里都应该认真地工作，明确负责某种任务，才不至于惹是生非，或是故弄玄虚。

迫于形势的压力，张伯伦先生之前关于战时内阁的方案，不得不立即更改，将外交大臣哈利法克斯勋爵、掌玺大臣塞缪尔·霍尔爵士、财政大臣约翰·西蒙爵士、国防协调大臣查特菲尔德勋爵、国务大臣海基勋爵全部包含进来。除了以上人员，陆军大臣霍尔·贝利沙、空军大臣金斯利·伍德爵士和我，我们三个海陆空三部的首脑也被加了进去。除此之外，虽然不是战时内阁正式成员的殖民地事务大臣艾登先生和内政大臣兼国内安全大臣约翰·安德森爵士，也必须要时常出席。这样算来，人员总数为十一。因为把负责作战的三个部的大臣加入战时内阁，查特菲尔德勋爵作为国防协调大臣的权威大大受到了影响。他一贯拥有坦荡胸怀，表示接受这个安排。

近些年来，除我以外，其他的内阁成员要么是在我们国家从政，负责管理层的工作，要么就是同我们现在所处的外交和战争局势有关系。1938 年 2 月，由于外交策略的问题，艾登先生辞职了，而我在十一年之内，自始至终没有在国内担任过职务。所以说之前的事情和目前显而易见缺少准备的状况，跟我们没有任何关系。不过，我在过去六七年中曾对即将到来的灾难不停地做出过预言，不幸的是，现在看来其中有很大一部分真的被说中了。所以，虽然说现在海军这一强大的机构为我所掌管，但我并未因为在现阶段中唯一承担实际作战责任的是海军而感到对自己有什么不利的地方；即使有，也必定会在首相和其他同事友善而赤诚的支持下而消除。我同所有成员都认识，关系也不错。在鲍德温先生主管内阁时期，我曾经同他们中的大部分人做过五年的同事。议会生活是变幻无常的，在这种局面下，我们必定要常常保持接触，有时关系和睦，有时却又相互争吵。老一代政治家的代表人物是我和约翰·西蒙爵士。我在其他任何一个成员担当职务之前，就曾在英国往届政府中任职，陆陆续续的已过十五载，西蒙爵士则跟我在时间上不相上下。我曾在第一次世界大战的紧急时期担任过海军大臣和军需大臣，尽管首相在年龄上长我几岁，可是在老一辈人物中，我几乎是唯一的一个。当局势炎炎可危时，老一辈人物当权，难免会受到指责，因为此刻，人们通常在心理上是倾向年轻人的活力和新观念的。因此，为了不相形见绌，我感觉自己应该尽最大的努力跟现在当政的一代，以及随时能够出现的年轻且具有伟大才干的新人一起工作。在这方面，我依赖自己的学识和所有可能的热忱及才智。

为了实现这一目标，我被迫再一次采用了1914年至1915年在海军部期间的一种生活方式，这种方式对我处理日常工作的能力起到了很大的加强作用，至少我感觉是这样的。每天下午，我总是尽可能早上床，充分利用我一种值得庆幸的天分——几乎能够立即入睡的能力，最少睡一个小时。利用这种方法，我在一天内能够完成一天半的工作量。其他人那种从早上八点开始一直工作到半夜，在此期间却没有开心地、临时抛开一切稍微休息一下的做法，并不符合自然规律；哪怕只有二十分钟这样短暂的休息，也足以让人再次焕发活力。虽然每天下午都如同孩子一样的上床睡觉，我觉得很内疚，但是我为此而获得的回报是让我能连夜工作，直到第二天凌晨两三点，甚至有的时候还会更晚一些。然后早上八九点又开始新的一天，我又起床再次开始工作。我在整个战争期间一直保持着这个日常习惯，同时也向他人推荐这个方法。如果需要长期利用人体中最后的一份精力时，不妨试一下。在知道了我的方法后，第一海务大臣庞德海军上将立刻实践，不过实际上他只是坐在扶手椅上打盹儿，而不是在床上睡觉。他还进一步发展了这一方法，时常在内阁会议上也睡着了。只不过，要是有人提及"海军"中的任意一个字，他立刻就会睡意全无，打起十二分的精神。他的听觉异常灵敏，头脑反应也很快，所以要对他隐瞒什么事情，那几乎是不可能的。

第二章　海军部的重要工作

唯有海战——海军部的作战方案——潜艇的袭击——配备潜艇探测器的拖网船——对商船的管控——护航制度——封锁——我主持第一次会议的记录——对南爱尔兰港口的需求——主力舰队的根据地——尚有欠缺的警戒举措——"捉迷藏"——我走访斯科帕湾——在尤湾的追思——"勇敢"号被击沉——巡洋舰策略——第一个月的潜艇战——9月的成果很多——海战范围扩大——波兰海军的气势——罗斯福总统来函

波兰遭到了希特勒凶猛的攻击，英法两国相继对德宣战，而在此之后，随之出现的一个长久而又烦闷的中止期，让全世界的人倍感吃惊。张伯伦先生将此阶段称为"晦暗不明的战争"，这是张伯伦先生的传记作者发表的一封张伯伦的私人信中提出来的。这一描述让我感觉既贴切又意味深长，于是我的这本书便以此命名。法国军队没有进攻德国。这两个国家已经完成了人员调动，在整个前线，他们之间虽然时有往来，但始终不动一兵一卒。德国只是对英国进行了空中侦察，却没有采取其他的空中举措，并且也没有空袭法国。因为法国的军火工厂尚未设置防御措施，所以他们要求我们暂时不要对德国进行空袭，以防止对方因此对他们的军火工厂进行打击报复。为了期望能够召唤起德国人更加高尚的道德情操，我们只是将一些小册子空投了下去。人们为陆地上和空中战争的这种怪异局面而惊叹不已。英法两国自始至终都没有动作，与此同时，德国用他们所拥有的所有战争机器的实力，在几个星期内，已经毁灭或征服了波兰。面对这样的局势，希特勒肯定是很满意的。

从另一角度来看，从战争一开始，海上便一直在进行着猛烈的战斗，海军部无疑成了战争中最活跃的核心所在。9月3日，我们所有的船只仍然正常执行着它们的任务，航行于世界各地。它们突然受到了德国潜艇的偷袭，当然这肯定是德国事先安排好的，这一情况在英国西面海洋的入口处最为严重。一万三千五百吨的客轮"雅典娜"号，于当晚九点在开往外国的途中被鱼雷击沉，在丧命的一百二十人中，美国公民有二十八人。几个小时之内，这个暴行的新闻便在全世界散布开来。为了防止引起美国所有可能的愤怒，德国政府立刻发布了一则声明，称是我为了破坏德国和美国的关系，而亲自下令将一个炸弹安置在船上，炸毁了这艘客轮。对于这种谎言，不友好的人士竟然相信了。"波斯尼亚"号、"皇笏"号和"里奥·克拉罗"号这些重要的船只，于9月5日和6日在西班牙沿海先后被击沉。

对近期受潜艇的要挟可能达到的规模这一问题的阐述，是我给海军部的第一个节略：

致海军情报局局长　　　　　　　　　　　　　　1939年9月4日

将德国在今后几个月中现有的和即将建成的潜艇的实力，写一份报告给我。请区分远洋潜艇和小型潜艇，并分别估算出各类潜艇的续航时间和距离。

我立马知道在潜艇方面，敌人共有六十艘，到了1940年初可以增加到一百艘。他们在 5 日给出了更详细的回复，这是应当进行研究的。^①从拥有数量较多的远距离续航能力的潜艇这点可以看出，对手想要让潜艇尽快地在遥远的海洋中开展行动，在这点上他们确实是有意而为的。

＊　　＊　　＊

海军部已制订了十分严密的计划，来增加我们反潜艇舰只的数量。特别是已经要征用八十六艘体积最大、速度最快的拖网船^②，并为在船上配备潜艇探测器的事宜做好了准备。对拖网船的改装工作已经有了一个很大的进展。在宣战之后，之前已经详细拟订好的关于制造大小驱逐舰、巡洋舰及许多辅助船只的战时造舰计划，便自动执行了。护航制度所具有的极大优势，在上一次的大战中已经得到了证明。所有商船的行动，近几天来都被海军部管控着，并要求其船长必须对航线和参加护航队的指令加以遵守。在敌人采用毫无约束的潜艇战之前，海军部势必要设法在海洋上采取躲避航行的策略，这是因为我们只有为数不多的护航舰，并且护航队在一开始的活动范围也会被限制在英国的东部沿海一带。这些策略随着"雅典娜"号被击沉而搁置，自此以后，我们也在北大西洋采取了护航的方法。

在很早之前，护航队的组织就已经全部准备完毕了，而且在相关的防御问题上，也曾将船主们聚集起来时常跟他们进行商量。另外，已经对各船主发出命令，指导他们在遇到战时必然会出现的很多不清楚的事件时应怎么应对，而且为了能够让他们参与到护航队里来，同时将不同寻常的信号和别的装备提供给了他们。商船船员所面临的是不可预计的前程，但他们有英勇的决心。他们不满足消极等待，而是要求拥有武器装备。在国际法上，对商船在自卫的时候使用大炮向来都是被视为合乎

---

① 德国潜艇。——原注

② 拖网船是用拖网的方式来捕捞鱼类的船舶。——译注

规定的。在海军部立刻执行的计划中有很重要的一部分，就是对远洋商船进行武装，训练水手并让他们能有自卫的能力。让潜艇不能在海面上使用炮火攻击，而是逼迫其潜入海面下进行攻击，这在增大船只躲避概率的同时，还会挥霍掉进行攻击的潜艇的鱼雷，常常让其白白浪费宝贵的鱼雷。上次大战中用于对付潜艇的大炮因为高远的预见性被保存了下来，可尽管如此，仍让人感觉严重缺少用来进行防空的武器。直到很多个月之后商船才得到充足的防空自卫装备，而它们在这段时间内却损失惨重。我们一开始就计划将一千艘船只，每一艘上至少配备一门反潜艇大炮，这项工作要在战争爆发后的三个月内完成。实际看来，这个目标已经实现了。

我们不但要保护自己的航运，并且还要从海上将德国的商船驱赶出去，并将德国的所有进口贸易全部切断。对于封锁策略，我们执行得很是认真。有一个负责指导策略的经济作战部已经宣告成立，而海军部的工作则是主管执行。这样一来，敌人在公海上的航运几乎立刻消失匿迹，这跟 1914 年如出一辙。大部分德国的船只要么躲藏在中立国的港口之内，要么由于中途被阻拦后而自行凿沉。虽然如此，仍然有十五艘总计七万五千吨的敌人船只于 1939 年底之前被盟国缴获，并为我们所用。由于"鲑鱼"号英国潜艇①完全正确地、谨小慎微地恪守了国际法惯例，放过了起初躲藏在苏联摩尔曼斯克海港内的德国大邮船"不来梅"号，这才使它能够返回德国。

＊　　　＊　　　＊

由我主持的海军部第一次会议在 9 月 4 日晚上召开。因为讨论的问题很重要，我便在后半夜入睡之前，将会议的结果用我自己的语言记录了下

---

① 这艘潜艇是由屡建奇功而被特别晋级的比克福德少校指挥，然而不久之后，他便以身殉职，随此潜艇一起沉没。——原注

来，便于传阅和依次实行：

1939 年 9 月 5 日

1. 在战争的开始阶段，日本没有丝毫动静，意大利也抱着举棋不定的态度而保持中立，在这个时候，将要成为敌人首要袭击目标的似乎就是从大西洋前来英国的海洋入口。

2. 正在制定护航制度。这里所说的护航制度，是专门针对反潜艇护航来说的。在本文中不涉及关于在海上对抗从事袭击的巡洋舰和重型军舰的一切问题。

3. 为了实现在可能的范围内，将护送的舰只增至十二艘这一目的，第一海务大臣正在考虑，在东方和地中海战区的所有驱逐舰和护送舰只，只要是能调动的，都将派往英国西面的入海口。这些被提供的舰只应有一个月的使用期限，直至大批的配有潜艇探测器的拖网船可以服役为止。应该预备关于这种拖网船在 10 月可能交货的数量的报告。交货期间，可以考虑使用深水炸弹，而尽量不要等候在船上安装大炮。装炮的问题，可以等到压力稍稍减轻之后再考虑。

4. 对于每天靠近英伦三岛的所有英国船只的内向航行，贸易司司长应当能够做出报告。如果有必要的话，可以增加一间办公室并添加办事人员来实现这一目的。应当预备一张大尺寸的航线图，每天早晨在上面标明距离我国海岸两天，最好是三天航程之内的所有船只，对任何一艘船的指示或是管理，事先必须要有预见性，并进行规定，在我们力所能及的范畴内，让每一艘船都能得到合理安排。在二十四小时之内，这个方案将会被执行，请提出补充性的建议，以便在将来改进。同贸易部或其他有关部门应该维持必要的联系，并且要提交报告。

5. 贸易司明天也应该预备方案，规定从大西洋（包括比斯开湾）行驶过来的商船到达后，应让一个有资历的海军人员前去会见商船的每个船长或船主。他应该以贸易司司长的身份对包含曲折航行在内的航程记录进行检查。海军部人员对违反或是不符合海军部命令的情况都要给予指出；要处分严重违反命令的行为，更甚者要进行撤职，以儆效尤。海军部要担当责任，商船船长对命令一定要执行。应该详细地制定出这个方案的行事准则和适当的处罚章程。

6.现在，除了运输军队的船队不在此列外，商船的航线依旧从地中海转移到好望角似乎最为妥当。如果方便的话，所有商船当然都可以加入护航队。可是，这些护航队在每一个月或是三个星期中只能偶尔航行一次，且不得超过一次，同时这些护航队应该被认为是海军作战举措的组成部分，而不应该视其为保护贸易。

7.因为以上所有原因，在战争开始后的起初六个星期或是两个月内，要禁止所有船只驶入红海。当然，海军作战或驶向埃及沿岸的航行除外。

8.在配有潜艇探测器的拖网船交货后，这种不愉悦的形势将会慢慢缓解。另外，还要看意大利是什么样的态度。我们不能确定在今后的六个星期中意大利举棋不定的态度是否会清晰，可对我们有利的结果，我们应该抓紧时间要求英王陛下政府尽快落实。与此同时，为了我们在地中海的重型舰只在靠近意大利沿海一带时可以不再需要某种驱逐舰的保护，那么地中海的重型舰只应该以防守的姿态出现。

9.对于海军来说，德国所拥有的五艘（或七艘）重型军舰中的任意一艘突然出来进行攻击，都将成为异常严峻的事件，对此需要制订非常计划。用于抵御严重的海上攻击的护送舰只，海军部无法为商船护航队提供出来。如果真的发生了这种攻击的话，我们采取的措施只能是出动主力舰队通过海战进行应对，同时让主力舰队组织必需的搜索舰队进攻敌人，在结果没有揭晓之前，商船最好还是应该尽可能远离现场。

上述内容，海军大臣会提交给海军同事，请给予思考、批评和指正，同时针对上述原则，也希望能够收到大家提出的行动意见。

几乎立刻就把组织开往国外的商船护航队这一建议执行了下去。9月8日，由利物浦和泰晤士河开向西海岸，以及在泰晤士河与福斯河之间的沿海护航队，这三条主要航线已经开始通航。作战计划将负责在这些港口及国内外许多其他港口管理护航队的人员全部包含了进来，并且已经开始对他们进行调派。凡是还没有编入护航队的所有在英吉利海峡和爱尔兰海驶向外国的所有船只，全部取消独自的出口航行，都受命驶向普利茅斯和米尔福德两个港口。布置回国护航队的详细程序正在海外加快进行。其中，最早的一批已经分别在9月14日从弗里敦港和9月16日从哈利法克斯港出发了。正常的远洋护航舰月底之前已启程，船队出航时，从泰晤士河和利物浦出发，而返航时，则从哈利法克斯、直布罗陀和弗里敦始发。

因为忽然不准我们再使用南爱尔兰各港口，[①] 这严重影响了我们需要为我们这个岛国供应食粮并发展我们的作战力量的迫切需求。因为这个原因，更是大大削弱了我们本身就数量不足的驱逐舰的续航能力。

致第一海务大臣和其他人员　　　　　　　　　　　1939年9月5日

对所谓爱尔兰自由邦所说的中立导致的各种问题，相关部门的首脑应当起草一个特殊报告，然后让第一海务大臣和海军参谋部上交海军大臣。因此会产生很多忧虑：

1. 对于德国的潜艇，位于西爱尔兰各港口的爱尔兰不满分子是否可能对其进行接济，情报局是什么态度？他们要是能在伦敦投弹[②]的话，那么他们就不会给德国的潜艇供应燃料吗？我们应提高警觉。

---

① 在此时，英国同爱尔兰的关系已经恶化。爱尔兰领导人德·瓦雷拉为了争取国家独立，同时在战争中保持中立，拒绝英国使用他们的港口。——译注

② 这次犯罪与战争无关。——原注（说的是在伦敦的爱尔兰独立党人投放炸弹的事件。——译注）

2. 我们的驱逐舰由于贝瑞赫文港或其他南爱尔兰的反潜艇根据地不能被使用而导致航程增加，必须对这个问题进行研究，并应该说明如果这些方便条件存在的话，我们可能得到的好处。

对于满意的结果，我们或许不能得到了，海军部也应当了解到，由于爱尔兰的中立问题，在政治上引起了争议，对此海军大臣也不能确定是否能处理，因为在之前从未有过这种问题。可为了便于考虑，应该说明所有情况。

* * *

给舰队寻找一个安全的根据地，是护航制度建立以后，海军的第二个重要需求。我在9月5日晚上十点举行了一场时间很长的会议，专门研究这个问题。这让我想起了很多往事。斯科帕湾是对德战争中一个真正的战略要地，在那里，英国海军可以对北海的出口加以掌控并进行封闭。我国的舰队，直到在上次大战中的最后两年，大家才觉得在力量上已具备足够的优势，可以移到南边的罗赛斯湾，舰队可以使用当地的一个优秀的造船厂。很明显，斯科帕湾位置极佳，因为它同德国的空军基地距离很远，指定它作为海军基地，是海军部已在作战计划中确定了的。

1914年秋，一种不安的情绪忽然在我国的大舰队中滋生。大家都在传："德国潜艇已经尾随我们进港了。"斯科帕湾只有一条航道，水流湍急，航路也很复杂，当时海军部的人都认为没有哪艘潜艇能通过这样的航道。彭特兰海口有时速大概八至十海里的急促潮流，这样的一种障碍在当时被认为是强有力的。在那时，大舰队大概有一百艘舰只，突然有一种惊恐不安的情绪在这庞大的阵列中扩散开来。在当时有过这么三两次，有警报发出说，发现有一艘潜艇停在停泊区内。就在警报发出之后，万炮齐鸣，海面上满是驱逐舰的身影，它们在搜索这艘潜艇。我们庞大的舰队，整个都驶出了海外，显得慌乱而又气愤。海军部是对的，这样的一个结果最终得到了证明。这条航道是如此艰险，以至于在上次大战中德国的潜艇没有一艘能从此通过。而在大战快结束的时候，也就是在 1918 年，德国的一艘潜艇想从中强行闯过去，但这种孤注一掷的尝试，最终还是失败，潜艇损毁。虽然这样，但当时的那些情况，以及我们付出了最大的努力对所有的入口实行封锁，至今依然历历在目，我却高兴不起来。

1939 年，应当研究两种危机：潜艇的入侵，这是之前就存在的危机；空袭，新产生的危机。在会议上，就这两方面，我发现都没有为防御现代化的袭击方式而采取进一步的预防手段。这让我感到诧异。新型的反潜艇水栅已经安装在三个主要的入口处，而这些跟一道铁丝网没什么两样。斯科帕湾东面的入口狭窄而弯曲，只有几艘封港船的残骸，是上次大战时放在那里的，仅以此作为防御工事，虽然现在的防护能力因为新添加的两三艘封港船有所提升，但情况仍然不容乐观。之前以为潜艇通过这些航道入口的时候，惊涛骇浪的急速水流足可以加以阻止，现在将这种想法强加在现代的体积大、速度快、动力强的潜艇身上，要想再让负责的人员相信就不可能了。第二天晚上，我在海军部召开会议，结果是下了很多命令，要求增添铁丝网的配置和堵塞入口的船只。

过去简直完全没有意识到来自空中的新危险。在斯科帕湾除了有两个高射炮中队在霍伊岛的海军油库和驱逐舰停泊处进行保护外，应该说没有防空设施。在舰队驻扎时，海军飞机可以使用柯克沃尔附近的一个机场，可是皇家空军却没有直接参与防护需要的配置；位于海岸的雷达站虽可用，其有效性却不能完全保证。虽然已经批准了让两个皇家空军战斗机中队驻扎在威克的计划，可是在 1940 年之前这个计划是不能实行的。我们的防空力量很是吃紧，方法也十分有限，包括整个庞大的伦敦在内，容易遭到空袭的地方又特别多，虽然我很想有一个立即执行的方案，但是一考虑到上述原因，感觉提出太多的要求也是枉然的。另外，目前需要空中保护的巨舰有五六艘，并且这些舰只本身也配有强大的防空装备。在舰队驻扎斯科帕湾期间，海军部预备派出两个海军战斗机中队留驻当地进行保护，以便事情的顺利进行。

最为重要的是，对炮队的部署，应当在最短的时间内完成，可我们别无选择，只能照例使用 1914 年秋被迫使用的"捉迷藏"的策略。[①] 苏格兰的西海岸，很多停泊处被陆地包围，只需装好铁丝网并进行不断巡逻，想要防御潜艇的攻击还是很容易的。上次大战中，我们曾发现躲藏起来是一个行之有效的安全措施。在当时，一架漫无目的飞行的可能由叛徒周济燃料的飞机，出于好奇而进行的侦察，也曾让我们惶恐不安。整个英伦三岛，对现在的飞机航程来说，无论什么时候都会在摄影侦察机下暴露无遗，因此目前没有什么有保障的隐蔽方式来躲避大规模的潜艇袭击或是空中袭击。幸好，需要保护的舰只时常会往返移动且为数不多，因此在别无他法之前，也只好坦然承担这一风险了。

*　　*　　*

对斯科帕湾的视察，我感觉我有义务尽早去。自从查特菲尔德勋爵陪我于 1938 年 6 月去参观波特兰港反潜艇学校之后，我就跟总司令福布斯爵士再未谋面。于是我请了假，不去参加每天召开的内阁会议，于 9 月 14 日晚赶往威克，身边只带了几名随从。接下来的两天里，对港口入口处及水栅和铁丝网的视察用了我大部分时间。同上次大战相比，我确定这些设备在完好程度上没什么两样，同时，对其进行的重要的增添和改进，也正在或是准备进行着。在"纳尔逊"号旗舰上，我同总司令待在一起，就斯科帕湾及整个海军问题同他和他的高级官员们进行了商讨。正隐藏在尤湾的是舰队的其余舰只。海军上将和我于 17 日乘"纳尔逊"号到了那里。当察觉这艘巨舰并没有驱逐舰护送的时候，这让正通过出

---

① 指的是英国与德国舰队于 1914 年 8 月 28 日清晨，在大雾弥漫的赫尔戈兰湾进行的一场混战。这场战争以英国的胜利告终。——译注

入口、进入大海之后的我很是吃惊。我说："我认为，即使是一艘战列舰，在驶入大海的时候，也最少需要两艘驱逐舰护送才行。""诚然，我们也希望这样，但这种规定在我们驱逐舰数量不足的情况下是无法实行的。在周围有很多巡逻艇，我们进入明奇海峡也用不了几个小时。"海军上将如此回答。

这一天天气晴朗，一如往日，一切顺利。夜晚，我们停靠在聚集了四五艘我们本土舰队的尤湾内。无数配备潜艇探测器和深水炸弹的巡逻艇、哨船，正于海湾的有着好几重指示铁丝网封锁的峡口频繁来往。我的思绪被四周高耸的苏格兰壮丽的紫色山峰感染，好像回到了二十五年前的那个9月，当时就是在这个海湾内，我对约翰·杰利科爵士和他的舰长们进行了访问，看到他们停泊在港内的排成长列的战舰，在听凭无法预料的命运的摆布，跟我们现在是如此相似。当年的大部分舰长和海军上将们要么已过世，要么早已退休。现在，我对各舰进行了分别访问，当把负责的高级军官介绍给我的时候，我发现，他们在很久之前都只是一些年轻的海军上尉甚至是准尉而已。在上次大战之前，我曾经有足足三年的准备时间，也因此认识了大部分的高级军官并能对其任命进行核准，而如今，都是一张张新面孔了。依旧是严明的纪律、风度和举止及习以为常的海军仪式，但穿军服的和任职的，已是完全不同的一代人了。只有舰船，没有一艘是新的，大部分是我在职期间开始制造的。就如同回到了前世一般，如此这般的经历可真够怪异的。到如今，好像剩下我一个人依然在多少年前所保持的地位中幸存。但这样说也不妥，毕竟仍旧继续存在着危险。由于有了更强大的潜艇，来自海浪下面的危险显得更为严重；来自空中的危险，不仅能让我们无所遁形，而且发动的袭击更严重或更具毁灭性。

18日清晨，我又视察了两艘军舰之后，便从尤湾坐汽车前往亚福内斯，然后转乘在那里等候我们的火车，而我之所以离开，是因为我在访问中对总司令产生了绝对的信任感。在途中，我们在明媚的阳光下共进野餐，溪水潺潺。众多难以排遣的往事在我脑海中跌宕起伏。

> 看在上帝的面上，让我们席地而坐，
> 讲述帝王们过世的凄惨因果。

这样可怕的历程，没有一个人曾在一个间隔期内一度经历两次。身在巅峰时，面对危险和责任，没有任何一个人有像我那般的感触；同样，当个人的威信下降时，如果重要的军舰被击沉和事情发生差池，海军大臣会遭受什么待遇，也没有任何一个人有我那样的体会。被撤职的痛苦，我是否还需要再忍受一次？如果我们当真要把往事再次经历的话，费希尔、威尔逊、巴登堡、杰利科、贝蒂、帕克南、斯特迪等人，① 他们都已撒手人寰。

> 感觉自身，
> 形单影只，
> 游荡在空寂的宴会厅，
> 灯火已熄灭，
> 花环已凋零，
> 人们已散去，空留他独停！

这到底是怎样的情景啊！我们又再次不可避免地置身最大的、无限的苦难之中。正在水深火热之中的波兰；往昔的战斗激情，而今近乎全部消沉的法国；已不再是同盟者，亦不是中立者，甚至会变成敌对者的巨人苏联；不

---

① 这些人都是非常出名的英国海军将领。——译注

是朋友的意大利；不是盟国的日本。对于我们这一方，美国会加入进来吗？大英帝国尽管完整并且众志成城，但毕竟准备不足，缺少对战的充足条件。制海权依然掌握在我们手里，但是在新的决定性的武器——飞机这方面，我们在数量上处于落后的局面，这真的是可悲的，整个前景好像万分惨淡。

在亚福内斯，我们搭上了去往伦敦的火车，进而将整个下午和晚上的时间打发掉。我们在尤斯顿下车时已是第二天早上，让我感到很是吃惊的是，第一海务大臣就在站台上。庞德海军上将流露出一种十分严肃的神情："有一个不幸的消息要告诉你，在布里斯托海峡，'勇敢'号于昨天晚上被击沉了。""勇敢"号在当时是一艘很重要的舰只，同时它也是最老的航空母舰之一。对他亲自来告诉我这一消息，我表示感激。"这我以前见多了。这样的事情，在进行这样的一场战争中，时常发生是在所难免的。"我说道。就这样，我回去洗澡，为新一天的忙碌工作做准备。

从战事爆发到我们反潜艇辅助小舰队建成的这两三个星期的时间里，为了弥补这一缺陷，在航空母舰的使用上，我们决定放宽限制。当时驶近我们海岸的大批船只是没有武装、没有组织、也没有护航的，就让航空母舰去帮助护送它们进入港口。这种有风险的做法是必须要采取的。由四艘驱逐舰保护的"勇敢"号，就是承担这种任务的。其中的两艘驱逐舰于17日傍晚前去搜索一艘正在对一条商船进行袭击的潜艇。夜幕降临时，为了便于自己的飞机降落在甲板上，"勇敢"号调转过船身迎着风，这种航行是它事先未曾预料到的，却恰好同德国的一艘潜艇相遇，发生这种情况的可能性只有百分之一，而它却真的发生了。共有海员一千二百六十人，其中包括以身殉职的玛卡格·琼斯舰长在内的五百人被淹死。我们的另一艘航空母舰，也就是后来很有名的英王陛下军舰"皇家君主"号，于三天前遭到了潜艇的袭击，情景跟上述情况一样。万幸的是，鱼雷并没有击中目标，而护卫它的驱逐舰立即将该潜艇击沉了。

*　　　*　　　*

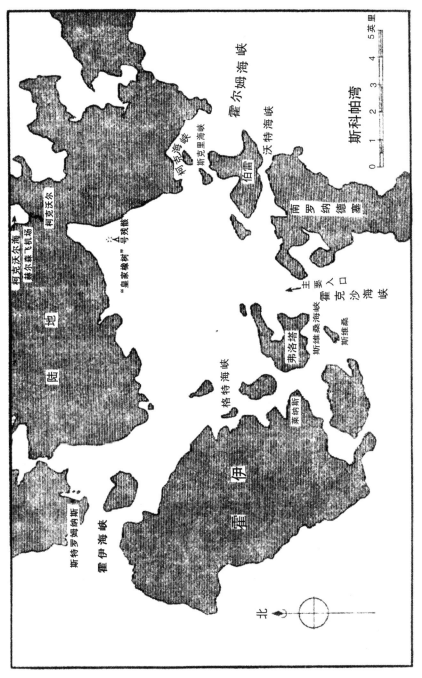

斯科帕湾

如何有效地应对海面上的攻击舰，这一问题在我们海军工作中是最主要的。一如 1914 年一般，在不久的将来，这种攻击舰将不可避免地出现。

我于 9 月 12 日发出了以下节略：

海军大臣致第一海务大臣　　　　　　　　　　　　1939 年 9 月 12 日

巡洋舰策略

为了预防我们的海上贸易遭受突然攻击，在过去我们曾试图利用巡洋舰来实现这一目的；原则上来说，巡洋舰是"多多益善"，这是由必须进行管控的广阔的海洋面积决定的。即便是小型的巡洋舰，在搜索敌人的攻击舰或是巡洋舰时，同样能发挥作用。就拿捕获"艾姆登"号这一例子来说，我们不得不调集了二十多艘军舰才将其截获。而且，我们好像有必要设置新的搜索舰队，这也是从对巡洋舰进行长远的打算来看的。假设搜寻八十英里的海面需要由四艘军舰组成一个巡洋舰分队来完成，那么由一艘航空母舰来护送一艘巡洋舰，再将舰只的移动考虑在内的话，搜寻的范围就足以超出三百英里，进而触及四百英里的范畴。另外，我们一定要清楚，只要有条件，未来的攻击舰这一强大军舰是特别乐意跟单一的军舰进行作战的。要消灭海面上强大的攻击舰，仅依靠增加体小力微的小型巡洋舰的数量是无法奏效的。它们只有任凭敌舰摆弄的份，这是事实。到最后，即使攻击舰被包围，要想突围出去，只要打掉其中一艘实力稍弱的巡洋舰就可以了。

具备搜索、捕获和击毁敌舰的力量，这是每一个搜索舰队必须要有的。我们需要很多超过万吨级的巡洋舰，或是将我们自己的万吨级巡洋舰以两艘为一组进行组合，只有这样才能达到上述目的。这些舰队的排水量越小越好，且进行护卫的必须是大概承载十二架到二十四架飞机的小型航空母舰。一艘能制敌于死地的巡洋舰或是两艘对敌力量不够充足的巡洋舰、一艘航空母舰、四艘远洋驱逐舰，同时再加上两三艘特制的快速油船，这是一个理想的搜索舰队应该有的阵容。在海面上巡逻时，以这种形式组成的舰队，在能搜寻广阔的海域，预防潜艇的袭击的同时，还能对发现的任何独自航行的攻击舰进行摧毁。

创建一种可以对广阔海域进行清理，同时能够在搜索范围内对任何攻击舰进行制服的均衡实力，即是这个节略所讨论的组织搜索舰队的策略，在我们力所能及的范围内进行推广。在后文，对这个问题我还会再次提及。对这种办法更进一步的扩大，也因此在海战技术方面做出了卓越贡献的，就是后来美国人采取的特遣舰队制度。

*　　*　　*

临近月底的时候，我感觉之前发生的事情及缘由，应该让下院有一个整体的印象。

海军大臣致首相　　　　　　　　　　　　　　　1939 年 9 月 24 日

　　对于你在演说中谈及的反潜艇战和一般海军情况，是否应该由我向下院提出更为详尽的报告？针对这个问题，我可以进行二十五或三十分钟的发言。我认为这是有益处的。不管怎么样，听到我所提供的情况，显然让我在那天私下会见的六十名记者很是宽心。要是你感觉这个建议还可以的话，在演说中，你不妨声明，我将在之后的讨论中给出更详尽的报告。由于对预算案的讨论定在了星期三，我认为应当在星期四提出报告。

对这一建议，张伯伦先生很高兴地同意了。所以，在 26 日他发表演说时对下院说，我将针对海上战争提出报告，时间就安排在他演说完毕之后。这是我除了对质疑进行答复之外，入阁后在议会的第一次发言。我报告了一个好消息。吨位方面，宣战后最初七天中，我们的舰艇损失只是1917年（上次大战中来自敌人潜艇的袭击在这一年达到顶峰）4月每个星期所损失数量的一半。我们取得的进展表现在如下几个方面：第一，护航制度已经实行了；第二，对我们的一切商船加紧武装；第三，对德国潜艇进行了反攻。"被潜艇击沉的船，在第一个星期总共为六万四千吨，第二个星期是六万四千吨，第三个星期是一万两千吨，第四个星期只有九千吨。"① 过去沉痛的经验所给的教训告诉我，宁可低调并避免所有的乐观预测，这是我在发言中始终保持的习惯。我说："战争中有很多不愉悦的意外，所以人们对这些让人心安的数字不应该太关注。可单就这些数字来说，我们当然可以认为过分的失意或惊恐确实是没有必要的。"

同时（我接着说），我们整个庞大的海上贸易活动遍及世界各地，并没有受到阻挠或明显影响，依旧在继续进行着。被护送的大量的运输军队的船队可安全到达目的地。敌人在海上的船舶和贸易已被清除干净。现在已有超过两百万吨的德国船舶躲藏在德国港口内或被扣押在中立国港内……我们实际截获、占有和通过改造归我们自己使用的德国商船，在战争开始的起初两个星期中，要比我们自己损失的商船多六万七千吨……不要得出太过乐观的结论，我对大家再次加以提醒。

---

① 以下是确切数字：1939年9月，因敌人的行动使英国商船遭受的损失（括号中的数字标明的是船数）。

	船（总吨位）	其他原因（总吨位）
第一个星期（9月3—9日）	64,595（11艘）	
第二个星期（9月10—16日）	53,561（11艘）	11,437（2艘）（水雷）
第三个星期（9月17—23日）	12,750（3艘）	
第四个星期（9月24—30日）	4,646（1艘）	5,051（1艘）（海上攻击舰）
合计	135,552（26艘）	16,488（3艘）
	152,040（29艘）	
另外，共计有15艘中立国和盟国的船只受损失，为33,527吨。		

——原注

但在今天下午，我们事实上的确比没有宣战和没有潜艇活动之前得到了更多的国内供应品。照此情况下去，要让我们因弹尽粮绝而屈服，那还需要一个相当长的过程，对此我们可以直言不讳。

尽力让其行为符合人道，这是德国潜艇艇长经常做的。他们曾告知我们，并想方设法地协助海员前去港口，我们对此是知道的。一个德国艇长将他刚刚击沉的英国舰只的位置通过电讯亲自通知我，并要求派船营救。电报上，他的署名是"德国潜艇"。目前他已被我们俘获，并受到了所有的优待。但在当时，对于应怎样传送复电，我还是有些犹豫的。

在战争开始的最初两个星期内，即使用六艘或七艘这最为稳妥的数字估计，被击沉的德国潜艇的数字也只占宣战时敌人所有潜艇的十分之一，同时这些所占的比例对于在积极活动中的所有潜艇来说也许是四分之一，更甚者是三分之一。但对于潜艇的攻击，英国才刚刚开始。我们搜索舰队的实力渐渐地强大起来了。我们期望，到10月底的时候，搜索舰队能拥有战争开始时三倍的实力。

下院很是欢迎这次仅费时二十五分钟的发言。实际上，它对德国潜艇起初对我们的商船进行攻击的失败进行了记录。我对将来表示担心，但是目前在我们的巨大资源所允许的范畴内，我们为1941年所做的准备，正以最大的规模快速地进行着。

* * *

9月底，对于海战交战的最初的结果，我们很满意。在这个我熟悉而又钟爱的重要部门，我行事有效，堪当此任，感觉自己已经成功接管。海军部将来的任务及目前进行的工作，我现在是了解的。我对所有事务的脉络都清楚。所有的总司令我都见过了，对一切主要军港也都进行了访问。海军大臣应"就海军部的一切事务对英王和议会负责"，这是创建海军部特许状中的规定。对这种职责的履行，我的确感到自己应当准备的不仅表现在形式上，更要执行在事实上。

　　整个9月，对于海军来说，大体上是顺利而有成果的。从和平时期转入战时的这个过渡阶段是重大而又危险的，我们已经完成了。一个广泛分布于全球的海上贸易，突然被违反正式国际规定的无限制潜艇战打击，想在最初几个星期中不受损失是不可能的；随着护航制度的顺利实施，每天离开港口的几十条商船，都会有一门安装在船尾的大炮，有时大炮会分派少数经过训练的炮手，为的是让炮位可以完成高角度射击。在战争爆发前，海军部就已经将配有潜艇探测器的拖网船和带着深水炸弹的其他小艇准备妥当。目前随着每天它们参加服役的次数不断地增加，都安排了经过训练的水手。潜艇所带来的威胁已完全并坚定的被控制住了，它给英国商船带来的第一次攻击也已经被摧毁，这是我们都坚信的。德国会建造出大量的数以百计的潜艇，这是显而易见的；同时在造船架上也会有无数的潜艇正处于各种不同的完成阶段中，这是毋庸置疑的。据我们预料，主要的潜艇战必定会在十二个或最多在十八个月内发生。我们盼望，我们优先建造的大批新的小舰队和反潜艇船只，到那时候能准备妥当，并以相对有效的优势沉重打击敌军潜艇。关于高射炮，仍然十分匮乏，其中三点七英寸口径的和双筒自动式的尤其短缺，要想改善，只能是在几个月之后了。我们已采取了各种措施，在我们资源所允许的范围内，对我们的海军军港进行保护；同时，我们依然必须要继续采用"捉迷藏"的办法，就算我们的舰队能够控制海洋也不能停止。

*　　*　　*

　　敌人对我们的地位还没有在更宽泛的海军作战上进行决然的挑衅。我们的船只不久之后再次在地中海这个短暂的、宝贵的交通走廊中往来。与此同时，也在顺利进行着向法国运送远征军的工作。面对敌人少量重型军舰的突击，在"北方某处"的本土舰队随时预备阻击。在上次大战中所采用的方法跟对德国实行封闭的办法很相似。在苏格兰和冰岛之间设置了北方的巡逻线，我们在第一个月结束的时候有十四万吨货物在海上由于敌人的行动而损失掉，而截获的运往德国的货物总计近三十万吨。我们的巡洋舰在海外保护我们的船只不受攻击舰攻击的同时，正在搜捕德国船只。德国的航运也因此而全部停滞。到9月底，共三百二十五艘、近七十五万吨的德国船只停泊在外国港口内不能活动。所以，确实没有多少落到我们的手里。

我们盟国的贡献也是有的。在掌控地中海的问题上，有一部分重要的工作由法国承担。我们进行的反潜艇战，他们也在本国的领海和比斯开湾进行了协助。在盟国对付海上攻击舰的计划中，在中大西洋以达喀尔作为基地的一支强大的海军力量成为其中的一部分。

身手不凡的年轻的波兰海军打了漂亮的一仗。三艘新式的驱逐舰和"维尔克"号及"奥泽尔"号这两艘潜艇在战争初期从波兰逃离，在同波罗的海的德国海军进行交战之后，最终到达英国。"奥泽尔"号潜艇的逃亡堪称一篇史诗。它从格丁尼亚港出发，此时德国已入侵波兰，一开始在波罗的海航行，9月15日患病的艇长在其进入塔林这个中立港口后，被送到了岸上。爱沙尼亚当局决定将潜艇扣押，并拿走了它的航海图和大炮的尾栓，同时派了士兵在艇上看守。但是，它的指挥官丝毫没有气馁，把看守的士兵制服并将潜艇开出了港口。这艘潜艇在之后的几个星期里一直承受着来自海面和空中巡逻队的搜捕，最后在没有航海图的引导下仍然从波罗的海逃入北海。它通过微弱的无线电信号将其在北海的大概位置告诉了英国电台，一艘英国驱逐舰在10月14日寻到它，并将其护送到了安全的地方。

*　　*　　*

我感觉特别高兴的是在9月，我收到了一封来自罗斯福总统的私人信件。我跟他仅见过一面，那还是在上次大战的时候，于格雷饭店的一次晚宴上见到的。年富力强、一表人才的他，给我留下了很深的印象，可当时只是略微打了一个招呼，并没有机会交谈。

罗斯福总统致丘吉尔先生   1939 年 9 月 11 日

我想让你知道的是，由于在上次世界大战中你我担当相似的职务，我有多么高兴你能重新回到海军部。你面临的问题在本质上并没有因为更加复杂的新因素而产生多大的差别，我对此非常了解。我随时欢迎你们如有需要告诉我的事情可跟我联系，这是我希望你和首相知道的。你可以时常通过你们的外交邮袋或我的外交邮袋将封装好的信件邮寄给我。

我非常高兴，你能将《马尔巴罗传》全书在当前这些事情发生之前完成。我已经读过这本书，很耐回味。

我立即给他回了信，并在信尾署名为"前海军人员"。就这样，我们开始了长期且值得纪念的通信，直到他在五年多之后去世为止，彼此的信件有一千封之多。

第三章　波兰的灭亡

德国的侵略计划——波兰的部署有欠缺——炮队和坦克的缺点——波兰空军的消亡——第一个星期——第二个星期——波兰的反攻很果敢——歼灭战——苏联出兵——华沙电台噤声——当代的闪击战——我在 9 月 21 日提出的备忘录——我们眼前的危险——10 月 1 日我的广播演说

此时，围绕着内阁的会议桌，我们坐了下来，依照希特勒的办法和策划已久的方案，就像机械操作一般，眼看一个弱国迅速地遭到了摧毁。德国让波兰三面受攻击。入侵的军队由五十六个师组成，包括它所有的九个装甲师和摩托化师。对华沙和比亚威斯托克的进攻，是由第三集团军（共八个师）由东普鲁士向南发起的。从波美拉尼亚奉命出发的第四集团军（共十二个师），完成对旦泽走廊的波兰军队的消灭任务以后，再向东南运动，沿着维斯杜拉河两岸进攻华沙。德国后备部队防守着波森凸出点的边境，而掩护主攻军队左翼任务的第八集团军（共七个师），就在他们右翼一直向南的方向。受命直取华沙的是第十集团军（共十七个师），他们是进攻的主力。靠南一点儿的是第十四集团军（共十四个师），担负着两个任务，一是完成对克拉科夫往西的重要工业区的占领，二是在前线进攻顺利的情况下，它将直取波兰东南部的伦贝格（今乌克兰的利沃夫）。

所以说，德军会预先突破边境的波兰军队，然后通过两个钳形攻势将其包围，自北方和西南进攻华沙为第一个钳形攻势；从布列斯特—利托夫斯克前进的第三集团军同攻取伦贝格之后的第十四集团军会师后，组成范围更大的第二个钳形攻势。这样一来，就切断了波兰军队从华沙钳形攻势中跳出后进入罗马尼亚的退路。在波兰上空进行疯狂轰炸的德国新型飞机一共有一千五百多架，打压波兰空军是他们的第一任务，其次是协助战场上的陆军，然后对军事设备及一切公路与铁路交通进行袭击。与此同时，他们要让四方八面都知道战争的恐怖性。

波兰军队在安排上是不合理的，在人数和装备上也远远不是侵略者的对手。他们没有集中的后备军队，并在本国边境一带分散部署了所有的军队。对德国的野心，他们采用清高和傲慢的方式进行反抗，对大量向他们四周集结的敌军，却不敢在合适的时候进行对抗，害怕的是别人说他们挑衅。在当时，波兰军队只有占现役军队三分之二的共计三十个师，已做好或将要做好战斗准备来应对起初的突然袭击。波兰其他的军队，在快速变化的形势和德国空军的凶猛阻挠下，陷入了最后的崩溃当中，无法在整个前线阵地被攻破前赶到并加以增援。于是，在其身后没有任何支援的波兰部队的三十个师，面对的是在数量上比他们多近乎一倍的敌人围成的半圆形的巨大包围。并且，他们不仅大炮远不及敌人，而且在人数上也毫无优势可言。面对德国装甲部队的九个师，他们能出动进行抵抗的只有一个装甲旅。面对成群结队的坦克和装甲车，他们所有的十二个持有大刀和长矛的骑兵旅进行了勇敢的抵抗，但对对方不能造成丝毫损害。他们全部的第一线飞机，可能其中有一半是新式的，总共有九百架，大多数还没等升空就被毁灭了，原因是遭到了敌人出其不意的袭击。

依照希特勒的方案，德国军队于9月1日发起进攻，并首先使用空军对波兰飞机场上的波兰空军中队进行了空袭。实际上，在两天之内，已经消灭了波兰的空军。德国军队在一个星期内已深入波兰。在每一个地方，波兰军队都做了勇敢的、最终却是无丝毫效果的抵抗。除了深陷波森两翼包围的兵团外，处于边境上的所有波兰军队都被迫后撤。德国第十集团军的主力将在罗兹的兵团截成两段，一部分撤到东边的拉多姆，另一部分被迫往西北撤退。通过这个突破口，德国的两个装甲师直指华沙。更靠北一点儿，是渡过维斯杜拉河后转头沿河流直扑华沙的德国第四集团军。能阻挡德国第三集团军进攻的只有波兰北部的兵团。可他们不久之后就被包抄，只得无可奈何地退往纳雷夫河，在河岸有唯一的一条很是坚固的防线可用来防守。这一结果，就发生于闪击战的第一个星期之内。

　　第二个星期的战争，可用剧烈这一词来形容。表面上波兰军队大约有两百万人，其结果是无法再形成有效的战斗力，一溃千里。德国的第十四集团军在南方持续挺进，直达桑河，并在北面包围并全歼了之前后撤至拉多姆的四个波兰师。冲到了华沙郊外却因没有步兵随行的第十集团军的两

1939 年 9 月 1 日，德军及波军集中地

个装甲师，受到组织起来的华沙市民的拼死顽抗，没有进展。德国第三集团军在华沙的东北，其左翼纵队到达了布列斯特—利托夫斯克，距离战争前线只有一百英里，这支军队将对华沙从东面实施包围。

通过钳形攻势对华沙进行合围，在这种情形下，波兰军队进行了殊死搏斗，直至消亡。目前因德国军队的猛攻而从索恩和罗兹撤退的几个师已同在波森的波兰兵团会和，合计十二个师。从这支波兰部队南翼突破过去的是德国第十集团军，在比较薄弱的第八集团军的掩护下直奔华沙。库特恩奇亚将军为波兰的波森兵团司令，在实际上已经被包围的情况下，决定攻击位于南面的德军主力的侧翼。这次被称为"布祖赖河之役"的波兰勇敢果断的反攻战，直接致使一个严重局势的形成，不仅将只好放弃华沙这一目标的一部分德国第十集团军和第八集团军套牢，甚至将第四集团军的一个兵团自北方吸引了过来。面对所有这些强大的军队的进攻和无丝毫抵抗力的空中轰炸的强大压力，波森兵团坚持了这场万古流芳的荣誉之战十天，最终于9月19日全军覆没。

在外围进行钳形围攻的部队此时已会师并完成合围。9月12日到达伦贝格的外围后并向北进攻的第十四集团军，同越过布列斯特—利托夫斯克的第三集团军在17日会师。分散的和勇于冒险的人在已层层包围的情况下，已经没有一丝逃离的希望了。德国于20日宣布维斯杜拉河之战是"古往今来最大的歼灭战之一"。

现在看来，是时候该苏联上场了。如今就要具体地展现一下他们目前所谓的"民主"了。苏联部队在9月17日从显得无丝毫防御力的波兰东部边境一拥而过，然后以雷霆万钧之势在前线的一个宽阔地区向西猛推进。他们于18日攻占了维尔纳（今维尔纽斯）之后，跟他们的合作伙伴德国军队相会于布列斯特—利托夫斯克。华沙的抵御主要来自伟大壮烈却无丝毫希望的民众高亢的爱国热情。在穿过东西方向的首要公路、从安静的西线快速调来的许多重炮队狂野的轰击下，以及持续了多天的凶猛的空中轰炸下，播送波兰国歌的华沙电台终归平静，希特勒进入的便是这样一个满目疮痍的城市。在维斯杜拉河下游二十英里的莫德林是一个要塞，直至 28 日，曾安置在这里的索恩的残余部队仍在鏖战。一切都宣告结束了，从开始到结束仅仅用了一个月的时间。一个拥有三千五百万人口的国家就这样被带上了沉重的枷锁。它要面对的不仅仅是被征服，而是被奴役，甚者是消灭它的广大人口，这也是给它套上这种枷锁的人的目的。

现代闪击战的一个完整的样本已经呈现在了我们的眼前，目睹了战场上陆军与空军的亲密合作，目睹了猛烈轰炸所有交通线和任一可以成为目标的城镇，目睹了活泼的第五纵队的本事，目睹了随意使用间谍和伞兵队。最重要的是，目睹了那向前冲锋陷阵、锐不可当的大批装甲部队，但忍受这种灾难的民族，波兰却不是最后一个。

*　　　*　　　*

9 月 13 日，钳形攻势在内圈的合围

9月25日，我用冷静的口吻在致战时内阁一文中说：

尽管应该谴责苏联，可是如果苏联是波兰的盟国，对其军队应当占领维尔纳和伦贝格的这一要求，伏罗希洛夫元帅曾指出，这一军事要求是非常合理的。然而波兰却回绝了这一要求，现在看来，虽然波兰给出的理由顺理成章，但究其充分程度来说，还是不够的。结果是，苏联在当初被视为一个极不可靠的和被怀疑的朋友可能占领的那些地方，正是其现在以波兰敌人的身份所攻占的地界和阵地。实际上，并没跟人们想象的差别那么大。苏联将巨大的军队动员了起来，他们把自己能够从他们战前的阵地快速地推进到远方的这一实力展现了出来。德国要想对东部这一战线不进行防守的想法，通过现在苏联和德国已在边界相对峙这一情况来看，是铁定不可能的。为了防守此地，他们势必要留下一支庞大的德国军队。据我所知，甘默林将军预计这

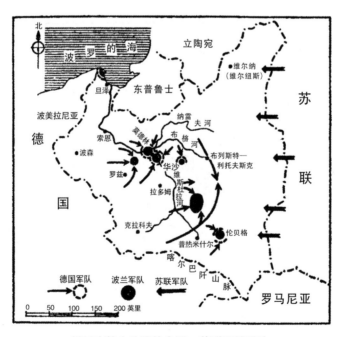

钳形攻势在外圈的合围，苏联开始进攻

支军队至少有二十个或是二十五个师，还有可能更多，所以说已经存在一个东部战线了。[①]

对苏联、英国和法国有着共同利益的一个东南战线，也很可能会建立起来。从波兰到罗马尼亚的通道已经被这只北极熊的左掌堵住了。对巴尔干国家的斯拉夫民族来说，苏联跟他们的利害关系是很传统的。德国进入黑海地区，对苏联和土耳其将是一个巨大的威胁。为了防止出现这样的局面，这当然是需要两个国家共同努力的。这跟我们对土耳其的策略不会产生冲突的同时，也正好直接满足了我们的心愿。对位于罗马尼亚的比萨拉比亚地区，苏联很有可能要强行占领；而这要跟制约德国向东南欧发展这一我们的首要目的产生抵触，并不太可能。在上次大战中，罗马尼亚因协约国的胜利而免遭彻底的失败，这让它获得了巨大利益；为了巴尔干集团的利益，将多布鲁卡让与保加利亚应该是很愿意的，要是到这次战争结束，它只是失去了比萨拉比亚及多布鲁卡的南部地区，那它就很幸运了。在整个巴尔干半岛，尤其是在南斯拉夫，对苏联的行动所产生的反应，就现在所能做出的判断来说是有利的。所以说，不仅一个东部战线可能会被建立，而且另一个东南战线也可能被建立。它将从里加湾直达亚得里亚海滨（也许会进而延伸，越过伯伦纳直达阿尔卑斯山脉），进而形成一个新月形。

对于纳粹德国这个唯一的共同敌人，我们肯定十分乐意所有这些国家可以一起攻打，这种可能性不应该随着时间的流转而被排除。如果要尽早实现这种可能，只要德国穿过匈牙利去攻打罗马尼亚，或是退而进攻南斯拉夫就可以了。我们就是要鼓励建立并增强这个战线，

---

① 苏联加入反法西斯同盟后，斯大林格勒战役成为第二次世界大战东部战线的转折点。——译注

努力使这个战线的任一部分免受袭击，同时行动起来，这也是我们目前实行这一策略的初衷。这一策略，如此看来是非常正确的。正如外交大臣已迅速预见的一般，这一策略就要预示着同苏联重新建立关系。与此同时，对于首相宣布的如下政策，也是根据这一策略，要求我们一定要遵守的：对任何非常领土问题，我们自己都不要对其如何解决给予承诺，英法两国要聚集所有力量，用以粉碎纳粹主义，同时还要保证在将来很久的时间内，"来自德国的恐怖"不再降临到西方民主国家身上。对法国人来说，最后一点具有很大的吸引力，在首相的这段话中表现得尤为确切，并应该进行普及性的宣传："我们总的目标是……欧洲对于德国侵略所有的那种恐惧是永久而反复出现的，我们要做的就是将其从这种恐惧中解脱出来，并让欧洲各国人民都能拥有独立和自由的权利。"

我们跟土耳其该怎么处理问题的谈判，根据所有这些估计，就变得比较容易了。在处理这个问题上，我感觉不出来传说中希特勒当初想用二十八个师等去攻击罗马尼亚的时候那么迫切。目前来看，因为受到警告，那个家伙已经不再进行他在东线的事业了；然而，他肯定会随时随地再次威胁他国。而在我们之间，有一个利害问题还是很重要的，使得对德国进行的敌对行动，让所有巴尔干国家和东部战线都参与进来，所以最重要的事情应该就是同土耳其签订条约了。[①]

如果以希特勒在东线无法顺利推进为局势的最终变化（当然，目前还不能肯定），那么他面临着三种选择：

第一，动用主力，对西线进行攻击，这样可能会取道比利时，进而攻占荷兰。

---

① 见附录。——原注

第二，猛烈空袭英国工厂和海军军港，或是法国飞机制造厂。

第三，首相谈及的那种所谓的"和平攻势"。

根据我个人的意见，第一种选择发生的前提是，在比利时和卢森堡边界对面，德国只有集结不少于三十个师才可以。那个家伙好像很有可能会选择第二种；不过，也有可能是因为害怕空袭所带来的大屠杀无法避免，从而跟英国的深仇大恨无法解除，或许美国也将会被卷入其中，致使他自己不想或是他的那些显得更有权威的将军们不允许他这么做。如果他没有对第二种选择进行实验的话，那么对于第三种选择，我们的对策应该是：对能让他挣脱困境的所有方案都要拒绝，让他在冬季里自生自灭。同时，应该组成我们的同盟并尽快对我们自己进行武装。如此看来，考虑到在1914年秋，法国已被攻占了大部分的领土，以及那时的俄国在坦能堡颜面尽失的这种情况，目前总的前景要比当年有利太多了。

目前让人放心不下的，就是始终没有排除上述第二种选择。

10月1日，我在广播中说：

两个大国再一次侵略波兰。波兰人民的精神，在这两个大国曾同其他大国对其长达一百五十年的奴役下，始终没有被磨灭。华沙的视死如归，证明了波兰灵魂的不可磨灭性，证明了它如同一块岩石一般，在被海浪短时间的吞没后，最终还是会显露出来。

苏联施行了一个对自己有利的政策，很是冷酷。我们本应希望苏联对现在的阵地进行驻守，应该是以波兰的友邦和盟国的身份出现，而不是侵略者。很明显，为了抵御纳粹的威胁，保证本国的安全，苏联军队势必要守住这个阵地。不管怎样，让纳粹德国不敢贸然进攻的一个东部防线，通过这道防线已经建立起来了……

关于苏联的行动，我不能给你们预言。对这个异常神秘的谜中之谜，也许只有苏联的国家利益这把钥匙才能揭开谜底。想将自己的势力扩散到黑海沿岸，或是对巴尔干国家进行践踏，并对东南欧的斯拉夫民族进行征服，这些德国想做的事情都与苏联的利益和安全相抵触。一旦这样做，势必会对苏联历史性的生存利益造成极大影响。

首相完全赞同我的说法。在给他妹妹的一封信中，他说："温斯顿正在进行着一场非常精彩的广播演讲，我们正在收听，并且我们双方的观点非常契合。本身利益，永远是苏联采取行动的标准。对德国在胜利后进而实现对欧洲的统治这一做法对它有利的这种看法，绝对不会让人相信。"

第四章　战时内阁的问题

我们每天召开的例会——一支拥有五十五个师的军队为英国而建——我们的重炮——9月10日我写给首相的信——9月10日我写给军需大臣的信及其回信——需要一个海运部——9月15日我写给首相的信——9月16日首相给我的回信——跟军火与人力相关的其他信件——9月24日我写给财政大臣的信——节约行动——对海军攻势的寻求——波罗的海——"凯瑟琳"计划——对进入波罗的海的航道强行打通的计划——技术和战术的各方面——战利品——第一海务大臣的见解——科克勋爵的任免——进展中的计划——空军的否定——全新的造舰计划——巡洋舰——驱逐舰——体积和数量——长期政策和短期政策——对计划进行加速实施——对防空战斗舰分队的需求——"皇家君主"号军舰的浪费——成立我自己的统计处

　　9月4日，战时内阁、其额外的阁员，以及海陆空三军参谋长和一些秘书召开了第一次会议。之后，我们每天都要开会，甚至有一天开两次的时候。天气是如此热，我在亚麻布衬衫外面只套了一件黑色羊驼毛上衣，好久没有过这样的天气了。而这对入侵波兰的希特勒来说确实是最适宜的。在波兰人的防御计划中，特别倚仗几条大河，而不幸的是，坦克和各种车辆都可以从中往来驰骋，因为河底地面很结实，几乎在任一地方都能蹚水而过。帝国总参谋长埃恩萨伊德将军每天早晨都会在地图前面站会儿，完成其长篇累牍的报评，对波兰的抵抗势必会被快速粉碎这一结果，在不久之后我们已心照不宣。将被德国潜艇击沉的英国商船的清单和海军部方面的基本情况汇报给内阁，成为我每天的惯例。开始向法国移动的英国远征军拥有四个师的兵力，对不允许空袭德国的军事目标这一要求，空军部感到可惜。在别的方面，处理国内防务工作占了一大部分。在外交方面，苏联和意大利的立场及在巴尔干半岛应采取的策略问题也占了长期讨论的大部分时间。

成立地面部队委员会成为首要环节，委员会主席由当时的掌玺大臣塞缪尔·霍尔爵士出任，将我们应该建立的军队的规模和组织的意见提供给战时内阁，是他的主要任务。这个小型组织在内政部开会，其组成人员也有我。在一个闷热的下午，当将领们发表完意见以后，我们便一致表决，应立即执行建立一个拥有五十五个师的军队的这一方案，立刻供应各种军火制造工厂及配合作战部队所必要的各种军需。上述计划的三分之二——一个相当庞大的军队，到第十八个月的时候，其底线至少是可以作战的，最好已经派往法国，这是当时我们所希望看到的。在这方面，我一直支持塞缪尔·霍尔爵士，他眼光很独到，也在积极筹备着所有活动。另外，对建立这样一支庞大的军队及其供应，空军部担忧会占用太多我们的技术工人和人力，从而让他们执行的要在两三年内组建一支无比强大的、占压倒性优势的空军这一庞大计划受到影响。金斯利·伍德爵士的论证，对首相的影响是巨大的，他迟迟没有决定是否同意在必需的所有条件下组建这样一只庞大的军队。直至一个多星期后，因为此事而产生意见分歧的战时内阁才做出决定，对地面部队委员会提出的组建一个拥有五十五个师的军队这一意见，表示同意并采纳，或许更确切地说，接受了这一挑战。

作为战时内阁成员，我感觉必须要从全局来看待问题，因此我把自己主管部门的需求一直定位于服从主要计划。建立一个广泛基础，以便同首相的立场达成一致，这是我热切盼望的。将我之前在这个领域中亲身体验后所积累的经验提供给他，以便他使用，这也是我所期望的。在种种问题发生时，我先后给他写了很多信，这都得益于他友好的鼓励。我宁愿将见解以书面的形式提出来，也不想跟他在议会中发生口角。我们的见解几乎在全部情形下都能保持一致，让我高兴的是，尽管起初我感觉他对我心存戒备，但是随着时间的推移，我能感受到他对我与日俱增的信任和友好。对这点，他的传记作者曾予以证实。除此之外，对于战时内阁的其他成员，以及和我在其他事务方面有来往的大臣，我也会给他们写信。通常情况下，总会有秘书或军事专家出席会议，战时内阁很少单独开会。战时内阁这一机构是专注而有效力的，为了同一个任务，大家众志成城，相互之间探讨，既不拘于形式，也不进行记录，完全是自由的。这样所带来的好处确实太大了。对正式议会而言，这种会议起到的配合作用是很重要的，一切问题在正式会议上都得到了解决，将视为行动准绳的决议记录了下来。在对十分困难的问题进行处理的时候，这两种程序是不可或缺的。

我在上次大战中担任军需大臣时，曾经下令制造了很多重炮，也非常关注它们的下落。一支部队如果能大量拥有这种需要耗时一年半的时间才能造成的武器，不管是用于进攻还是防守，对其都会有很大的帮助。在1915年，劳合·乔治先生跟陆军部发生过争吵，我到现在还记得，并且也记得因为要组建一个能占优势的极重炮队的问题在政治上引起的种种骚动，他的见地的准确性在之后发生的事情中得到了很好的证明。这次开战八个月后，即在1940年，陆地战争的性质终归显露出来，事实证明，其性质决然不同于1914年至1918年之间的陆地战争。在本土防御上，这些大炮满足了很重大的需求，而这些要在以后才能看到。这些被封存已久的宝藏，我在这时才想起来。我们如果将其忘却，那可真是愚蠢之极。

针对这个问题及其他的事务，我给首相写了信：

海军大臣致首相　　　　　　　　　　　　　　1939 年 9 月 10 日

　　我想在私底下向你提出我的几点意见，希望不要介意。

　　1. 对于首先发动轰炸，我依然认为我们不应该这样做，但是在法国军队作战区附近是可以发动轰炸的，因为我们理所当然地要援助法国作战区。进行战争时，我们应该采取比较符合人道的战争策略，这也是从我们自身的利益考虑。面对战争手段的残酷性和激烈性不断加强，想要避免那绝对是行不通的，但是我们必须要在德国行动后再实行，让它先做，我们随后。伦敦和其他大城市的居民，随着时间一天天地过去，找到的避难所也越来越多，差不多再过两个星期，我们一定会有比现在更多、更安全的避难所。

　　2. 人们向我们提出的关于我们小型远征军缺少坦克，缺少有训练的堑壕炮支队，尤其是重炮队的这一指责，相信你应该有所耳闻了。这种指责要是真能证明我们缺少重炮队，那么这种批评是公正的……1919 年，我担任陆军大臣时，曾下令将大量重炮涂上油，贮存起来妥善保管，这是战争停止以后的事情了；我也记得在 1918 年，为支援在 1919 年进入德国的军队，曾制造了两门十二英寸口径的榴弹炮，这也是应总司令部的请求制造的。在当时这可是最优良的武器，但并未使用过。这些，不是轻而易举就能丢掉的……我认为有两点问题是首要的：一个是家里还有些什么？这是我们应该知道的；另一个就是对新式炮弹的制造和修理工作。我在海军部或许对制造这种笨重的东西能帮上忙。

　　3. 关于我修改海军新造舰计划时所依据的条例，对此或许你很感兴趣。我的建议是所有的造舰工作要全部停止，最初的三艘或是四艘新战列舰除外，现在只好暂时放弃在 1943 年以前不能参与战争的舰只。六个月之后应重新考虑这一决定。只有这样，我才有多余的精力来帮助陆军。另外，关于较小反潜艇舰队的组建工作，我们应全力以赴。这种舰只，数量极其重要。在 1940 年内会完成很多舰艇，可是一旦想到会有两三百艘潜艇将在 1940 年夏对我们发动袭击，那这些数量肯定是不够的……

4.敬请谅解，我将我曾以很大代价换来的、并非老师传授的有关军队的供给及它和空军的关系的经验和知识提供给你，以供你参考。目前，军需大臣依据五十五个师的基础制订了计划，这个计划之所以不给空军部和海军部带来负面影响，原因如下：（1）不需要让技术人员用好几个月的时间完成地基的选定和建筑等的各种准备工作；在这几个月的时间里，只需要一般的建筑工人完成挖掘地基、铺混凝土、砌砖墙、抹灰和敷设阴沟等工作就可以了；（2）对于组建一支拥有五十五个师的部队，即使你因其他要求而不能在二十四个月内完成，那么其原有的规模也不会因为你将时间延长到三十六个月甚至更长而改变。另外，假如在一开始，军需大臣就没有制订庞大的计划，则那些让人厌烦的拖延必定会在目前的工厂必须要扩大时产生。为了在需求上实现对空军和陆军的保障，在制订大规模计划的同时，应采用变更时间因素的方法，这样达到的效果应该是最好的。对于一个工厂，造好了，在不需要的时候可以不用，但如果工厂根本就不存在，那么当你需要做进一步努力的时候，将面临不知所措的境地。要想取得明显的效果，只有当这些大工厂开工后，你才能看到。

5.到目前(中午)为止，我并没有收到有关潜艇击沉船舶的新报告，换句话说，在最近三十六个小时以内，我们的损失率为零。或许是到周末了，潜艇都休息去了吧！而我的时间都耗费在了预备挨打当中。一切都会好起来的，我坚信这一点。

我给伯金博士也写了信：

海军大臣致军需大臣   1939 年 9 月 10 日

1919 年，当我还在陆军时，曾发过要将大量的重炮上好油并保
管起来的这一详细指示。目前看来，这些重炮好像已经被发现了。
我认为，掌管好这些物资，尽量优先修理，同时赶造重炮弹是你应
该做的第一件事。海军部也许能在重炮弹方面给予你帮助，如果需要，
请直说。

我非常满意他给我的回信：

军需大臣致海军大臣   1939 年 9 月 11 日

有关你在信中提到的超级重炮，自 1938 年 9 月的危机以来，陆
军部对此一直很关心，也准备对其加以利用。事实上，在 1 月时已经
开始对九点二英寸口径大炮和十二英寸口径榴弹炮的炮身和炮座进行
维修了。

目前这些重炮的基本情况是很不错的，这也印证了在 1919 年，
这些重炮的贮存工作做得很到位。在今年，对部分重炮损坏零件的更
换工作仍在继续。我们一定可以将一部分重炮在本月修缮完成，我也
一定会将这项工作放在首先处理的位置上……

非常感谢你的来信。当知道有很多工作依据你的建议完成的时候，
你一定会很高兴的。

*　　　*　　　*

海军大臣致首相   1939 年 9 月 11 日

应该成立一个海运部，这是所有人的想法。在今天我们和船主们
进行会议时，船舶商会会长也极力建议成立这个机构。对这一申请，

贸易大臣要求由我和他联名提出，也为了减轻他自己的任务量。我几乎可以肯定，这种强烈的要求在议会中是必然存在的。同时我也认为这是个极有价值的方案。

在三个方面可以凸显它的作用：

1. 依照内阁的战时政策和局势所表现出来的紧迫性，让海运取得最佳的效果和最有效的节约。

2. 对大规模的造船计划进行规划和安排。此计划作为一种防范措施，对在 1940 年夏季可能发生的潜艇袭击从而导致我们预计会损失大量吨位船只的问题，是很有必要的。为了在缺乏钢铁期间减少对钢铁的需求量，应该研究建造混凝土船只，这项工作也应该包含在上述计划中。

3. 要对商船的船员进行照料、慰问和鼓励。他们在被鱼雷袭击而获救后，仍然需要不断地出海作业。这些商船船员是以一个特别重要的，并且可能是非常有力的因素加入这场战争。

如果要把有关机构从贸易大臣主管的部门中抽离出来，再另外成立海运部的话，那需要两三个星期的时间，贸易大臣已经将这些告诉过你了。对于准许有这种过渡时期，我认为是很明智的。在决定和公布了新的大臣人选之后，他需要对必要的下属进行安置，对贸易部的有关机构也需要渐渐地接管，这些都是他必须要做的事情。另外，在受到来自议会或航运界方面的压力，同时听到人们义正词严地对现行的制度表示反对之前，政府就应该先采取必要的步骤来建立海运部，这点似乎也很重要。

*　　*　　*

这个部门在历时一个月的讨论之后终于成立了，并在 10 月 13 日进行了公布。首任部长由张伯伦先生选定的吉尔默爵士担任。此选择很不合适，这是一般性批评的观点。吉尔默是一个非常和蔼可亲的苏格兰人，他是一个很有名的议员，并曾以阁员的身份出入鲍德温先生和张伯伦先生的政府办公室。然而，他在任职没有几个月后，便因健康每况愈下而去世了，后来的继任者为罗纳德·克罗斯先生。

海军大臣致首相　　　　　　　　　　　　　　　1939 年 9 月 15 日

　　我外出办事，要等到下星期一回来。为了便于你参考，我将我对目前主要形势的看法提供给你。

　　我认为在这个季节末，试图在西线发动进攻的做法，德国人是绝对不会干的……继续向波兰、匈牙利和罗马尼亚挺进，以至黑海为止，可以肯定地说，这才是他的计划，他或许跟苏联已在某种程度上达成了共识，进而苏联在取得波兰一部分领土外并收复比萨拉比亚……

　　希特勒所采取的最好办法，应该是在冬季的这个几个月内，以保证给养的供应为前提，交好东邻，在不断取得胜利的奇观面前，让他的人民坚信，我们的封锁已经被削弱了。所以说，他是不会在西线发动攻击的，因为他还没有对东线那些轻而易举能得到的战利品完成搜刮。虽然这样说，但出于自卫考虑，我还是全力倡导在西线做好一切准备。为了让比利时能同英法两国的军队会合，在所采取的必要的警戒方面，我们一定会尽一切努力。同时，应利用一切资源，日夜赶工，修建位于比利时后面的法国边境上的防御工事。抵抗坦克的障碍物，在这个纵深的防御体系中，更加应该考虑到，比如竖起铁轨，挖掘深壕，放置混凝土桩，有的地方还要铺设地雷，以及利用可制敌于死地的洪水等。三四个德国装甲师所能发挥出来的极大的威力，在对波兰的战争中已经得到了证明，只有冷静应战的部队和强大的炮队防卫，并加上必要的障碍物，才能阻止这样的攻击……在没有障碍物的情况下，是无法有效抵御装甲车进攻的。

　　在 1919 年，我曾贮存了大量在战时制造的大炮。让我很是欣慰的是，它们现在能够派上用场。其中，十二英寸口径的有三十二门，九英寸口径的有一百四十五门，八英寸口径的有很多，六英寸口径的榴弹炮有将近两百门，军火的数量也很可观；实际上，这些重炮是可以为一支庞大的军队提供支撑的，对于充实我们一个小小的远征军来说，肯定是没有问题的。应该将一部分重炮抓紧运送到前线，这样一来，无论我们的部队缺少什么，至少不会缺少重炮了……

我希望你能慎重考虑我上面提到的情况。我之所以这样做，是为了在尽到我职责的同时，也能帮助你履行你的义务。

在 16 日，首相给我回信，他提道：

我认真阅读了所有来信，并进行了谨慎考虑。我们每天都会见面，你我的见解，据我所知是不谋而合的，这也是我一直没有给你回信的原因。根据我的理解，地面上的活动在空军取得所有制空权后会陷入瘫痪，这也是从波兰战役中认识到的有关空军所具有的破坏力的教训……所以我认为，应该优先考虑的，是快速增加我们空军力量的计划，在满足空军的扩充之后，而后才能根据剩余的物资来决定我们在陆地上应该努力的程度。当然了，要想在这方面做出最后的裁决，需要等到地面委员会的报告提交上来之后才可以。

海军大臣致首相   1939 年 9 月 18 日

你所说的，空军是我们首要的需求，我深有同感，甚至我还认为，要想取得胜利，实际上这是一条最基本的途径。另外，我也正在研究空军部的报告，目前没有必要实现其中所提及的硕大无朋的要求，如果要对其必须优先处理的话，势必会对其他必要的作战努力造成影响。这对正预备对这个报告拿出一个意见书的我来说，目前只要提出一个让我感到吃惊的数字便够了。

如果航空工业每月生产近一千架飞机需要三十六万人的话，那么为了达到每月生产两千架飞机的目的，就需要一百零五万人，这似乎是不合情理的。我们认为，特别是在实行批量生产之后，"产量的增加必定致使人数的减少"。我不相信德国生产两千架飞机会用到一百万人。虽然对应该将每月生产两千架飞机作为我们的目标这一说法，我基本上能够接受，但是对这个报告所提及的，要实现这一目标，就必须对我们的生产制造能力提出如此巨大的要求的说法，我现在还是不能相信。

对海空两方面的作战由我们来担任，而由法国人几乎全部承担来自陆地作战所造成的流血牺牲的这一分工，我不认为他们会同意，这也是我迫切希望我们的军队应该以五十或五十五个师的规模来建立的理由。我们肯定乐意这样的分工，但是我却不赞赏我们只是在海空方面作战的设想。

将绝对的优先权赋予任何一个部门，其造成的危害都是很大的。上次大战期间，特别是在最后一年，海军部的力量已极其强大，此时美国海军也参与了进来，在这时海军部却是跋扈而自私地滥用了这种优先权。现在，我为了共同的利益，每天都在抑制这种情况的发生。

有关建设制造炮弹、枪炮和充填火药等工厂的计划，以及炸药和钢铁的供给的这些工厂的建设过程中，跟飞机工业方面所需要的完全不同的劳动力之间直接的竞争是会发生的，这在给你的第一封信中，我已经提到过。这一问题涉及该如何进行巧妙配合。另外，必须要妥善调整的是，机械车辆的供应会涉及直接竞争的问题。最好先大规模的建设好陆军军火工厂，其开工的条件要根据我们的可用资源和战争的性质所需要的范围来确定。对时间这一因素，你可以根据形势的变化来调整。但是，如果现在还没有开始对工厂的建设，那么你就会连选择的余地都没有了。

对我们要建立一支拥有五十或五十五个师的军队的这一意向，我认为最好还是告诉法国人。但要达到这个目标，把时间的弹性也考虑在内的话，将需要二十四个月或三十个月，甚至四十个月的时间。

上次大战结束后，我们大约有九十个师的军队分布于各战场上，每个月可生产出来两千多架的飞机，同时，我们所拥有的海军数量，其规模不仅大大超出了我们当时的需求，就是现在计划所规定的，跟当时也无法比拟。所以说，尽管因为现在所有的一切都变得复杂，而导致跟以前相比，现代化的师和现代化的飞机在工业方面的要求要高得太多，但我还是认为，建立五十或五十五个师与每月生产两千架飞机这两个目标，通过相互配合，一定可以实现同时推进。

海军大臣致首相   1939 年 9 月 21 日

让战时内阁的阁员们，在没有秘书和军事专家参加的前提下，偶尔单独开会，彼此间进行商谈，我不知道你是否对此能给予考虑。在我们的正式会议中，正在毫无保留地讨论重大的问题，但对于这点，我还是不能感到满意。我坚信，如果被任命负责处理作战事务阁员的我们经常作为一个整体来举行会议的话，肯定会契合大众的利益。目前强加于他们身上的很多事务都不是属于三军参谋长职务范围之内的。我们已经采用了许多他们提出来的价值很高且很具启发性的报告。针对一般的局势，我们有的时候应该单独来谈，这是我斗胆向你提出的建议。关于问题的真相，我不相信我们在很多方面都已弄清楚了。

我还没有就这一点跟其他的同事提起过，对他们的意见不得而知。

但因我的职责所在，我要向你说出我的观点。

＊　　　＊　　　＊

9月24日，我给财政大臣写信：

鉴于我之前在财政部也曾历经苦楚，所以我会时常想起你和你要解决的问题。将广大的富有阶级作为今后预算的基础，我料想这一性质非常严峻。但我认为同时与其配合的应该有一个力度强大的反浪费运动，你应该发动起来这项运动。我感觉现在"金钱的价值"相比之前而言变得太小了，这是我从我们目前庞大的支出而所获极少的效果这件事上得到的认知。1918年，我们曾实行了很多让人感觉不愉快的限制，其目的就是避免浪费，你应该在定于星期三发表的声明中，特别强调这些限制究竟对战争的胜利起了多大的作用。人民应该避免去做哪些事，这是你应该极力去告诉他们的，但这对于禁止支出来说，并不是一个好办法。所有的东西即使是奢侈品，在没有制造出来更多的东西之前，都应该节省消耗。就拿文具来说，每个部门都应立刻限制。用过的信封在重新粘过之后是可以重复使用的。这让我们几百万官员通过这一似乎很小的一件事，都能意识到要节约。

在1918年，关于"节约运动"，我们曾反复叮咛在前线的人们要积极实行，人民也将其视为战时努力的部分内容，并以节约为荣。一开始的时候并没有将这些思想灌输给备战区内实际尚未作战的英国远征军，这是为什么呢？

对海军部的一些庞大的海军变革方案，我正在设法删除，但凡在1941年前或是在1940年年底前因某种情况不能实行的计划，将会一并删除。对长期的发展计划，其成熟的条件必须是要等到决定我们命运的高潮已过去之后，所以说，不要让这些负责防御的人们和其他本位主义者把我们的能力消耗在这个上面，这也是要请你注意的地方。

懈怠浪费的现象，在经济上受到十分严格控制的各个部门之间仍然很普遍。你和你的同事，应该用批评者的眼光来看待这些浪费现象，不要拖延，这也是为你着想。不要阻碍各部门的行动，在这一充满危机的时刻，应该让他们承担起责任；但他们如果不能节约的话，应立刻加以斥责。

还希望你不要介意我以上提到的问题。财力的节约的确是战时努力中不可或缺的一部分，我重视它的程度不亚于我为战争所做的努力。对于我的支持，在这些全部的事务中，你是可以信赖的，同时，你如果有需要审查的地方，我身为一个花钱部门的首脑，一定会听从命令的。

*　　　*　　　*

只要皇家海军取得了制海权，就会将自己庞大的目标暴露在敌人面前，这是在每次战争中必须要付出的代价。私掠船、进行海上袭击的巡洋舰，特别是潜艇，使用各种不同的战争方式严重破坏了我们的贸易和供应粮食的生命线。[①] 因此，我们的主要任务就是常常被动防御。基于这一事实，我们便在海军战略和思想上产生了被迫实行，或是退而采取防御这样的一种危险习惯。这种倾向在现代的种种发展中，更是有增强的趋势。在两次大战中，我都曾主管海军部，在我任职的时期内，为断绝对固执防御这一思想的痴迷，我常常想方设法寻求各种反击的方法。为了引导几百个商船队和几千艘商船安全驶入港口，只要让敌人对他们下一次将在何处受到袭击无法预测就可以了。第一次世界大战中，为了重新取得主动权，同时迫使海军柔弱的敌国无暇顾及我们，而去一心研究它自己的问题，我先是希望

---

① 英国作为岛国，特别依赖海上贸易，德国为了将其扼杀，施行了海上封锁。——译注

攻击达达尼尔海峡，之后希望攻击博尔库姆和福里希安岛屿。1939 年，我奉命出任海军部的首脑，在处理了迫切的需求及防范了危险之后，立刻感到"护航和封锁"政策已经不能使我满足。我在竭尽全力地寻找有关使用海军去攻击德军的方法。

首先出现在我脑海中的是波罗的海。如果一支英国舰队能实现对波罗的海的掌控，那么所取得的收获必定是具有决定意义的。斯堪的纳维亚半岛遭受德国入侵的威胁一旦被解除后，它即使在实际情况中不以交战国的身份加入我们这一方，也会因此被我们的作战系统很自然地接纳。英国舰队在取得波罗的海的制海权后，就会对苏联实施援助，这样一来，给整个苏联政策与战略所带来的影响，可能会是决定性的。这些事实，在负责的和消息灵通的人们中间并不会产生异义。波罗的海的控制权这个最大的战利品，不仅属于皇家海军，更属于整个英国。在这场新的战争中，德国的海军已经不能构成我们能否取得这一战利品的障碍。我们迫切希望只要一有机会，无论何时何地，就利用我们在重型军舰方面的优势跟他们交战。海军较强的国家能肃清水雷区，而潜艇也无力对抗具有高效能的驱逐舰队保护的舰队。但目前，德国的海军虽然没有 1914 年和 1915 年那般强大，但其日益强盛的空军的力量却是无法估量的。

就控制波罗的海而言，我们现在只要调用一个英国战斗分舰队和苏联舰队联合，并辅以喀琅施塔得为基地就可以完成，但在两三年前，我们是需要同苏联建立联盟才可以的。当时在我的朋友中间，我曾吹嘘这一方案。但这一建议性的方法是否可行，就一无所知了。对抵制德国来说，这固然是一种方法；可除此之外还有其他更容易的方法，但没有被采用。如今，已是 1939 年秋季，正处于敌对与实际作战两者之间的苏联，已然成为一个敌对的中立国。在瑞典有几个良港，可供英国舰队作为基地。让瑞典自己去招惹德国，受其侵犯，这不是我们所期望的。要想利用瑞典的港口，就要控制波罗的海；但如果不利用瑞典的港口，就不能控制波罗的海。这在战略思想上是一个矛盾。这个矛盾真的就没有办法解决吗？找个方法解决吧，这样一定是对的。以后可以看到，我在战争期间曾迫使参谋部长时间研究各种不同的作战计划，结果常常让我坚信，为了同整个战局相配合，这些计划还是暂时放弃的好。关于获得波罗的海的制海权的问题，在这些计划中是首要的。

＊　　　＊　　　＊

我到海军部的第四天，就命令海军部把一个关于将波罗的海通道打开的计划拟订出来。计划处给我的答复速度很快，说必须要让意大利和日本保持中立，这样计划才能成功；要实现这个计划，在空袭的威胁下几乎是不可能的。另外，如果这个作战计划在经过详细研究后认为可行，要执行的话应该在 1940 年 3 月或是之前。同时，我就这个计划跟史丹利·古多尔爵士——我在 1911—1912 年间相识的老朋友、海军建设局长做了深入交谈，他立刻对这一想法痴迷起来。考虑到苏联就隐藏在我想法背后，我便使用苏联伟大的女皇凯瑟琳的名字为这个计划命名，称其为"凯瑟琳"计划。9 月 12 日，我送给有关各方面一个我写的详细的备忘录。

20 日，庞德海军上将答复我说，苏联是否会加入德国一方，以及挪威和瑞典是否能保证合作，是这个计划成败与否的关键；他还认为，不管派遣进入波罗的海的是什么力量，都要具备战胜任何几个国家可能联合的力量的能力。他完全赞同这个冒险的行动。9 月 21 日，经他同意，海军元帅科克·奥里伯爵——一个极有成就和名望的将领，来到海军部工作，为他准备好了办公室、为数不多的精选的参谋人员，以及所有为探讨和谋划波罗的海进攻方案所必需的情报。参照上次大战，确实有跟这一做法相似的案例。当时，我在得到费希尔勋爵完全同意的情况下，我将外号"拖船"的著名的威尔逊海军上将调回海军部来负责这一类的特殊任务。在这次战争中也有很多这样的事例发生，即在没有引起有关参谋长们丝毫反感的同时，通过无拘无束的友善的方式，来探讨这类重大问题。

对建造极为适合抵御飞机和鱼雷袭击的主力舰，科克勋爵和我都表示赞同。我希望通过两三艘"皇家君主"号的船只经过安装上抵御鱼雷的超级舰胴和抵御炸弹的坚固铁甲板这样的改造以后，便于派往沿海或海峡中作战，这跟附录中的备忘录所说明的是一样的。我准备牺牲一个或是两个炮塔和七八海里的速度来达到这一目的。这种舰只，不仅可以在波罗的海上使用，并且为我们提供了便于在敌人的北海沿岸附近海面，特别是在地中海展开攻势的这一有利条件。但是对于海军建造工程和船坞方面，即使对其最早的估计是能够如期实现，也不可能将所有这些于1940年暮春以前完成。于是，根据这种情况，我们展开了工作。

26日，科克勋爵将他针对问题所做的单纯的军事研究，即初步估计提了出来。对于这个日后必定会由他来指挥的作战计划，在可行性上是没有问题的，但并不排除其危险性。在他看来，舰只数量上至少要超出德国舰队百分之三十，因为在打开通路时遭受损失是在所难免的。如果我们将准备采取行动的时间定在1940年，那么我们就要在2月中旬完成舰队的集结和所有必需的训练。如此一来，时间上就不允许实现我想在"皇家君主"号舰只的甲板上加装铁甲板和船舷加装护壳的计划了。这又产生一个矛盾。可是，如果能继续进行这类工作，一年之后，我们或许可能按照制订的计划采取行动。但是，跟日常生活中一样，战争中一切其他事物也是在不断发展变化的。如果能有一两年按部就班安排的时间，找到更好的解决办法是没有问题的。

副参谋长汤姆·菲利普斯海军上将（1940年底，他随着"威尔士亲王"号在新加坡附近海面沉没而遇难）和海军部军需署长兼第三海务大臣弗雷泽海军上将都给了我很大的支持。弗雷泽海军上将建议在进攻的舰队之中加入格伦轮船公司的四艘快速商船，在以后的其他事件中这些船只发挥了作用。

＊　　　＊　　　＊

对现有的新舰建造计划和在战争发生时实行的战时扩充计划进行审查，是我在海军部最开始处理的任务之一。

无论在什么时候，海军部的连续每年造舰的计划，同时在进行的至少有四个。已经有五艘战列舰于 1936 年和 1937 年间开始着手建造，预计在 1940 年和 1941 年中就可以服役了。1938 年和 1939 年间，又有四艘战列舰在会议上被核实并准备建造，可是从订造之日算起，没有五六年的时间是完成不了的。除此之外，还有十九艘巡洋舰正处于不同的建造阶段。基于"条约"的制约，皇家海军在设计方面的建造天赋和令人钦佩的荣誉，在过去的二十年中受到了限制。为了要遵照这些"条约"限制和"君子协定"，我们所有的巡洋舰都是在这一基础上建造的。在和平时期，为了维护海军的力量，在困难的政治局面下，便遵循这一标准一年又一年的建造船只。在战时，一定要以确切的战术目标作为所有舰只的建造标准。我特别希望能建造这样一种巡洋舰：有一万四千吨，大炮口径为九点二英寸，装甲板的坚固程度可抵挡八英寸口径的炮弹，有很远的续航能力，速度为现有的"德意志"号或其他德国巡洋舰所不及，建造的数量为若干。在之前我们采用这样的政策，为"条约"的限制所不允许。虽然现在它们已经约束不到我们了，但同样不能实行这种长期的计划，因为迫切需要优先处理好多战时的事务。

作为我们最薄弱环节的驱逐舰，是我们最急切需求的舰只。在 1939 年中订了十六艘驱逐舰，可是这在 1938 年的造舰计划中完全没有。当时，这种不可或缺的舰只在造船坞中只有三十二艘，但只有九艘能在 1940 年底前交货。正是由于想要将新建的驱逐舰队打造得比之前的更好，这种难以抵御的倾向，将建造的时间从两年延长至近三年。能够在大西洋上乘风破浪，并且能将炮击、特别是防空方面的所有现代化设备集于一身，对于这样的舰只，海军方面肯定是十分欢迎的。依照这种理论所造成的舰只，就不再是驱逐舰，而很快就变为小型巡洋舰了，这是显而易见的。这些舰只没有装甲，排水量甚至超过了两千吨，再加上在海上行驶时还要载两百名海军，其本身便轻易地成了任一正规巡洋舰的牺牲品。随着驱逐舰本身体积的增大，这一用于抵御潜艇的主要武器，自身却成了一个有价值的攻击目标。这样一来，猎人与被猎者的身份就互换了。我们是希望驱逐舰越多越好的，可是它们在不断改进和扩大的同时，也在很大程度上延迟了完成的时间，并使造船厂所能容纳的数量大受限制。

另外，有多达甚至是超过两千艘的英国商船在海洋航行，并且在每星期有多达几百艘的远洋轮船、几千艘的沿海商船在我们国内港口出入。对于小型武装舰只的需求，我们必须要大大增加其数量，只有这样，才能实行护航制度，才能在英吉利海峡和大不列颠与爱尔兰之间的海峡巡逻，才能对英伦三岛的几百个海口施行护卫，才能对我们遍及全世界的基地进行供应，才能保护扫雷艇以便完成它们接连不断的任务。对上述需求而言，极为重要的两个条件就是数量和建造的速度。

为配合当时的需要来调整我们的造舰计划，让我们的反潜艇舰艇的数量以最大的限度增加，这是我的责任。我确定了两个原则来达到这一目的：第一，为了将劳动力和原料集中在我们能在第一年或是一年半中建成的舰只身上，应该完全停止或是严格推迟长期的造舰计划；第二，为了让我们可以将较大的驱逐舰抽调出来，派到较远的海洋上去执行任务，一定要设计出只需要能够在我们岛国临近的海面上活动的新型反潜艇舰只。

就这些问题，我连续给我的海军同事写了好几个节略：

临近1940年年底时，潜艇的威胁必定会以更大的规模再次来袭，所以在驱逐舰的建造上，不要侧重其大小和威力，而是必须要注重其数量和建造速度。我们应该将在一年内能够完成的驱逐舰都设计出来，按此计算，应当立刻开始建造的至少有五十艘。我很清楚，必须拥有大量的小舰队领队舰只和能在远洋服役的大型驱逐舰，可是要想让我们舰队中所有的较大的舰只驶往远洋活动或作战，只要拥有我所计划的五十艘中型紧急式驱逐舰即可。

常常发生冲突的长期政策和短期政策，在战时会变得更为剧烈。我规定，对大型舰只的建造工程，凡是在 1940 年年底之前不能建成服役的，或同主要的造舰计划有可能构成竞争的，都要停止。另外，为了增加反潜艇舰队的数量，对新型的舰艇，我们一定要在十二个月以内，有可能的话最好是在八个月内完成建造。我们依旧将第一种样式的此类舰只称为驱潜快艇。这类舰只在战争爆发前不久，就已经订造了五十八艘，但一艘开始建造的都没有。后来，一种经过改进的类似舰只，被称为快速巡洋舰，是在 1940 年订造的。另外，还有大量的各种类型的小舰艇，特别是要在最短的时间内完成对拖网船配备大炮、深水炸弹和潜艇探测等装备的快速改装；为了便于执行沿海一带的任务，必须要大量制造海军部新设计的汽艇。包括加拿大在内所发出的订单，已达到了我们造舰能力的上线。尽管如此，我们所期望的一切，我们并没有完成，各种无法避免的延误发生在当时的条件下，让造船厂的交货时间跟我们的预期有了不小的差距。

＊　　＊　　＊

经过漫长的讨论，我对波罗的海战略及战列舰的改造方面的见解终于占了上风。设计完成了，订单也发出了。可是，人们陆陆续续提出各种理由，其中一些有理有据，表示反对进行这项工作。有人认为，如果封锁线被德国的袖珍战列舰或有八英寸口径大炮的巡洋舰突破，那么我们护航的任务就只能由"皇家君主"号舰只来担任了。也有人认为，把我们的劳动力与装甲让给其他方面优先使用的理由，好像也无可厚非，但是这个计划对其他重要的工作所产生的阻碍作用，是让人不能接受的。我始终没有实现的，是希望建立在其舰只甲板上有着极厚的铁甲、不超过十五海里的速度、拥有大量的高射炮，以及任何其他舰只无法比拟的防御空中和水下袭击能力的这样的一个分舰队。我为此深表遗憾。到1941 年和 1942 年，当时护卫和援救马耳他岛已经变得极为迫切，其他人和我都同样深切地感到需要上述舰只去轰炸意大利的港口，特别是的黎波里，但到那时什么都太晚了。

"皇家君主"号舰只，作为一种浪费和忧患，始终贯穿整个战争期间。它们跟其姊妹舰"伊丽莎白"号一级不一样，它们没有经过重新改装。以后我们会看到，日本舰队在 1942 年 4 月侵入印度洋后，在可能会让它们出战的时候，设法在最短的时间内到远离敌人几千英里的地方，并且是越远越好，这是驻扎在当地的海军上将，以及庞德海军上将和国防大臣的唯一想法。

＊　　＊　　＊

建立一个自己的统计处，这是我在担任海军大臣和成为战时内阁阁员以后，最开始采取的措施之一。为此，我聘请了我多年的老朋友和亲信林德曼教授。对于整个战局的见解和估计，都是我们在一起共同提出来的。他现在被我安置在海军部里，跟他一起工作的有六个统计专家和经济学家，我们相信，这些专家都不会去理会他人而专注于现实的。在林德曼的带领下，这些能干的人利用所有的官方情报，将图表和图解不断地提交到我手里，同时解说我们所知道的全部战局。对各部门送给战时内阁的所有文件，他们都会废寝忘食地进行审阅和分析，同时也会研究我自己希望进行的各种调查。

全面性的政府统计机构在这时还没有成立。各部门都是依据自己的数字和论据，进而提出自己的看法。在统计上，空军部是这样，而陆军部又是那样。供应部和贸易部对同一件事却有不同的见解。当内阁在某些问题上产生分歧时，有时这种情况就会引发误会，造成时间的浪费。可是，我在一开始就有对自己可靠的、稳定的情报来源，它的任何一部分都是跟所有其他的部分密不可分的。虽然在起初，这只将整个情报领域中的一部分包含其中，但是让我对向我们不断涌来的无尽事实和数据形成一个正确和综合的看法，的确是帮助很大的。

第五章 法国前线

英国远征军向法国开进——加强比利时边境的防御——处于有利地位的侵略者——保持中立的比利时——法国及其攻势——马其诺防线——公认的具有威力的守势——法国的替代方案不受青睐——英国参谋长委员会的预计——希特勒的过失——西方军事力量之间的对比——德国可能进攻的路线——英国参谋长委员会的意见和于1939年9月18日提出的意见书——甘默林制订D计划——第八号训令——9月17日在巴黎召开的盟国最高军事会议——D计划被通过——推广到荷兰的D计划

　　我们的远征军在战争刚一开始的时候，就立刻向法国开进。上次大战之前，我们至少耗费了三年的时间进行准备工作；而这次，陆军部直至1938年春，才为了这一目的，专门成立了一个特别机构。但在这时又出现了两个紧要的新问题：第一个是相对1914年而言，一支现代化军队的装备和组织要复杂得多。机械化的运输、庞大的组织及大量的非战队人员，这些情况普遍存在于每一个师中。第二个是陆军部只得使用法国南部的港口，并将主要的基地设在圣那泽尔，而这些都是因为对敌人空袭运输军队的船只和军队登陆的港口过分恐惧的结果。如此一来，极大地延长了陆军的交通线，导致的结果就是推迟了英国部队的抵达、布置和补给的时间，于沿途消耗了大量的人力。

据当时有把握的推断，我们的军队在前线的布防应该设于利尔以南，但是在战争爆发前，对此却没有确定，这一结果令人咋舌；于利尔以南布防的这个推断，9月22日得到了证实。直到10月中旬，由英国的四个师组成的两个正规军军团，驻扎在沿法比边界的防地。他们都是经过两百五十英里公路与铁路的运输，才从专供军队登陆的遥远的港口抵达目的地的。在1939年12月，第五师由去年10月和11月先后到达的三个步兵旅组成。第四十八师于1940年1月从国内出发，加上从2月和3月陆续赶来的第五十师、第五十一师、第四十二师和第四十四师，共有十个师的军队到达。在我们的军队数量不断增加的同时，也对更多的防线实施了接管。当然，我们跟敌人在任何一个据点都没有发生接触。

到达指定阵地后的英国远征军[①]发现，一条相当完整的人工防坦克战壕已经在沿前线一带建好，并且便于机关枪和反坦克炮沿着战壕进行纵射的很大却又很显著的碉堡，在每隔大约一千码的距离就有一个。除此之外，还有一个连绵不绝的铁丝网带。这个秋冬两季，是那么不同寻常，对法国人修筑的防御工事进行改进，进而形成一条与吉戈菲防线相类似的防线，是我军的主要工作。在那样严寒的气候下，我们的工作进展依然很快。对德国人将其自己的吉戈菲防线由摩泽尔河向北方延展的速度，我们通过空中摄影了解到了。我们的工作进度跟他们在取得了国内资源和强迫征调劳工等诸多有利的条件下，几乎可以不分上下。在德军于1940年5月进攻时，我军已经完成了四百个新碉堡。已经挖掘好的设有护墙的防坦克战壕长达四十英里，并已安装妥当大量的铁丝网。因交通线一直向后伸展直到

---

① 9月4日，英国远征军的先头部队开始在法国登陆。第一军团和第二军团分别于9月19日和10月3日先后登岸。一开始，在9月15日，总司令部设在勒芒。军队主要是通过瑟堡进行移动的，车辆和给养经过布雷斯特和南特，集合的地点都是在勒芒和拉瓦尔。——原注

南特，各种需要变得万分巨大。已经建立好庞大的基地设施，改良了公路，铺置好的宽轨铁路长达一百英里，埋好了一个庞大的地下电报线系统，同时，几个供军团和司令官使用的地下总指挥部也趋于竣工。约有五十个新机场和卫星机场都已经加以扩建或对其跑道进行了改进，使用了五万多吨混凝土。

英国军队都努力地完成着所有这些任务，同时，在靠近梅斯一段的法国前线，那里正同敌人对峙，各个旅被轮流指派到那里，至少可以通过一些巡逻活动来丰富他们的经验。在其他的时间里，从事训练是我们部队的主要任务。这的确是必要的。在战争爆发时军队所具有的准备程度，是远远不及二十五年前约翰·弗伦奇爵士①的军队所达到的水平。对于有着相当规模的操练，国内的军队已经好几年没有过了。包括五千名军官在内，正规军校编制减少两万人。根据"卡德韦尔"计划，要使用正规军保卫印度，这样一来，本土部队便承担了大部分的责任，结果导致本土部队的能力几乎等同于军队学员。本土防卫队在 1939 年 3 月扩充了一倍，用意虽好，却思虑不周，同年 5 月又建立了民团，这样一来，又有大量的教官从正规军中调了出去。在法国冬季驻防的几个月，主要工作是加紧设防，各种训练计划也都被并入其中，让这几个月得到了很好的利用。在这个难得的平静时期，我们的军队在效率方面确实有显著的提高，由于没有发生任何战斗行为，虽然工作艰苦了一些，但部队的士气和精神面貌都已焕然一新。

大量的给养和弹药，堆积在我们前线后方沿交通线的军需库中。有近十天的供应物资，存储在塞纳河和松姆河之间，还有七天的额外供应品被存放在松姆河以北。当前线被德国人突破后，让英国军队渡过了难关的，就是这最后的一批给养。勒阿弗尔以北的其他港口，在当时平静

---

① 在第一次世界大战期间，他曾担任英国军队总司令一职。——译注

的形势下，也渐渐地陆续被利用了起来。一个医院基地设立在了迪埃普，运输军火由费康专门负责。我们利用的法国港口，到最后共有十三个之多。

＊　　　＊　　　＊

一个不受任何法律或条约限制的政府，它所拥有的优越条件，是那些必须在犯罪国家开始进攻后才能产生战争情绪和制订计划的国家无法相比的。这一优势是特别巨大的。相反，除非说侵略者的胜利具有绝对性和决定性，要不然，算账的日子在后头呢。希特勒对他进攻的时间和地点可以随意决定而不受制约，除非他遇到比他更强大的力量。可是对比利时的中立问题，两个西方民主国家都不得侵犯。在当比利时向它们请求援助时，能够立刻前往，这是它们能做的最大限度的准备，然而要等它请求援助的时候，可能时间已经太晚了。如果英法两国在条约认可并且在国联同意的范围内，于战争爆发前的五年中采取果断的策略，那么比利时或许可能遵守旧时的同盟，从而对组成一个共同的战线表示同意。安全或许会因此而被保障，而即将到来的灾难也或许会因此避免。

如果有合适的组织，这样的同盟就可能会构成一道沿着比利时边境直到海边的屏障，用来抵御那种可怕的迂回战术，此战术让法国在1940年丢盔弃甲而几乎让我们在1914年全部覆灭。[①]同时，这样的同盟也可以让我们能从比利时快速攻入位于鲁尔的德国工业的核心地区，这也是对德国侵略的又一强大阻力。对比利时来说，即便是情况最糟糕的时候，其命运也不会比以后实际遭受得更为凄惨。当我们回忆起当时的美国置身事外；拉姆齐·麦克唐纳先生倡导法国裁军；因为德国对"和约"中规定的裁减军备的条款屡屡进行破坏，致使我们一而再、再而二地遭受屈辱和挫折；我们对德国入侵莱茵兰表示妥协；我们对奥地利遭到兼并表示默许；我们

---

① 指的是德国为对付法国所制订的"施里芬计划"。——译注

在慕尼黑签订的条约上签字并认可布拉格被德国占领……当上述情况出现在我们脑海中时，凡是在那段日子里，在英国或法国负责国家大事的官员，都没有资格批评比利时。在一个动荡且妥协的时期内，比利时只能保持中立，能进行自我安慰的，就是期望德国的侵略被它设立的防线阻挡住，同时英法军队前来救援。

*   *   *

1914 年，法国的军队和人民的进攻精神极其强烈，这也是源于 1870 年以来薪火相传的复仇怒火。在数量上处于弱势的国家，要想抵御住敌人的入侵，在战略和战术上都必须要处处进行反击，这是他们的理论。伴随着军乐队演奏的《马赛曲》，法军身着蓝衣红裤，在战争一开始就勇往直前。而这也让他们付出了极大的伤亡代价，但无论这种情况发生在何处，德国人都不会停止正在进行的入侵，对法军进行开枪射击。格朗梅松上校——这位主张采取攻势最有力的首创者，为了他的国家和信条，在战场的最前线血洒疆场。1914 年到 1916 年或是 1917 年这段时间内，为什么防御炮火会占有绝对的优势，我曾在《世界危机》一书中进行了说明。在南非战争中，少数波尔人使用自动来复枪，造成了很大的杀伤力，这是我亲眼看到的；对穿过旷野前进的军队来说，这样的火力打击即便不是毁灭性的，造成的伤亡却是极大的。在此之外，当时机关枪的数量也是与日俱增的。

大规模的炮战也纷至沓来。大炮从几百门到后来的几千门，威力足以粉碎一个地区。可是，如果英法联军在伤亡很大的情况下，再合力对有着坚固防守的德军实施攻击，那他们面对的则是连绵不断的牢固工事；为了压制第一线的敌人，他们前面的地面已经被排炮炸得满是弹坑，即使在他们的进攻取得胜利后，这些弹坑带给他们前进的阻力也是巨大的。一定能胜利的方法就是采用守势，这是从这些艰苦经验中所取得的唯一结论。另外，武器的火力在过去二十五年中已经有了很大的增强。然而在以后就能清楚地看到，守势固然有其有利的一面，但其弊端也是存在的。

此时的法国，已经完全不同于在 1914 年 8 月同它的世代仇敌一决生死的法国了。那种报仇雪恨的精神，已经随着战争的胜利和任务的完成，以及培养这种精神的领袖们的相继去世，一去不返了。有多达一百五十万的成年法国人在上次大战中惨遭杀害。一提及攻势行动，绝大多数的法国人都会在脑海中出现 1914 年法国在一开始进攻时的失败、1917 年尼韦尔将军的溃不成军、松姆河和帕森达勒的长期苦战，而现代化武器的火力给进攻部队所带来的巨大伤亡尤其厉害。在炮火轰鸣中还能够每天向前推进一百英里的装甲车辆这一新事物所带来的后果，在法国和在英国没有一个人能彻底了解。有个叫戴高乐的指挥官在几年前发表了一部著作，就是针对这个问题的，极具启发性，却是不了了之。在最高军事委员会中，年老的贝当元帅①的权威，极大地影响了法国的军事思想，因为它对那些被古怪地称为"进攻武器"的东西特别不认可，也进而关闭了接受新思想的大门。

时过境迁，人们依然常常批评那种依赖马其诺防线的政策。的确，这种政策造成了一种防御心理。但是，尽可能地利用防御工事将敌我隔离开，是在保卫长达几百英里的边界时，最明智的防御举措，这样就可以让军队坚守不动，可以节约兵力，还可以在敌人可能进犯的路线上进行控制。如果能很好地加以利用，让马其诺防线在法国的作战计划中做出巨大的贡献，并不是不可能的。它应该被作为一长列互相连接的珍贵的出击口来看待，特别是能将大部分的前线阻断开来，方便集中一般后备队或是实行"大规模的调遣"。如果将法国和德国在人口方面的差别这一因素考虑在内的话，我们应该承认，马其诺防线这一举措是理智而谨慎的。可这条防线在事实上并没有至少沿着默兹河一直向前延伸，这是很奇怪的。如果能这样的话，它就可以成为法国使用手上坚固锋利的宝剑，自由地向敌人冲刺的一道可信赖的屏障。而对于

---

① 一战中的法军总司令和二战时的维希法国首脑。——译注

延长防线，贝当元帅却表示反对。他极力认为，由于地形的原因，阿登地区是绝对不可能成为入侵通道的。延长防线的计划也因此被否决。在 1937 年，吉罗将军曾在我视察梅斯时，就马其诺防线的攻势意义对我进行了说明。但后来并没有将攻势的观念付诸行动，由于大量训练有素的正规军的士兵和技术人员被这条防线吸纳，反而对军事战略和全国人民的警惕性产生了削弱的效果。

被适当地看成是各种作战中一个革命性因素的，就是新的空中力量。在当时因为双方能够使用的飞机数量都不多，所以它的威力难免会被人们夸大，同时，一般都认为在敌军发动进攻时，空军可以对大量军队的集中和运输造成阻碍，因此对守势的一方是有利的。因为怕空袭会破坏铁道中心，以至于让法国最高司令部感觉到，法国的动员时期都有极大的危险，破坏铁道中心这样重大的任务，对当时跟盟国一样数量极少的德国飞机来说还没有能力完成。空军首脑人物所表现出来的这些观点，确实是正确的，当空军力量在战争后期增加至十倍或二十倍时，便完全证实了这一观点。可是这种观点在战争刚开始的时候就出现，难免为时过早。

*　　*　　*

在英国，有人调侃陆军，说他们总是在为上次的战争做准备。这样的情景，大概在其他各部或其他国家都存在，但这对法国军队来说，却是名副其实的。我也感觉出来，对于守势而言，只要采取的防守措施积极，它还是有着极大力量的。但这时的我，既没有担负着任何职责，又没有可以供我做出新评测的连续的情报来源。我知道，法国人对于上次大战中的杀戮情景始终难以释怀且悲痛欲绝。德国已经得到了吉戈菲防线的组建时间。这座由炮火和混凝土组成的防线固若金汤，如果派遣剩下的法国壮士去攻打的话，那后果是不堪设想的。在当时，对采取守势的敌军火力，我认为可以用我在附录中提出的一种长期的方法（密码代号为"耕耘者六号"）进行压制。但在第二次世界大战的最初几个月中，在对守势的见解上，我发现自己心中的想法跟平常人一样，同时我确信，通过巧妙的布置和准备充足的弹药，排除在黑夜或天然的和人造的雾中以外，反坦克的障碍物和野战炮都可以击退或是摧毁坦克。

对同一件事情，在上帝对他的子民所确定的问题中，是不会出现两次的，即便有一件事看起来似曾相识，但其自身总会有一些独特之处，不可以一并而论。在有定论的环境中成长起来的人们，其心里要想超越固有的结论是绝对不可能的，除非受到杰出天才的指引。但是，在不久后我们将会看到，希特勒突然发动大规模的进攻，这也让双方停战八个月的这一平静状态宣告结束。前线部队由大量防弹的或重型装甲战车组成，所有的防御工事都被突破，致使大炮在战场上的威力暂时消失殆尽，这一现象可以说是几个世纪以来的第一次，甚至或许也是发明火药以来的第一次。我们必然会看到，对防守必要阵地的任务，在火力增强后只需要少数部队就能够完成，缩小了人体目标的同时，也让实际战争中的流血程度极大地减少了。

＊　　　＊　　　＊

像一直延展过低地国家的法德边界那样，在战略上受到重视并被当作实验题材的边界，除此之外，没有任何一个边界曾经有过。西欧所有的军事将领和军事学院，基本上都是依据他们当时最后一次战争的经验，不知疲倦地对这片土地的各个方面，如山地和水道等进行研究，几个世纪以来一直是这样。要是比利时在当前这一时期遭到德国入侵，盟国决定进行援助后，会派兵前往的，或者说要是比利时发出邀请，他们可以根据一个稳妥安排的计划，对两条防线进行秘密突袭，所谓的斯卡尔特河线是其中一条。因为这条防线位于法国边境，所以不用长途行军和冒多大的危险。最糟糕的情景是，守住这样一条"错误的防线"与事无补；最美满的情景是，建成一道依据局势发展的防线。第二条防线更加非凡，它顺着默兹河，途径纪维、迪南和那慕尔，再由卢万直至安特卫普。这

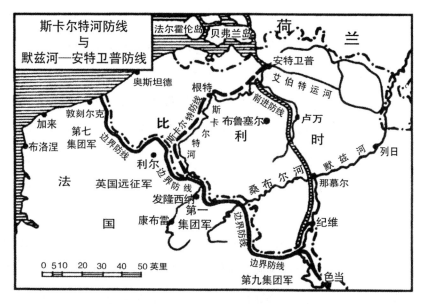

斯卡尔特河防线与默兹河—安特卫普防线

条极具冒险性的防线，如果盟国能在占领后通过苦战坚守住，那么将会极大地阻碍采取右翼包抄的德军的入侵；如果它的军队在经事实印证后，是处于不利的地位，那么这会成为进入并控制鲁尔地区的德国军火生产重要中心的序幕，值得称颂。

在未经比利时认可的情况下，从比利时境内通过并向前推进，这在国际道义准则上是不允许的。所以说，前进的时候只能走法德的边界，如果军队要在斯特拉斯堡的北面和南面横过莱茵河，朝正东方向进攻的话，那么主要进入的将是当时被认为跟阿登山区一样的不适于进攻的黑森林区。但就当时而言，从斯特拉斯堡－梅斯前线向东北进入帕勒廷奈特的这一可能也是存在的。这种推进以可能被控制的莱茵河为右翼，一直到北面的科布伦茨或科隆。这里是进入优良战区的地方。多年以来，西欧各参谋学院已将这些可能性及众多变化作为战争研究的一部分。但是，吉戈菲防线、众多互为犄角的建筑、坚固的混凝土碉堡，以及由大量铁丝网构成的纵深阵地，都在这部分地区，这一防线到了 1939 年 9 月已是固若金汤了。在 9 月第三个星期的最后几天，也许是法国人可能发动大规模进攻的最早时间。然而，波兰战争到那时已经结束了。德国在西线的部队，到 10 月中旬已有七十个师。这就快速削弱了法国在西线数量上的暂时优势。对法国更为重要的北方防线来说，如果法国从东部边境发起攻击，势必会削弱其防线的兵力。即便在开始的时候法军能取得最初的胜利，但在一个月之中，对想保持住在东方所取得的战果的他们来说，将会极其困难，同时也无法抵抗在它的北方防线展开全力反攻的德军。

对"为何直到波兰被毁灭时，一直采取消极防御"这一问题，以上内容已经做出了解答。但在事实上，早在几年前就已经输掉了这场战争。如果在 1938 年发生战争的话，在那时捷克还没有灭亡，胜利的机会还是很大的。要是在 1936 年，强大的反抗可能就不会发生了。在 1933 年，或许很顺利就能实行一份日内瓦的决议书。在 1939 年，对甘默林将军不敢冒险进攻一事，也不能将责任归咎于他一人身上，因为这种危险自从历次危机发生以来就大大增加了，而在对待危机这个问题上，法国和英国也一直是畏首畏尾。

据英国三军参谋长委员会预计，到 9 月 18 日为止，至少有一百一十六个师的德国军队被动员起来，其分布为：四十二个师在西线，十六个师在德国中部，五十八个师在东线。我们从敌人的记录中了解到，这一预计的错误率几乎为零。德国的全部兵力，共计一百零八个师到一百一十七个师。其中有五十八个师最为成熟，即为进攻波兰的那部分军队。其余的五十或是六十个师的素质参差不齐。有四十二个德国师（现役师十四个，后备师二十五个和后备军三个），就驻扎在从埃克斯—拉—夏贝雷到瑞士边境沿西线一带。德国还没有建立能大量生产坦克的工厂，其装甲师团要么还没有建立，要么就已经被派遣到波兰作战了。英国远征军的支持不过是个形式而已。在 10 月的第一个星期，它只有两个师能够派遣，另有两个师在时隔一个星期后，又被派遣出去。德国的相对实力，虽然在慕尼黑危机之后有了显著提升，但只要波兰没有被征服，对西线来说，德国最高司令部仍然感到形势堪忧，然而他们之所以接受了他们认为不应该冒的这种风险，是因为希特勒的专制权力和坚决意志，以及五次都印证了他对法国和英国不愿作战的这一政治判断的结果。

希特勒坚信，法国在政治制度上的腐朽也传染给了法国军队。对法国共产党的力量，他是知道的，并认为要想利用这一力量让法国的军事行动遭到削弱以至陷于瘫痪，只要里宾特洛甫和莫洛托夫妥协，同时莫斯科要对法国和英国政府进行抨击并发动一场资本主义和帝国主义战争即可。他深深地认识到，奉行和平主义的英国，正一步步走向落没。依据他的观点，张伯伦先生和达拉第先生是想尽量避免战争的，他们之所以进行宣战，是因为受到英国少数好战分子的驱使。就如同一年前在捷克斯洛伐克事件中所采取的态度一样，只要波兰被击溃，他们是乐意接受已成定局的事实的。希特勒直觉的准确性，以及他的将领们观点和恐惧情绪的错误性，在之前说明的多次事件中都得到了很好的证明。但是一旦发出战争信号后，大不列颠和英帝国将会发生的强烈变化，他并不清楚；为了取得胜利，为何那些为争取和平全力以赴的人们，会在一夜之间变得不辞劳苦地进行努力的抗争，他也不明白。无论对战争或军事准备做出怎样竭力反对，有史以来，我们岛国人民始终将胜利视为他们天生的权利，这种来自心灵或精神上的力量，是希特勒无法明白的。但不管怎样，在开始的时候英国军队起不到任何作用，并且他也确信，法国并不会一心一意投入到战争中。这也的确是实情。于是，他的命令得到了执行，他称心如意了。

＊　　　＊　　　＊

我们的军官认为，德国攻占波兰后，将会让大约十五个师的兵力，其中大部分可能质量较差，驻守在波兰境内。如果它对同苏联签订的条约有所顾忌，那么它可能会将东线的兵力总数增加到三十个师。所以说，德国将会把四十多个师从东线调出，让西线拥有将近一百个师的兵力，这一假设是最为不利的。到那时，法国可能已经动员七十二个师，此外还有相当于十二个或十四个师兵力的要塞守备部队和四个师的英国远征军。除了应该将法军的十二个师驻守在意大利边界外，还有七十六个师可以用来对付德国军队。所以敌人在优势上比盟国多了四分之一，并且在不久的将来，加上据估计可能会组织的额外的后备师团，敌人军队的总数会增加到一百三十个师。对这种局势，法国要从在北非的十四个师中抽调一部分回来，还要加上以后英国可能慢慢增加的部队，才能应付得了。

空军方面，我们的参谋长委员会预计，在波兰被攻占后，德国可能会将两千多架轰炸机集中于西线，而在当时英法两国的轰炸机合在一起才九百五十架。[①] 所以，在解决了波兰问题后，德国的实力无论在陆地上还是在空中，明显要比英法两国联合的实力强大得多。所以说，法国就不可能对德国进行攻击，而德国对法国的进攻是否存在可能呢？

当然，德国有可能采取三个办法：第一，经过瑞士入侵。这样一来，在地理上和战略上会有很多困难，但好处是可以迂回绕过马其诺防线的南翼。第二，通过法德边界入侵法国。大家都相信，德国军队还不具备对马其诺防线进行正面攻坚战的充分装备和武装，所以这好像又不太可能。第三，由荷兰和比利时入侵法国。这样的进攻方式在绕过马其诺防线的同时，可以避免从正面攻击永久性防御工事所带来的损失。如果德国要实行这样的进攻，参谋长委员会预计，它必须要将二十九个师从东线抽调出来，此外为了增援已经驻扎在西线的军队，还要另外派遣十四个师在后方形成梯形阵线。这样的调动，在三个星期内是无法完成的，同时进攻部队对火炮的需求，也无法得到充分的支持。我们肯定会在战争开始的前两个星期进

---

① 德国当时轰炸机的总数为一千五百四十六架，这是准确的数字。——原注

行这种准备活动。然而却不能排除德国会在今年晚些时候发动这种大规模军事行动的可能性。

对德国军队由东线向西线的移动，我们可以使用空袭交通线和部队集中区的办法加以阻挠。所以在战争初期，德国会通过发动空战的方式空袭我们的飞机场和飞机工厂，进而达到削弱或消灭盟国方面的空军这一目的，这是可以预料到的。但英国是不喜欢这种空战的。对经过低地国家前来侵犯的德军进行攻击，是我们的下一个步骤。为了盟国的利益，我们虽然不能进入荷兰去痛打他们，但我们也会在比利时境内尽可能地进行阻止。"据我们所知"，参谋长委员会写道，"依照法国的意见，在默兹河一带，如果比利时依然能够守住的话，法英军队应该占领纪维—那慕尔一线，而在左翼的作战，应该由英国远征军来完成。我们认为，要同比利时商定此事一定要赶在德国进攻以前，并且越早越好，做好首先对这一防线进行占领的计划，否则这个计划是不能采用的……或者说，要是比利时能转变目前的态度，我们就能将占领纪维—那慕尔（另一称呼为默兹河—安特卫普）防线的计划提前制订出来，否则我们还是极力认为抵御德国进攻这一事宜，应该在已经做好准备的法国边境的阵地上完成。"在这一情形下，就必须要轰炸被德军利用或占领的比利时和荷兰的所有城镇和铁道。

应该记录下来有关这一重要问题后来的变化过程。这个问题于 9 月 20 日提交给战时内阁，简单讨论之后，提交给了最高军事会议。依照惯例，最高军事会议对甘默林将军的意见一一进行征求。在甘默林将军所给的答复中，仅对关于 D 计划（即推进到默兹河—安特卫普防线）已经在法国代表团的报告中有所安排这一问题进行了说明。关于作战的一节，在这个报告中是这样写的："英法军队将会在比利时适时提出请求时进入该国，但是没有打算打遭遇战。斯卡尔特河防线和默兹河—那慕尔—安特卫普防线都位于公认的防线之中。"在对法国的答复进行考虑后，英国参谋长委员会又将另一个意见书提交给了内阁，并对推进到斯卡尔特河防线的替代方案进行了讨论，可是始终没有提及推进到默兹河—那慕尔—安特卫普防线这个更重大的任务的相关内容。10月4日，参谋长委员会将这第二个报告提交给内阁时，并没有提及关于D计划的这个极其重要的替代方案。因此，战时内阁认为，对英国参谋长委员会的意见做进一步的行动或是再做决议已经没有必要了，因为他们已经得到了满足。我出席了这两次内阁会议，并没有感到有什么举棋不定的重大问题。在10月，我们便假定以斯卡尔特河防线作为向前推进的界限，因为我们和比利时都没有进行任何有效的部署。

在这个时期内，甘默林将军同比利时的谈判也正在秘密进行着，并做出如下决定：第一，比利时在实力的保存上一定要充分；第二，比利时应该将准备驻防的地方放在更前面的那慕尔到卢万的防线上。在这几点上，法国和比利时达成协议的时间是在11月初，从11月5日到14日，一系列的会议在万森和勒费尔特举行，英方的埃恩萨伊德、尼沃尔和戈特曾出席了全部或部分会议。甘默林于11月15日发表了第八号训令，这也让14日商定的协议得到了印证。按照这个协议，"如果条件允许"，应该推进到默兹河—安特卫普防线，以便对比利时进行支援。张伯伦先生带领哈利法克斯勋爵、查特菲尔德勋爵和金斯利·伍德爵士出席了在11月17日于巴黎召开的盟国最高军事会议。在当时，我的身份还不足以受邀陪同首相出席这类会议。当时是这样决议的："既然认为将德国军队尽可能地阻截在最远的东部防线上是有必要的，所以如果德国要侵犯比利时，那么默兹河—安特卫普防线绝对是应该坚守的。"张伯伦先生和达拉第先生参会时，对这个决议的重要性进行了多次强调，所以这个决议便起到了支配此后行动的作用。这一决议，实际上是赞同D计划的，于是之前商定的那个比较谨慎的只推进到斯卡尔特河防线的协议便被取而代之。

在不久之后，又将关于法国第七集团军的任务这一新内容，加进 D 计划中。最初提出派遣这支军队于盟国军队的侧翼沿海岸推进的想法，是在 1939 年 11 月初。驻扎在兰斯附近的是吉罗将军率领的一个后备军，本已焦躁不安的他此时被任命为司令官。D 计划被扩充的目的，是派军队由安特卫普进入荷兰，对荷兰人进行援助；另外，企图占领荷兰的法尔霍伦岛和贝弗兰岛的某些地区。所有这些计划，如果是在德国军队已在艾伯特运河受阻而不能前进这一前提下，肯定是不错的。甘默林将军对这个计划的实行也很期待。然而，乔治将军则认为在我们的范围内并不包含此项；对用在这方面的军队，他宁可让其驻扎在战线中央的后方作为后备军使用。在当时，我们对他们的这些不同的见地毫不知情。

我们就是在这样的情况下，送走寒冬，期待暖春。法英两国的参谋部和他们的政府，从现在到德国发动攻势的六个月的时间内，并没有做出什么新的有关战略方针上的决定。

第六章　战斗更加激烈

有关和平的建议——英法表示拒绝——波罗的海国家被苏联吞并——
我针对英国军备所表达的意见——可能会改善在地中海方面对意大利
的关系——国内战线——沉没了的"皇家橡树"号——我于 10 月 31
日对斯科帕湾的第二次访问——对舰队主要根据地的决议——在海军
部与张伯伦夫妇共进晚餐——被击沉的"拉瓦尔品第"号——一个虚
假警报

希特勒利用自己的成功，将他的和平方案提交给了盟国。我国采取的
姑息纵容的政策，以及对他掌权所表现出来的平淡态度，曾经一度产生了
很多让人悲痛的后果，其中一点就是让他坚信，我国和法国都是不堪一击
的。9 月 3 日，发生的一起意外事件让他很是不满，这就是英国和法国的宣战。
但他坚信，没落的民主国家透过波兰顷刻间片瓦不留的景象，一定可以意
识到，它们可以左右东欧及中欧命运的日子，已经成为历史了。尽管这时
的苏联正在对波兰的领土和波罗的海国家进行狼吞虎咽的吞并，但他对此
却是很安心。事实上，就在这个 10 月中，他竟然让德国捕获船押送员监
视着被俘的"燧石城"号美国商船，开进了苏联的摩尔曼斯克港。在现在
这个时期，要同英法两国继续作战，是他不愿意看到的。对他在波兰所做
的决定，他肯定地认为，英王陛下政府一定会欣然接受的，而对张伯伦先

生及其旧部来说，如果他提出了媾和的建议，那么他们只需要把忠诚和守信以宣战的形式表达出来，就可以摆脱由于议会中好战分子的逼迫而让他们不得不面对的艰难困境。然而张伯伦先生及英帝国与联邦的其他成员都已下定了决心，要么让他毁灭，要么就是他们自己在这种努力中舍生取义，而对这一切，他一直未曾想到。

＊　　　＊　　　＊

我们在国内忙着对陆军和空军进行扩编，并且为了加强我们的海军实力，采取了一系列的措施。我将自己的意见继续提供给首相，为了能让其采纳，我极力跟其他同事介绍这种见解。

海军大臣致首相　　　　　　　　　　　　　　1939 年 10 月 1 日

我将自己对一些重大问题的意见，在这个周末提供给你，还请原谅我的冒昧。

1. 我们一定要支持法国，尤其是在敌人对我们展开和平攻势的时候。虽然我们有一百万人的备战部队，但我们现在，并且在今后很多个月中的贡献，依然是微乎其微的。我们应该将目前正在做的巨大的战时努力告诉法国人，要让他们知道，这同 1918 年所做的努力相比，规模是一样的，只是形式不同而已；我们不仅重视空军，想要在这方面做出重大的贡献，而且也正在筹建一支包含五十五个师的庞大军队，要在最短的时间内，对其进行训练和装备，然后能根据需要立刻被派往任意地点进行作战。

在我们现在拥有的正规军中，要论战斗力，其中有四个或是五个师要强于其他部队。我们的本土防卫队只经过六个月的训练，而德国的正规军拥有精良的装备，服役期至少也有两年的时间，同这样的军队进行正面对垒，要想不出现必要的损失及不良的后果，是不可能的；在法国军队中，其中一大部分人都已经服役达三年之久，经验极其丰富，要想让本土防卫队跟这样的部队携手共进，也不太可能。唯一能快速扩充我们在法国的部队的方法，就是将驻扎在印度的职业军队抽调回来，然后把他们作为骨干，去训练本土防卫队和应召入伍的人，并组成新军。我现在还不想详细说明此事，但从原则上来说，我们应该将四万或四万五千名驻扎在印度的正规军调回欧洲，同时为了维持印度境内的治安并完成训练，我们应将本土防卫队的六万人派遣到印度。法国南部的营地，有很多军事设备，并且冬季的气候相比这里来说更适合训练部队，所以说这些正规军应该被调到那里。如果要组成八个或是十个优秀战地师的话，那他们就是核心和基础。到了明年春季晚期，这些军队的实力就可以同与他们正面作战或是携手共进的部队实力相等。一支有如此实力的队伍，却是在法国冬季的几个月的时间培养出来的，这样的事实，不仅会让法国感到满意，同时对他们来说也是一个巨大的鼓舞。

2. 我十分关注空军部就他们的战斗力所提出的数字。战争爆发时，他们的中队共有一百二十个，然而实际上能参加作战的中队只有九十六个。一旦发出动员令，巨大的扩充也会随之而生，这样的情景，常常是人们所希望看到的。而实际上却出现了缩减的现象，且十分严重。这方面的真实情况是这样的：从众多中队中抽调走了大量的受过训练的空勤人员、技工或是零件等，其目的是要组建一支作战武装力量，而接下来，这些缺东少西的中队，就作为一支庞大的被称为后备力量的武装被合并在了一起。在这个后备力量中，可能会加入大批的飞机及很多受过训练的驾驶员，但前提是，在冬季的几个月中，任何大规模的空袭都没有发生，且日子过得平静而舒心。即使将各种合理的数据从这个总数中去掉，那么我们在每个月中组成的中队数，也会有六个之多。作为后备力量，如果是已经组织好的、蓄势待发的中队的话，那就远胜于仅仅是将大量剩余的驾驶员、剩余的飞机和零部件简单拼凑在一起的这种方式。目前我们同德国存在着让人心惊胆寒的差距。我敢保证，完成这种扩充是没有问题的，只要你发出命令。

3. 依照空袭预备警报计划所包括的全国各地受危险的程度，制定了防御措施和经费支出，但现在看来，对这种危险程度的理解根本就不对。为了便于研究计划，我们应将为研究提供依据的敌机空袭的目标地区，以及经过的飞行路线以表册的形式记录下来。一定要有大量的人员在这些地区进行全日工作。伦敦当然是被侧重的对象，但这一现象，很快就会在其他各城市表现出来。应该想办法在空袭警报发出后，能让防空人员控制这些目标地区内的路灯；同时，应该日夜加紧建筑和加强防空壕，另外为了安抚人民的情绪，直到空袭真正开始之前，剧场和电影院应该保持开放的状态。应该立刻取消对大部分农村地区灯光照明的限制，同时将娱乐场所对外开放。在这些地区内工作的防空人员，不能收取报酬，都应该是自愿的才对。具体的措施可由地方部门自行商定，中央政府也只是提出意见而已。在这些被包含的区域内——至少有联合王国八分之七的面积，只有在目标地段内才需要根据计划随身携带防毒面具，其他的时候可以放置在家中。可以在下个星期发出这种命令，因为现在确实找不到发出的理由。

＊ ＊ ＊

在波兰和波罗的海国家所发生的灾难，一直在催促着我们，让我们通过各种方式建立起我们同意大利之间的共同利益，并想方设法地阻止意大利加入战争。这些事情在此刻已经变得更为迫切了。此时战争仍旧继续，一些行政上的事务让我忙得不可开交。

海军大臣致内政大臣　　　　　　　　　　　　1939 年 10 月 7 日

虽然我们在这里整天为工作所忙碌着，可我对国内的战线，依然忧心忡忡。在国内大多数地区，对灯火和娱乐的严格管制，已经施行到了不合常理的程度，这原本是没有必要的。你是知道我对这些问题的意见的。但有关汽油的问题又是如何呢？难道是海军没有输入充分的供应？同没有遭到破坏的和平时期的订货数量相比，正由海面运来，或是也许已经运到的供应数量难道不更大吗？我听说，这种限制在国内已经影响了非常多的人和一大部分的企业。将汽油按照标准价格定量分配给人们，同时也允许自由购买，但是税款要加重，这是解决此问题最合适的办法。这样一来，人民付款是为了交通，国家的补益来源于税收，登记的费用会随着车辆的增多而增加，全国的商业也可以随之向前发展。

为了取得战争的胜利，粮食部也制定了各种定量配给方案，我们现在看一下。定量配给这一措施无可厚非，但我听闻，相比德国，肉类的定量配给比例并没有好到哪里去。这样的做法，随着现在海路的打通，是否还有必要因任何需要而继续保留呢？

要实行这种严苛的做法并不是不行，但前提是我们遭受了来自空中和海上的严重打击才可以。但是对由海军负责的输入供应的工作，到目前为止，还没有任何理由能说明已经或将要失败。

此外，对下列所有的这些人，我们应该怎么对待呢？在他们中，曾在上次大战中服过兵役的人很多，他们精力充沛，经验丰富，但现在我们却说不需要这几万人了，这样一来，他们没别的出路，只能到当地劳介所去找工作。毫无疑问，这种做法是极其愚蠢的。这五十万四十岁以上的人，如果他们自愿参加的话，我们可以把他们组成国民自卫军，我们可以让所有上岁数并有影响力的人物来担任这一新组织的领袖。对这种想法，你认为怎么样？年轻有为的人们，会因这五十万人的带头作用而告别家园，同赴国难。如果制服有不足的情况，也不用担心，用一个臂章就可以全部替代。不管怎么样，我们的来复枪是很充足的。这种想法，通过上次跟你的谈话，我肯定你也是赞同的。如果可以，那就让我们去实行。

有关国内战线缺乏组织的怨言，我在各方面都听到了。我们是否能设法加以补救呢？

*　　*　　*

就在我们正在对这些紧要的事务进行处理的时候，一件触及海军部痛处的事件，突然发生了。

在1914年10月17日，英国的大舰队惊慌失措地驶到了海上，原因是有一份情报说德国潜艇已进入斯科帕湾，我们便发出了警报。对此我之前提到过。结果证明，那次警报是虚惊一场。然而，就在恰巧经过了四分之一世纪的现在，几乎也是在同一天，警报变成了现实。一艘披荆斩浪的德国潜艇于1939年10月14日凌晨一点半，击破我们的防御工事后，击沉了停泊在湾里的"皇家橡树"号。① 起初，击中舰首的仅是一并发出的一连串的鱼雷中的一枚，低沉的爆炸声随之而起。一开始认为，这种声音是由于军舰本身的毛病所发出的。舰上的海军上将和舰长根本不相信军舰已经中了水雷，因为他们认为，停泊在斯科帕湾内是十分安全的。还是那艘潜艇，在几分钟过后，又将第二批填入射管的鱼雷发射了出去。于是，军舰连续被三四枚鱼雷击中，舰底炸开了。舰身在十分钟内开始下沉。由于舰身下沉的速度特别快，以至于大部分都在作战岗位上的人员几乎没有一个能逃脱。

当时德国人就此事做了报告，现根据其记载将内容誊写如下：

第四十七号潜艇（艇长为普里恩上尉）于1939年10月14日凌晨一点三十分，用鱼雷将停泊在斯科帕湾的"皇家橡树"号英国军舰击沉。潜艇司令官邓尼茨上将亲自出马，周密策划了这次作战。10月8

---

① 是君王级，也称"R"级战列舰中的一艘。——译注

日天气晴朗，普里恩在这样的天气下，沿着基尔运河，驶向了位于西北方向的斯科帕湾。10月13日凌晨四点，在奥克尼群岛外海，有一艘潜艇静静地停在那里。晚上七点，海面上微风轻抚，空气清新，潜艇升到海面后没有发现任何目标；远处的海岸线在忽明忽暗的夜色中依稀可见；闪烁着蓝色光芒的北极光，那狭长流光在夜空中划过。潜艇向西进发。霍尔姆海峡是斯科帕湾东边的入口，潜艇悄悄地渐渐靠近了那里。峡口的航道虽然被堵住了，但并没有被完全堵死，这真的是太不幸了。一条并不宽敞的通道，贯穿于两艘沉船中间。面对汹涌激流的海水，普里恩依仗极其高明的技巧开了过去。在已临近的海岸上，能看见有一个人正骑车沿着岸边的道路回家。整个海湾眨眼间尽收眼底。他们驶过柯克海峡来到湾内。靠近北岸的水面上，倒映着一艘战列舰的影子，如同一块黑布上的饰物一般的巨大帆柱，在舰体上高高矗立着。驶向它，再靠近一点儿，所有鱼雷射管早已准备妥当，警报声也没有响起，回荡在耳畔的只有轻微的海浪拍岸声，嘶嘶的气压声和发射导管杠杆的尖锐拨动声，除此之外，便万籁俱寂了。发射鱼雷！五秒，十秒，二十秒。随着一声响彻天地的爆炸，一条巨大的水柱在黑暗中冲向了高空。几分钟之后，普里恩又进行了第二次发射。准备好了发射导管。发射！随着隆隆的爆炸声传来，鱼雷击中船腹。七百八十六名官兵，包含布莱格洛夫海军少将（第二作战舰队司令）在内，同"皇家橡树"号英国军舰一起沉没。第四十七号潜艇从缺口处悄悄地逃跑了。有一艘阻截船在二十四小时之后开到了。

在德国，潜艇指挥官可以将此事件视为他们的光辉战绩；而在英国，公众舆论却对此极为愤怒。这在政治上的打击，对任何一个负责战前警备事务的大臣来说，都很可能是致命的。在这起初的几个月内，对这样的批评，对新上台的我来说是不用面对的。这个不幸的事件，也没有被反对党加以

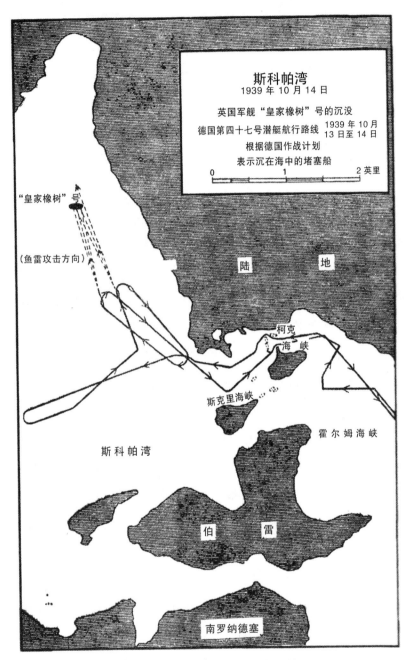

斯科帕湾，英国军舰"皇家橡树"号的沉没

利用以获取资本。相反，A.V.亚历山大先生所表现出来的态度，却是保持克制并赋予同情的。我答应，要以最严肃的方式调查此事。

这一次，针对10月16日德国对福斯湾实施空袭的情景，首相也在下院做了报告。德国人企图动用空军来对我们的舰队实施打击，这还是第一次。我方停泊在福斯湾内的巡洋舰，德国动用了大约有十二架左右的飞机，以两三架组成一个批次的方式进行袭击。这让"索斯安普敦"号、"爱丁堡"号两艘巡洋舰和"莫霍克"号驱逐舰都受到了轻度损坏，死伤的军官和海员共有二十五人之多。敌方的轰炸机被击落了四架，其中被战斗机击落了三架，被高射炮打落了一架。能够安全撤回德国的轰炸机，估计只有一半。这一有效果的办法，让他们在动作上不敢再如此掉以轻心。

到了17日早晨，也就是第二天，敌机又对斯科帕湾进行了空袭。"埃恩公爵"号是一艘旧军舰，其武装已经被解除，铁甲也被卸去，仅仅当作母舰使用，却因为在近处有炸弹爆炸而受伤。它被搁浅在浅海的海底，它要在整个战争期间继续完成它的工作。我们这次又击毁了一架敌机。庆幸的是，在湾内没有本土的舰队。种种迹象表明，要想再使用斯科帕湾的话，那么改进在斯科帕湾建立起来的防止各种袭击的工事，就成了极其迫切的需求。如果我们想要享受该湾所带来的便利，那就要等到六个月之后了。

＊　　　＊　　　＊

在海军方面，因斯科帕湾遭受袭击和"皇家橡树"号的沉没，他们的反应变得异常激烈。这些问题，将于10月31日在福布斯海军上将的旗舰上举行的第二次会议上讨论，第一海务大臣也会陪同我去斯科帕湾参加这次会议。有关斯科帕湾的安保问题，采用的防御措施是在加强水栅的同时，障碍船也要进行额外添加，并且受控的水雷区和其他设施也要建立起来，这些措施也将会在没有防御工事的东部航道中进行应用，我们对此都表示同意。除了这些强大的防御工事，巡逻艇的增加和对足以控制各处入口的大炮阵地的设置，也是不可或缺的。在抵御空袭方面，计划要将八十八门重型和四十门轻型的高射炮安装完成，同时要增设大量的探照灯和防御气球网。在陆地方面，要在奥克尼群岛和威克两处建立起强大的战斗机护卫力量。为了让舰队能够回归旧地，到1940年3月，我们希望能够全部完成这些部署，或是最起码已取得了非常显著的进展。这期间，要另寻场所来安置重型舰只。作为驱逐舰的加油基地，斯科帕湾还是可以胜任的。

对可能会成为替代基地的地方，各方提出来的理由各异，专家的见解也不统一。海军部同意在克莱德湾，但海军上将福布斯却不赞同，理由是舰队和它的主要作战区之间的航程，会因为选择了这个地方，而使其往返的时间在原有的基础上多出来两天。这样一来，驱逐舰的实力就必须要增加，且重型的舰只必须要分成两个舰队才能进行活动。另一个替代基地，是曾经在上次大战后期作为我们主要基地的罗塞斯。它的地理位置是非常合适的，但是对来自空中的袭击，其免疫力更差。我回到伦敦后，在我草拟的节略中，曾总结了这次会议做出的最后决定。

我同张伯伦先生的关系也变得愈加亲密，他同他的夫人在11月13日星期五来到海军部大厦，晚上同我们共进晚餐。我们夫妻的房间在大厦的顶层，里面非常舒适。这天，我们四个人坐在了一张桌子旁。虽然早在鲍德温先生内阁时期，我就同张伯伦先生已经开始共事，并长达五年之久，但我和我的妻子与张伯伦夫妇类似这样的交际，在这之前还从未有过。我把话题引到了他以前在巴哈马群岛的生活，其实也不过是机缘巧合而已，然而却出现了让我非常高兴、在此之前从未见到过的情景：我的客人打开了他的回忆之门，并深陷其中。他详详细细地给我讲述了他在靠近拿骚的一个西印度荒岛上种植剑麻的六年奋斗历程。我之前只知道这个故事的一个大体的概况。伟大的约瑟夫·张伯伦是他的父亲，坚信这是一次机会，一方面帝国没有这种工业，它是新兴的；另一方面也可以为家庭增加收入。1890年，他应他的父亲和哥哥奥斯汀·张伯伦的召唤，从伯明翰去了加拿大，在此之后，他们用了很长时间研究种植计划。在加勒比海湾中有一个小荒岛，距离拿骚岛约有四十英里左右，岛上人迹罕至，可是据说其土壤特别适合剑麻的生长。在他的两个儿子详细勘测之后，约瑟夫·张伯伦先生在安德罗斯群岛上买下了一块地皮，并投下了一笔必要的资金，以便于土地的开发。万事俱备，只需要等待种植剑麻就可以了。这项艰苦的工作，在奥斯汀决定投身下院的政治生涯后，自然就落在了内维尔·张伯伦先生的肩上。

他之所以接受这个工作，不仅仅是因为孝顺，同时也是由于怀揣的信念及跃跃欲试的心情所使然。在此之后，他便开始了对种植剑麻的尝试，整整五年的时间，他的生活都消磨在了这个荒岛上。大风暴时常会袭击这个荒岛，他的生活近乎原始，并且需要不断抗衡因缺乏劳工而产生的困难及其他各种阻碍，唯一能见证到有象征文明的地方只有拿骚城。他跟我们说，他每年要在英国休假三个月，这是他坚决要求的。他建造了一个小港口和趸船，还有一段铁路和电车轨道，其距离也确实很短。所有的施肥方法，只要是能同土壤相适宜的，他都试用过；他过的基本上全部是露天的生活，非常原始。然而，剑麻却依然没有长出来。或者说长出来的剑麻都不足以供应市场。五年之后，他确信这个计划是不可能成功的。他回到家中，将这一结果告诉了他严肃的父亲，而他的父亲是绝对不会满意的。据我所知，他的家人是非常疼爱他的，但面对付之东流的五万镑巨款，仍感到很心疼。

这一本身就体现了一种无畏的努力的故事，被张伯伦娓娓道来，加上他异常兴奋的神情，让我无限向往。我禁不住感慨："希特勒并不知道，他在贝希特斯加登、戈德斯贝格和慕尼黑会见的这位随身携带雨伞、态度沉着的英国政治家，实际上是一个曾经在英帝国边远地方开拓荒野的顽强人物。这真是太遗憾了。"大概有二十年的时间，我和内维尔·张伯伦在一起共事，但在我记忆深处，像这样亲密的交流真的是唯一的一次。

在我们共进晚餐的这段时间，战事在继续，事件也在陆续发生。在喝汤的时候，从下面作战室跑上来一个军官，报告说我们击沉了德国的一艘潜艇。到吃甜品时，他又来报告说又击沉了德国的第二艘潜艇。夫人们要离开餐厅了，在这时，他再次来报告说德国的第三艘潜艇也已被击沉。之前从未有过在一天之内三次连传捷报的情况，而这一纪录的保持，在一年之后才被打破。当他们快要同我们告别时，张伯伦的夫人看着我，她的眼睛纯真而美丽，说道："这是你故意安排好的？"我向她做出保证，我们一定会以同样的成绩来欢迎她的再次光临。①

※　　※　　※

以大部分由商船改装成的巡洋舰为主，有时还要加上战列舰的辅助，构成了我们在奥克尼群岛以北的漫长封锁线，不过相当脆弱。德国的主力舰要想对这样的封锁线实施突袭，是相当容易的，最具代表性的是德国的"沙恩霍斯特"号和"歌奈森诺"号巡洋舰，它们以速度快和战斗力强大著称。敌人要进行这样的进攻，我们是无法阻挡的，如果能把专门偷袭的敌舰吸引过来，进行一次决战，这倒是我们想要看到的结果。

11 月 23 日傍晚，由商船改装的"拉瓦尔品第"号巡洋舰正于冰岛与法罗群岛之间巡逻，它发现了一艘正在向它逼近的敌舰。对这艘莫名的敌舰，它确信就是"德意志"号袖珍战列舰，然后以此做了报告。肯尼迪舰长是它的司令官，他对这种遭遇战的结果不抱一丝幻想。他那艘由远洋客轮改装而成的军舰，只有四门六英寸口径的旧炮装备在舷侧，而他的假想敌不仅拥有一套强大的辅助武装，而且配备的六门大炮的口径也足有十一英寸，这是一场力量悬殊的战争，而他却决然地接受了这一现实，坚决抗战到底。在相距一万码处，敌舰首先开火，"拉瓦尔品第"号随之进行反击。这种具有压倒性优势的作战，是不能长久持续下去的，但是直到"拉瓦尔品第"号被摧毁了所有的大炮，其舰身也完全陷于一团冲天的烈焰以后，战斗才停止。整个

---

①　这些满是希望的报告，在经战后分析得知，并没有得到印证，这是很可惜的。——原注

军舰在天黑后不久就沉没了，舰长和两百七十名英勇的官兵随之殉职。幸免于难的有三十八人，其中被德国人俘虏的有二十七人，剩下的十一人在被另一艘英国船救起时，已在冰冷的海水中漂浮了三十六个小时。

作战的敌方，其实不是"德意志"号，而是"沙恩霍斯特"号和"歌奈森诺"号这两艘战斗巡洋舰。两天前，这两艘军舰驶离德国，在航行中遇到了"拉瓦尔品第"号，并将其击沉。其实它们的本意是想袭击我们的大西洋商船队。由于害怕暴露行踪，所以它们放弃了别的任务，立刻返回了德国。如此，"拉瓦尔品第"号英勇战斗所带来的结果，可见一斑。当"拉瓦尔品第"号第一次发出报告时，"纽卡斯尔"号巡洋舰正在附近巡逻，它看到了炮火的闪光，立刻对发出的报告做出了回应，当它和"德里"号巡洋舰来到作战地点时，"拉瓦尔品第"号还没有沉没，仍在燃烧。它紧追敌人而去。傍晚六点十五分，在茫茫的晚霞和瓢泼大雨中，它发现有两艘敌舰正在疾驰。它看清了其中的一艘，那是战斗巡洋舰，但最终因阴暗的夜色而失去了目标，让敌舰扬长而去。

希望能把这两艘德国军舰吸引出来决一死战，这是此时有关方面主要的想法。海军总司令立刻将他的整支舰队开向海洋。最后发现敌舰的时候，它们正向东方逃窜，于是我们快速组成了包含潜艇在内的强大的舰队，准备将其围堵在北海以内。可是，如果敌人从我们的追击中逃脱后，可能会调头，然后一路向西，驶入大西洋，我们也不能忽略这一可能性。商船队已经让我们胆战心惊了，而迫于局势的压力，我们又动用了所有可用的力量。我们组成了海上和空中的巡逻队，以便对北海的各个出口进行监视，而这种警戒也被此外一组强大的巡洋舰延展到了挪威沿海一带。"沃斯派特"号战列舰在大西洋离开了它的护航队，到丹麦海峡进行搜索，并没有发现什么踪迹，之后便绕过冰岛的北部继续前进，在北海同负责监视任务的舰只会合。受命开向冰岛海面的是"胡德"号、法国的"敦刻尔克"号战斗巡洋舰，以及法国的另外两艘巡洋舰，而"击退"号同"暴虐"号也一并自哈利法克斯港出发,驶向同一目的地。时至25日,在战列舰的护卫下,共有十四艘英国巡洋舰,连同与之配合的驱逐舰和潜艇,对北海海面进行了仔细搜索,没有丝毫发现,同时也没有任何迹象表明敌舰在向西方活动。不得不说,真是时运不济。这种艰辛的搜索,在寒冷的天气里持续了七天之久。

第五天,我们在海军部正焦急地等待着,同时对我们一定能捕获这些辉煌的战利品依然满怀希望时,一艘德国潜艇发报的声音被我们的无线电测向站监听到了。由此我们判断,敌人袭击了我们在北海的某一艘战舰。德国电台在不久后便发出广播,在谢特兰群岛以东,有一艘配备有八英寸口径大炮的巡洋舰被击沉,为以前击沉"皇家橡树"号的普里恩舰长所为。当消息传来时,庞德海军上将正和我在一起。对英国船舰的沉没,英国的公众舆论是特别敏感的;如果面对英勇战斗的"拉瓦尔品第"号被击沉,以及造成的严重的生命损失一直没有给予回复的话,针对海军部,舆论的反响肯定会特别严重。人们也许会提出这样的疑问:"为什么不给这艘实力如此薄弱的军舰以强大的支援,就让它如此暴露?德国的巡洋舰是不是能够肆意活动,以至连我们主力舰队防守的封锁区都闯了进来?袭击的敌舰是否已经毫发无损地扬长而去?"

为了解答这一疑团,我们立刻发出一个电讯进行查询。我们重新聚集在一起,已经是一个小时以后了,可是仍杳无音讯。这时的我们,真的体会到了芒刺在背的感觉。我回想这件事的原因,是因为它见证了我和庞德海军上将之间,以及我们和同时在场的汤姆·菲利普斯海军上将之间的同志感情是多么深厚。我说:"我来负全部的责任。"这是出于自己的责任心而言。庞德说:"不,这个责任是我的。"我们的双手在异常烦恼的情况下紧紧握在了一起。虽然战争都已经将我们两人的心肠锤炼得坚如铁石,但让人难以忍受的痛苦,却随着这种打击的到来,让人不能自已。

然而事实证明,这一过错不属于任何一个人。被袭击的是"诺福克"

号军舰，事实也证明，它没有受到损坏，这是在八个小时之后得到的消息。只是敌机将一枚炸弹投在了靠近船尾的地方，它并没有遇到什么潜艇。但是，普里恩舰长的为人并不是夸夸其谈的。"诺福克"号认为，在其船尾后面爆炸的是一枚从阴云密布的天空中投下的德国的鱼雷，并不是炸弹，只是差一点儿没有击中目标。普里恩从潜望镜中观察到，前面的舰只已经被翻涌起来的波浪遮挡住了。他立刻潜入了海底，为的是躲避预料中炮火的攻击。他浮起潜艇进行第二次观察时，是在半小时之后，视线有些模糊，巡洋舰也不见了。于是，他便做了上述那样的报告。这一消息，让我们在深为痛苦之后感觉如释重负，也因此而稍微减轻了对"沙恩霍斯特"号和"歌奈森诺"号已经毫无损伤地返回波罗的海的消息所带来的失意。如今我们得知，在 11 月 26 日清晨，这两艘德国军舰从我们在靠近挪威海岸巡逻的巡洋舰封锁线中穿了过去。双方在浓雾天气下，都没有发现对方。那时还没有现代化的雷达，如果有的话，发生接触是避免不了的。人们都有一种对海军很是不好的印象。我们不能让外界人士理解的是，异常广阔的海洋，或是在很多区域内，海军正在做出特别大的努力。战争已经持续了两个多月，我们也遭受了很多严重的损失，可是我们在另一方面，却没有丝毫突出的表现，对"海军在干什么"这一问题，我们仍然不能给出答复。

第七章　带有磁性的水雷

1939 年 11 月和 12 月

同达尔朗海军上将举行会议——英国和法国的海军状况——坎平基先生——位于北部的水雷封锁线——磁性水雷——忠心的举措——技术层面——扫雷的方法——"消磁设备"——解决和抑制了磁性水雷的袭击——报复的方式——莱茵河里的浮式水雷——"皇家海军"的作战计划

在 11 月最开始的几天，为了讨论联合作战问题，我前往法国和法国海军当局举行会议。法国的海军总司令部距离巴黎约四十英里的路程，庞德海军上将和我乘车前往那里。在诺阿耶公爵的古老别墅的周围是一个花园，司令部就设在那里。就法国处理海军部事务的办法问题，达尔朗海军上将在开会之前对我进行了说明。当我们对作战问题进行商讨的时候，他要求海军部长坎平基先生回避，因为这些问题的专业性很强。我说在英国，第一海务大臣和我的行动是一致的。达尔朗说他对此是知道的，但这种情景在法国则不一样。"但是，"他说道，"部长先生将会同我们共进午餐。"然后，我们用了长达两个小时的时间对海军事务进行了广泛的研究，其中能取得一致的意见占了一大部分。坎平基先生在午餐的时候来了。此时他正热情地招待我们进餐，因为他清楚自己所处的位置。坐在达尔朗旁边的，是以我的随员身份出现的我的女婿邓肯·桑兹。在席间，达尔朗用了大部分时间，就法国制度下文官部长所受的制约，向他做了阐述。我在临行之前到别墅拜访了公爵。他和他的家属领着我们参观了他们气势恢宏的房屋和珍贵的艺术品，但是我看得出来，他们好像异常惆怅。

晚间，我为了招待坎平基先生，便在里茨饭店的一间私人餐厅里举行了一个小型宴会。他所拥有的爱国主义、激情及智慧，特别是他那种舍生取义的决心，深深地触动了我，让我钦佩。我不由自主地在心中将他和海军上将进行了对比，后者以小心谨慎的态度来维护着自己的地位，他正在走的这条作战路线，跟我们是截然不同的。虽然我和庞德都清楚达尔朗为法国海军做的所有努力，但在这点上，我们的见解是相同的。达尔朗这个人，人们不应该小看他，同时也应该清楚能促使他前进的动力。他自己就是法国海军，这是他的理解。并且他作为首领和复兴者，法国海军也非常拥护他。他在这个位置上已经有七年的时间了，而海军部部长这一职位，都是由有名无实的人物来担任，并且时常更换。想方设法地只让政治人物中规中矩地在会议上夸夸其谈，这是让他无法忘怀的事情。庞德和我还有坎平基能十分融洽地相处。任何畏缩或沮丧都不会在这个刚毅的科西嘉人脸上表现出来。在维希政府的斥责下，他在1941年年初的时候，闷闷不乐地离世，临终留言说，对我的期望很高。我将终身为这些话而感到自豪。

我针对当时我们海军的情形，在会议中做了总结，内容如下：

海军大臣致法国海军部的声明

1. 目前，正在激烈进行中的只有海战。现在，潜艇给贸易带来的威胁，已经被英法反潜艇舰只控制住了，但是在1917年它曾差点儿让我们死于非命。德国会大量增加潜艇的数量（苏联可能会将一部分潜艇借给他们），我们对此应该可以估计到。但是，这也不足为虑，我们只要将快速的和大规模的反措施使用得当就能对付得了。英国海军部的代表将会详细说明我们庞大的造船计划，可是这个计划要想完全实行起来，必须要等到1940年末才可以。就现在而言，必须完成所有可能利用的反潜艇舰只，并立刻投入使用。

2. 相比上次大战中已知的任何仪器，我们的潜艇探测器是一个更加有效的方法，这点是毋庸置疑的。1917年至1918年间必须由十艘鱼雷艇来完成的任务，现在只需要两艘鱼雷艇就够了，但是这也仅限于搜索方面。商船队的数量依旧是个很重要的问题。要想商船队能够安全航行，必须要有配备着潜艇探测器的舰只护航才可以。这对商船队和战舰同样适用。当潜艇袭击法国或英国的船舰时，这时潜艇探测器会加以反击，才能击败潜艇。

英国海军部预备将法国的每一艘反潜艇舰只都装备上潜艇探测器。可以在以后结算这些花费很少的账目。但是，法国舰只只要想前往英国进行装备，就应该立刻着手准备；对每一艘舰只，我们都要传授方法，同时要进行训练。波特兰港是潜艇探测器的发祥地，设备一应俱全，在这里进行这项工作是最合适的。如果同意的话，我们将会提供装备五十艘法国船舰的设备。

3. 我们十分期待法国海军能增加他们装有潜艇探测器的舰只数量，并且能把所有可以在1940年内参加服役的舰只以最快的速度建成。当妥当布置完这方面的工作后，对1941年的情况，我们就可以在六个月后考虑了。在1940年中，特别是春夏两季，是目前需要我们着重关注的。在1940年潜艇战达到顶峰之前，特别是在海洋护航方面，急需在1936年和1937年开始建造的六艘大型驱逐舰。另外，还有十四艘小型驱逐舰，有的已经在1939年开始建造了，而有的现在还在计划中，这些虽然对我们的人力和物力消耗不大，但其发挥的作用却是难能可贵的。在 1940 年内可以完成的这种小型驱逐舰总共有二十艘。这些装备了潜艇探测器的舰只，可以作为行之有效的武器，用来粉碎 1940 年的潜艇攻势。我们同样大胆地认为，在 1936 年开始建造的六艘和 1937 年的十二艘单桅扫雷艇，以及 1938 年造舰计划中的十六艘猎潜舰，这些舰只都是十分需要的。我们将愿意提供潜艇探测器及其他一切的便利给所有的这些舰只。就像一个作战任务一般，在它们完工之后，我们的装备工作就会跟上。可我们仍然感觉，同上述的大小驱逐舰相比，这些较小的舰艇在重要性这方面还是不能与之相提并论的。

4. 我们需要铭记的是，一旦潜艇被我们打败了，全世界海洋的制海权都会归盟国舰队所有。强大的中立国就会以此为契机，对我们进行援助。同时，还可以从法英两个帝国的各个地区吸收资源，进行贸易，进而积累财富，为继续作战做准备。

5. 对可以在 1940 年内竣工的和要在较晚时期才能完成的大型舰只，英国海军部已经划分得很清楚了。对"英王乔治五世"号和"威尔士亲王"号，如果有一线可能的话，我们都将会尽全部努力，让它们能在 1940 年秋季竣工。我们必须要这么做。因为如果"俾斯麦"号[①]在这两艘战舰尚未完成之前就出现在海面上，我们既抓不住它，也摧毁不了它，如此一来，它便在海洋上通行无阻，将所有的航运都破坏掉，而这样的后果是我们无法接受的。可是，法国的"黎歇留"号同样是一艘极为重要的舰只，它完成的时间应该是在 1940 年秋或是更早，如果在 1940 年规定的期限内，意大利的两艘新舰只能按期完工，那么对这艘舰只的需求度就会更高。如果这三艘主力舰在 1940 年之前不能参加战斗的话，在海军战略上，这将会是极其严

---

① 这是一艘装甲厚实坚固、排水量在 40000 吨以上的超级战列舰。——译注

重的错误，它所导致的结果，在海军方面和外交方面都会是极为不愉快的。所以，法国要是能将"黎歇留"号竭尽所能地在最短时间内完成，我们对此是特别期待的。最好在明年的4月或5月再讨论有关英法海军未来的主力舰问题，因为对战争的走向和性质，我们到那时候会看得更清楚。

6. 英国海军部愿趁此机会，感谢法国的同僚和同志们。为了共同的事业，你们在战争一开始就给予我们极其珍贵的帮助。相对战前所做的所有承诺或协议，这种帮助已经远远超越了这一范畴。从塞拉利昂回国的商船队，是由法国的巡洋舰和驱逐舰进行护航的。对它们所做出的贡献，任何其他的办法想要代替，都是绝对不可能的。盟国商船如果没有它们的帮助，遭受的损失一定会更大。在当时，作为唯一能击退德国袭击的武装力量，法国的巡洋舰和扫雷艇同法国"敦刻尔克"号战舰相互协作，将商船队安全送达我国西部海岸的入口处。我们也热烈欢迎法国潜艇在特立尼达附近驻留。在直布罗陀和布雷斯特之间，商船队熙攘往来，担任护送任务的是两艘驱逐舰。我要着重提一下它们。虽然我们的海军力量很庞大，也在不断地增加，但依然捉襟见肘。在这种情况下，它们的所为无疑极大支援了我们的海军力量。

最后，法国为了让"阿尔戈斯"号航空母舰能在良好的地中海气候中对英国海军的飞行员进行训练，给予了种种便利，我们对此深表谢意。

7. 对比较一般的战争形势的考察：我们不得不在各大海洋上广泛分布海军力量，因为敌人的海军在作战时没有界限，所以这就要求我们只能做出上述安排；我们现有的英国搜索舰队有七八个，再加上法国的两个，让这其中任何一个舰队去俘获或击毁一艘类如"德意志"号的敌舰，都是不成问题的。现在，我们于北大西洋、南大西洋和印度洋中巡逻。在战前我们认为攻击舰一定会来攻击商船队的，但结果表明，它们已经不敢了。实际上，肯定有过一艘、甚至两艘像"德意志"号的攻击舰，在几个星期以来出没于主要的大西洋航运线上，如果是在以前，我们肯定认为是极其危险的袭击，可现在，当看到它们没有一丝收获后，我们的心情也稍微放松了一些。今后它会不会通过更加激烈的方式卷土重来，我们没有肯定的答复。要是将大型舰只组织成合适的舰队，在免于遭受空袭的情况下让它畅游于广阔的海洋，同时又能让盟国拥有对海洋有效的和显著的控制权。这样的安排，英国海军部绝对赞同。

8. 将加拿大和澳洲军队的先头部队运送到法国，我们在不久以后便会着手办理。同时，广泛地分布我们所有的搜索舰队，会更加便于实现这一目的。许多横渡大西洋的大型商船队，也有必要派战列舰对其进行护航。我们要继续维护从格陵兰到苏格兰北方的封锁线，尽管天气寒冷，但我们依然要这么做。在这条封锁线上共有二十五艘由商船改装的巡洋舰轮流值勤，作为后援的是配置有八英寸口径大炮的四艘万吨级巡洋舰。最新式的"胡德"号战列舰[①]或另一艘巨舰，这些代表英国海军的主要战斗力的舰只，一直被我们放在这四艘巡洋舰的后面。现有的这些力量，就算是应战或追击企图突破封锁的"沙恩霍斯特"号和"歌奈森诺"号，也是没有问题的。我们认为，敌人想要在波罗的海这样的局势下使用这两艘战舰是不太可能的。尽管如此，我们一直保持着为对付它们所必需的力量。我们希望，两个盟国的海军继续采用这种措施，不会将意大利引诱过来，使其加入敌人的阵营，而我们也肯定可以消灭德国的敌对力量。

---

① 历史上最强大的战列巡洋舰，以18世纪英国海军名将胡德的名字命名。——译注

法国海军部对此进行了回复，说上述提及的各种舰只，实际上他们正在积极地完成，对安装潜艇探测器的提议答应得也很痛快。在 1940 年夏季不但会完成"黎歇留"号的建造，并且同年秋季"让·巴尔"号也将会完工。

*   *   *

庞德海军上将于 11 月中旬向我建议，准备重新设置在苏格兰和挪威之间的水雷封锁线。这里的水雷封锁线曾被英美两国海军部于 1917 年至 1918 年间敷设过。这是一种主防御的、试图通过耗费大量的物资来替代决定性的行动，可我并不喜欢这样的作战方式。但是，迫于形势，我渐渐地放弃了自己的意见，同意了上述建议。11 月 19 日，我向战时内阁提交了计划。

北方水雷封锁线
海军大臣备忘录

这个计划，我经过了反复的考虑，现在我将其介绍给我的同事们。德国的潜艇和海面攻击舰的往返问题，会随着这个计划的完成而形成巨大的阻碍，这点是毋庸置疑的。它似乎是一种慎重的举措，用于预防日益激烈的潜艇战，同时也是一种有力的保证，以防止苏联加入我们的敌对势力中去。我们将抵挡住所有的敌舰，也能完全控制住波罗的海和北海的所有入口，而这所有的一切，都要依赖这一措施。需要通过有优势的海军力量不停地警戒，让试图扫清水雷以便打通航道的敌人无从下手，是这种具有攻击性布雷区的要点所在。布雷区建好以后，在外海行动时，会让我们感觉到比现在要自由得多。敌人终究会认识到布雷区会被渐渐地、无情地扩展。而它所发挥的作用，就是要让敌人产生一种挫败感。遗憾的是，它耗资巨大，财政部已经拨出了大量的款项，而应用这种作战手法（即布雷）最理想的方法，就是北方水雷封锁线。

这一方案体现了最高级专家的意见，并且在一个严谨而理智的内阁中通过率也是很高的。由于事态的发展，它却被置之不理；然而到那时，已经用掉了大量的资金。在以后完成其他任务的时候，为这个封锁线所制造的水雷却派上了用场。

＊　　　＊　　　＊

不久之后，我们的安危又受到了一种恐怖的新危险的威胁。在我们海港的入口处，我们已经扫过雷了，但仍然有近十二艘的商船于 9 月和 10 月间在此触雷沉没。海军部立刻产生怀疑，敌人应用了磁性水雷。这对我们来说并不新鲜：我们曾在前一次大战结束时就已经使用过，但是规模很小。1936 年海军部的一个委员会曾研究过关于对抗磁性炸弹装置的方法。但在当时，研究如何对付磁性鱼雷或是浮雷，才是他们工作的主要内容，他们并没有完全意识到使用船只或飞机将很大的雷弹安置在非常深的水中，造成的后果依旧非常可怕。要想找出解决的方法，那就必须要弄到这种水雷的样品。9 月和 10 月两个月中，共有五万六千吨的舰只被水雷炸沉，其中一大部分属于盟国和中立国。希特勒有点儿飘飘然了，在 11 月中，他奸诈地暗示道，他的新式"秘密武器"是无法抗衡的。一天晚上，庞德海军上将到恰特威尔来找我，他显得万分焦急。在泰晤士河入口处，六艘船被击沉了。每天都有几百艘船出入英国的港口，我们依赖它们的往来航行为我们提供生存保障。希特勒的专家们一定告诉他了，用这种方式进行袭击足以能至我们于死地。一开始，因为储存数量和制造能力上的限制，他只能采取小规模的行动，这真是不幸中的万幸。

命运之神对我们的庇护，也变得更加直接。在 11 月 22 日晚九点到十点之间，有人看见一个巨大物体坠在降落伞下，被一架德国飞机投进了靠近修伯利纳思的海中。有一大片泥潭就在这里的海岸四周，当潮水退去后，它便暴露无遗。这也让事情立刻变得明朗起来，等到潮水退去以后，不管投下的是什么，肯定可以勘查到并打捞出来。这个机会对我们来说真的是太好了。奥夫里和刘易斯海军少校有着高超的技术，他们在"韦尔农"号军舰——一个负责开发水下武器的海军机构中服役。当晚午夜之前，他们被海军部召了过来，第一海务大臣和我接见并听取了他们的计划。到了第二天的凌晨一点三十分，他们已乘车赶往绍森德，进行危险的打捞工作了。23 日，他们仅依靠着一盏微弱的灯光，在黎明前的一片黑暗中发现了水雷，它距满潮标大约有五百码的高度。但鉴于当时正在涨潮，他们只得粗略地观察了一下，做好准备工作，等潮汛过后再进行处理。

在下午很早就开始对水雷进行打捞，这项工作极其危险。那时又发现了第二枚水雷，它就在第一枚水雷附近的淤泥中。为了以防万一，当奥夫里和上士鲍德温处理第一枚水雷的时候，他的同事刘易斯和二等水兵威恩克姆则退守在安全距离以外。为了能让刘易斯在拆卸第二枚水雷的时候能了解到已知的情况，奥夫里在每一次完成预定的工作后，都要以信号的方式通知他。最后，要成功处理掉第一枚水雷，他们一定要集四人之力才可以完成，他们的技术和热情也为他们赢得了相当可观的回报。奥夫里等人在当晚来到了海军部，汇报说水雷已经完整地打捞起来了，为了便于做详细的检查，已经将其运往朴次茅斯。我热情地接见了他们。我将八十或一百名军官和官员召集到了我最大的房间里，因为他们深深地知道，这件大事关系到生死存亡，所以在倾听打捞过程的时候都显得激动异常。整个局势因此而转变。为了彻底解决这种特殊性质的水雷，可将之前研究中所获得的经验，立刻运用到创造实用的方法当中来。

海军拥有的知识和力量，被我们全盘发动了起来。展开实验工作后不久，在实际应用中就有了明显的效果。当时所需的各种技术手段，都由威克—沃克海军少将负责协调。我们也同时展开各方面的工作，首先用合理的方法，对水雷进行摧毁，可以使用新式的扫雷和引爆雷管的方法；其次用消极的方法，即防御手段，想方设法让所有的船只在通过没有扫除或没有有效扫除水雷的航道内，避免触雷。我们发明了一种"消磁法"，达到了进行防御的目的。这种方法就是在船身上缠绕电缆，从而让船只失去磁性。各种样式的船只，立刻应用上了这种行之有效的方法。为了不耽误商船的行程，我们将这种装置设置在了各主要港口。在舰队方面，因为拥有受过高度训练的皇家海军技术人员，因此也就大大简化了装置的安装进程。在附录中有关于这些的记载，读者如果对技术细节感兴趣的话，可以参阅。

*　　*　　*

依然存在舰只遭受严重损失的事件。11 月 21 日，"贝尔法斯特"号新巡洋舰在福斯湾触雷；12 月 4 日，正在进入尤湾的"纳尔逊"号战列舰又触到了水雷，但这两艘军舰却在受伤的情况下依然能够航行，并驶进了一个有船坞的港口，这是让人感到意外的。在这段日子里，有两艘驱逐舰被摧毁，"探险"号布雷艇和另外两艘驱逐舰都在东海岸受到了损坏。由于我们严格保密，"纳尔逊"号从损坏到修好并重新启用，德国谍报机关自始至终都没有探听到这些真相，这委实让人感到惊讶。然而，在英国就有好几千人，从一开始就必须要知道事实的真相。

不久之后，我们通过实验找到了新的更简单的消磁方法。在对士气的鼓舞上，这一成功带来了异常显著的效果，然而我们之所以能够打败敌人，主要依靠的还是扫雷艇一往无前、忠实诚恳和坚韧不拔的工作，以及天才的技术专家们勤奋的努力，是他们为扫雷艇设计并提供了所有实用的装备。尽管仍有很多让人感到担忧的时候，但从这时开始，我们一直控制着来自水雷的威胁，危险也随之开始减少。在圣诞节来临之际，我能这样写信给首相：

1939 年 12 月 25 日

这里一切安好。我们已经能够应付磁性水雷了，且成果显著。对此，我感觉你应该会有兴趣。经过证明，我们在最初使用的两种迫使水雷爆炸的方法都是有效的。磁性扫雷器引爆了两个水雷，缠有粗电缆圈的驳船引爆了另外两个。这一情况发生在港口 A（尤湾），在该处的航道被肃清以后，我们"有趣的病人"（"纳尔逊"号）就会回到朴次茅斯的"疗养院"去。同时，还有一个简单、迅速和省钱的方法能让战舰和商船消磁。现在我们所有最好的设计都已经临近完工。在十天之内，飞机和"博尔德"号磁性船就能使用，我们确信在不久之后，磁性水雷带来的威胁就会烟消云散。

我们也正在研究可以视为应对这种袭击的另一版本，即音响和超声波引爆水雷。有三十名热心的专家正在研究这种可能性，但他们是否已经找到了解决方法，我还不得而知……

有必要对海战这方面进行深入思考。在当时，用来克制水雷所付出的努力占了我们全部战时努力的绝大部分。为了这项工作，缩减了其他任务的供给，将大量的物资和金钱放到了这上面。当时冒着生命危险不分昼夜工作的就有好几千人，而这仅仅是在扫雷艇方面工作的人数。1944 年 6 月，当时从事这方面工作的人数达到了顶峰，几乎有六万人之多。商船船员的锐气是任何困难都不能打败的；他们的精神，随着越来越恐怖繁杂的水雷袭击和我们日益有效的反击措施，而变得更加亢奋。我们被他们艰辛的工作和用之不竭的勇气感染，挺了过来。海上航运，这项我们赖以生存的事业，终于能按惯例不断地进行了。

＊　　　＊　　　＊

在最初，磁性水雷所带来的打击让我极其震撼，我们被迫使用了所有能产生作用的保护措施。与此同时，我也一直在寻找一种手段，一种反击报复的手段。在战争前夕，我到莱茵河视察，对德国这条极其重要的动脉，我曾在心中很是重视。早在 9 月中，我就在海军部提出，可以考虑把漂浮水雷投进莱茵河中。可在当时有很多中立国家的船只都在使用这条河，所以不能这么做，除非这种费尽心机的战争由德国人首先对我们发动才可以。现在，他们已用尽心机地将水雷投进了英国的港口，并炸沉了我们的船，我认为在莱茵河中使用相似的、在可能范围内更为有效的水雷袭击，才是适当的报复方式。

于是，我于11月19日发出了几个节略，其中最能准确对计划详情加以说明的，就是下面这一个：

海军部军需署长（及其他人员）

1. 貌似很有必要在莱茵河中投入大量的漂浮水雷，以便实施报复。在斯特拉斯堡至劳特之间的这段河流，岸边以左就是法国领土，所以在任何地点进行操作都极为容易。对这个设想，甘默林将军很感兴趣，并请我为他制订出来将实行的计划。

2. 我们应当清晰地审查一下我们的目的。作为德国贸易和人民生活的主要依赖对象，数量巨大的大驳船往来于莱茵河中。这些驳船的结构，并没有双龙骨，也无隔舱分成的大分舱，它们的用途只是河道运输。这些细节类的东西，不费吹灰之力就能查清楚。另外，最近至少有十二座船桥在莱茵河上架了起来，对德国集中在萨尔布吕肯—卢森堡区域的军队来说，这些是必定要用的。

3. 所以说，只要用一种或许都没有足球大的、小型的水雷即可。一般情况下，河水的流速大约为每小时三四英里，最快的时候大约为每小时七英里。要想查明白这些，也非常容易。因此，水雷中必须有一种计时器，要让它在漂浮一定距离后，才会发生爆炸。这样一来，既可以让水雷远离法国领土，也让莱茵河下流，到莱茵河和摩泽尔交汇处或是更远的地方都能感受到水雷所带来的恐惧。这个计时器能让水雷在到达荷兰领土之前，自行沉没，如果能自动爆炸的话更好。水雷的漂浮距离应该是可调的。当它向前漂浮并达到规定的距离后，只需稍微地碰撞就能爆炸，这种引爆方式是一定要实现的。除了以上各种特点，如果水雷的搁浅时间达到了规定值，它就会自动爆炸，这样一来，就能更容易地将恐怖情绪扩散到德国沿河两岸。

4. 另外，为了避免水雷在涨水时被人发现，那就必须要让它悬浮在水面以下合适的位置。我们应该设计这样一种水压活塞，其动力可以通过一个小唧筒压缩空气来提供。我认为，它能持续工作的时间，应该至少是两天，但我没有计算过具体的数字。另一种方法就是给对方视觉上造成混乱。将球状的铁皮空壳投入到河中，数量越多越好，从而达到伪装水雷的目的，这样一来，就算敌人想处理，也只能望洋兴叹。

5. 他们会在河中搭建起铁丝网，这是他们为对付这种水雷首先能想到的办法；但是在上游被击毁的船只，其残骸会顺流而下，撞毁铁丝网。同时，如果将铁丝网架设在边境内的话，它会极大地阻碍水上的交通。就算上述问题都不存在，当我们的水雷接触到铁丝网停止漂流时，它也会爆炸，在十二次或是更多次的爆炸后，铁丝网上被炸开的洞口就会越来越大，直至将其毁掉，这样一来，其他的水雷就会从容地漂浮过去，航道则被再次打开。同时，铁丝网这样的障碍，可以直接用特大号的水雷炸开便可。其他的防御办法，我是想不出来了，或许负责对这类问题进行研究的官员能有办法。

6. 最后，请大家一定要牢牢地记住，水雷的制造工艺一定要简单明了，这样才能量产。因为对水雷的需求量是很大的，并且要接连数月，连夜进行铺雷工作，只有这样才能达到破坏水道的目的。

战时内阁对这个计划表示赞成。他们认为，既然德国人敢使用磁性水雷袭击和破坏到英国港口来的盟国和中立国的所有船只，那我们就应该奋起反击，而最合乎情理的措施，莫过于让莱茵河上所有繁忙的航运陷于瘫痪，对此，我们是能做到的。在必要的承诺和优先权都已就位的情况下，我们的工作立刻并迅速地开展起来。实施计划由我们和空军共同商定，准备用飞机将水雷敷设在莱茵河的鲁尔段。我把这项工作全盘托付给了菲茨杰拉德海军少将，他将会在第一海务大臣的指导下去完成这项任务。这位军官所做出的个人贡献，跟他优秀的才能一样突出，可是后来，他在大西洋指挥一个护航队时不幸遇难。我们已经解决了所有技术上的问题，水雷可以大量供应。我们组织了几百个英国水手和水兵，他们满腔热忱，只要时间一到，他们就能立即开始敷雷工作。这些情况都是今年11月间的，可到了明年3月，想让我们准备妥当的话，依然不可能。不管是太平盛世还是战乱纷争，一想到有一种积极的措施就要在你这边实现，总是会让人感到愉悦的。

第八章 普拉特河口外发生的海战

海面上的攻击舰——德国的袖珍战列舰——德国海军部的指令——英国搜索舰队——位于美洲的三百英里边界——我们向美国提出的建议——国内的顾虑——谨慎的"德意志"号——大胆的"施佩"号——朗斯多夫舰长的战略——位于普拉特河口外的哈弗得海军准将的舰队——他的深谋远虑和好运——12月13日发生的遭遇战——朗斯多夫的错误——失去战斗力的"埃克塞特"号——德国袖珍战列舰的退缩——"埃阿斯"号和"阿希里"号的追击——逃入蒙得维的亚港的"施佩"号——我在12月17日写给首相的信——英国舰向蒙得维的亚集结——朗斯多夫收到德国元首指令——被凿沉的"施佩"号——朗斯多夫自尽——停止了对海上英国商船起初的袭击——"埃特马克"号——"埃克塞特"号——普拉特河口外战争所造成的影响——我给罗斯福总统发送的电报

来自潜艇的威胁已经让我们受到的损失和担当的风险达到了顶峰，不过更可怕的是，我们的海洋贸易也一直在承受着来自海面攻击舰的攻击，如果任这一现象继续发展下去，造成的结果势必会更加严重。德国依照《凡尔赛和约》的规定，建造了三艘袖珍战列舰，起初他们就将设计的标准定位在用于对商船的攻击上。他们通过巧妙的设计，在仅有一万吨排水量的战舰上，集成了六门十一英寸口径的大炮、二十六海里的时速，以及铁甲装备等。从英国的巡洋舰中任意抽调一艘出来，都不是其对手。相比我们的巡洋舰而言，德国的巡洋舰配备的大炮，其口径达到了八英寸，愈显现代化，如果用于袭击商船，其威胁也不容小觑。另外，配备着重型武器的伪装商船，也会被敌人应用其中。1914 年，发生了一场劫掠事件，其罪魁祸首是"艾姆登"号和"克尼希堡"号，为了歼灭它们，我们动用了三十多艘战舰和武装商船，当时的情景至今仍历历在目。

有许多传言称，德国已经开出了一两艘袖珍战列舰。这一现象，在这场新的战争开始以前就已经存在了。经过我们的本土舰队巡查之后，并没有发现任何端倪。现在我们清楚了，"德意志"号和"施佩"号两艘军舰都是在 8 月 21 日和 24 日这段时间内从德国出发的。当它们穿过危险区的时候，我们还没有将封锁线及北方巡逻舰队组织起来，而它们已经肆意在海洋中航行了。"德意志"号于 9 月 3 日穿过丹麦海峡，之后就在格陵兰周边一带埋伏。在没有被人发现的情况下，"施佩"号从北大西洋的贸易航线上穿了过去，并驶过亚速尔群岛，已经到达其南面很远的地方。两艘军舰的燃料和其他物品的供给问题，分别由相伴而行的两艘补给舰解决。起初，它们一直在广阔的海洋中隐藏着，没有一点儿活动的迹象。如果他们想要取得战利品，唯一的办法就是采取袭击行动。当然了，如果他们不这么做，也遇不到什么危险。

8 月 4 日，德国海军部发布了一道见地非常高明的命令：

战时任务

想尽一切办法对敌人的航运贸易进行阻止，直至使其毁灭……如果对完成主要任务无益，即便遇到处于劣势的敌人的海军，也不要与之交战……

身处作战区域，所在地点要时常变换，这样一来，就会让敌人摸不着头脑，即使取得的效果不明显，最起码对敌人的商船行动也能起到压制作用。另外，离开所在地，暂且向遥远的地方挺进的做法，也会让敌人的迷惑感增强。

假如说，敌人为了阻止我们取得想要的结果，从而在他们的航运线上动用了优势军事力量进行保护的话，那么，仅透过航运表现出来的这种局限性，就能很好地证明，他们的补给线已经被我们极大地破坏了。如果我们在敌人的护航区内继续保留袖珍战列舰的话，我们也可以得到有价值的结果。

这些见地，洋溢着满满的得意，尽管海军部对此感到痛心疾首，却也不得不认同。

＊　　　＊　　　＊

9月30日，"克莱门特"号这艘五千吨的英国邮船正在单独航行，被"施佩"号击沉于伯南布哥海面。这让英国海军部极为震惊。这种信号，也是我们一直在期待的。于是，许多搜索舰队立即组织起来，包括所有可用的航空母舰，给予协助的还有战列舰、战斗巡洋舰及巡洋舰。根据判断，在一般形势下，要想截获并摧毁一艘袖珍战列舰，只要使用由两艘或更多军舰组成的搜索舰队就能完成。

为了对两艘敌舰进行搜索，在未来的几个月中，需要组成九个搜索舰队，其中强大的军舰有二十三艘。迫于无奈，我们又额外派遣了三艘战列舰和两艘巡洋舰去重点保护重要的北大西洋商船队。如此一来，我们势必要从这些舰队中抽调出包含三艘航空母舰在内的十二艘最强大的军舰，结果就是异常严重地削弱了我们本土舰队和地中海舰队的实力。我们的根据地广泛分布于大西洋和印度洋，我们的船舶所通过的各主要重点区域，从各根据地出发的各个搜索舰队都能涉及到。如果敌人要对我们的贸易航运进行袭击，就难免要置身于至少一个搜索舰队力量所能触及的范围内。我做了一个十分完善的一览表，将搜索活动达到高潮时参与进来的各个搜索舰队一一列入其中，其目的就是为了能让人们对这些搜索活动的规模有一个大体的认识。

＊　＊　＊

希望战争离他们的海岸线越远越好，这是美国政府在这段日子里的主要目的。二十一个美洲共和国的代表于 10 月 3 日在巴拿马聚首，决定划分出一个不允许发生战争的美洲安全区域，并主张将这个区域规定在距他们海岸三百到六百英里的范围内。我们并不想在美洲的水域内发生战争，在某种程度看，这样的确同样有益于我们。于是，我立刻联系罗斯福总统，对他说如果美国要求交战各国都要尊重这个安全区域的话，那么我们的权利应该在国际法规定的范围内得到保障，在这一前提下，我们立刻欣然接受他们的愿望。要是能卓有成效地维护这个安全区，那么它能向南扩展到什么地方，我们并不在意。如果在这个建议中将安全区的警戒工作仅交给几个弱小的中立国来负责的话，那么我们很难接受这个建议；相反，如果此项工作由美国海军负责，我们会放心得多。对我们而言，在南美沿海一带巡视的美国军舰越多越好，这样我们会更加高兴；因为这样的话，对正在被我们搜捕的德国攻击舰来说，破坏南非的贸易航线要比待在美洲国家的领海好得多。然而，在那里我们已经做好了对付他们的准备。但是，对海面上的一艘攻击舰来说，如果此时正进行行动的它竟是从美洲安全区出来的，或是为了逃难而进入了这个安全区，为了避免遭受攻击舰的攻击，我们希望安全区能为我们提供必要的保证，或是准许我们进行自卫反击。

10 月 5 日到 10 日之间，有三艘船在好望角航路上被击沉了。在这段时期，我们还没有获得有关此事件的确切消息。在返航的时候，这三艘船都是独自行动的。我们并没有收到它们的求救信号，我们之所以产生怀疑，是因为超过预期的到达时间已经很久了，仍没有看到它们的踪影。它们已经被攻击舰摧毁了，这一结果是我们在很多天以后才敢断定的。

在英国西部沿海一带，隐藏着我们的主要舰队。这也是让我和其他人感到特别忧虑的地方，由此看来，我们必须要分散我们的海军力量。

第一海务大臣及海军副参谋长　　　　　　　　　　1939 年 10 月 21 日

起初，在伯南布哥附近海面发现了"舍尔"号敌舰的踪迹，然后它行迹飘忽不定，不知所踪，并且它并没有对贸易航运造成伤害，我们不禁要发问：假如德国人是想诱使我们广泛分布开剩余的船舰，他们这么做的目的是什么呢？就像第一海务大臣说过的，他们为了便于空袭时寻找目标，在理论上他们是乐意让我们把船舰都集中于国内水域的。不仅如此，对"舍尔"号在南大西洋出现的传言，我们会有什么样的反应，他们是怎么预料出来的？敌人所做的一切，看似毫无目的；但是，像德国人这样的民族，他们是不会做没有目的的事的。这个"舍尔"号，你能肯定它只是一个名字，而不是诡计或是假消息的代号？

北大西洋商船队增加的护航舰有：

战列舰："复仇"号、"坚定"号、"沃斯派特"号；

巡洋舰："绿宝石"号、"企业"号。

我从无线电中听到了德国吹嘘，称我们的舰队正在被他们赶出北海。就现在的情况来看，相比之前他们胡扯的众多谎言，这次的说法要真实得多。所以，海面军舰可能会对东部沿海进行袭击。我们将自己的潜艇队派遣出海，让其在敌人可能进犯的路线附近活动，是否可以采取这样的做法呢？在侦察敌情方面，潜艇队可能会需要一艘对其实施保护的驱逐舰替它们完成。在我们拖网船的监视线以外很远的距离，才应该是潜艇队活动的范畴。为了争取时间，我们已经后退了相当长的一段距离，所以说某种变故很可能在不久之后就会发生。

就我本身而言，鼓吹"侵略恐怖"是我最讨厌做的。我同这种思想的斗争，在1914年到1915年初这段日子里一直没有间断过。虽然如此，参谋长委员会应该考虑周详，假如说在沿岸附近有深水的哈利基或韦伯恩湾，有渡海而来的两万人在此处登陆，可曾想过由此产生的后果？这会让霍尔·贝利沙先生对大军的训练因这两万人的入侵而取得比预期更为实际的意义。敌人的这种企图，因现在的漫长黑夜而变得更加容易实现。陆军部是否已经有所准备，以防范这种特殊情况？一定要牢记我们现在在北海所处的地位。这种情况，我并不认为一定会发生，但本质上，发生的可能性还是存在的。

搜索舰队组织表——1939 年 10 月 31 日

		组织		
队别	战列舰和战斗巡航舰	巡洋舰	航空母舰	区域
F	—	"贝里克"号 "约克"号	—	北美洲及西印度群岛
G	—	"坎伯兰"号 "埃克塞特"号 "埃阿斯"号 "阿希里"号	—	南美洲东海岸
H	—	"苏塞克斯"号 "希洛普郡"号	—	好望角
I	—	"康沃尔"号 "多塞特郡"号	"鹰"号	锡兰
	"马来西亚"号	—	"荣耀"号	亚丁湾
K	"威慑"号	—	"皇家方舟"号	伯南布哥与弗里敦之间

L	"击退"号	—	"暴虐"号	大西洋护航队
X		两艘法国八英寸口径大炮巡洋舰	"赫尔米兹"号	伯南布哥与达喀尔之间
Y	"斯特拉斯堡"号	"海神"号	—	同上
	—	一艘法国八英寸口径大炮巡洋舰		

对我们贯穿西北大西洋的生命线进行袭击，是"德意志"号起初的目的，然而它对自己接到的命令而做出的解释，不可谓不深刻谨慎。它的巡查期长达两个半月之久，可是却一直都没有靠近过我们的护航队。它下定决心对英国的舰队进行竭尽全力的躲避，也正是因为这样，被它击沉的船只只有两艘，包括一艘挪威的小船。美国的"燧石城"号是第三艘船，它被俘的地点是正载货赶往英国的途中，可是后来，却被一个德国人在挪威的一个海港释放。

"德意志"号在11月初，再次从北极的海洋中穿过，返回德国。然而，仅仅是在我们主要的贸易航运线发现了这艘强大的军舰的身影这一事实，就已经让我们在北大西洋的护航舰艇和搜索舰队感到压力重重了，如此看来，它所想要的目的达到了。实际上，它出来活动所带给我们的压力，要比那种晦暗的威胁要小得多，所以我们宁可选择前者。

在南大西洋中的"施佩"号，其胆量之大及想象力之丰富，不久便让它成了焦点。就是这个辽阔的海面上，盟国的强大海军于10月中旬采取了行动。"皇家方舟"号航空母舰和"威慑"号战斗巡洋舰的根据地在弗里敦，两者同属一支舰队，与这支舰队在一起的是由两艘重巡洋舰组成的一支法国分舰队和英国的"赫尔米兹"号航空母舰，这艘航母的根据地为达喀尔。两艘重巡洋舰"苏塞克斯"号和"希洛普郡"号都位于好望角；为了对普拉特河与里约热内卢的重要的航运实施保护，包括"埃克塞特"号、"坎伯兰"号、"埃阿斯"号及新西兰军舰"阿希里"号。舰上的官兵主要是新西兰人，是哈弗得海军准将的舰队，一直在南美东部沿海一带活动。

"施佩"号会暂时出现在某一地点，当它袭击成功之后，则会再次在漫无边际的大海中消失，而这就是它的做法。它第二次出现后就将一艘商船击沉了，地点是在距好望角航线以南比较远的地方，之后就没有了它的踪影，到再次发现它，之间隔了差不多有一个月的时间。我们的各个搜索舰队，在这一个月的时间内，在所有区域内到处搜索，同时对印度洋方面的舰队做出指示，要求它们提高警惕。实际上，"施佩"号的目的地就是印度洋。11月15日，它到达了莫桑比克海峡，这个海峡位于马达加斯加岛与非洲大陆之间，在这个地方，它将英国的一艘小油船击沉了。它的行动路线是这样的：为了便于将搜索舰队吸引到印度洋，它首先在印度洋出现，然后极具才华的朗斯多夫舰长立刻返航，通过好望角南面比较远的航线，重新驶入大西洋。由此看来，这明显是一个声东击西的计策。这样的行动，我们之前已经预料到了，但是我们想要阻截它的计划，却因它撤退极为迅速而功亏一篑。正在进行这一怪异行动的是一艘还是两艘攻击舰呢？海军部根本摸不着头脑。如此一来，在印度洋和大西洋两个地方，我们都要尽全力搜索。在这时候，我们还以为"施佩"号和它的姊妹舰"舍尔"号，本来就是同一艘。让我们感到忧愁的是，我们被迫采用的应对手段同敌人的实力比较起来，真是太不相符了。这不禁让我想起了发生在1914年12月的情景。在当时，我们首先在科罗内尔，之后在福克兰群岛作战之前的确让人忧虑的那几个星期。那时候，在太平洋和南大西洋的七八个地点，我们必须要同时做好准备，然后期待着以前的"沙恩霍斯特"号和"格奈森诺"号在冯·施佩海军上将的带领下来此作战。这一难题并没有随着二十五年光阴的逝去而变得容易，而是一如既往的让人感到迷惑不解。所以说，当听到"施佩"号再次出现在了好望角与弗里敦之间的航路上，并在12月2日将两艘船击沉，同时在7日又将另外一艘船击沉的这一消息后，的确让我们感到一身轻松。

*　　*　　*

对英国在普拉特河口外及里约热内卢海面的航运进行保护，是在战争开始后，哈弗得海军准将的特殊使命和职责。对"施佩"号来说，普拉特河一带可供掠夺的捕获品实在是太丰富了。而这也让哈弗得海军准将坚信它一定会来的，只是时间早晚的问题。他已经将发生遭遇战时所采用的战术问题做了周全的考虑。"坎伯兰"号和"埃克塞特"号巡洋舰配置的大炮口径有八英寸，"埃阿斯"号及"阿希里"号巡洋舰配置的大炮口径有六英寸，这四艘巡洋舰都归他指挥，它们联合起来的力量，不要说捕获敌舰，就是将其摧毁都没有问题。到"预测的那天"，要让四艘军舰同时对敌的话，出于燃料和修整方面的考虑，可能性不大。如果情况真是这样的话，那要把握起来真的就太难了。12月2日，"多里斯"号被击沉的消息传到了哈弗得的耳朵里，他立刻做出了正确的判断。他断定，现在仍处三千英里之外的"施佩"号，将要向普拉特河驶来了。他理智地预测，"施佩"号到达的时间应该在13日。不得不说他真的是太幸运了。他下令，在12月12日，一切可作战的舰艇都要到此处集结。在福克兰群岛，"坎伯兰"号正在此处检修，这是很遗憾的；但是到了13日清晨，在普拉特河口外航路的中心，"埃克塞特"号、"埃阿斯"号及"阿希里"号已经在此处集合完毕。早上六点十四分，黑烟果然在东方升腾了起来。这场遭遇战终是到来了，它已让我们望穿秋水。

负责实施舰只调度的是在"埃阿斯"舰上的哈弗得，为了让敌舰在战斗过程中方寸大乱，炮火无法集中于一点，他让炮轰这艘袖珍战列舰的舰只之间拉开了很远的距离。他带领着他的小型舰队以最高时速向前紧逼。起初，"施佩"号的朗斯多夫舰长看到小舰队时，以为只有一艘轻巡洋舰和两艘驱逐舰需要对付，于是也开足马力前进；但是当他片刻以后认清对手的实力以后，就明白这场生死对决已经在所难免了。现在双方的舰只正在快速靠近，时速为五十英里左右。此时留给朗斯多夫做决定的时间只有一分钟了。在这种情况下，他采取的正确做法应该是立刻掉头，并充分发挥他的十一英寸口径大炮的射程和威力，让他的对手处于这一火力覆盖范围之内，且时间越长越好。因为英国舰队在这种情况下，一开始根本无法给予还击。如此一来，他在进行炮击的时候就没有任何顾虑，这样他就可以迫使对方减速，同时提升自身的速度，让双方的距离进一步拉大。当然也有可能在对方还没有一艘舰只发动攻击之前，他就可以重创对方。然而事实上，他却做出了继续让"埃克塞特"号逼近的决定。于是，战斗几乎同时打响。

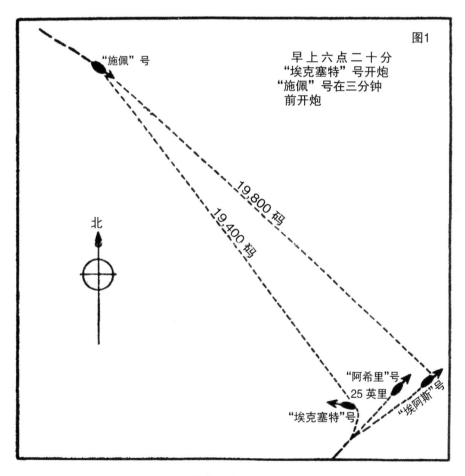

图1
早上六点二十分
"埃克塞特"号开炮
"施佩"号在三分钟
前开炮

"施佩"号

19,800码

19,400码

北

"阿希里"号

"埃阿斯"号

25英里

"埃克塞特"号

海战示意图1

事实证明，就战术而言，天平是向哈弗得海军准将这边倾斜的。战斗刚一开始，"施佩"号就被"埃克塞特"号上所有同时开火的八英寸口径大炮击中。同时，配备有六英寸口径大炮的两艘巡洋舰也展开了猛烈的炮击，且效果明显。不久，一枚炮弹击中了"埃克塞特"号，不仅B号炮塔被损毁，同时摧毁了所有的舰桥交通，舰桥上的人员死的死、伤的伤，船员暂时失去了对舰只的控制能力。但此时，"施佩"号却把主要火力转向了配备有六英寸口径大炮的两艘巡洋舰，因为对它们所带来的猛烈攻击，"施佩"号已不能再置之不理，如此一来，便让身处危机之中的"埃克塞特"号解脱了出来。迫于英国战舰猛烈的攻势，战斗发生后不久，身处三面夹攻之中的这艘德国战舰在放出一道烟幕之后，便转身而去，意图很明显，它是想驶往普拉特河。对朗斯多夫来说，他早该如此了。

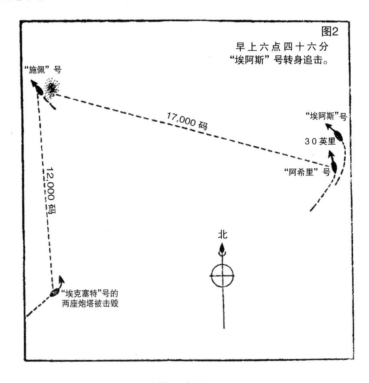

海战示意图 2

"埃克塞特"号已经被十一英寸口径的炮弹炸得伤痕累累，但是之后又遭到了转身离去的"施佩"号的又一轮轰击。此舰只所有的前炮均被损毁，大火在其腹部剧烈地燃烧着，舰身已发生了可怕的倾斜。贝尔未舰长并未因发生在舰桥上的爆炸而受伤；在后面的操纵台上，他将两三名军官集合了起来，因为此地还有仅存的一座炮塔可用，该舰就在这唯一一座炮塔的维持下继续战斗。直到七点三十分，唯一的一座炮塔也因为压力不足，丧失了战斗力。此时他已力不从心。七点四十分，不能再继续战斗的"埃克塞特"号只得转身离开，回去修理。

这时，敌舰已经开始遭到"埃阿斯"号和"阿希里"号的追击，它们依然在战斗着，且极其亢奋。它们遭到了"施佩"号上所有重炮的轰击。七点二十五分，"施佩"号击毁了"埃阿斯"号的两座后炮塔，同时也损伤了"阿希里"号。就火炮的威力而言，这两艘轻巡洋舰并不能同敌舰相提并论。随着"埃阿斯"号上的炮弹越来越少，舰上的哈弗得也决定在夜晚来临之前停止战斗。因为到了夜晚，他将会选择较好的时机，使用轻便武器对敌舰进行有效打击，如果可能的话，还可以动用鱼雷。于是，他便放出了一阵烟雾，并在其掩饰下旋即离去，而敌人也没有追击。这场战斗十分激烈，持续了一小时二十分。在这天余下的时光中，英国巡洋舰紧紧尾随着向蒙得维的亚逃窜的"施佩"号，双方只是偶尔的进行炮击。午夜刚过，"施佩"号便驶入并停泊在蒙得维的亚港，检修舰上被破坏的地方，将必需品装入舰并把伤员送到了岸上，然后让一艘德国商船载着舰上的人员去向德国元首汇报发生的情况。停泊在港外的"埃阿斯"号和"阿希里"号则决定，只要德舰一离开港口，它们就穷追猛打直至将其摧毁。在这期间，身处福克兰群岛的"坎伯兰"号，于14日夜间以最高时速行驶而来，将已严重受损的"埃克塞特"号替换了下来。眼前这种摇摆不定的局势，随着这艘八英寸口径大炮的巡洋舰的到来，勉强地恢复了平衡。

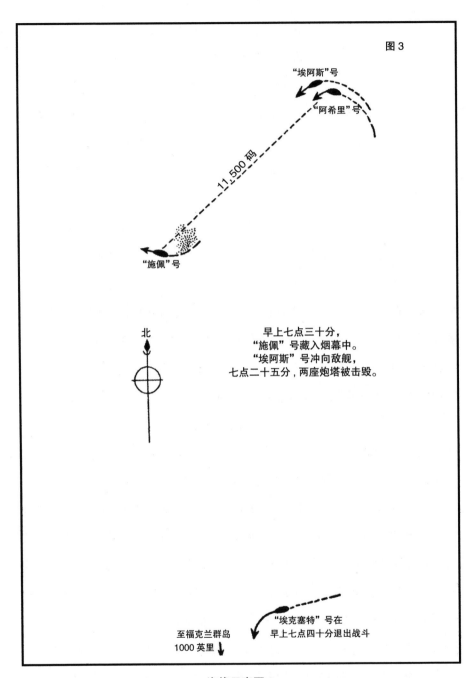

图 3

"埃阿斯"号

"阿希里"号

11,500 码

"施佩"号

北

早上七点三十分,
"施佩"号藏入烟幕中。
"埃阿斯"号冲向敌舰,
七点二十五分,两座炮塔被击毁。

至福克兰群岛
1000 英里

"埃克塞特"号在
早上七点四十分退出战斗

海战示意图 3

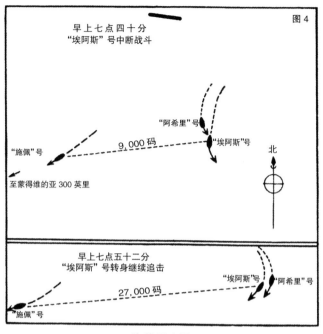

早上七点四十分
"埃阿斯"号中断战斗

"阿希里"号

"埃阿斯"号

北

"施佩"号

9,000 码

至蒙得维的亚 300 英里

图 4

早上七点五十二分
"埃阿斯"号转身继续追击

"埃阿斯"号   "阿希里"号

27,000 码

"施佩"号

海战示意图 4

13 日这天，我把大部分时间花在海军部作战室，这场激动人心的海战，我密切地关注着它的戏剧性发展，且非常兴奋。那一天，我们的焦虑仍然在继续着，这时的张伯伦先生正身处法国，对我们的远征军进行访问。我于 17 日给他写信说：

1939 年 12 月 17 日

今晚，假如"施佩"号选择突破的话，13 日那天的战斗将会继续，我们希望将配备有六门大炮的"埃克塞特"号替换成装备有八门八英寸口径大炮的"坎伯兰"号。我们的"威慑"号和"皇家方舟"号正在里约热内卢加油一事，现在"施佩"号是知道的，所以说这个机会对它来说是最好的。正在由好望角赶来的"多塞特郡"号及"希洛普郡"号，到达此地分别需要三天和四天的时间。万幸的是，当"埃克塞特"号被重创时，"坎伯兰"号就在福克兰群岛，以备不时之需。"埃克塞特"号被炮击了一百多次，有一座炮塔被摧毁，有三座炮无法使用，官兵有六十人死亡，二十人受伤。在敌人具有射程优势的炮火面前，"埃克塞特"号敢于相搏，它进行的这次战斗，也的确是最英勇和果敢的。为了防止"施佩"号伺机逃窜，所有能想到的措施，都已经采用了。同时，我也通知了哈弗得（他目前是海军准将和荣誉爵士司令），只要该舰已身处三百英里以外，不管它在什么地方，他都可以随心所欲地对其进行攻击。相比将它在战斗中摧毁而言，我们更愿意将其拘留起来，因为这样对德国海军的威望才是更有效的打击。不仅如此，在像这类极具危险性的战斗中，我们绝对不可以造成毫无价值的牺牲。

今天早晨，由主要舰队保护的加拿大军队全部人员已平安抵达，安东尼及梅西热情地欢迎了他们，同时我相信，大多数在格里诺克及格拉斯哥的人都会这么做的。我们准备热情地接待他们。他们将要前往奥尔德谢特，在不久之后，我想你肯定会亲自看望他们的。

从威克到多佛尔是属于东部沿海一带，今日在此范围内发生了十次空袭，只身航行的船只是被袭击的主要对象。敌人出于解气，用机枪扫射了一些商船，有些人在甲板上被击中。

在前线的时候，你一定过得特别愉悦，我对此坚信不疑。同时，变换环境是最好的一种休息，我希望你能感觉得到。

只要我们一听到发生海战的消息，我们就会立刻下令，在蒙得维的亚海面集合一些强大的舰队。但是对我们的搜索舰队来说，在距战区两千英里的范围之内不会出现一艘，因为他们已经被分散到各处去了，且区域十分广泛。十天前自开普敦启航，正在进行一项扫荡任务的 K 搜索舰队，包括"威慑"号和"皇家方舟"号两艘舰只，现在到达的地点是伯南布哥以东六百英里，以及距离蒙得维的亚两千五百英里的位置。刚跟法国的 X 搜索舰队分开的"海神"号巡洋舰和三艘驱逐舰，所处的地点为北面更远的地方，为了便于同 K 搜索舰队会合，它们向南驶去。所有这些舰队收到的指令，都是前往蒙得维的亚。到里约热内卢补充燃料，是它们一定要做的事情，但是我们要试图让外界产生这样一种共识：它们已经从里约热内卢离开了，正在以三十海里每小时的速度赶往蒙得维的亚。

在大西洋的另一侧，扩大了非洲沿海的扫荡范围。正在返回好望角途中的 H 搜索舰队，已经完成了扫荡工作，预备在此处添加燃料。能立刻被调用的舰只，只有身处开普敦的"多塞特郡"号，于是它便立即领命赶往距开普敦有四千多英里航程的哈弗得海军准将所处的位置进行援助。"希洛普郡"号随后也跟着去了。另外，"施佩"号也有可能向东南方向逃窜，为了防范这一现象的发生，让南大西洋方面的舰队总司令对此时正在德班的 I 搜索舰队，包括"康沃尔"号、"格洛斯特"号及来自东印度群岛基地的"鹰"号航空母舰，统一进行指挥。

*   *   *

与此同时，在 12 月 16 日，"施佩"号舰长朗斯多夫给德国海军部发去了电报，内容如下：

> 在蒙得维的亚港的外围，不仅有巡洋舰和驱逐舰，还有"皇家方舟"号和"威慑"号两艘战舰，同时在夜间还有着严密的封锁，在这样的军事形态下，不要妄想能够突出重围，逃到公海上以求回到祖国领海，因为已经没有任何希望……虽然普拉特河口的海水并不够深，但我们能否忽略这点而将船只凿沉，还是说宁愿被捕获也不这样做，请给予指示。

南大西洋搜索舰队

南美洲

南美洲

"海神"号
一艘法国巡洋舰
"斯特拉斯堡"号
三艘驱逐舰至里约
12月17日到达

Y搜索舰队

X搜索舰队
两艘法国巡洋舰
至达喀尔事里数
12月13日 至达喀尔

达喀尔

索得维里的亚

福克兰群岛

"牧伯兰"号
12月17日

"埃克塞特"号
"阿希里"号
"海俄"号接触
12月13日

1036英里 至事里数1650英里

里约热内卢

伯南布哥

"威慑"号
"皇家方舟"号
阿森松岛
12月17日到达

G搜索舰队

K搜索舰队

"埃克塞特"号
"埃阿斯"号
"阿希里"号
到开普敦数3650英里

1075英里

南 大 西 洋

圣赫勒拿岛

H搜索舰队
"苏塞克斯"号
"希洛普郡"号
12月13日
12月17日到达

"多塞特那"号
至普拉特河
12月13日

南大西洋搜索舰队
1939年10月至11月的总部署
1939年12月13日搜索舰队的位置

沃尔维斯湾

非 洲

德班

开普敦

巡逻此线
12月3日

H及K搜索舰队
前往沃尔维斯湾区域
12月13日

"康沃尔"号
"黑斯廷斯"号
前往伯南布哥区域
12月4日

H搜索舰队
K搜索舰队
12月3日

60° 40° 20° 0°

20° 东

20° 南

复电的内容是在一次由德国元首主持的会议上决定的，参会人员中还有雷德尔和约得尔。内容如下：

> 在中立国水域的停泊时间，一定要竭尽所能地延长……如果条件允许，则要冲出包围圈，向布宜诺斯艾利斯撤退。在乌拉圭是绝对不能被拘禁的。如果势必要凿沉船只的话，那就要彻底加以破坏。

驻蒙得维的亚的德国大使后来报告称，关于企图通过交涉而达到延长七十二小时限期的行为，没有得到任何结果，于是德国最高司令部批准了这些命令。

因此，17日下午，港内的德国商船接纳了从"施佩"号上转移过来的七百多个海员、行李和供应品。不久以后，"施佩"号起航的消息便传到了哈弗得海军准将的耳朵里。伴随着广大群众的目光，"施佩"号于下午六点十五分离开港口，缓缓驶向大海。英国的巡洋舰此时正贪婪地等待着它的出现。晚上八点五十四分，"埃阿斯"号舰上的飞机报告说："'施佩'号已自行毁灭。"而"威慑"号和"皇家方舟"号在此时还没有赶到，距此地仍有一千英里之遥。

"施佩"号没有了，这让朗斯多夫舰长感到非常难过。政府曾授予他对此事全权处理的权利。虽然他已经接到了这样的命令，可是在12月19日，他却这样写道：

> 为国旗的荣誉而死，这是作为第三帝国的战斗人员时刻准备着的。现在，我只能通过结束自己的生命来践行这一诺言。由我本人全权负责"施佩"号袖珍战列舰被凿沉的这一行为。所有让我们国旗的荣誉蒙羞的行径，如果能通过我的生命来洗刷干净的话，我将会十分高兴地贡献出来。我的国家与元首的事业及其将来，我的信念极为坚定，

我对我自己的命运也将会以同样的心情去面对。

当晚，他便开枪自尽了。

于是，最初在海洋上对英国贸易航运进行的海面袭击的行动，便以这样的方式宣告结束。直至1940年春，敌人才利用伪装的商船实施攻击，也预示了一个新战役的开始。但在这以前，再没有其他的攻击舰出现过。人们很难发现这种伪装的船只，但相对来说，打败它们要容易得多，我们不需要动用能摧毁一艘袖珍战列舰那样的力量。

* * *

随着"施佩"号自毁消息的传来，我们也立刻下令将分布在各处的搜索舰队调了回来，我们对此已急不可待。但是，"埃特马克"号这艘"施佩"号的补助舰，依然游荡在海上，同时一般的看法认为，被攻击舰击沉的九艘船上的船员都在这艘军舰上。

第一海务大臣　　　　　　　　　　　　　　1939 年 12 月 17 日

目前看来，除了"埃特马克"号以外，南大西洋上已经没有了敌人的踪迹。接下来十分重要的事情，应该是将"威慑"号及"皇家方舟"号，还有至少一艘有八英寸口径大炮的巡洋舰调回本国。如此一来，就方便了我们在护航方面的工作，同时也能完成对各个舰只的维修工作，以及解决人员的休假问题。你说过，想要在明天将两艘小型舰只停泊在蒙得维的亚内港，我对此计划是赞同的。但是如果要把 K 搜索舰队派遣到这么远的南方去，我认为不妥。况且军舰这么多，要想同时能获得进港许可恐怕不易。如果像你提出的建议那样，"海神"号接替"埃阿斯"号的工作，在结束了顺利进入蒙得维的亚港的仪式后便立刻进行，那就要方便得多；同时，在回国的路上，如果能让所有回国的舰只在南大西洋对"埃特马克"

号进行仔细和尽全力的搜索，那就再好不过了。所有非必要在外的舰只，我感觉应该将其调回国。只要我们在北方巡逻的工作一天不停，我们就需要经常从克莱德湾派遣两艘或最好三艘舰只前去增援。坦南特舰长认为，德国海军部为了重振他们的声威，一定会抓紧时间采取行动，我对此也表示赞同。

关于你对这些想法的建议，我希望你能告诉我。

对"埃克塞特"号，我深感忧虑。有人向我提出建议说，不要再维修此舰了，让它待在福克兰群岛直到战争结束就好了，但对这一意见，我却不敢苟同。

第一海务大臣、海军军需署长及其他人员　　　　　1939 年 12 月 17 日

从"埃克塞特"号受到损害的最初报告中可以看出，它所遭受炮击的猛烈程度及作战时敌人的决心。在如此猛烈的炮击下，它竟然坚持了这么长的时间，海军部建造司也为此感到无限光荣。在剔除掉所有不合时宜的事实，即不能让敌人知道的事实后，应尽快大力宣传这一故事。

在修理方面有哪些见解？在福克兰群岛能做哪些事情？我认为，为了保证它能返回本国进行彻底的检修，要完成对该舰的初步修理是没有问题的。

第一海务大臣、海军副参谋长及军需署长　　　　　1939 年 12 月 23 日

对"埃克塞特"号在战争期间暂时不进行修理的见解，我们不应该立刻准许。我们应该让一些商船或供应船来接收它所承载的全部或是一大部分军火，同时通过用支柱支撑的方式，增强它的内部结构。也许我们可以这么做，将一部分木桶或空油桶搬到舰只上，然后尽量

减少舰上的人员，在返航时由护卫舰只护航，可以驶到地中海，也可以行驶进我们的任何一所修理厂。要是通过这样的方式依然不能将其修理好，那就可以拆下它上面所有可用的大炮和设备，然后应用到新建的舰只上去。

以上只是我个人的意见，或许你们有我所不知道的，更易于实行的办法。

军需署长及第一海务大臣   1939 年 12 月 29 日

"埃克塞特"号已没有修理的必要一事，南美洲的海军少将来电进行过说明，但目前我还没有看到有关此事的回复。我在备忘录中曾就此问题提出的意见与之截然相反。现在到底将此事处理得怎么样了？我在你们的言谈中得知，让该舰返回国内以便彻底维修的意见，我们大家都是同意的，况且也不会像海军少将想象的那样，维修起来会花费相当长的时间。

现在到底想怎么处理"埃克塞特"号的问题呢？要想把它弄回来，我们要在怎样的前提下，什么时候，以及怎样办呢？如果让它留在福克兰群岛，就算它不会遇到危险，那也需要由一些重要的军舰来保护它的安全，这样的话，这些军舰势必就要待在那里。有关你们的意见，我非常想听到。

他们采纳了我的建议。"埃克塞特"号回到了国内，一路平安。这艘战舰开进了普利茅斯港。当我踏上破败不堪的甲板，向该舰上的官兵们致敬的时候，一种荣耀感油然而生。在以后，"埃克塞特"号被保留了下来，在它后来两年多的服役期中，建立了特殊的功勋。直到 1942 年，它被日本人的大炮在巽他海峡一决生死的战斗中摧毁。

*   *   *

全英国人民为普拉特河口外海战的战果欢呼雀跃，这也让英国在全世界的威望得到了极大提升。面对一艘大炮远比自己多、装甲远比自己厚的敌舰，纵然英国的三艘军舰体型较小，但它们依旧毫无畏惧地展开攻击，让敌舰被迫逃亡，这种情景让世界各国都大为称赞。1914 年 8 月，在奥特朗托海峡让"戈本"号德国军舰逃脱了。有的人拿这一不幸的事件同这次海战进行对比。可是，对当时的那位海军上将来说，我们的评价应该公平。我们不应该忘记，相比"施佩"号，哈弗得海军准将带领的所有舰只的速度都要比它快；而特罗布里奇海军上将于 1914 年带领的舰队的速度，相对"戈本"号来说都要慢，这其中只有一艘军舰除外。总体来说，人们对这次海战的情形是感到高兴的，也能让我们相对轻松地度过这个昏暗艰辛的冬季。

＊　　　＊　　　＊

就普拉特河口外的海战问题，美洲各国于 12 月 23 日正式抗议英、法、德三国所做出的行为，他们认为，在普拉特河口外发生的战事已经对他们的安全区域造成了威胁。大约在同一时间，在美国沿海附近又发生了我国的巡洋舰拦截了两艘德国商船的事件。其中一艘是自行凿沉的，是排水量为三万两千吨的"哥伦布"号邮船，一艘美国巡洋舰把船上的人员救走了。另一艘则逃到了位于佛罗里达州境内的领海中。这些伤脑筋的事件就发生在西半球沿海附近，这让罗斯福总统也表现出了不满，于是我在给他的答复中特别指出，对南美各国而言，我们在普拉特河口外的海战对他们是有利的。由于德国攻击舰的行动，曾让南美各国的贸易受到了阻碍。同时，德国攻击舰也视南美各国的海港为它的补给港和情报中心。战争法规定，所有在大西洋中和我们有贸易往来的商船，德国攻击舰都有权将其捕获，或是在船员得到安置以后击沉该船；如此一来，就严重损害了美洲的贸易利益，其中对阿根廷的影响最为厉害。而这些烦恼却因为普拉特河口外海战的发生而烟消云散，对此，南美各国应该表示欢迎才对。在整个南大西洋发生战争的可能性，现在或是将来都不会存在了。通过这种方式解除了战争的忧虑，这是事实。对此，南美各国应该珍惜。因为现在安全区域的范围不再是三百英里，而是三千英里，并且他们可以长期享受这样的利益。

还有一点，我必须要补充一下。出于对国际法的尊重，有一个重大的负担落在了皇家海军的肩上。为了保障世界贸易的安全进行，就算是仅有一艘攻击舰出现在北大西洋上，我们一经发现后，也不得不动用整个战斗舰队一半的力量进行打击。我们的驱逐舰队和小型舰艇的工作，因敌人投放磁性水雷的数量过多，而变得愈加繁重。如果说我们因不堪重负而垮台的话，那么只怕南美各国就不仅仅是像听到远在海外的炮声这么简单了，而是立即就会遇到众多的忧虑，且更为严重，同时更多需要美国自己直接操心的问题也会转瞬而至。所以，我觉得我有权向美洲各国发出请求，请充分考虑一下在这个关键时刻我们所担当的重任，并友好地说明在时间合理和方式正确的情况下，为了结束战争而不得不采取的行动。

第九章　斯堪的纳维亚、芬兰

挪威半岛——瑞典的铁矿石——中立与挪威走廊水域——纠正了一个错误——德国幕后的情况——冯·雷德尔海军上将和罗森堡先生——维德孔·吉斯林——希特勒于 1939 年 12 月 14 日的抉择——苏联反对波罗的海国家的活动——斯大林针对芬兰提出的要求——苏联于 1939 年 11 月 28 日对芬兰宣战——芬兰的果敢战斗——苏联遭受的失败和挫折——世界各国感到称心如意——对芬兰、挪威和瑞典的中立进行支援——在"挪威水道"布雷的观点——道义上的分歧

　　自波罗的海海口至这个位于北极圈的半岛，有一千英里之长，有重大的战略意义。挪威的山脉朝着海洋方面延伸，形成了一个边缘地带，此地带由岛屿组成，且连绵不绝。有一个类似走廊形状的领海位于这些岛屿和大陆之间，通过此领海，德国与外海的交通得以维持，也因此在很大程度上破坏了我们对德国的封锁。依赖于瑞典提供的铁矿石，德国的战争工业才能得以维持。在夏天，矿石会经由瑞典在波的尼亚湾上部的吕勒奥港输送出来；在冬天港口结冰的时候，便由挪威西海岸的纳尔维克港输出。如果要对这个走廊水域表示尊重的话，那势必就要对这种在中立国掩护下的贸易听之任之。如此一来，我们也就奈何不了它了，就算我们有制海权的优势也不行。德国拥有的这种便利是如此重要，这让海军参谋部寝食不安。

所以，我应该抓紧机会，将这个问题尽早地在内阁中提出来。

在上次大战中，我记得当时英美政府将水雷安置在这片受掩护的水域，即"水道"内的时候，根本不用顾虑什么问题。从1917年到1918年间，曾有大面积的水雷封锁线被敷设于从苏格兰到挪威，横跨北海这片海域内。德国的商船和潜艇如果想要毫发无伤、悄无声息地过去，其实也不难，只要它们沿着封锁线的边缘行驶即可。这样一来，这个水雷封锁线的威力就不能充分发挥出来。但是在挪威的领海内，我并没有发现由两个协约国的舰队敷设的任意一处水雷区。"就算耗费了大量的钱财和人力将水雷封锁线建成，只要没有将走廊水域也包含进来实现封闭，那这一措施没有任何意义。"舰队上的海军将领如此抱怨说。于是，挪威承受的来自协约国政府的压力就更大了，他们的目的就是让挪威尽快自主地去封锁走廊水域。如果水雷封锁线范围很广的话，那么敷设起来所需的时间是很长的。等它竣工时，对战争的结果和德国已无力入侵斯堪的纳维亚半岛这一事实，人们已了然于胸。然而，挪威政府被说服进而让他们采取行动，已经是1918年9月底的事了。战争在他们还没有真正完成布雷方案以前，就已经宣告结束。

当我在1940年4月将此问题最后交于下院时说道：

> 当我们和美国在上次大战中并肩战斗的时候，德国的潜艇就在海上进行劫掠。他们这一冒险活动之所以能够顺利展开，同充分利用了这条被掩护的航道是分不开的，这也让协约国感觉深受其害。于是，英、法、美三国政府一同奉劝挪威人，请他们将自己领海内的这条被掩护的航道切断。因此，自打战争一开始，海军部就以此先例去提醒英王陛下政府要引起注意，这样做也是水到渠成的。现在的情况的确跟往昔有些差异，但作为一个现代的可大受尊重的先例，它还是有这个资格的；同样，海军部也极力要求应该允许将我们的布雷区敷设到挪威

领海，以达到将往来于此航道上的德国贸易航运移到公海上这一目的。如此一来，它就势必要冒险，而对我们大小封锁舰队所施加给它的关于战时禁运品的管制措施，接受的可能性就会更大，如若不然，它会直接被捕成为我们的战利品。长期以来，英王陛下政府徘徊不定，即便是对在技术上没有合乎国际法的规定所引来的批评，都不愿意承受，这也是人之常情且合乎逻辑的。

他们的确是长时间地进行拖延，而决定却是一个都做不出来。

一开始，对我提出的理由，大家反响很好。以上所述的弊端，给我所有同事留下的印象非常深刻，对小国的中立要给予严格的尊重这一行为准则，是我们一致同意要遵守的。

海军大臣致第一海务大臣及其他人员　　　　　1939 年 9 月 19 日

今天早上，关于禁止通过挪威的纳尔维克港运输来自瑞典的铁矿石的重要性，我提醒内阁要给予关注，这就说明纳尔维克的运输工作将会随着波的尼亚湾的结冰而随即展开。我指出，我们曾于 1918 年在美国的许可和配合下，将一个水雷区敷设在了横跨挪威领海三英里的范围之内。我提出建议说，这样的措施，我们应该在短时间内再次使用。（跟上述内容所说的一样，对这点的说明并不准确，并且在不久之后，有关实际情况的通知就送到了我的手里。）对采用这种行动，内阁包括外交大臣在内，好像特别赞同。

所以，应采取一切行动来准备。

1.首先要同挪威人会谈，态度要谨慎，将他们的所有商船都租赁过来。

2.贸易部要同瑞典进行协商，答应由我们来收购相关的矿石，因为同瑞典人产生瓜葛，是我们不希望看到的。

3.关于我们提出的建议，应该让外交部了解透彻；同时要谨慎地提出英美两国于1918年采取联合行动的所有事实，以及对其合乎情理的解释。

4.海军参谋部的相关人员应该对布雷计划进行研究，必要时可以通知经济作战司。

要将计划的进展随时向我汇报，因为在对敌人的战争工业实施打击的时候，这种计划的重要性是最大的。

一切准备妥当后，还需要内阁给予决断。

29日，我在同事的要求下，并且在海军部就整个问题进行了详细的研究后，根据这个主题和对中立国商船的租赁事宜，草拟了一个报告，提交内阁商讨。

瑞典与挪威

海军大臣的备忘录

1939年9月29日

1.对挪威商船的租赁

贸易大臣希望，能在几天内就可以同即将到达的挪威代表团进行会谈，预备将他们所有剩余的商船，这其中大部分为油船，都租赁过来。

对租赁这些商船这一行动，海军部极为重视，同时查特菲尔德勋爵极力提倡这一做法，曾经以书面意见的形式表达了他的这一观点。

2.供应德国的矿石由纳尔维克起航

一般情况下，波的尼亚湾在11月底是要冻结的，所以要想将瑞典的铁矿石运抵德国，只能使用位于波罗的海的奥克塞罗森特港，或是位于挪威北部的纳尔维克港。奥克塞罗森特港对德国所需的瑞典矿石总量，只能完成其中约五分之一的运输份额。纳尔维克港则会被用来完成冬季的主要贸易工作。商船可以从此港口沿挪威西部海岸顺流直下，直达斯卡格拉克海峡以内，在挪威的领海内囊括了驶往德国的整条航线。

对德国而言，能否充分得到来自瑞典的铁矿石的供给，是极其重要的问题，这点不难理解。所以说，如果想要极大地削弱德国的战争能力，那就要对今年10月至明年4月这一冬季时期内从纳尔维克起运的供应加以拦截或是阻止。由于船员不想出海及其他脱离我们掌控的因素，使得没有任何一艘运输铁矿石的船于战争开始的前三个星期内驶离纳尔维克港。这样的形势是如此让人心满意足，如果它能持续下去的话，对一些特殊的行动，海军部大可不必采用。另外，我们也正在同瑞典政府进行谈判，这对从斯堪的纳维亚半岛运往德国的矿石数量，或许会起到极大的削减作用。

可是，如果供应德国的矿石再次从纳尔维克起运的话，那么我们所采取的行动需要更为严厉才可以。

3. 同瑞典的关系

我们需要谨慎地思考同瑞典的关系。对瑞典，德国采用的是威逼的方式。我们的武器装备也因为制海权的原因而变得十分强大，如果有必要的话，我们必须直接控制瑞典。不过，针对瑞典的矿石问题，我们应该尽量去帮他们解决。关于在第2点中提到的政策，我们可以采取用煤跟他们交换矿石的做法，作为政策的一部分写进去；如果煤的数量不足以进行交换，至少一部分的补偿可以通过其他方式完成。此为第二个环节。

4. 有关一切可用的中立国船舶的租赁和保险问题

上述各种考虑，引出来一个建议。此建议涉及的范围更广。为了确保我们能对所有得到的中立国家的剩余船只进行掌控，同时，能让包含挪威在内的世界上大部分的海上航运受到盟国的控制，并且对依顺于我们的国家，可以通过便利的条件再将船只转租给他们的这一目的，我们是否可以考虑通过租赁或是其他方式来实现呢？

有些中立国家的船是不受我们直接管控的，而我们护航制度的条件又很有利，我们是否可以考虑把这一条件推广到这些船上来呢？

依照海军部的观点来看，应该采用后面的一种途径。至于理由，皇家海军到现在为止在抵抗潜艇袭击方面所取得的成就就足够了。这就表明，在所有国家的一切船只必须对我们管制禁运品的规则进行遵守，并且以外币来支付我们酬金的前提下，我们都应该对其能在我们航线上安全行驶提供护航保护。如此一来，他们就能免于受到战争的波及，因为我们是签了合同的；再者，尽管我们取得了反潜艇战的胜利，但也因此花费了大量的费用，我们希望通过此举来获取利润，进行补偿。这样一来，英国在公海上需要保护的船只，除了有我们自己的，还有被我们掌控的及处于独立的中立国的。如果它们受到意外伤害，一样可以获取赔偿，对这种事，海军部认为我们完全有能力支付。如果将类似租赁中立国的船并给予保护的这种方案，在上次大战开始时就实行的话，那么这种交易是极其有利的，这一结果肯定早已被证明了。在这次战争中，它极有可能会被证实是组成"自由航海国家联盟"的基础，并且加入这个联盟的好处是很多的。

5.因此我的要求是，对以上的四个主要目标，如果内阁在原则上是赞成的话，那就应该重新将问题分发给各相关部门，以便把详细的计划拟订出来并快速采取行动。

这个报告还没有被内阁成员传阅并展开讨论，在此之前，针对整个形势，我要求海军参谋部再做一次探讨，并且要彻底。

海军大臣致海军助理参谋长　　　　　　　　　　　1939 年 9 月 29 日

　　针对矿石问题，我们曾在星期四举行过会议了。但是请在明天早上的内阁会议上再重新研究一次，以便对我提出的报告草案进行研究。对一个中立国家来说，我所建议的行动是很严苛的，如果不是首等紧要的结果，我向内阁请求执行此行动是不合适的。

　　关于德国或瑞典船只将要装载矿石从纳尔维克南运的消息，我到现在还没有听到过。不过我听说在奥克塞罗森特，德国已经通过海道在那里储放矿石，如此就可以不受冬季港口结冰的影响，矿石就会源源不断地通过波罗的海经由基尔运河到达鲁尔区。这两种说辞是否可信呢？如果我将水雷安置在了挪威的领海内，却没有产生任何效果，那样就不好了。

　　同时，假如说将矿石从挪威西海岸运输出去这个因素确实重要，并且对其进行的阻截也值得努力的话，你选择好阻截的地点了吗？

　　请你将海岸的情况仔细勘查完后，告诉我具体的地点。不管怎么说，应该把这个阻截地点安排在卑尔根以北，这点是显而易见的。这样的话，在挪威西海岸的南部地区，依然可以保障航运的自由性，自波罗的海而来或是从挪威起航的航运贸易，仍可以加入挪威商船队前来我国。在我向内阁提交我的建议以前，需要将所有这些事情做进一步的讨论。估计在我将这些东西提出来的时候，应该到下星期一或是星期二了。

　　对所有这些，等到海军部赞同并解决了以后，我再一次向内阁提交了这个问题。对这方面的需求，大家跟之前没有什么差别，都感觉需要，但是他们却不同意我提出来的行动方案。外交部提出对中立要给予尊重，理由很充分，我的建议也因此没有获得通过。就像在以后可以看到的那样，我为了坚持自己的观点，在各种各样的场合中使尽了我浑身的解数。可是，我在 1939 年 9 月提出的要求被决定采用的时候，已经是 1940 年 4 月了，然而到那时，已为时过晚。

*   *   *

现在据我们所知，德国的关注点几乎跟我们在同一时刻，聚集在同一方向上。一个标题为"在挪威获得基地"的建议，由雷德尔海军参谋长在 10 月 3 日提交给了希特勒。他要求说："应尽快地让元首知道，将作战基地扩展至北欧的可能性，海军作战部、参谋部是什么意见。目前一定要确定下来的是，现在迫于苏联和英国的共同压力，是否可能在挪威取得基地，从而能使我们在战略上和战术上的地位得到改善。"于是，他于 10 月 10 日向希特勒提交了一系列他起草的报告，以供审阅。他在这些报告中写道："如果挪威被英国占领，势必会对我们造成不利的影响，对此，我将要极力说明：波罗的海的入口将会被英国掌控，并且他们会包围我们作战的海军和对英国进行空袭的空军，同时我们给予瑞典的压力也会因此而告终。并且，占领挪威海岸所能给我们带来的好处，我也要加以强调：获得通向北大西洋的出口，在布置水雷封锁上，英国也不会再像 1917 年到 1918 年那样轻松……""元首立刻认识到了挪威问题的重要性，他让我留下了报告，足以说明他希望亲自对此事加以考虑。"

罗森堡是纳粹党的外交事务专家，有一个专门负责国外宣传活动的机构是由他主管的，他的意思和雷德尔海军上将不谋而合。他梦想着能够"对斯堪的纳维亚人进行教化，让北欧集团的观念深入他们心中，所有的北欧民族也将包含在内，都会自然而然地被德国领导"。他自己认为，挪威的极端的国家党可以作为工具来利用，他在 1939 年初就已经发现了。这个党的领导人是挪威前陆军部长维德孔·吉斯林。在不久之后，双方就有了往来。经由罗森堡的安排及驻在奥斯陆的德国海军武官，将吉斯林的活动同德国海军参谋部的计划连接在了一起。

12 月 14 日，通过雷德尔引见，到达柏林的吉斯林及其助手哈格林会见了希特勒，讨论在政治上对挪威进行策动。同时，吉斯林也带来了一个与之相关的详细的计划。为了保密起见，对给自己增加的义务，希特勒表示不愿意承担，他说宁可只保留一个中立的斯堪的纳维亚半岛。但是，就在当天，按照雷德尔所说的，德国最高指挥部就接到了希特勒的命令，要求他们将一个在挪威作战的方案准备出来。

当然了，在当时我们对所有这些情况是毫不知情的。

＊　　　＊　　　＊

与此同时，有一个冲突的场面在斯堪的纳维亚半岛发生，让人感到很意外。英法两国对这次冲突表现出的愤怒极其强烈，也让挪威的讨论受到了很大的影响。自从德国陷入对英法两国的战争后，苏联就依照对德条约，开始阻塞进入苏联的西方通道。自东普鲁士经由波罗的海国家进入苏联，此为第一条路线；通过芬兰湾水域进入，此为第二条路线；通过芬兰本土，横跨卡雷利亚地峡，到达芬苏边境，有一个地方距离列宁格勒近郊仅有二十英里。对1919年列宁格勒所面临的危险，苏联人至今记忆深刻。高尔察克的白俄罗斯政府甚至也曾向巴黎和会发出通知，芬兰和位于波罗的海国家内的基地，这些地方对保卫苏联首都来说都是必要的。类似的话，斯大林于1939年夏天也曾对英法两国的代表团提起过。从之前的相关章节我们已经看到了，就是这些小国自然而来的畏惧心理，是怎样阻碍了英法两国同苏联的结盟，同时又是怎样铺平了莫洛托夫与里宾特洛甫之间协定的道路。

斯大林在时间上并没有拖延。爱沙尼亚外交部长受邀于9月24日对莫斯科进行访问，四天后，一个互助条约在他的政府和苏联之间达成，条约规定在爱沙尼亚境内重要的基地，苏联有权利进行驻防。苏联军队于10月21日就可以驻留。同时，同样的程序也应用在了拉脱维亚，并且在立陶宛也出现了苏联的驻军。如此一来，苏联的武装力量很快就切断了去往列宁格勒的南路及半个芬兰湾，以便对德国可能侵略的野心进行预防。现在所剩的唯一的一条路就是取道芬兰本土。

10月初，芬兰的政治家、曾于1921年签订了芬兰和约的帕西基维先生到达莫斯科。苏联的要求范围很宽泛，为了让敌人的炮火威胁不到列宁格勒，芬兰在卡雷利亚地峡的边界线一定要向后移动很大的距离。苏联还有其他的要求，具体如下：芬兰要将芬兰湾内的许多岛屿都割让出来；把雷比锡半岛，连同芬兰唯一一个在北极海不上冻的港口比特萨摩，一同租赁给苏联；最主要的，是要租赁给苏联汉科港，此港地处芬兰湾入口处，让其作为苏联的海军和空军基地。对以上要求，芬兰人都准备妥协，但最后一条除外。如果苏联控制了芬兰湾这一要害地点，那么在芬兰人的眼里，芬兰就不会存在什么战略安全和国家安全。11月13日，谈判宣布破裂，芬兰在卡雷利亚边境的军队开始受政府的命令动员，并加强武装。在11月28日，莫洛托夫宣布废除《苏芬互不侵犯条约》[①]；两天后，在连绵上千英里的芬兰边境上，就有八个不同的地点受到苏联军队的攻击，并且苏联空军于同日早晨轰炸了芬兰首都赫尔辛基。

苏联的主力部队，最初是集中对芬兰在卡雷利亚地峡的边境防御工事进攻。在这一工事当中，有一个穿过厚重积雪森林区的、南北纵深有二十英里的设防地带。这一地带被称为曼纳海姆防线，这条防线就是以芬兰总司令曼纳海姆的名字命名的。一开始进攻的苏联部队几乎都是从列宁格勒的驻军中抽调来的，这也让苏联军队在战争刚开始的几个星期内无丝毫进展。而芬兰仅有二十万人，这已是它的全部武装力量，但表现出的战绩却是十分优秀。他们用来对付苏联坦克的，是他们那种一往无前的精神和一种新式手榴弹，这种手榴弹在不久之后被人们称为"莫洛托夫鸡尾酒"。

---

① 苏芬两国代表于1932年签订。1939年苏联进行军事行动，炮击其境内村庄曼尼拉，并声称芬兰要对此进行负责。该条约后又被苏联单方面宣布无效。——译注

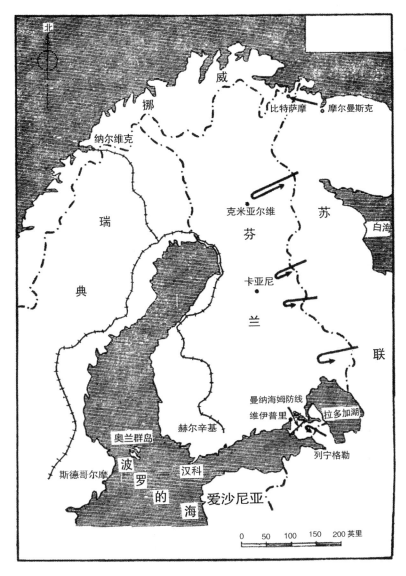

1939 年 12 月，苏联进攻芬兰

或许在一开始，苏联政府认为长驱直入是没有问题的。起初他们空袭了赫尔辛基及其他地方，尽管规模不是很大，但目的是想要给人们的心理造成恐慌。在一开始，虽然他们的部队在数量上要比芬兰军队多得多，但训练不到位，素质较差。敌军对芬兰本土的空袭及入侵，导致的结果却是让芬兰人众志成城，斗志旺盛，共同抵御侵略者，同时在战斗中抱有十足的信心，采用的战术也是十分高明的。比特萨摩的七百名士兵，确实是被担任进攻此地的苏联师团毫不费力地击退了，但侵略者对芬兰"腰部地带"进行攻击时，事实证明，的确让其付出了沉重的代价。松林几乎将这一片地带全部覆盖了，地势略微有些跌宕，并且此时有一英寸深的冻结的积雪。天气特别寒冷。在雪屦和防寒衣物上，芬兰人都准备得很充分；而相对来说，对以上两种物品，苏联人都感到不足。同时，芬兰人证实了他们的每一个战士都富有进攻精神，在侦察和森林战争方面，他们受到的训练的强度是很大的。巨大的人数和重型的武器是苏联人的依仗，但取得的却是毫无建树的结果。在整条战线上，芬兰在边界上的哨兵从公路上缓缓地撤离，在他们后面的是追踪着的苏联纵队。大约在苏联纵队深入了三十英里的时候，芬兰军队对他们发动了袭击。苏联的军队无法前进，因为他们面临的是芬兰人在森林中筑成的防线，芬兰的部队在他们的左右两翼进行猛攻，日夜不断。他们的后面又被切断了交通线，于是纵队就变得分崩离析。在付出沉重的代价以后，如果万幸，可以重新回到进攻的起点。到 12 月底，苏联预备通过"腰部地带"进而向前挺进的整个计划已经宣布失败。

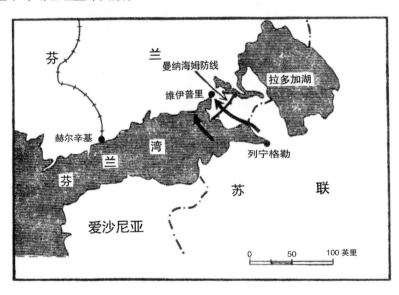

1940 年 3 月，突破曼纳海姆防线

与此同时，进攻卡雷利亚地峡曼纳海姆防线的结果，也并没有突出的表现。苏联军队大约有两个师，在拉多加湖的北部预备展开一个迂回包抄的动作，但此战争同更北面地段发生的情况相比，却是大同小异。在12月初，苏联将大约十二个师的兵力调了过来，对曼纳海姆防线展开了一系列的集团进攻，攻势在整个12月中一直没有间断。苏联大炮所带来的轰击，显得心有余而力不足。他们的坦克基本上都是轻型的，正面的进攻接连不断地发起，但都被击退了，损失惨重却一无所获。到了年底，面对全线的失利，苏联政府坚信，同他们之前预料中的敌人相比，他们所必须对付的敌人已有了很大的不同。他们下定决心尽一次较大的努力。通过北部的森林战，他们已经看清楚了，只靠人数上给对方压力，要想战胜有着优良战术和训练有素的芬兰人已经是不可能了，于是他们决定采用的方法是攻坚战，对曼纳海姆防线集中全部力量进行突破，集中起来使用的大炮和重型坦克的威力可以在这种攻坚战中得到充分发挥。这样的战争需要很大规模的准备，于是全线的战争从年底开始就陷入了寂静，到此时为止，面对强大的敌人，芬兰人却取得了胜利。这一事件是如此让人感到意外，让全世界的中立国或交战国都一样感到称心。同时，这样的一个消息也让苏联军队名誉扫地。在英国，我们为了把苏联拉拢到我们这边并未曾使用超出常理的方式，为此有很多人士感到庆幸不已，同时因为他们能有这样的预见性而感到自鸣得意。他们得出的结论很是轻率，认为苏联的军队已经遭到了清党行动的破坏。持有这样观点的并不仅仅是英国一方。对芬兰战争所反映出来的情况，希特勒及其将领们无疑都曾对此做了深入的思考，同时，对德国元首的思想产生的作用，毫无疑问也是十分重要的。

　　人们已经对苏联政府因为里宾特洛甫和莫洛托夫签订条约的事感到十分气愤了，而近阶段所表现出来的这种以强国欺压弱国的暴虐的侵略行径，更加推波助澜。另外，又夹杂着一种亢奋的情绪，那就是对苏联军队无能表现的藐视及对芬兰人英勇行为的同情。虽然就英法两国本身而言已经宣战了，但人们却急切希望从英国、美国，特别是法国，用飞机和其他战争所用的宝贵物资和派遣志愿军的方式对芬兰进行援助。但是，不管是供给军火还是派遣志愿军，通往芬兰的道路只有一条。于是，运输铁矿石的纳尔维克港和通向瑞典的穿过山地的铁路，产生了一种重要性，这种重要性不是战略上的，而是一种新的情感上的。纳尔维克港及其铁路被利用了起来，其作用就是作为通道，便于为芬兰军队提供供应，这就让挪威和瑞典的中立受到了影响。因为德国和苏联让这两个国家同样感到畏惧。它们的目标只有一个，那就是脱离战争，因为它们已经为战争所困，将其卷入泥潭也并非没有可能。唯一能让它们继续生存下去的机会，在它们看来只有保持中立。一方面，英国政府自然而然地不乐意将水雷布置在挪威的水道上，哪怕对挪威的领海只是在技术上形成了侵犯，从而达到获得自己的利益和打击德国的目的；但另一方面，它却依靠一种大方的情感，此情感同我们战时问题的关系只是间接性的，向挪威和瑞典两国提出了一个要求，此要求明显要更加严厉，那就是让它们允许人员和供应品前往芬兰时，从它们的领土经过。

我对芬兰人抱有的同情心是热烈的，支持有关支援他们的所有建议，并且对这种新的而有利的氛围表示欢迎，因为如此一来就可以把对德国来说十分紧要的铁矿石供应加以切断，我们首要的战略利益也得以完成。如果纳尔维克变成了盟国的根据地，进而可以将补给提供给芬兰人，这样一来要想在港口上阻止矿石装载到德国的船只上并通过挪威水道平安抵达德国就很容易了。不管依据的理由是什么，只要打压下去挪威和瑞典的抗议，那么较大的措施和较小的措施便会环环相扣。此时，一艘苏联的巨型高效能的破冰船的动向，也紧紧吸引着海军部的目光，这艘船从摩尔曼斯克起航驶往德国，修理只是表面上的借口，最有可能的目的是要把目前已经冰封的波罗的海海岸的吕勒奥港打开，以供为德国运送矿石的船只通过。于是，为了获得大家的赞同，我再次做出努力，实行了一种简单的却不流血的做法，在上次大战中，此做法已有了某种先例，那就是将水雷安置在挪威的水道上。因为从道义上来讲，这一问题是有争执的，我对此已经用了相当长的时间进行思考和论证，我感觉应该提出我最后得出的结论了。

挪威——矿石运输

海军大臣提出的报告

1939 年 12 月 16 日

1. 对挪威向德国的矿石供应进行有效阻止，应该被视为一项首要的进攻行动被列入到战争当中。这一机会可以让我们在战争中减少浪费和破坏，或是对因主力部队的交战而随之发生的大规模的屠杀进行制止，在以后的几个月中是没有别的方法得到如此好的机会的。

2. 如果认为受到明显的和严重的反对并没有超过所得的利益，那么就一定要执行这种遏制敌方供应的全部环节。因为冬季结冰，从吕勒奥起运的矿石已经终止，我们坚决反对苏联的破冰船想要破开封冻的企图，不会让它行动。我们要在挪威的领海内，而且沿岸两三个合适的地方，连续布置下一系列小规模的雷区，以便对由纳尔维克起运的矿石进行阻止；这样一来，就会逼迫向德国运送矿石的船只势必要放弃领海而驶入公海。到了公海上，如果我们遇到德国的船只就会将其捕获，成为我们的战利品；如果是中立国的，那么我们对战争禁运品的管制就会产生作用。奥克塞罗森特是波罗的海主要的不冻港，从这里起运的矿石，也应该进行制止，采用的方法既不是外交的又不是军事的。我们应该尽快地使用不同的方式处理这三个港口。

3. 所以，此问题不仅是从现在直到 5 月让德国获取一百万吨的矿石无望，同时也在整个冬季实现了对德国矿石供应的切断，尽管它依然可以从耶夫勒或波罗的海其他非主要的不冻港取得供应，但已是微不足道。吕勒奥所给予的供应是很充足的，而它也将会在波的尼亚湾解冻后重新开放，毫无疑问，德国正在筹划的不仅是要在冬季获得的供应要尽量多，而且它在 1940 年 5 月 1 日到 12 月 15 日所需的全部九百五十万吨，甚至更多的数量也在谋划当中。从这往后，为了让战争长期延续下去，它或许希望能将苏联方面的供应组织起来。

4. 到了明年 5 月，如果说德国在工业和军火方面深感铁矿石的不足，那么我们海军的一个主要目标就是对吕勒奥港的重新开放进行阻止。方法之一就是将一个包含磁性水雷在内的公开的雷区部署在吕勒奥港外，此项工作可以由英国潜艇完成。另外还有别的办法。要是我们可以把从瑞典运往德国的所有矿石从现在到 1940 年底将其全部截断的话，那么在作战能力上给予德国的打击，就等同于取得了一次在战场上或是空中的重大胜利，同时牺牲严重的情况也不会发生。事实上，决定性的作用还可能立即就会出现。

5. 在战争中，打击与反打击之间都是对等的。如果你对敌人开枪，对方一定会还击。所以，我们对德国可能会采取的，或者是挪威或瑞典因其压迫而采用的反措施，务必要认真对待。就拿挪威来说，就有连在一起的三组正反相关的事。第一，德国人作战的方式是残忍且违法的，曾对挪威的领海造成侵犯，将很多英国和中立国的船只击沉了，事前并没有提出警告，事后也没有给予救助。我们应对这种行为的方式就是敷设雷区，这是在前面已经提到过的。第二，有人说，挪威为了表示抗议，可能会作废我们和它签订的有关对油船及其他船舶进行租用的重要协议，但如此一来，它同我们签订的十分有利的交易就会丧失，并且对它来说这种船只也变得无丝毫用处，因为我们对战时禁运品进行了控制。船主也将陷于贫困，因为他的船只已毫无用处。如果这样的程序被挪威政府采用，那就会同挪威的利益相悖，而利益问题却是一个很有力的因素。第三，为了报复，挪威可以停止输出对我们空军部和供应部所需的铝和其他战争物品。这样的话，它的利益在这方面受到的影响又将会是不利的。这一贸易给它带来的利益是如此宝贵，而它不仅会损失这样的利益，而且整个挪威的工业是以奥斯陆及卑尔根为中心的，如果英国将铁矾土和其他必不可少的原料停止向挪威供应的话，那么势必会让其停止生产。总之一句话，挪威的经济和工业将会随着对我们实行的报复而陷入崩溃的边缘。

6.就同情心来说，挪威是倾向我们这方面的，它依赖盟国取得胜利，从而能让它从德国的掌控中挣脱出来实现独立。所以从合乎逻辑的角度来推测，这样的行动除非是德国以暴力的方式强迫它采取，否则它没有必要采用上述的两种措施，不过它可能会通过此种方式来进行威胁。

7.在斯堪的纳维亚半岛方面，如果德国感觉通过武力的方式来掌控是同它的利益相吻合的，那么它对挪威施加的武力就不会停止，且不会理睬我们采取的行动是什么。战争在如此情形下就会扩散到挪威和瑞典，但制海权是归我们所有的，所以认为法英两国的军队同德国侵略者在斯堪的纳维亚半岛的土地上进行作战是不合乎情理的。无论怎样，我们在选择对挪威沿海的任何岛屿或合适地点进行占领和驻守的问题上一定是自由的。这样一来，我们对德国在北方的封锁就是没有丝毫破绽的。比如说，我们可以占领纳尔维克和卑尔根，一来可以保持对我们的贸易进行开放，同时也完全断绝了同德国的往来。掌控挪威海岸线对英国的战略目标来说，其重要性是首要的，这点应该竭尽全力加以强调。于是，我们采取了现在所建议的行动，即便引起了德国毫无顾忌的报复，那会让我们处于不利地位上的现象是无论如何也看不出来的。相对而言，如果德国对挪威或瑞典进行攻击，那么对我们来说，收获的会大于失去的。这一点，可以说明得更加详细一些，但此刻不便过于细述。

难道我们不应该想方设法通过纳尔维克从瑞典获得大量及长期不

间断的矿石供应，同时对德国的矿石供应进行转移吗？这样的话，现在已经不应该说不出口了。因为这就是我们的目标，而且是必需的。

于是我得出如下结论：

8. 我们对挪威所采取的行动，必须考虑在世界舆论和对我们自身的名誉上会产生什么样的影响。我们为了要给遭受德国侵略的受害者提供帮助，依照国际联盟盟约的准则，已经在勇敢地作战了。在技术上的行为要是违背了国际法，只要任何不人道的行为并没有因此而发生，那么中立国家对我们的友善是无论如何都不能失去的。美国是中立国中最大的国家，对他们的影响，也不应该产生不良的后果。他们在处理这个问题时，将会以最巧妙的方式帮助我们，我们对此应该有理由相信，并且他们的确是非常足智多谋的。

9. 法治的重新建立和对小国的自由进行保护，是我们从事战争的目的。如果我们失败了，那么就代表世界上有一个蛮横强暴的时代就要到来了，这样的威胁是致命的，对我们是这样，对每一个在欧洲独立生存的小国也是如此。我们通过国联盟约的名义，并且作为国联及其所代表的所有实际代理人，要在短暂的时间内对想方设法要加强和重新肯定的法律中的若干惯例进行摒弃，这是我们的权利，也是义不容辞的义务。我们为小国的权利与自由而战斗，在这时候我们就要放开自己的手脚。在万分紧急的时刻，让保护和执行法律者的行动受到法律条文的约束，这是不应该的。如果侵略者既为了享受某种利益而可以将所有法律自由撕毁，又可以因对方内心深处对法律的尊重得以保护自己，进而又能享受到另一种利益，那应当也是不合情理的。我们判断的标准，应该是看是否合乎人道而非是否合法。历史将会对所有这些做出判定。现在对当前的形势，我们要正视。

$$*\qquad*\qquad*$$

内阁于 12 月 22 日对我的备忘录进行了讨论，我对自己的理由极力地进行辩护。然而我都没有得到有关采取行动的任何决策。关于挪威的领海被德国随意使用的问题，可以通过外交的名义向挪威提出抗议。对承担在斯堪的纳维亚半岛的土地上的义务及引起的军事方面的后果，由参谋长委员会奉命研究。有关调遣军队在纳尔维克登陆及援助芬兰的计划，已授权他们去制订，同时对挪威南部可能会被德国占领的问题也要进行考虑。但是执行的命令却不能向海军部发出。我在 12 月 24 日分发的一个文件中，简明地将情报机关的报告进行了阐述，说明了苏联可能要对挪威实行阴谋。据称，苏联准备从海上进行远征，已在摩尔曼斯克将三个师的兵力集中了起来。我最后说："这样的一个场所，或许将会变成展开早期活动的舞台。"这些话被证明完全正确，但活动却不是来自这一方面。

第十章　黯淡的新年

继续处于沉迷状态——处于最后关头的"凯瑟琳"计划——同苏联的关系很紧张——墨索里尼的困惑——霍尔·贝利沙先生从陆军部离开——行动的各种阻碍——处于模糊不清状态中的工厂——5 月中的结果——德国攻击比利时的计划被截获——英国远征军的事务与发展——不存在装甲师——法国陆军的没落——德国入侵挪威的方案——最高军事会议于 2 月 5 日召开——我首次参加最高军事会议——"埃特马克"号事件——菲利普·维安舰长——英国俘虏被解救——张伯伦的辩白很有效——冯·法尔肯霍斯特将军受希特勒之命率领德军攻击挪威——先打挪威，后攻法国——我国东部沿海的航运遭受德国空袭——就空袭采取的应对措施——起初六个月的海战的结果让人称心——1940 年 2 月 27 日有关海军预算的演说

战争在 1939 年底依然处于低迷状态，且情况不明。西线的寂静只是偶尔被炮击和侦察的巡逻机声打破。双方军队的防御工事每天都在加强，有一个公认的"无人区"就在防御工事后面，它们双方便以此为界两两相对。

目前的情形较 1914 年底，确实有几分类似（我在圣诞节给庞德写信说）。如今从和平到战争的过渡时期已经宣告结束。至少已经

暂时将敌人在外洋上的海面船只清理干净了。在法国境内，其防线表现出来的状态也趋于静止。另外在海外，起初的潜艇袭击已经被我们击退了，而潜艇战在上次大战中被发动起来，还是 1915 年 2 月才开始的；与此同时，我们已经发现了对抗新奇的磁性水雷的方法。沿着法国的边境线都设有防线，在上次大战中敌人将法国的六七个省和比利时都攻陷了，而这次的情况并没有像上次那样。所以，相比 1914 年的情形，现在的情况要好很多。我还感觉同纳粹德国这一对手相比，德皇时期的德国要顽强得多（然而，可以随时对这一观点进行修正）。

　　这个时刻是如此困难，我也只能用以上感慨来写圣诞节的贺卡了。

　　此时的我越发坚信，在 1940 年是不可能实行"凯瑟琳"计划的。"将一只最优良的舰队派遣到波罗的海，"我给庞德写信说（1 月 6 日），"虽然看起来于情于理都非常合适，但对夺取并占领铁矿区来说，这一手段并不是必需的。因此，虽然应当继续进行调遣舰队进入波罗的海的所有准备工作，而且也应该做出顽强的努力，但是如果我们不能确保舰队在空袭下万无一失，那轻率的尝试所带来的结果必然是错误的；如果占领铁矿区任务所依靠的是通过派遣海面上的舰队去完成的话，那错误就更严重了。让我们在前进时信心满满，以伴随时势发展的眼光，看着海军方面会怎样发展。"

　　于是，在又一个星期过去之后：

海军大臣致第一海务大臣　　　　　　　　　　　　1940 年 1 月 15 日

　　1. 十分感谢你对我的有关"凯瑟琳"计划各项草案进行的答复，并且我对你就此内容所做的各种报告也都已认真研读。我不得不勉强而又明确地断定，我们在今年想要实行在秋季所制订的作战计划已是不可能。我们对付潜艇、水雷和攻击舰的手段还不够充分，所以要想将很多必要的较小船舰派遣出去，去执行它们的特殊任务仍然不可行。在抵御空袭上，怎样才能使我们的船舰比较安全呢？至今为止，还没有解决这个问题。俯冲轰炸机这一可怕的威胁依然存在。对火箭来说（为了保密，又将其称为"U．P．武器"，即为"不旋转的投射弹"），尽管正快速地向生产阶段迈进，可是，即便一切进展顺利，但可供使用的数量在今后的很多个月中依然得不到满足。在对我们较大的船舰的保护上，至今为止，我们依旧不能提供更多的装甲。在波罗的海方面，一直让人拿捏不准它的政治局势。另外来说，"俾斯麦"号将会在9月到达，这会极大地增强我们在海上遭受的抵抗。

2. 但是在1941年，战争很可能进行得很激烈，并且到那时候会有什么机遇，谁都说不好。因此我希望，在时机许可的条件下，在你的表格中所列出的各种船舰及辅助舰，只要标有"有利"字样，它们的准备工作就应该继续进行；同时希望应该为进入船坞修理或是重新装备的船舰尽一切努力，能让它们尽快归队，免得耽误服役。还有，考虑到苏联的态度，要做好在冬季海面上能让我们的驱逐舰继续开展活动的准备。当然，这样小心的态度也只是我们应该采取的。让我感到高兴的是，我们的意见在对待这一问题上都是一致的。

* * *

我们的事业，到现在为止还没有一个盟国能给予支持。同任何其他时期相比，美国的态度显得更为冷淡。我一直在保持着同美国总统的通信，但是回应不多。我们美元的储备每天都在减少，财政大臣为此叫苦连天。我们已经和土耳其签署了一个互助条约，而今我们的财源有限，从中能给它援助些什么东西呢？这是我们正在考虑的。在对意大利进行拉拢的问题上，我们采取的态度和开出的条件依旧是谦让和有利的，但是我们依然没有任何安全感或是在获得友谊上有丝毫进展。齐亚诺伯爵对待我国大使的时候，态度是温文尔雅的。墨索里尼的态度则是冷漠生疏的。

但是，作为意大利的独裁者，他也有自己的顾虑。他在 1 月 3 日给希特勒写了一封信，流露出了他的难处，同时也对签订德苏协定表现出了自己的厌烦：

我曾从政四十年，因此就经验来说，我感觉作为一个政策，特别是革命政策，在战略上是有它的要求的，在这一点上我比其他人要清楚得多。我认可苏联是在 1924 年。我和他们在 1934 年签署了一个友好通商条约。所以，我清楚，特别是因为对英国和法国不会采取干预的政策，里宾特洛甫给出了预言，但结果并未实现，所有不利于形成第二战场的事，你势必要设法避免。对此事你所要付出的代价是必需的，因为在波罗的海的战争中，苏联已取得了巨大的利益，并且他们没有遭受任何损失。

可是，作为一个革命气质与生俱来，且革命意志一直不曾改变的人，我要告诉你的是，无论在什么时候你都不能为了去顺应某个时期的战略需要而放弃自己的革命原则……同时，也是肩负的相应的责任所在，我要告诉你一些事情，那就是假如你同莫斯科的关系能更进一步的话，那在意大利引起的反应所导致的后果将会是很严重的。我特别希望不会发生这样的情况。你的生存空间的问题，一定要到苏联去解决，在别的地方是办不到的……之后各大民主国家就要被提上日程了，因为他们饱受绝症的煎熬，想要幸存下来已是不可能了……

*　　*　　*

我于1月6日再次出访法国,将我的"耕耘者六号"和"漂浮水雷"("皇家海军"作战计划)两个军械设计向法国最高统帅部做了说明。那天早晨,首相在我出发以前将我叫了过去,他告诉我,他决定更换陆军部长的人选,要让奥利弗·史丹利先生接替霍尔·贝利沙先生的位置。我在当天深夜就在巴黎英国大使馆接到了霍尔·贝利沙先生打来的电话,他说了我已经知道了的事情。政府为他提供了别的职位,我极力劝说让他选择其中的一个担任,但还是失败了。此时的政府也很衰落,全国的报纸几乎众口一词,说政府失去了如此一个极有作为而又活泼的人物。在各类报纸的一片赞扬声中,霍尔·贝利沙从陆军部离开了。报纸的建议,议会是不会接受的,事实上,它所采取的行动通常都是与报纸的议论相反的。一个星期之后,在下院召开的会议上,拥护霍尔·贝利沙先生的人寥寥无几,他自己也没有发表任何言论。我给他写了信,内容如下:

1940 年 1 月 10 日

　　我们在一起共事的时间不长就要分别,这着实让我感到遗憾。跟你一样的事情,我在上次大战中也经历过,所以我明白,这样的事情让任何一个倾心专注于工作的人都会感到特别难过和苦恼。我事先并未参与这次人事变动的商议。我得到通知也是在事情决定之后的事。同时,如果说我不把我觉得你最好是能担任贸易部或信息部的职务这一想法告诉你,那就显得我真的不够坦率;这些重要职务中的第一个,你居然同样不想担任,我对此表示遗憾。

　　你在陆军部任职期间的明显功绩,就是在和平时期通过了征兵法。这是你可以聊以自慰的。我希望在不久以后我们仍然可以做同事。这次的打击是暂时的,它肯定不会成为你在未来取得为国家效力的机会的严重阻碍。

我虽然想让这个愿望变为现实，但终未如愿；一直等到 1945 年 5 月解散了联合政府以后，我在组织所谓的"看守政府"的时候，才将贝利沙请来，让他担任国民保险部大臣一职。他在这段失业的日子里，曾是对我们的政策进行严厉鞭挞的人之一；然而能再次将这样一个有才干之人招揽加入政府，我确实感到十分喜悦。

*　　*　　*

在 1 月的所有日子里，芬兰人一直在阵地上坚守，到月底，苏联的军队在人数上逐渐增多，但他们依然在原有的阵地上不能前进一步。赫尔辛基和维伊普里遭到的不断轰炸，对飞机和军用物资的要求，芬兰政府的呼声也越来越高。苏联的空中袭击也将会伴随着北极夜晚的缩短而渐渐猛烈起来，成为受攻击对象的不仅是芬兰的城镇，还有其军队的交通线。时至现在，到达芬兰的军用物资的数量很少，到来的志愿军也只有几千名，而且这些都只是来自斯堪的纳维亚国家。有一个招募新兵的组织于 1 月中旬在伦敦成立，同时运往芬兰的英国飞机有几十架，其中有不少从空中直接飞过去了。事实上来说，这些都是于事无补的。

已经拖延着的纳尔维克部署依然要继续下去，且毫无期限可言。在对挪威和瑞典的态度上，虽然内阁正打算对他们施压，以便能让援助芬兰的物品从两国境内穿过去，但在水道上布雷这个比较微小的行动，他们却一直不同意。这两个行动，第一个是崇高的行为，而后一个只是作为战略上的手段。另外，大家可以看到，挪威和瑞典肯定会拒绝为援助的事情提供便利条件，所以说，到头来这个计划还是没有任何结果。

有一次内阁会议结束后，我很是苦恼，我给一位同事写信说：

　　我之所以会产生焦躁不安的情绪，主要原因是给积极行动带来各种巨大的困难都是我们指挥作战的机构造成的。我看到，一道道巨大的围墙已经或正在由遏制我们的势力构成，所以说，要想越过它们，任何计划是否还有机会，这让我产生怀疑。要想知晓答案，只要看看在七个星期中我们就纳尔维克部署问题必须要克服的各种议论进行的讨论就可以了。第一，是供应部、贸易部等各经济部门的反对言论。第二，是联合计划委员会。第三，是三军参谋长委员会。第四，是一种居心叵测的言论，即所谓"大的计划不应该因小事而受到损害"，其实，在当时对大计划进行坚定的尝试的机会是很少的。第五，是后来被渐渐压下去的在法律上、道义上的反对言论。第六，是中立国，特别是美国的态度，但请看对我们的"行动"，美国表现出多么良好的反应啊！第七，是内阁自身，众说纷繁，意见不一。第八，是等顺利解决了所有这些问题后，还要同法国商议。最后，由于我们在国内讨论这个问题的时候，整个过程各个自治领事先并没有参加，所以要让各个自治领和他们的正义观必须同我们的协调一致。这一切的情景都让我感觉到，就目前的这种安排，如果敌人进行可怕的袭击的话，我们只能坐以待毙，且无可奈何。我们不能让各方面的步调在这样的袭击下保持统一并且同时进行预防，从而防止让国家力量的消耗达到致命的程度。

我已经有两三个计划正在进行中，但让我感到忧虑的是，消极言论和消极力量形成了一个巨大的堡垒，在它面前这一切的计划都将会化为乌有。所以，要是我表现出苦恼的情绪，还请你谅解。如果选取的路线阻力最小，那么要想取得胜利也就绝对不可能，对此毋庸置疑。

不过，由于目前已有威胁降临到了低地国家的头上，所以已暂时将有关纳尔维克的所有事情放在了一旁。这个威胁假如说变成了事实，那么就必定要对形势根据最新的进展进行思考了……如果说大战在低地国家爆发，或许对挪威和瑞典产生的影响将会是决定性的。即便战争势均力敌使结果陷入僵局，相对以前来说，或许会让它们感到更加自由，而我们对一种能转移注意力的事的渴望则显得更加迫切。

*　　*　　*

此外，还有其他原因让人感到不安。在对我们的工业进行改造，让它投入战时生产这方面，进展的速度并没有达到需要的速度。1月27日，我在曼彻斯特发表了一篇演说，在演说中我对把我们的劳动力来源进行扩展，在工业生产中被征调入伍的男子要由被招收进来的大量的妇女替代，同时要加强我们的国家力量等具有十分重大意义的事情进行了阐述。我接着说：

> 我们要进行的扩展是巨大的，而且是必需的，特别是要将那些可以从事熟练或是半熟练的技工吸纳进来。在这方面，我们对工党同事和工会领袖的支援及指导肯定是异常期待的。在前军需部极其兴盛的时期，我曾担任过此部部长，所以作为一个知道一些内情的人，在对这个问题的讨论上，我还是有资格的。数以百万的新工人将是我们需要的，而且能够果敢加入我们的军事工业，进入炮弹工厂、军火工厂和飞机工厂的妇女，数量也必须有百万以上。如果说不对这一劳动力的来源进行扩展，如果说不叫英国妇女去参加战斗，就如同她们所希望的那样，那么在需要英法两国一起承担的责任中，属于我们的那一部分责任，我们想要负担起来是根本不可能的。

不过，在这件事上所做的努力并没有多大。人们好像都没有形势已经变得十分要紧的这种感觉。一种"暧昧不清"的态度，普遍存在于工人、管理生产的人员及军事行动中。直到5月初，才有一个调查报告提交给内阁，内容是关于机械、动力和飞机工业集团就业情况的，这份报告所暴露出来的事实是不可争论的。统计部门是由我掌管的，它将在林德曼教授的主管下，对这份报告进行透彻的研究。此时挪威问题正在叫嚣着，虽然我会因此而分心和激动，但是要给我的同事送上下面的备忘录，我依然还是有时间的：

海军大臣的备忘录

1940 年 5 月 4 日

本报告指出，在这个基本的工业集团方面，至少在人力上我们还几乎没有将其组织起来去生产军火。

根据（之前的文件的）估算，在从事金属工业生产人员方面，战争开始后的第一年中需要扩充的数量很大，将会达到百分之七十一点五。在本报告中讨论的这个机械、动力和飞机集团，它的人数占整个金属工业的五分之三，但事实上从 1939 年 6 月到 1940 年 4 月，它扩充的人数只有十二万两千人，即百分之十一点一。这个比率少于上述所需要的扩充数的六分之一。在 1936 年至 1937 年间，仅仅是因为改善了贸易，在政府什么都没有干预的情况下，人数的增长就和这次持平。

虽然每年走出学校的青年有三十五万人，可在这个集团中，就业男子的年龄在二十一岁以下的人数，增加的数量也只有两万五千人。不仅如此，妇女与年轻人的比重，也只是由百分之二十六点六上升到了百分之二十七点六而已。我们目前在机械、动力和飞机工业集团中所有女工人数只有男工人数的百分之八点三。在上次大战的时候，女工与男工在金属工业中的比率，曾由十分之一上升到三分之一。在上次大战中，从 1914 年 7 月至 1915 年 7 月这第一个年头中，金属工业所招收的新工人数量在原有工人数量的基础上上升了百分之二十。目前正在调查的这个集团，作为整个金属工业的代表是足够资格的了，但它增加的人数在过去的十个月里仅是原有人数的百分之十一。

在由海军部管辖的各部门里，已增加了近百分之二十七的就业人数，由于没有工人的分类数字，在此考虑的时候就没有将其包含进来。

＊　　　＊　　　＊

在1月10日，证实了我们对西线的顾虑。有一名少校参谋，他隶属于德国第七空军师，受命前往位于科隆的总司令部，在他身上携带着不少文件。他决定坐飞机过去，因为他错过了火车。但是他的飞机却飞过了目的地，迫不得已降落在了比利时境内。他被比利时部队逮捕，文件也被没收；虽然在当时他为了想要毁掉文件也曾拼尽全力，但终究未能如愿。希特勒所决定的对比利时、荷兰和法国进行入侵的所有实际计划，都包含在这些文件当中。这个德国少校在不久之后就被释放了，要让他自己去将事实的经过汇报给他的领导。当时发生的一切我都听到了，以我的观点来看，要是比利时不制订一个计划，然后邀请英法两国将部队开进它的国家，如此做法根本不可能。但是在这点上，比利时确实是任何事情都没有做。对此事，英、法、比三个有关的国家都在讨论，觉得这可能是敌人的诡计，但这与事实不相符。如果说德国人试图让比利时相信，在不远的将来他们预备要向它发起进攻的话，这样的想法根本就不可能存在。因为如果是这样的话，就可能会让比利时做出同英法两国的军队商定出方案，进而在一个天气晴朗的夜晚，让英国军队秘密而快速地出兵的举措，而这样的事情是德国最不愿意看到的。所以说，我确定德国的进攻已是箭在弦上了。

凯斯海军上将于1月13日给我打电话说，如果我们赞同做出某种保证，前提是这种保证是具有长远影响的，那么对邀请英法两国军队可以"马上"开进比利时这件事，比利时国王也许能说服他的大臣们。照我们的理解，"马上"表示现在就要出发，而不是在受到德国的入侵以后才"马上"出发。战时内阁决定给出的回应是，我们都不会再给出其他任何保证，当然这里不包括在军事同盟条约中的保证，如果比利时想要盟国军队开入境内的话，必须尽早地发出邀请，这样一来，盟军就能事先对德国的入侵加以遏制，因为比利时政府觉得德国的入侵已是当务之急的事情，这也是很明显的。凯斯海军上将于1月15日发来电报说，比利时国王觉得要是跟他的政府说出英国所给的回应，那产生的影响将是很不好的。并且如果盟国将军队"马上"开进来的话，立刻就会把比利时和荷兰卷进战争，比利时中立国的地位被破坏的责任，最好还是由德国承担吧。对这样一个相似的答复，比利时政府同样也回复给了达拉第先生。法国驻伦敦大使也对我们说，比利时政府觉得，如果英法两国在德国的侵略行动开始后进行援助的话，那这样的援助就会有"取得道义的性质"，也就会增加"取得胜利的机会"。

于是，比利时国王和他的陆军参谋们就开始等待，而且仅仅如此，对所有的一切，他们都希望会好起来，虽然德国少校的文件到手了，但是任何进一步的行动，盟国和受威胁的国家都没有采取。另外，一如我们知道的，希特勒召见了戈林，当希特勒明白实际上所有进攻计划都在被截获的文件上的时候，他怒发冲冠，之后便命令准备修改后的新方案。

通过此事可以清楚地知道，希特勒于1940年初的时候已经有了一个计划，且非常详尽，准备让比利时与荷兰陷入泥潭，进而可以向法国发动攻势。只要开始了这种侵略行动，无论何时，都会立即执行甘默林将军的D计划，其中包括出击的法国第七集团军和英国军队。D计划拟订得异常详尽，要将其付诸行动，只需要一声口令即可。在战争开始时，虽然英国三军参谋长委员会曾谴责过这一方案，但是于1939年11月17日召开的巴黎会议，却对此进行了明确而正式的批准。在此基础上，两个盟国都等待着突然袭击的靠近，而动兵季节的到来却是希特勒正在等待的，因为合适的气候可能在4月以后就出现了。

在冬春两季中，英国远征军极度忙碌着对自己工作的整顿，对他们防线上的防御工事进行增强，同时不管是在进攻还是防御上，准备进行战争。官兵无论职位的高低，齐心协力，都在努力且艰苦地工作着；到最后，他们的表现都很优秀，大部分都是因为将冬季所提供的机会进行了充分的利用。直到"晦暗不明的战争"结束，相比之前，英国军队已经壮大了许多。在 3 月中，已经开到法国的第四十二师和第四十四师继续推进，于 1940 年 4 月下旬到达边境防线。第十二师、第二十三师和第四十六师也于同月到达。为了方便这些部队完成训练，同时让正从事手头工作的劳动力量得到加强，他们奉调令开进了法国境内。他们甚至缺少即便是普通部队应有的武器和配备，并且也没有大炮。尽管如此，他们都无法避免地被卷入了刚刚开始的战争，他们尽了自己的责任，且完成得很出色。

今天对我们战前做的部署加以回顾，在当时的英国远征军中，甚至没有一个装甲师，这个缺陷是最可怕的。对各式各样的坦克来说，本来英国是生产它们的发源地，但对这种在不久后将会对战场产生支配权的武器，在两次大战期间竟然都极大地忽略了它的发展，以至于在宣战后的八个月里，在面对即将到来的严重考验的时候，我们这支小而优良的陆军所拥有的只是一个有十七辆轻型坦克和一百辆"步兵"坦克的第一坦克旅。在这一百辆"步兵"坦克中，配备了能发射两磅重炮弹的大炮只有二十三辆，其他的只装配了机关枪。另外，配置有运输车辆和轻型坦克的还有七个骑兵和义勇骑兵团，他们正在接收成为两个轻装甲旅的改编。除了缺乏装甲配置以外，英国远征军在能力上有了明显的进步。

*   *   *

相对而言，法国前线的发展情况就差强人意了。在一个大军中实行了全国征兵制，军队内部同民众的情绪就有着紧密的联系，特别是军队在国内驻守，能密切接触到民众的时候，这种情况就更加如此。在 1939 年到

1940 年间的法国，我们不能说他们对待战争的情绪是高昂的，甚至说抱有很大的信心。国内的政治在过去的十年里一直处于动荡不安的状态，并出现了分裂和不满的局面。

有很多因素可以让军队拥有良好的士气，这其中，保证官兵全力从事的工作兼有益趣，是最重要的因素之一。浑噩懒散和无所事事是滋生危险的温床。有很多的工作要在整个冬季中进行，要继续注意训练这一事项。防御工事还远没有达到让人满意和完备的地步，甚至在马其诺防线上起辅助作用的野外堡垒也缺不少。士兵的身体还是需要锻炼，并不够强壮。有一种极其冷淡的氛围在法国前线蔓延，质量低下的工作在进行着，同时也看不到任何活动。所有这些，往往让来此参观的人感到诧异。有一条人迹罕至、清冷异常的公路位于法国防线的后面。而在英国驻守的一段防线的背后，车辆在公路上熙攘来往，川流不息，数里之外都是如此。前后两者进行对比，其情景可见一斑。

因为任其自然发展，使得法国军队在这个冬季中的素质已经退化，这点是毋庸置疑的；如果作战的时间是在秋天而不是第二年春天，那么他们的表现肯定会更加勇猛。而德国的攻击是疾速而凶猛的，在不久之后他们就会被吓倒。这场战役是短暂的，直到最后阶段，法国士兵才充分发挥出他们真正的战斗实力，振奋起来去保卫他们的国家，去抗击有着世代深仇的敌人。但所有这一切，到那时已太晚了。

*　　*　　*

与此同时，同样在进行中的是德国试图直接对挪威进行攻击，并且对丹麦用闪击战的形式进行占领的计划。1940 年 1 月 27 日，就这个问题，凯特尔将军起草了一个备忘录：

应该在我的亲自领导下继续对 N 计划的研究，并且要密切联系一般的战争政策，这是元首和全国武装部队最高统帅都希望的。在这些原因的作用下，指导进一步准备工作的相关事宜，元首已经指派我来接管。

这个战役，要经过正常的途径进行它的详细计划。

*　　*　　*

首相于 2 月初要参加在巴黎举行的最高军事会议，我第一次应邀与他同行。我建议我们可以乘船前往巴黎，并由我来安排此事。于是，一艘从多佛尔启航的驱逐舰载着我们全体人员及时抵达巴黎，出席当晚的会议。张伯伦先生在渡海的途中将他对萨姆拉·威尔斯先生搜集的和平见解所做的答复拿给我看。我对这个答复的印象很好。当着他的面，我读完了这个答复，然后我对他说："可以在你的政府中奉职，这让我感到自豪。"他似乎因我的话而感到很愉快。

在 2 月 5 日，"援助芬兰"是主要议题，并对种种方案进行了核准，准备派遣三个或四个师，同时对挪威和瑞典进行说服，能让我们将供给物资和增援部队运送到芬兰去，并顺带将耶利瓦勒铁矿的掌控权拿到手。然而，瑞典人对此不接受，这也是我们早就料到的，所以虽然整个计划已经做了大规模的准备，但依然全部失败了。作为我国的代表，张伯伦先生亲自主持会议，然而英国出席的各位大臣，发表的意见却很少。参照会议记录，我自始至终都没有发言。

当我们在第二天再次渡过海峡时，一件有趣的事发生了。我们发现了一个漂浮的水雷。于是我对舰长说："让我们用炸弹把它炸掉。"在砰的一声巨响过后，这个水雷便炸开了。向我们飞过来一大块碎片，转眼间，似乎就要打在舰桥上了，而此时的舰桥上，聚集着所有的政治家和很多其他名流。万幸的是，这个大碎片落在了前甲板上，而前甲板上是空荡荡的，没有一个人因此受伤。于是一切都兴高采烈地过去了。自这以后，我总是应邀和其他人员一起，陪同首相去参加最高军事会议，但类似这样的消遣，我却不是每次都能遇到。

＊　　　＊　　　＊

最高军事会议决议，最重要的事就是援助芬兰。如果受过训练的援军达不到三万至四万人，要想让芬兰坚持到春季以后，那是绝对不可能的。现在鱼龙混杂的志愿军正源源不断地开往芬兰，这是不够的。对盟国来说，如果芬兰被毁灭，那将是一个大的失败。所以必须要把盟国军队派遣出去，经过比特萨摩或纳尔维克或其他挪威海港。更为可行的是经过纳尔维克的作战，因为这样一来就可以让盟国一举两得，既可以对芬兰进行援助，又可以将铁矿运输截断。原计划是要在 2 月把英国的两个师开往法国的，而现在要预备在挪威作战，所以还是暂且留在英国为好。同时，为了获得挪威人和瑞典人的赞同，我们要竭尽全力，如果有可能，要得到他们的合作。如果说挪威和瑞典要是回绝了的话（看来这种可能性很大），我们该如何应对呢？然而一直以来，都没有从正面解决这个问题。

在这时，有一个很生动的插曲出现了，这让斯堪的纳维亚的一切都接近于敏感。在要捕获"埃特马克"号，这个"施佩"号的辅助舰的事件上我所表现出的关注，读者可以回想起来。对我国被击沉的商船船员来说，这只军舰就是监禁他们的一个浮动的监狱。按照国际法的规定，英国俘房被"施佩"号上的朗斯多夫舰长在蒙得维的亚港释放，他们告诉我说，在"埃特马克"号舰上的英国商船船员大约有三百人。在南大西洋，这只军舰隐藏了将近两个月之后，该舰舰长期望我方已经停止了搜索，便试图潜逃，回到德国。由于幸运和气候的适宜，我们的飞机直到 2 月 14 日才发现了已从冰岛和法罗群岛之间穿过并驶进了挪威领海的"埃特马克"号。

海军大臣致第一海务大臣　　　　　　　　　　1940 年 2 月 16 日

　　根据今天早晨我接到的报告所描述的情景，似乎应当在白天让我们的巡洋舰和驱逐舰快速地向北搜寻，直至挪威沿海一带。如果发现了"埃特马克"号，即便它已身处挪威的领海内，也应该当机立断地将其捕获。这只军舰已经违背了中立法，因为它会把英国战俘运往德国。在今晚，是否必须还要派一两艘巡洋舰对斯卡格拉克海峡进行仔细搜寻？"埃特马克"号一定要被我们视为一个十分宝贵的战利品。

　　引用海军部公报的话，那就是："方便调遣的很多皇家军舰正在出击。""科萨克"号英国军舰舰长维安指挥着一个驱逐舰队将"埃特马克"号截住了，但没有立刻出击。于是它逃入了乐星峡湾，这是一条狭窄的海湾，长度大约有一英里半长，四周巍峨的积雪山岩将其环绕了起来。奉命向它围拢的是两艘英国驱逐舰，以便进行查看。它们在峡湾的入口处碰到了两艘挪威炮艇。炮艇告知英国军舰说，在前一天已经对"埃特马克"号进行了检查，它并没有武装，同时已经批准让它经由挪威领海开往德国。于是，我们的驱逐舰便撤退了。

　　我在海军部里听到了这个消息，于是便出面干涉，并命令我们的军舰开进峡湾，当然，我是在得到外交大臣的同意后才这么做的。我过去采取直接行动的概率不大，但这一次，我却将如下指令发给了维安舰长：

　　　　　　　　　　1940 年 2 月 16 日下午五点二十五分

　　护送"埃特马克"号前往卑尔根的任务，一定要让挪威的鱼雷艇负责，同时英国和挪威双方的卫队都要在舰上驻守，护航也要由双方一起进行；否则的话，你就需要派兵登上"埃特马克"号，然后将俘虏放了并占领该舰，在处理的时候则需要等候进一步的指示。假如挪威鱼雷艇进行干预的话，你们就应该对该艇发出警告，让其离开。如果说该鱼雷艇攻击你们的话，只有发生严重进攻形势的时候才能还击。在严重形势下，一定要自卫，但对必要的界线，所用的火力都不要超出，我方应该随着对方炮火的停止而停止。

维安可对其余的事自行处理。那天夜晚，他在探照灯四射的"科萨克"号的乘载下，穿过漂浮的冰块，驶入峡湾。他首先登上的是"切尔"号挪威炮艇，要求一定要由双方联合护航把"埃特马克"号带到卑尔根，之后再依照国际法进行审讯。挪威舰长多次做出保证，称经过两次的搜查，证明了"埃特马克"号是没有武器的，同时也没有发现英国俘虏在该舰上。于是维安说，他准备亲自登上该舰，并邀请这位挪威军官陪他一同检查。但最后这个建议被回绝了。

同时，趁此机会，"埃特马克"号就想开船；它试图对"科萨克"号进行撞击，结果却导致自己搁浅。"科萨克"号便对这艘军舰实施强行靠近，就在两舰相接触以后，"埃特马克"号舰上就跳上去了一队登舰检查人员。激烈的肉搏战随之开始，在兵戎相见中，有四个德国人死了，五个受了伤；除了逃到岸上的一部分船员，其他人都投降了。然后展开搜寻俘虏的工作。一时间，在舱内禁闭的、在贮藏室内锁着的，甚至是在空的油槽内关着的几百人都被找了出来。紧接着，一阵"海军来了"的叫喊声响了起来，被俘者便从各禁闭处被打开的门中蜂拥而出，冲到了甲板上。获得释放的俘虏总共有二百九十九人，他们重新坐到我们的驱逐舰上。在"埃特马克"号上，搜查的人又发现了两门高射机关炮和四挺机关枪。原来挪威人虽然曾两次登上该舰，但事实上都没有进行搜查。从头至尾，挪威炮艇都默默地旁观着这场冲突。维安于午夜驶离了峡湾，驶向了福斯。

一同坐在海军部作战室里的我和庞德海军上将都有些担心。我给外交部施加的压力已经很大了，对采取的程序在技术上所表现出来的严重性，我也全部知晓。如果要公正地去判定这些步骤，我们必须要牢记，时至那天，已有二十一万八千吨的斯堪的纳维亚船舶被德国击沉，失去生命的斯堪的纳维亚人共有五百五十五人。然而舰上是否有英国俘虏这个问题，才是我们国内和内阁方面所关注的。凌晨三点传来消息，已被找到的英国俘虏有三百人左右，并且都已获救，我们听后真的很高兴。这个事实已压倒一切。

我们觉得在饥饿与禁闭的折磨下，这些英国俘虏的状况肯定非常差，于是为了在利思港迎接他们，便将救护车、医生、新闻记者和摄影师都派了过去。然而，他们看起来健康状况都很好，在驱逐舰上得到的照顾也不错，上岸时，每个人都欢欣鼓舞，于是对外就没有将这方面的情形透露出去。英国人士为他们的获救和维安舰长的行动而热烈欢庆，场面同将"施佩"号击沉后的情景相比毫不逊色。我的力量和海军的威力因这两件事而得以加强。这句"海军来了"的话语，便口碑载道，一时间成为美谈。

应该尽量去谅解挪威政府的行动，因为挪威政府对德国的恐怖表示害怕，同时对英国的宽容表示轻忽，这原本也是很自然的。对他们的领海被英国军舰进入一事，他们提出的抗议非常强烈。对挪威的抗议，英国所给出的答复的要点，可以在张伯伦先生于下院的一篇演说的内容中找到：

> 从科特教授（挪威外相）所表示的观点来看，好像并不反对挪威政府将长达数百英里的挪威领海利用起来，是为了让一艘德国军舰实现在公海上免于被捕，同时把英国俘虏运送到德国监禁营的这一目的。就英王陛下政府所了解的国际法来讲，此种见地与其有着天壤之别。英国政府感觉，德国军舰乱用中立国水域的行为会因这种见地而变得合法化，并且在任何情形下，英王陛下政府都不能接受因此而造成的一种形势。

* * *

前面我们已经知道，在12月14日，希特勒做出了向挪威进攻的决定，而军事参谋工作由凯特尔指挥。"埃特马克"号事件对他们的行动无疑是一个刺激。希特勒依照2月24日凯特尔的建议，急切地将正在科布伦茨指挥着一个军团的冯·法尔肯霍斯特将军召唤到了柏林。他曾经参加过1918年德国在芬兰的战争，就这个问题，他和元首开始了商谈。这次商谈的情况，这位将军曾在后来的纽伦堡审判中将其叙述了出来。

有关我之前在芬兰的经验，希特勒向我提了出来，并对我说："坐下来，把你做的事情告诉我。"时间不长，我的话被这位元首打断了。我被他领到了一张桌子前，桌子上铺着一张地图。他说："也有一件相似的事情存在我的心里，那就是占领挪威；因为我听说英国人想要将登陆的地点定在那里，所以趁他们还没有到，我要在他们之前出手。"

于是，他就在房间里踱着步子，给我说明他的理由。他说："要是挪威被英国占领了，在战略上就会形成一种迂回，这样一来，英国就会进入波罗的海地区，而我们既没有军队在此地驻扎，在沿岸上又没有防御工事。我们在东方已取得的功绩和在西方准备制胜的希望，都将付之东流；因为敌人可以从他们所在的位置上直接逼近柏林，进而可以将我们两个战线的中枢攻破。第二点和第三点就是，挪威被征服后，在威廉港湾，我国舰队的行动自由就有了保障，同时还可以对我们从瑞典输入铁矿石进行保护。"……最后，他对我说道："我委派你去指挥这个远征军队。"

法尔肯霍斯特于当天下午就再次被召进总理公署，就远征挪威的详尽的作战方案，同希特勒、凯特尔和约得尔进行商讨。如何决定先后的顺序是最迫切的问题。希特勒到底将进攻挪威放在了实行所谓的"黄色"计划（进攻法国）以前还是以后呢？他于 3 月 1 日做出裁决：先进攻挪威。约得尔在 3 月 3 日的日记上说："元首决定将'威塞尔演习'计划放在前面执行，而'黄色'计划将会在前面的计划完成几天后执行。"

*　　*　　*

在我国整个东部沿海，最近一段时间，航运开始受到空袭，这着实让人恼怒。开向较大港口的远洋船只除外，不管哪天，都会有吨位在五百吨与两千吨之间的大概三百二十艘船只在海上或是沿海港口内，这其中往伦敦或南方运煤的船只有很多。在这些小船里面，最近才装上高射炮的只有少数，这些目标是很容易得手的，于是敌机便集中对它们进行袭击。甚至灯塔船也遭到了它们的攻击。这些灯塔船忠诚地为海员们服务，它们停泊的地方在我国沿海一带的浅滩附近，没有任何隐蔽之处，它们的作用可以推及至所有的船只，甚至是从事袭击的潜艇身上，上次大战中，从没有受到过攻击。现在竟然被击沉或损坏了几艘。最恶劣的还要数在亨博海面发生的事，在那里有一艘灯塔船，共有九名船员，一阵猛烈的机枪扫射过后，横死当场的竟有八名。

在对空袭的防御上，护航制度和防御潜艇具有同等的效力，这点已得到证明，但是要让每只船上都能够拥有很多种武器，才是现在已经在竭尽所能去努力做的事情。在高射炮稀缺的时候，我们将各种各样高明的办法都利用了起来，以至于一个空中的强盗被我们用一个救生用的火箭打了下来。国内舰队所剩下的机关枪及海军炮手，都分配给沿东海岸一带的英国及盟国商船。每次在危险地带航行时，随时都会将这些人员和武器在此船与彼船之间转移。陆军方面在 2 月底已经进行协助了，因此开始成立了一个组织，这一组织在后来被称为"海上皇家炮队"。1944 年是战争最激烈的时候，从正规军调来的将士共有三万八千余人来负责这项任务，其中陆军有一万四千人。有很大一部分沿着东海岸的护航路线，只要遇到空袭，就可以立即向最近的机场发出通知，获得战斗机的庇护。于是陆、海、空三军关系相处得十分融洽。被击毁的空袭飞机的数量逐渐增多。在一般情况下，各国的商船是没有丝毫防御的，敌人对它们扫射所付出的代价，同预期相比要大得多，袭击也因此减少了。

并非整个前景都是漆黑一片。在外海，自从"施佩"号在 12 月中被损毁，在这之后攻击舰活动的现象就看不见了，然而对德国海上航运进行扫荡的工作仍在继续。2 月中，从西班牙出发了六艘德国船，试图抵达德国。抵达目的地的只有一艘；其余的船，被俘的有三艘，自行凿沉的有一艘，在挪威被击毁的有一艘。另外有七艘德国船在 2 月及 3 月间试图从封锁线冲出去，我国巡逻舰队将它们截住了。在这七艘船中，有六艘被它们的船长自行凿沉。到 1940 年 4 月初为止，因为被俘获或自行凿沉的原因，德国损失的船只共有七十一艘，共计三十四万吨；另外，还有依然受困于中立国海港的德国船只共有两百一十五艘。我们的商船都已武装了起来，德国潜艇发现这一现象后便改用了鱼雷，放弃了炮击。下一步，他们的方法就是又将鱼雷放弃，改用不经警告的水雷这一最卑劣的方式作战。怎样对付并战胜磁性水雷袭击的情景，我们已经看到了。尽管如此，在 1 月中，我们因磁性水雷所遭受的损失占了一半以上，而中立国的损失又占全部损失数量的三分之二以上。

有关海战的主要特点，我曾在 2 月底的海军预算中评述过。据我估计，在参战时德国拥有的潜艇数量，现在已损失了一半。但是直到现在出现的新潜艇却很少，这是跟预想相悖的。就我们现在所了解到的情况，到 2 月底，德国实际上被击沉的潜艇已有十六艘，同时又有九艘增加了进来。敌人还没有充分发挥他们的主要实力。护航船只和对损失的商船进行补充，都在我们关于建造小船的计划当中，这个规模是极其庞大的。关于商船制造的统制，已由海军部接管，詹姆斯·里斯戈爵士是格拉斯哥的造船业者，为了此事参加了海军部工作。除去新造的和外国让与的船只抵偿外，在这次新战争的最初六个月里，我们的损失不到二十万吨，然而在 1917 年的 4

月，当时的局势真是千钧一发，仅仅在这一个月内，损失的吨位数就达到了四十五万。同时我们继续进行截获运往敌区的货物，如此获得的货物的吨数跟我们自己损失的相比，要多得多。

　　每个月（我在结束自己的演说时说道），我们的收获都一直在增加。在1月中，虽有潜艇、水雷，以及冬季的大风与大雾，但是由海军毫发无损地运进英国港内的物资吨数，较之前三年和平时期的平均数，已超过了百分之八十……当我们考虑到被调遣来的大量的英国船只加入海军服役，或是运送军队过英吉利海峡，或是加入运输部队的航队前往世界各地，我们可以慎重地说，在上述结果中，并没有什么地方会让人感到沮丧或惶恐。

第十一章 暴风雨前夕

1940 年 3 月

舰队返回斯科帕湾——我们在明奇海峡经过的路程——"关于在航道中发现水雷的报告"——一次空袭警报——斯科帕湾情况的改观——目前所知道的希特勒的计划——走投无路的芬兰——达拉第先生枉然的努力——苏联和芬兰停战的条件——斯堪的纳维亚的新危机——"皇家海军"作战计划——漂浮水雷准备就绪——达拉第先生的反对——倒台的达拉第政府——我致新总理雷诺先生的函——3 月 28 日举行的最高军事会议——张伯伦先生对形势的观察——有关在挪威水道布雷的最后决定——拖延了 7 个月——各种攻势作战建议及计划——张伯伦先生在 1940 年 4 月 5 日的演讲——种种迹象表明德国即将采取行动

3 月 12 日这天，人们已经期待很久了，因为本土舰队将于这一天重新返回斯科帕湾，而它也将被作为主要的根据地来使用。这在我们海军事务中是件大事，我认为我应当亲自并高兴地参加，于是便登上了福布斯海军上将在克莱德湾的旗舰。

这个舰队包含五艘主力舰、一个巡洋舰分舰队和大约二十艘驱逐舰。

穿过明奇海峡需要一天一夜的航程。我们将在黎明穿过北部海峡，抵达斯科帕湾的时间则应该在中午左右。"胡德"号及其他舰只是从罗赛斯起航的，它们将沿东海岸而上，要比我们提前几个小时到达。在明奇海峡航行是非常麻烦的。它北部的出口只有一英里的宽度，随处都是岩石海岸和暗礁，并且据说有三艘潜艇就隐藏在这四周包围的海中。我们不仅要迂回前进，而且要保持高速行驶。在平时和平期间使用的所有灯光都要熄掉。所以说，这样的航行任务让海军兴趣盎然。可是，就在我们用过午餐正要继续航行时，舰队的舰长也就是担当旗舰航行指挥的军官，同时也是主要直接责任担负者，因流感而突然病倒。舰长的助手是一个海军上尉，看上去很年轻，于是便跑到舰桥上，负责对舰队的行动进行指挥。这个军官给我的印象很深刻，因为他都没有接到任何通知，竟然敢将这样一项庄重、要求专业知识、准确性及判断力相当完备的工作担当起来。虽然他的态度显得很镇定，但仍不乏有得意的神情显露出来。

　　我需要同舰队总司令商讨很多事情，所以当我来到舰桥上的时候已经是午夜以后了。此时四周漆黑一片，如乌绒一般。晴朗的天空中看不到一颗星星，月亮也没有。这艘斩浪前行的巨舰，时速有十六海里。对于尾随在后面的战舰，人们能看见的只是一团漆黑。在这里，三五成群的舰只井然有序地鱼贯前行，数量将近三十艘，船尾的小灯还亮着，除此之外，任何照明的灯光都看不到；并且按照规定的方法不断地变换航线，这个方法是为防备潜艇而制定的。到现在为止，它们没有见到陆地和天日的时间已长达五个小时了。福布斯海军上将不久之后来到我这里，我对他说："负责执行这样的航行，这是我很不乐意做的事情。在天亮时你会到达明奇海峡的狭隘的出口吗？你是如何确定的？"他说："大臣，如果说你是能够在这个时候发号施令的唯一一个人，你该怎么做呢？"我立即回答道："我要抛锚，到早晨再走。就像纳尔逊说的那样：'哈迪，抛锚啊！'"① 然而，海军上将回答说："在我们脚下，现在大约有六百英尺深的海水。"当然，我对海军完全信赖，这是多年来的积累所致。我讲这个故事的目的，只是要让一般读者深刻地认识到这种奇特的技能与准确性；有的业绩，在陆地上的人们眼里，想要完成好像是没有希望的，但在必要的时候，依靠这样的技能和准确性，却能够将其视为顺理成章的事来完成。

我在第二天醒来的时候已是早晨八点。此时已到达明奇海峡以北的广阔海面，并且我们正在绕着苏格兰的西部顶端驶向斯科帕湾。当我们还有大约半小时的航程就能到达斯科帕湾入口的时候，获得消息称，在我们将要通过的主要入口已经被若干架德国飞机投掷了水雷。

于是福布斯海军上将决定，让舰队必须向西离岸行驶二十四小时，直至航道没有任何危险了才可以。整个舰队于是便开始改变航线。他对我说："你要是想换船的话，我可以派一艘驱逐舰送你上岸，这没有任何难度。照顾你的任务，可以让已经在港内的'胡德'号来完成。"我同意了这个建议，因为能有三天的时间离开伦敦，这对我来说并不容易。我们的行李被快速地搬到了甲板上；旗舰以三四海里的速度运动着，一只小快艇从军舰的艇架上放了下去，上面有十二个海员，都系着救生带。当我们这一小伙人到了小艇里，而我正在同海军上将道别时，响起了空袭警报，于是，整个旗舰一下子就匆忙地准备起来，调派人员将所有的高射炮位都把守住，并且也采用了其他的措施。

旗舰的速度一定要降下来，而且我们清楚，已经有潜艇潜伏于这片水

---

① 霍雷肖·纳尔逊（Horatio Nelson，1758—1805）英国历史上著名的海军将领之一。1805 年，在著名的特拉法尔加海战中，他亲自乘"胜利"号旗舰进行督战。激战过后，法国和西班牙的联合舰队被英国海军击败，英国完胜。然而纳尔逊却因此身负重伤，气息奄奄。上面所引用的话语，就是纳尔逊临终前对"胜利"号舰长托马斯·哈迪讲的。——译注

域中了，我为此异常焦虑；然而海军上将却指着五艘快速围绕着旗舰行驶的驱逐舰和第六艘正在等候我们的驱逐舰，对我们说什么都不用担心。我们的快艇距离这艘驱逐舰大约有一英里的距离，我们走完这段路程足足用了一刻钟的时间。同过去的年代相比，这光景倒还真有几分相似之处，只不过现在的水手们不能像过去那样熟练地划桨而已。此时的旗舰已经再次提高了速度，离开我们去追赶舰队其他的军舰，而在此刻我们还没有登上驱逐舰。驱逐舰上，军官们都在他们的战斗岗位上守候着，来欢迎我们的只有外科医生，我们被引到了军医室，所有医疗器械都在室内桌上摆放着，以备不测。然而没有发生空袭，我们立即高速驶进斯科帕湾。我们从斯维桑海峡中穿了过去，这条海道比较小，相对来说也较为次要，水雷没有被投在这里。汤普森是我的中校参谋，他说："这是商人的出入口。"事实上，这个出入口是指定给海军军需船舶使用的。驱逐舰的上尉显得非常紧张，他说："这是唯一一个能允许小舰队通过的进出口。"为了让所有事情进展顺利，于是我就问他，还能否想起吉卜林的诗句：

水雷的报告从航路上传来，

向所有往来船舰发出警告，让其停下：

传令给……

我停止了背诵，让他接着背，他继续且丝毫不差地背诵着：

"统一"号、"克莱里佩尔"号、"亚述"号、"啄木鸟"号及"万利"号[①]

———

① 经班布里奇夫人和麦克米伦有限公司的同意，引自《海战》一书中的诗篇《扫雷艇》。——原注

很快，我们就到了"胡德"号跟前，我们受到了惠特沃思海军上将及他手下大部分舰长的欢迎，于是在舰上我度过了一个快乐的夜晚，第二天的巡回视察时间很长，这也将消耗掉当天的全部时间。我登上了"胡德"号，这也是最后一次，1941年"俾斯麦"号将其击沉，在这之前它已经服役了近两年的时间。

在和平时期对斯科帕湾的大意，已经通过六个多月的连续努力和各种最优先的条件对其进行了弥补。已经用水栅和水雷对三个首要的进出口航道进行了保护；在柯克海峡又有三只障碍船增加了进来，以前"皇家橡树"号就是被从这个海峡悄悄溜进来的普里恩的潜艇击沉的。另外，还有很多障碍船要开来。这个根据地和正在增加的炮台被大量的驻军守护着。在舰队停泊处的上空，我们已经计划用一百二十门高射炮，以及若干探照灯和一个防空气球网来加以控制。尽管还没有将这些所有的举措全部建成，可是空中的防御已经很强大了。在进口处周围，有许多频繁活动的小舰艇在巡察；而且有两三个"旋风"式战斗机中队就驻守在坎斯纳斯机场，无论白天还是黑夜，只要有敌机前来袭击，它们都可以用当时所拥有的最优良的雷达装置进行导航去加以拦截。这样的根据地，也终于让本土舰队有了一个安身之所。皇家海军在上次大战中能够成为全世界的海洋的霸主，也正是从这个知名的根据地出发的。

*   *   *

如同我们目前所了解的那样，虽然德国已经将入侵法国和低地国家的日期定在5月10日，但是希特勒还没有确定首先进攻挪威的时间。还要事先做好很多事情。约得尔于3月14日在他的日记中写道：

在北海，从事守护和戒备的英国潜艇有十五到十六艘；至于它们是要对自己的作战行动进行保卫，还是对德国的作战行动进行预防却无从得知。关于实行"威塞尔"演习计划所依据的理由是什么，元首还未确定。

一阵忙碌紧急的活动曾出现在德国作战组织的策划部门内部。准备对挪威及法国进行攻击和侵略的工作，正在左右开弓，继续而有效地进行着。法尔肯霍斯特在3月20日提出的报告中称：关于他在"威塞尔"作战计划中需要承担的那一部分，准备工作已经完成。3月16日下午，曾举行了一个由德国元首参加的军事会议，临时决定，将进攻发起的时间定在了4月9日。在会议上，雷德尔海军上将曾报告称：

> ……按照我的意见，目前英国在挪威登陆所带来的危险已不再构成威胁……至于在北方，英国在最近以后将要采取的行动是什么，可以做出如下回复：对于德国在中立国海上的贸易，他们会试图进一步加以阻碍，并制造摩擦，以便可能会找到理由，进而向挪威展开军事行动。它有一个目的，那就是要将德国从纳尔维克的输入给予切断，这一目的在过去是，现在依然还是。然而即便实行了"威塞尔"作战计划，这一贸易不可避免地至少也必须暂时会被切断。
>
> 实行"威塞尔"作战计划的必要性，德国早晚会面对。因此，务必要尽快实行这一计划，最晚要在4月15日进行，因为在那一天过后，晚上的时间就太短了，并且新月还会在4月7日出现。如果说"威塞尔"作战计划再不执行的话，那将会大大限制海军作战的可能性。潜艇可以在驻地停留的时间只有两三个星期了。并不需要等到那种对"黄色"作战计划有利的气候出现才能实行"威塞尔"作战计划；因为对于"威塞尔"作战计划而言，阴霾和多雾的天气将会更有利。现在，准备作战的海军和军舰的大体情况是很不错的。

*　　*　　*

苏联自这年年初开始就在芬兰人的身上投入了主要力量。苏联越发努力，在积雪消融之前，他们试图攻破曼纳海姆防线。芬兰人所承受的压力非常大，在春天的到来和积雪的消融上，他们曾寄托了很大希望，但不幸的是，春天和雪消的季节，在这一年迟到了近六个星期。2月1日，苏联对地峡开始了前后持续近四十二天的猛烈攻击，同时也猛烈轰炸了位于芬兰防线后方的基地仓库和铁路线的联结站。苏联的大炮排列得很是紧密，猛烈的炮击持续了十天，随之而来的是步兵劲头十足的进攻。这条防线在经过十四天的激战后被攻破了。而后是对维伊普里主要的要塞炮台和基地日渐剧烈的空袭。曼纳海姆防线于2月底已全部陷入瘫痪。现在，苏联可以集中军队对维伊普里湾进行攻击了。芬兰人的弹药已经不足，其军队也已筋疲力尽。

我们采取的按部就班的做法，其目的是对我们的荣誉进行保护，而这样一来，我们不仅丢失了在战略上采取任何主动权的机会，而且也让所有给芬兰输送军火的有效的举措受到了阻碍。我们自己的贮存量已经不足，我们顶多只能从中调拨一些无关紧要的捐助物资给芬兰。然而在法国，其情感却比较热忱和深厚，同时达拉第也给予了大力支援。3月2日，他赞同将五万名志愿军和一百架轰炸机派遣到芬兰，而这之前，他并没有同英国政府商量。当然，我们是不能生搬硬套这样的做法的，并且在比利时境内将德国少校捕获，根据从他身上搜出的文件，以及陆续送来的情报机关搜集到的有关德国军队在西线正在大量集中的情报，从谨慎从事的限度上看，这种做法委实超出得太多了。尽管如此，但对于派遣五十架轰炸机前去增援的做法，英国依然表示赞同。3月12日，内阁决定恢复有关在纳尔维克及特隆赫姆实行军事登陆的计划，紧跟着准备继续在斯塔万格和卑尔根登陆，这成了援助芬兰计划的一部分，同时因法国的关系也让我们不得不这么做。虽然我们还没有得到挪威和瑞典对此计划的必需的赞同，但按规定，这些计划将在3月20日付诸行动。另外，帕西基维先生于3月7日再次前往莫斯科，这次是对停战条件进行讨论。12日，对于苏联提出的条件，芬兰表示同意。我们准备派兵登陆的全部计划，又再一次被漠然置之，而且也遣散了正在集中的一部分兵力。在英国，有两个师在等待出发的命令，而现在已经领命开往法国，这样一来，我们对挪威进攻的兵力只剩下十一个营。

＊　　　＊　　　＊

"皇家海军"作战计划在此时已经准备妥当。紧张努力地工作了五个月，再加上在后面作为支撑的海军部的优先权，确保按时完成了这个计划的准备。菲茨杰拉德海军上将及其由英国海军军官及陆战队员组成的训练有素的各分遣队，已经驻扎在莱茵河上游，在取得同意后就准备发动进攻。这种作战行动是如此别致，以至于让每一个人都感到兴奋异常。我在附录中对这个计划做了详细的解释，可以加以阅读。所有的准备在3月间都已完结，最后我便去征求我的同事及法国人的同意。这个进攻计划经过了精心的准备，所以战时内阁是特别乐意让我们开始执行的，并且让我尽所有可能去同法国谈判，外交部会给予支持。自我有生以来，每当有战争和困难落到法国人头上时，我都会同他们抱成一团，所以对当今世界上任何其他外国人来说，法国人如果都肯帮忙的话，那么我也一定会伸出援助之手，在这一点上我深信不疑。然而，在这个"晦暗不明的战争"的目前这一阶段，我竟然不能让他们有所触动。当我对他们加紧催促时，他们所采取的那种回绝的方式，却是我在过去和未来都没有遇到过的。达拉第先生的态度显得彬彬有礼，他对我说："法国总统已经亲自出面加以干预，不准采取任何会引起对法国进行报复的侵略行动。"然而，我却并不欣赏这种不要去激怒敌人的做法。在我国海港内，希特勒胡乱布置水雷，对我国贸易竭尽所能地给予扼杀。在过去，我们反击他只能通过防御的方式进行。慈爱、正直而又文明的民族似乎绝对不能对别人攻击，而只能坐以待毙。德国可怕的火山及它隐匿在地下的所有火焰，在这段日子里已接近了爆发的临界点。然而虚幻的战争还要持续几个月的时间。问题是，在我们这方面还要连续不断地去商讨那些无足轻重的问题，议而不决，决而不断，甚至对"敌人不可以得罪，如果得罪了，那么他的愤怒定会陡然而起"这一金科玉律进行恪守。而另一方面，敌人却在酝酿着一场大难——正在向前推进的一个浩大的军事机器，时时都会碾到我们身上！

*　　*　　*

更多的反应随着崩溃的芬兰的军事被引了出来。3月18日，在伯伦纳山口，希特勒和墨索里尼会面。出于故意而为的心态，希特勒将这样一种印象留给了他的意大利主人，那就是德国是绝对不会在西线发动陆地攻势的。张伯伦先生于19日在下院发表演讲，根据日渐增多的指责，他便将英国援助芬兰的始末特别详尽地回顾了一遍。他就对挪威和瑞典的中立表示尊重是我们主要考虑的问题进行了正确的强调，同时又说明了政府为什么不曾快速地参加难见成效的援救芬兰的行动。对达拉第政府而言，芬兰的战败给其带来的伤害是致命的。达拉第曾经采取的行动虽然缓慢但非常明显，并且在这方面他也过度地烘托了我们所表现出的顾虑。以雷诺先生为首的新内阁在3月21日成立。他保证，对于战争行动的推行将会做出更大的努力。

我和雷诺的关系，建立的基础于我与达拉第的关系迥然不同。在对慕尼黑事件的看法上，雷诺、曼德尔和我所拥有的感情是一样的，而达拉第所抱有的心情却跟我们迥然不同。所以说，对于法国政府的变动，我是表示欢迎的，同时也希望现在法国能接受我的漂浮水雷计划的机会变得更大。

丘吉尔先生致雷诺先生　　　　　　　　　　　　1940年3月22日

我听到所有的事情都已经完成得如此顺利而快速，特别是你的内阁中，达拉第又再次加入了进来，这让我高兴的心情无以言表。我非常赞扬这件事和布鲁姆所表现出来的谦虚态度。

现在你主管国家政务，并且曼德尔又和你一起共事，我对此特别高兴。展望未来，极为紧密和最为主动的合作定然会在我们两国政府之间出现。在前天晚上，你跟我谈到了你对战争大体状况的各种顾虑和需要使用的严厉而有力的举措，你要知道，我对此同你的想法一样；然而，我们在交谈的时候，我却没有想到，变化的局势能如此快速地对你发生影响且具有决定性。我们的观点在过去的三四年里是如此相似，所以我特别希望在今后能继续保持这种最为紧密的谅解，而且在这方面，我也将会把自己的力量贡献出来。

我曾写给甘默林一封信，其内容是有关我到巴黎处理的一件公事，现在我将这封信寄给你，请你立即对这个计划给出怜悯的考虑。对这个"皇家海军"作战计划，首相和哈利法克斯勋爵抱有的热忱极高，并且对你的前任者进行坚决地督促并让其接受，这是我们三人正要准备做的。失去了这样一个可贵的机会，好像是一件特别遗憾的事情。目前，我已准备好了六千个水雷，它们能毫不间断地送过来，当然这样的情况只是限于在陆地上才可以，如果说要是将实行时间延后的话，那么此秘密难免不会被泄漏出去，那样的话是很危险的。

我希望能够早些时日举办最高军事会议，而且我相信，在会议中英、法两国的同事采取的行动可能是相同的。我们目前是真正意义上的同事了。请你替我向曼德尔问好，并且对于你的成功，我将会报以最大的热忱来祝福，请相信我。我们的共同安全，实在深切地依赖于你的成功……

法国部长们于3月28日出席在伦敦举行的最高军事会议。开幕词由张伯伦先生宣读，他充盈且明了地介绍了他所看见的情形。他说"必须要立即执行某个作战计划，此计划即所谓的'皇家海军'作战计划"，这是他的第一个建议，我对此感到十分满意。他又对这个计划实行的方式进行了阐述，并且说积存的漂浮水雷已经达到了一定的数量，有效而连续的使用是没有问题的。在莱茵河上有一段区域几乎是军队专用的，而实施这个计划的地点就设在这一段，这是敌人完全没有想到的。相似的作战计划在之前从来都没有实行过，并且这种通过对河道便利条件的利用而达到对堰堤及河道中遇到的各种船只实现成功炸毁的目的的特殊的装置，也从来没有设计出来过。最后，这对中立国的水域是影响不到的，因为武器已经过了稳妥设计。英国人预计，敌人因这种袭击而产生的惊慌与慌乱将会极大。在对工作和计划的准备上，还没有一个民族比德国人更具有彻底精神的，这是大家都知道的；但相对来说，如果计划在执行时以失败告终的话，也没有一个民族比德国人会更加一败涂地的。他们不会见机行事。另外，德国的铁路已因为战争而陷入艰难运转的状态，因此这让他们更加依赖于内地的水道。我们不仅设计出了漂浮水雷，还有别的武器，对于德国内部水流并不湍急的运河，我们将用飞机把它们投进去。张伯伦先生对法国方面进行督促说，快速行动才能出奇制胜。如果拖延，就会有将秘密泄露出去的危险，而且就目前河道的情况来说，十分有利于执行计划的时机已经快来了。至于德国会进行打击报复的问题，如果说对英法两国的城市进行轰炸这件事，德国既然认为值得一做，那么它也不会去坐等一种借口。现在已经将所有的事情准备完毕，只等着法国最高统帅部把命令发出来了。

然后，张伯伦先生又将德国的两个弱点提了出来：就是铁矿石和石油的供给问题。欧洲的南北两端是供应这些物资的主要地方。铁矿是从北方运来的。他对德国从瑞典输入铁矿石要给予切断的问题做了精准的阐明。随后，他又提及罗马尼亚和巴库的油田；为了达到使德国无法利用的目的，如果有可能的话，还是要使用外交手段。这种论调是如此坚定而有力度，让我越听越愉快。张伯伦先生的意见同我的完全一致，我对此真的没有意料到。

雷诺先生谈起了法国的气势因德国宣传而受到的影响。每天晚上德国的无线电广播都在大声呼吁，扬言所谓发生冲突的问题并不存在于德意志帝国同法国之间；说英国给波兰的空头支票才是战争发起的原因；紧随英国之后，法国也被战争卷了进来；甚至说对于进行长期的斗争，法国的情景是支撑不了的。在对法国的政策上，戈培尔好像是想让战争的速度在现有的缓慢的基础上继续保持下去，因为他盼望着目前被征入伍的五百万法国人的气势会日渐低迷，同时希望法国能出现一个新政府，但这个政府出现的前提必须是愿意放弃英国而向德国妥协。

雷诺先生又说，有一个问题在法国被广泛地提了出来，那就是"有关战争的胜利，盟国如何才能取得"。在双方增加的师的数量上，"即使把英国的努力也统计进来"，我们相比德国也要少很多。所以，为胜利而取得西线在人力方面所必要的优势，我们在什么时候才有希望实现呢？在物质装备方面，我们并不知晓德国继续进行的活动是什么。在法国国内有一种普遍的感觉，那就是战争已进入僵持的局面，而德国只是为了等候机会。除非我们采取某种行动把敌人依赖他人提供的石油和其他原料的供应加以截断，否则"大家或许会越发地感受到，就能保障盟国事业获胜的武器来说，封锁并非足够强大"。他说虽然"皇家海军"作战计划本身不错，但要想让它产生的影响具有决定性是绝不可能的，同时对于敌方的任何报复都会让法国来承受。但是，如果说能解决掉其他问题的话，他将会为获得法国的同意而做出异常的努力。在将瑞典铁矿石的供应切断这件事上，他有着积极的响应，并且说瑞典铁矿石的供应与德国钢铁工业的生产之间的关系很紧密。他给出的结论是，盟国应该将水雷敷设在挪威沿海一带的领海中，为了防止正从吕勒奥港运往德国的铁矿石顺利到达，需要用相同的动作加以拦截。他还强调遏制德国获得罗马尼亚石油供应的重要性。

最后会议决定，在将言语含糊的通牒送给挪威和瑞典以后，在4月5日，我们应该将水雷区布置在挪威领海内，同时在经过法国军事委员会的同意后，开始将"皇家海军"作战计划付诸行动：4月5日，开始将漂浮水雷投入莱茵河中，并在4月15日向德国各条运河空投水雷。会议上还签署了一项协议，决定假如比利时遭到德国的入侵，盟国应该立即遣兵而入而不必等待对方发出正式的邀请；如果说荷兰遭到德国的入侵，而比利时不给予支援的话，那么为了对荷兰加以支援，盟国可以认为自己能自由出入比利时。

最后，很确凿的一点得到了大家一致同意，那就是会议公报声明，对于以下庄重的宣言，英法两国政府已一致同意：

目前正处于战争期间，英法两国彼此间只要没有获得协议，绝不会单独进行谈判，并签订停战协定或和平条约。

后来，这个协约所起的作用非常重大。

＊　　＊　　＊

英国内阁在4月3日便着手实行在最高军事会议做出的决定。4月8日，海军部受命将水雷敷设在挪威水道。因为这个实际的敷雷活动本身是极小的并且又不触犯禁令，所以我称之为"威尔弗雷德"。德国可能会因为我们把水雷敷设在挪威领海而进行报复，所以根据这一情况，我们再一次一致同意，让英国派一个旅，同法国派出的一个分遣队一起开往纳尔维克港，在对此港口进行清扫的同时，向瑞典边境挺进。另外，还要调派部队对斯塔万格、卑尔根及特隆赫姆进行占领，以防止这些基地被敌人使用。

挪威水道布雷的决定在做出之前所历经的各个阶段，现在值得我们回过头来看一下。① 对于这一要求，我曾在1939年9月29日提出过。并且，同计划相关的事项却一直没有什么进展。所有来自道义上及技术上的反对理由是：比如认为计划对中立造成了侵犯，或是对挪威表示担心，怕德国

---

① 1939年9月29日，就瑞典铁矿石在德国经济上的价值这一问题，海军大臣请内阁引起注意。海军大臣在1939年11月27日，将一个节略向第一海务大臣提了出来，要求对挪威水道布雷的建议进行核查。将送达内阁的有关这个问题的详细备忘录在1939年12月16日进行传阅。内阁于1939年12月22日对备忘录进行考虑。在1940年2月5日于巴黎召开的最高军事会议上，就对芬兰进行援助的事项，对这个问题进行了详细的讨论（丘吉尔出席了会议）。英国内阁在1940年2月19日对水道布雷一事再次展开讨论，海军部奉命去准备。1940年2月29日宣布撤销布雷命令。1940年3月28日，最高军事会议决定敷设水雷区的工作是应该做的。英国内阁于1940年4月3日最后决定布雷。水雷区于1940年4月8日敷设完成。——原注

可能会对其进行报复，或是依据切断从纳尔维克流向德国的铁矿石运输的重要性，生怕中立国家和全世界的舆论造成影响——归根结底都是一样的。然而对这个计划，最高军事会议最终采取了信服的态度，最后战时内阁也表示同意，并且事实上已经决定了对其进行执行。对于这个计划，他们在过去曾是表示赞同的，后来又将之前的决议推翻。在那时候，他们所有的精力都被复杂的芬兰战争情况占据。"援助芬兰"的计划，在内阁的议程中，大约有六十天一直有这一议题。所有的一切到最后都没有任何结果。苏联将芬兰击败，终于让它投降了。现在，在经过了枉然的畏惧、踌躇不定、政策的变更、永无休止的在和善和值得尊敬的人士中间进行的争论等所有这一切，最终我们达到了一点，这一点却显得如此简单。然而在七个月之前，我们已经要求针对这一点采取行动了。但是七个月的时间对于战争来说是很长的。希特勒现在已经准备完毕，并且跟之前的计划相比，现在准备好的计划要更加强而有力，更加完善。对于用来证明战争需要由委员会或甚至是若干个委员会来进行的办法是多么力不从心而又迂腐的实例，没有比上述情况更加完美的了。在这之后的几个星期内，主要的责任注定是要由我担负，同时还要对因不吉利的挪威战争而引起的某些指责进行容忍。不久之后，就要叙述挪威战役的经过。假如说我在一开始将要求提出来的时候，就允许我自主策划，酌情处理的话，那么一个十分好的结局或许早就出现在了这个异常重要的战场上，并且在各方面也都可以取得美满的结果。然而，现在一切都将变成灾难。真可谓是：

时予不取，悔之晚矣。

我好像应该在这里讲清楚，我以僚属的身份在"晦暗不明的战争"期间提出了种种进攻建议和方案。第一，进攻波罗的海并将其控制；如果有可能，这个计划将是主要的。但因为空军的威力被人们逐渐认知，于是便否决了这个计划。第二，改造"皇家君主"号级的战斗舰，建立一个稠密的作战舰队，此舰队的组成成员是装甲特别厚的舰只，这样就不会对来自空中的炸弹或是鱼雷产生恐惧，但由于战争发生的变化和必须要事先将航空母舰建造出来，这个计划也被中途放弃。第三，简单的战术行动，那就是将水雷敷设在挪威水道，对德国所仰仗的主要的铁矿石供应加以截断。第四，"耕耘者六号"（见附录），就是将法国前线的僵持局面通过一种长期的方式加以打破，从而预防出现像上次大战那样大量杀伤的局面。可是德国用于突击的装甲车却让这个计划得不到实行，这种突击是让我们遭受到了自己发明的坦克的摧毁，同时也表明了进攻在这次新的战争中所具有的优势。第五，"皇家海军"作战计划。就是采用投放漂浮水雷的方式摧毁莱茵河上的交通运输。从一开始奉命执行的时候，这个计划就将它有限的作用发挥了出来，也让它的效果得到了证明。但是它却因法国的抵抗全部分崩离析而被抹杀。不管怎样，必须在经过了长时间的实行之后，敌人才会因这个计划而受到巨大的伤害。

　　总的来说，在陆军的战斗方面，我对防御炮火的威力比较痴迷，至于在海上的战斗，在我的权力范围内，我保持着对敌人进攻的主动性，并持之以恒地努力着，以此来减少因为庞大的海上贸易而成为敌人的袭击目标所带来的恐怖灾难。但是在这个长期处于昏睡状态的"晦暗不明的"，或像美国经常所说的"虚假的"战争中，对于德国报复性的突击，不管是英国还是法国对此都无能为力。法国被击败后，英国只是因为对自己岛国有利的地位保持着仰仗，才在承受失败的苦楚和面临被消灭的威逼下，形成了一个可以抗衡德国的民族信心。

＊　　　＊　　　＊

　　这时开始传来种种不好的消息，其可信度也不一样。4月3日，陆军大臣在战时内阁会议上对我们说，陆军部已得到消息，说德国已经将强大军队聚集于罗斯托克，试图在必要的时候对斯堪的纳维亚进行占领。外交大臣说，这个情报可以从斯德哥尔摩所来的消息中得到验证。据瑞典驻柏林的公使馆说，现在有二十万吨的德国船舶已经在什切青和斯维纳明德集结，传言船上有四十万人的军队。据说这些军队是为我们可能会进攻纳尔维克或其他挪威海港时，以便于反攻我们而准备的，因为听说我们要对上述地点实施攻击，德国人依旧忐忑不安。

时间不长，我们便知道了法国军事委员会不同意执行"皇家海军"作战计划。他们是赞同在挪威水道布雷的想法的，但是他们反对任何只要是能引起对法国进行报复的行为。法国总理雷诺也通过法国大使向我们致歉。在这个时期，对于采取一些积极的行动，张伯伦先生是十分侧重的，因此十分反感法国所做出的拒绝，在同科尔班^①交谈中，他将两个作战计划关联起来，一方面来说，依照法国的愿望，英国可以把德国的铁矿石供应切断，但同时因为磁性水雷所带来的所有损害是我们已经承受或正在承受的，所以为了进行报复，法国要准许我们在这时候执行"皇家海军"作战计划。虽然我对"皇家海军"作战计划抱有极大的热忱，但首相如此积极主动的行为，却出乎我的意料。以这两个作战计划作为手段，在对敌人进攻的同时，也让这一阶段"不明朗的"的战争告一段落。因为我确信，"晦暗不明的战争"在这个时候被延长，高兴的是德国。对于这两个计划，如果我们在几天以内能让法国同意按时执行的话，那么我愿意再推迟几天执行"威尔弗雷德"计划。

首相在这个要紧的时刻，对于我的建议表现得极为认同，就好像我们心灵相通一样。他让我去巴黎设法说服那个达拉第先生，很明显是他在这里捣乱。4日晚上，我在英国大使馆的宴会上同雷诺先生及若干其他法国部长进行了会晤，我们似乎十分投机。我们曾对达拉第发出了邀请，但他推辞说不能前来，已有约在先。于是我们约定好，我在第二天早上去见他。因为说服达拉第是我要竭尽全力去做的事情，所以我曾向内阁发出请求，

---

① 法国当时的驻英大使。——译注

准许我向达拉第说明，即便"皇家海军"计划不能执行，我们也要实行"威尔弗雷德"计划。

5日中午，我和达拉第在圣多米尼克街见面，彼此之间进行了一次严肃的对话。就在头天晚上不参加我们的宴会一事，我对他进行了批评。他辩解说，确实是有约在先。我能很明显看出来，在新旧两个总理之间存在着很大的矛盾。达拉第说，法国空军在三个月以后就能改进得特别完好，对于因我们执行"皇家海军"作战计划而让德国做出的反应，足以采取必要的手段进行应付。他预备通过书面的方式针对这一点提出一个准确的时间。他极力强调法国的工厂没有丝毫防护。最后，他跟我做出保证，法国的政治危机已经成为过去，而他和雷诺先生在一起工作也将会是非常和睦的。话已至此，我们就告别了。

我通过电话的方式向战时内阁做了汇报。内阁表示赞同：对于"皇家海军"作战计划而言，尽管法国持拒绝的态度，但仍然要实行"威尔弗雷德"计划，但希望双方在这个问题上做一次正式的文书交换。在4月5日举行的内阁会议上，外交大臣奉命向法国政府发出通知，说明了对于能尽快地执行"皇家海军"作战计划这一事宜，虽然我们从头至尾都极其重视，并且在挪威领海布雷的计划也同时在进行，但鉴于法国的希望，我们准备退一步，只对后一个计划给予执行。最后，把4月8日确定为执行日期。

* * *

1940年4月4日星期四，首相的精神显得极为乐观，他向保守党和统一党协会全国联合会的中央委员会发表了演讲：

> 战争已经持续了七个月的时间，同战争开始的时候相比，我感觉自己对胜利的信心增加了十倍……在这七个月中，同以前相比，我们已经极大地提高了与敌人的相对地位。请大家考虑一下，在政策上，像德国那样的一个国家同我们国家的区别。德国在战争爆发之前，早就已经开始备战了。在陆地上和空中，它在武装力量的增加速度上，

达到了狂热的程度；为了生产武器和装备，它集中了它所有的资源，同时建立起来的物资储备也非常巨大；实际上，就其本身已经成了一个完全武装起来的军营。然而在当时，我们这个爱好和平的国家从事的却是和平事业。没错，鉴于德国采取的行动，我们迫于无奈开始将那些被我们弃置了很长时间的防御工事再次建立起来。然而，在对和平还没有失去希望时，我们对那些为了把国家归入战时编制而必须实行的激烈的措施，一而再，再而三地进行拖延。

这样导致的结果就是，到实际爆发战争的时候，较之德国所做的各种准备，我们已经远远不及；所以，我们必然能够料到，对这种最初的优势，敌人必定会加以利用，以便于在我们还没有来得及对我们的各种欠缺进行补救之时，企图将我们和法国打倒。但敌人对这一企图好像都没做出过考虑，难道这件事不显得古怪吗？暂且不去讨论缘由是什么——或许是希特勒以为对于他所想取得的一切，即便是不经过战争也可以大摇大摆地占有；或许他的各种准备还没有达到十分充足的地步——但希特勒错过了时机，这点是毋庸置疑的。

所以，在这七个月的时间里，我们才得以能对我们的弱点进行纠正并消除，让各种进攻和防守的武装力量得到增强并让它们可以充分地发挥作用，致使我们的战斗力大大增加，所以对于将来会出现的任何局势，现在我们都可以通过冷静沉着的心态来面对了。

或许你们会说："没错，可是对于同样的准备，敌人不也在忙着做吗？"当然，敌人也是如此，我丝毫不怀疑这点。我也绝不会低估敌人的实力，以及当敌人觉得不会招致加倍报复时那种肆无忌惮、毫不留情地发挥实力的决心。我认同这一切。然而我要说的是，正是因为它已经有了十分完备的准备，所以它可以继续发掘的潜力已经不多了。

这种说法被证实是考虑不周的。同战争开始的时候相比，我们和法国都要相对强大一些，这是它的主要假定，但这种假定却跟实际情况不相符。我在前面已经说过，现在德国狂热地从事军火生产已经进入了第四个年头，而我们则是处在起步阶段，同敌人相比，我们的成果恐怕也就是同它的第二年持平。不仅如此，随着逐月消逝的时光，时至今日，德国陆军已有四年之久，这一武器已经逐渐变得成熟而趋于完善。而法国陆军方面，之前在训练和团结方面所具有的优点，却在不断地消失。有关我们正处于重大事变的前夜，首相并没有料到，而以我的观点来看，陆地战争即将开始，这似乎可以确定了。总之，首相所谓的"希特勒错过时机"只是凭空臆断。

一切都举棋未定，我所提出的各种次要策略都已被接受；但英法两国都没有采取过任何重要的行动。我们现有的计划对实行封锁有着很强的依赖，方法就是将水雷敷设在挪威走廊，同时在东南方将德国的石油供应切断。丝毫感觉不到德国前线的后方有什么动静，死寂一片。谁知道突然间，出乎意料的猛烈的风暴竟将盟国这种消极的小规模的计划一扫而光。全面战争的真正内涵，我们就要了解到了。

第十二章　海上的交战

1940 年 4 月

查特菲尔德勋爵辞职——首相请我对军事协调委员会进行主管——一个尴尬的安排——"威尔弗雷德"计划——奥斯陆——德国占领挪威——中立的惨剧——海上游弋着全部舰队——"萤火虫"号——"威慑"号同"沙恩霍斯特"号及"歌奈森诺"号交战——在卑尔根港外的本土舰队——英国潜艇的活动——在纳尔维克港的沃泊顿·李的驱逐舰队——最高军事会议于 4 月 9 日在伦敦召开——会议的结论——我于 4 月 10 日给第一海务大臣的节略——愤怒的英国人民——4 月 11 日议会中的辩论——德国驱逐舰被"沃斯派特"号及其驱逐舰队在纳尔维克港消灭——国王的来信

我应当将我职位的变动在继续陈述之前说清楚，这事是在 1940 年 4 月间发生的。

查特菲尔德勋爵担任的职位是国防协调大臣，而这个职位已经成了累赘，显得多余了。他于 3 日直接递交了辞呈，张伯伦先生对此表示接受。唐宁街十号在 4 日发表了一个布告，说明不再准备派人接替这个职务，但目前正准备让海军大臣以资格最老的军务大臣的身份去主管军事协调委员会。于是，从 4 月 8 日到 15 日，会议主席这一职务就由我担任，会议每天召开一次，甚至有时是两次。这样一来，虽然我肩负起了本职工作外的职责，却没有行之有效的指挥权。虽然我在这些具有相同地位的同样是战时内阁的阁员的其他军务大臣当中处于首席的位置，但我并没有权力做出决定或落实执行。其他军务大臣和他们的专业长官的赞同，是我必须要取得的，所以对于现在已经开始的战争，也就是快速变化的战争真正的局势，很多重要而有才能的人都有权利和义务就此问题表达他们的意见。

就当前总的形势，三军参谋长们分别同与他们有关的大臣进行商讨后，便集中在一起开会，每天都是这样。于是，他们每个人都做出了决定，且都显得特别重要。有关这一情况，我所知晓的途径是第一海务大臣跟我毫无保留的谈话，或是三军参谋长委员会发表的会议摘要或备忘录。针对这些建议，如果我想要提出问题，可以先在我的协调委员会中提出，这是没有问题的。三军参谋长们是以个人的名义出席这个会议的，陪同他们参加的通常有各军务大臣，他们的见解会得到各军务大臣的支持。大家在会议上的发言都是娓娓道来且温文尔雅的。在场的秘书会在会议结束的时候将一份言辞得当的报告草拟出来，为了确保其准确性，要让海、陆、空三部进行核实。如此一来，我们便身临其境般地到了一种崇高的境界，辽阔而愉快。在这一境界中，全部人员要共同协商每一件事，并且在处理的时候，也是以绝大部分人的常识为依据，进而让绝大多数人的利益在最大程度上得到了保障。我们现在就要体会到一种战争，在这其中却有着不同的状况。我必须惋惜地讲明：在实际中的战斗，必须如同两个恶汉间的斗殴一样，一个拿着一根木棍或一个铁锤，或是其他更合手的工具的恶汉，向另一个恶汉的鼻子上猛击。这所有的一切，都让人感到惋惜；这也就是我们为什么要防止战争，为什么对少数人的权利需要在每件事上都必须充分照料到，对不同的意见要忠诚地记录，方式友好地通过协议进行解决的最好缘由之一。

几乎在每一天，战时内阁的国防委员会都要开会，就军事协调委员会和参谋长委员会的各种报告进行讨论，经常开会的内阁就会在会议上收到来自他们的结论或是有分歧的见解。所有的问题都必须要一遍又一遍地解释，等完成这个程序以后，整个局势常常早已发生改变。战时的海军部，肯定是作为一个作战司令部而存在的，在那里，通常都是要对会让舰队受到影响的决议立刻做出裁决，向首相反映的基本上是遇到的最严重的情况，而首相对我们的意见，每次都是支持的。如果其他军事部门也会因遇到的行动被牵涉在内的话，那么在充分顺应形势的发展上，这种程序就不适用。但是，在挪威战役打响的时候，由于事情的特殊性，海军部掌握的行政事务达到了四分之三。

然而我是想说明，无论我们的权力大小，都应当能够拿出较好的决定和更好的办法去解决我们目前所面临的种种问题。我接下来描述的事件，它有着异常猛烈的影响，异常混乱的情况，因此在不久之后，我便能看得出，只有首相的威望才能掌管军事协调委员会。所以，关于主席一职，我便于15日请张伯伦先生担任，在以后，几乎都是他主持我们在挪威战争期间的每次会议。他和我继续保持着完全一致的态度，他以自己无上的权威对我发表的见解给予支持。在对挪威的援助已经太迟的时候，我十分不悦地全力投入到了这次行动中。在更换主席的问题上，首相在议会上对质询进行答复的时候，亲自宣布了如下决定：

应海军大臣的请求，对与总的战争指挥有关的特别重要的事务，当协调委员会开会进行讨论的时候，让我亲自担任主席，我对此表示同意。

相关的各方面立刻将赤诚和友善表达了出来。然而关于我们的制度没有固定的形式这一点，首相和我都深深地体会到了，特别是当发生了出人意料的事情变化的时候，表现得尤其突出。虽然在这个时期，海军部成为主要动力这一事实已不可避免，可是对协调委员会这样的组织表示反对的理由，人们显然能够提出来，因为这其中的一个军务大臣，不仅要对所有海军部的事宜进行管理，还要在海军的行动上负有异常的责任，同时又要试图对其他军事部门所有的作战计划给予协调。尽管会议由首相亲自主持，同时也是我的后盾，也依然没有解决掉这些困难。一系列的不幸事件因为方法的缺乏和不到位的管理而产生，几乎每天都会降临到我们的头上，但尽管如此，我依然继续任职于这个不定型的、友善却松散的组织中。

*   *   *

一些显要的人物于4月5日晚上——那天是星期五，被德国驻奥斯陆公使邀请去看电影，这里也包括政府官员。电影描绘的是波兰被德国征服的经过，以华沙遭到德国轰炸，场面的恐怖性达到高潮而结尾。一行文字在字幕上显示出来："这样的结局，他们应该对他们的英法朋友表示感谢。"这次集会在散场的时候，气氛显得沉默和忧伤，但对英国的活动，挪威政府却是最为上心的。在4月8日早晨四点三十分到五点之间，在通向纳尔维克港航道佛斯特峡湾的入口处，英国的四艘驱逐舰正在进行雷区的敷设。清晨五点，伦敦将这个消息广播了出来；五点半，英王陛下政府提交给挪威外交部长一个照会。在奥斯陆，草拟对伦敦的抗议，占用了这天清晨的全部时间。然而，英国海军部在这天下午稍微晚些的时候向挪威驻伦敦公使馆发出了通知，说发现了德国的战舰正在挪威沿海向北航行，可能是去纳尔维克。挪威首都差不多在同一时间也收到了报告，称一艘"里约热内卢"号德国运输舰被波兰"奥泽尔"号潜艇击沉，地点在挪威南部沿海一带，当地的渔民把大批的德国士兵救了上来，据他们说是奉命为协助挪威保卫国家，而到卑尔根去抵抗英法两国的入侵。更多的报告纷至沓来。丹麦已经被德国攻入，但是这个消息直至挪威自己被入侵以后才传到。所以，它并没有接到正式的警告。虽然丹麦做出了抵抗，但当为数不多的忠诚的士兵被击毙了以后，德国就轻而易举的将其占领了。

德国的战舰于当天晚上向奥斯陆逼近，外围的炮台开炮轰击。一艘"奥拉夫·特里格弗森"号布雷艇和两艘扫雷艇就是挪威的全部防御力量。黎明过后，德国的两艘扫雷艇攻进峡湾口，军队在海岸炮台附近开始登陆。"奥拉夫·特里格弗森"号将其中的一艘击沉了，可炮台被成功登陆的德国军队夺了过去。而这艘布雷艇以勇敢的精神将德国的两艘驱逐舰挡在了峡湾口，并把"埃姆登"号巡洋舰击伤。有一艘挪威的武装捕鲸船，在它上面只配备了一门大炮，在没有接到任何特殊命令的情况下，也立刻加入战斗，抵御入侵者。它的炮遭受攻击已经粉碎，舰长也被炸断了双腿。之后他自己从甲板上滚入海中，英勇就义，以免拖累手下。这时，在"布吕歇尔"号重巡洋舰率领下的德国主力舰队已经攻入峡湾口，正在向受奥斯卡斯堡要塞护卫的海峡挺进。挪威炮台开炮轰击，两颗鱼雷从岸上五百码远的地方射了出来，准确地命中目标，德国派来的高级行政官员和秘密警察分遣队随着快速沉没的"布吕歇尔"号而丧命。包括"吕佐夫"号在内的其他德国舰只被迫撤退。"埃姆登"号因为受伤被迫撤出海战。最后奥斯陆被敌人使用运输军队的飞机和在峡湾登陆的方法占领，而并不是由于海上来的敌舰的攻击。

希特勒的计划立刻全面展开，速度类似闪电。德国军队对克里斯蒂安桑、斯塔万格和北面的卑尔根、特隆赫姆进行分头袭击。

在纳尔维克的袭击是最大胆的。德国矿石运输船在一个星期以来都依照常规向纳尔维克港返航。矿石运输船沿着被挪威中立掩护的走廊水域向北航行，船上满载着供应品和军火，但从表面上却看不出来。几天前，在"沙恩霍斯特"号和"歌奈森诺"号的护航下，各自承载着两百名士兵的十艘德国驱逐舰离开了德国，于9日清晨到达纳尔维克。

停在峡湾中的是挪威的"诺格"号和"埃茨瓦尔德"号两艘战舰。它们准备抗战到底。黎明时分，它们发现了几艘向港内高速驶来的驱逐舰，但是在一开始，因为狂风暴雪的原因，不能断定军舰是来自哪个国家。时间不长，一个德国军官乘汽艇过来了，让"埃茨瓦尔德"号投降。在该船司令官做出了"我进攻"这一简短的答复后，他立刻撤退了。但几乎在同一时刻，这艘军舰被一连串同时发射的鱼雷摧毁，船员几乎无一幸免，全部遇难。"诺格"号几乎在同一时刻开炮轰击，但也就是在几分钟以内，它也被鱼雷击中而沉没。

这次的抵抗虽然英勇但没有丝毫希望，两艘军舰上总共有两百八十七名挪威水兵遇难，被救起的不到一百人。从此之后，纳尔维克便不费吹灰之力地被攻占。此后永远都不能使用这一战略要塞了。

＊　　　＊　　　＊

在对无辜的和毫无防备的挪威进行进攻时，表现出来的是奇袭、冷血和精准等特点。各地登陆的部队，在一开始的时候没有超过两千人的。所使用的军队有七个师，主力部队在汉堡和不来梅登上了军舰，后续部队则从什切青和旦泽出发。共有三个师用于进攻，另外四个师用于进行支援，地点选在奥斯陆和特隆赫姆。八百架战斗机、两百五十到三百架运输机，这一特点在德国的计划中最为明显和重要。德国在四十八小时之内取得了挪威所有的主要港口。

＊　　　＊　　　＊

7日，星期日夜晚，我们的侦察机报告称，在昨天曾发现了一个德国舰队经斯卡格拉克海峡口驶向纳兹，此舰队包括一艘战斗巡洋舰、两艘轻巡洋舰、十四艘驱逐舰，同时还有一艘可能是运输舰。对这个舰队会向纳尔维克驶去这一结果，我们在海军部的人都不敢相信。虽然希特勒想要将那个港口占领这一情报，已经从哥本哈根传过来了，但是海军参谋部觉得德国的舰只或许会返回斯卡格拉克海峡。然而我们仍旧立刻下达了命令，采取下面的行动：包括"罗德尼"号、"击退"号、"勇敢"号、两艘巡洋舰和十艘驱逐舰的本土舰队已经起航，于4月7日晚八点半驶离斯科帕湾；包括两艘巡洋舰和十五艘驱逐舰的第二巡洋舰分舰队，于同一天的晚上十点从罗赛斯出发。本来第一巡洋舰分舰队是正在罗赛斯装载部队的，为的是万一德国对挪威展开攻击时方便对挪威港口进行占领，但接到命令后，为了尽快和舰队会和，就又把士兵送回了岸上，以至于在还没有卸载他们的军械的情况下就向海上驶去。正在执行相似任务的还有正在克莱德湾的"曙光"号巡洋舰和六艘驱逐舰，奉命向斯科帕湾开去。总司令对这些果敢的行动表示赞同。总而言之，只要是可以使用的军舰全部都已经受命出动了，依据的是假设已经发生了一个重大而紧急的状况，但对"假设"这一说法，我们不赞同。与此同时，在"威慑"号战斗巡洋舰、"伯明翰"号巡洋舰和八艘驱逐舰护卫下的四艘驱逐舰正在纳尔维克港口外布雷。

战时内阁在星期一早晨开会，我报告说在早晨四点三十分到五点，已经将在佛斯特峡湾的水雷区完全布置完毕。我也详尽地阐明，我们全部的舰队都已经驶向海上，但此时我们已经对德国的海军主力正在驶向纳尔维克一事得到了确认。在去敷设"威尔弗雷德"水雷区的途中，因为有一个水兵在晚上失足掉入海中，我们的一艘"萤火虫"号驱逐舰为了寻找士兵而留在了后面，导致它同其余的舰只失去了联系。8日上午八点半，"萤火虫"号报告称它正同敌方的一艘驱逐舰发生交战，地点是在佛斯特峡湾西南约一百五十英里的地方。时间不长，它又报告称看见在它前面出现了另一艘驱逐舰，之后又报告称，它正在本身处于劣势的情况下同敌方舰队开战。九点四十五分以后，它停止了发送电报。自此之后，便再也听不到有关它的消息了。据此情形推测，除非德国的舰队在中途就被截住，否则在当天可能就会抵达纳尔维克，时间大约在晚上十点左右。我们希望的是，它们会遇到"威慑"号、"伯明翰"号及它们的驱逐舰。这样，或许在不久之后战斗就会发生。我说："我们无法预测出乎战争之外的事情，但现在，会在我们不利的情况下发生这种战斗断然是不可能的。"更何况，整个本土舰队正在总司令的带领下从南方向战区逼近。现在，他或许已经到达斯塔特兰对面的海域。我们已经告诉了他，我们知道的所有情况，他保持沉默，这是肯定的。我们的舰队已向海上驶去一事，德国人是知道的，因为我们曾截获到一段很长的电讯，这是我们的舰队在离开斯科帕湾时，一艘在奥克尼群岛附近的德国潜艇发出的。

在阿伯丁港外，第二巡洋舰分舰队正在向北移动，也报告说有敌机正在后面跟着它，可以料想它所遭到的袭击必将会在中午前后出现。海军和皇家空军为了能让战斗机飞往作战地点，所有可行的手段都采用过。在当时，并没有航空母舰可用，但有飞机正在水上活动。有些地方雾气迷漫，但在气候方面北方还是比较好的，晴天还是会继续下去。

我的发言被战时内阁记录了下来，我们收到的有关德国舰队行动的情报，也请我向挪威海军当局做出通知。总之，认为纳尔维克是希特勒的目标，这是大家的一致看法。

4月9日，上午八点半举行战时内阁会议，我们被张伯伦先生召集起来前去参加，就当时我们所知道的有关挪威和丹麦被德国入侵的情况进行讨论。战时内阁决议，我应该将采取所有可能步骤的权利授予本土舰队总司令，以便将敌人在卑尔根和特隆赫姆的军队清除干净，参谋长委员会也应该开始着手准备军事远征的问题，以便对上述两个地方实现收复的同时，占领纳尔维克。但是，这些远征军想要出动，必须要等到海战局势被澄清以后才可以。

＊　　＊　　＊

战争过后，我们是从德国的记录中了解到有关"萤火虫"号的命运的。8日，星期一清晨，它先后两次遇到了敌人两艘不同的驱逐舰。双方的一场追逐战在白浪滔天的大海中随之展开，直到现场突然出现"西佩尔"号巡洋舰为止。"萤火虫"号在"西佩尔"号开炮后，躲在了烟幕后面。"西佩尔"号为了向前逼近，冲进了烟幕，不久之后，当它冲出烟幕时，在附近发现了正在以最高的速度直接向它冲过来的英国驱逐舰。这时"西佩尔"号想要躲闪已经来不及了，于是"萤火虫"号便撞在它对手的万吨舰身的侧方，撞开了一个四十米宽的缺口。接下来，它拖着体无完肤的身体驶去，此时舰上已经燃起了火焰，短短几分钟过后，它便炸毁了。四十名水兵被"西佩尔"号救了上来；它的勇敢的舰长在被送往安全地点时，由于筋疲力尽，便翻身从巡洋舰的甲板上跳入海中，不见了踪影。如此一来，"萤火虫"号的光亮便熄灭了，但是杰拉德·鲁普海军少校，也就是它的舰长，事后被追赠维多利亚十字勋章，人们也将永远怀念这一事迹。

当"萤火虫"号突然停止发送电讯的时候，我们希望能将斗胆到如此远的海域开展行动的德国主要舰队引诱出来进行战斗。星期一，我们将具有优势的舰队集中在了敌舰的两侧。根据估计，很有希望能在等待扫荡的海域同它们相遇，一旦相遇，我们就必须要集中攻击它们。在当时，德国军队正在"西佩尔"号的护送下前往特隆赫姆一事，我们还并不知道。它进入特隆赫姆的时间是在当天夜晚，但这艘强大的军舰因"萤火虫"号的攻击，有长达一个月的时间没有战斗力。

在刚接到"萤火虫"号发出的电讯后，"威慑"号的惠特沃思海军中将便先向南方驶去，希望能对敌人实现拦截，但是后来，根据得到的情报和海军部的命令，他决定到纳尔维克港的入口处进行防守。9日，星期二，这一天的风暴异常凶猛，狂风呼啸，暴风雪铺天盖地，海浪冲天。在清晨，"威慑"号发现了两艘朦胧的船影，它们就在佛斯特峡湾靠海方向约五十英里的地方。这两艘就是刚完成了护送远征军前往挪威的任务的"沙恩霍斯特"号和"歌奈森诺"号，但当时，"威慑"号只觉得其中有一艘是战斗巡洋舰。在一万八千码处，"威慑"号率先开炮攻击，不久便将"歌奈森诺"号击中，将它主要大炮的控制装置破坏掉了，也让其在一时间无法开炮。为了掩护它，它的伴舰放出了烟幕，于是两艘军舰转而向北，战斗变成了追赶。同时，"威慑"号也有两次被击中，损坏程度却不大，接着"歌奈森诺"号又被两次击中。"威慑"号在波涛汹涌的大海中向前全速追击，但不久以后也不得不减速，将时速降到二十海里。双方的炮火在时断时续的暴风雪和德国军舰放出的烟幕中，所产生的效果已经没有多大了。为了追赶德国军舰，"威慑"号虽然已竭尽所能，但最终它们的踪迹在北方消失了。

*   *   *

福布斯海军上将于4月9日早晨统帅主力舰队在卑尔根港口外列出阵形。在早晨六点二十分，就有关在当地驻守的德军实力的情报问题，他向海军部发出电报咨询，因为他想让莱顿海军中将带领一队巡洋舰和驱逐舰去进行攻击任何能找到的德国军舰。同样的想法，海军部也有，于是在八点二十分给他发出了如下电讯：

> 将计划制订出来，准备对卑尔根港内的德国战舰和运输舰进行袭击，而且如果说依然是挪威人掌控着此港的防务的话，那么就控制此港的入口处。如果你的力量允许可以同时做两项工作的话，那么类似的计划也应该应用于特隆赫姆。

福布斯海军上将对卑尔根进行攻击的计划得到了海军部的核准，但后来又对他发出警告，说应当对处于防御一方的国家仍然是友好的这点抱有希望。为了防止实力分散，要在发现了德国战斗巡洋舰以后，再对特隆赫姆发起进攻。海军中将于十一点半左右指挥着四艘巡洋舰和七艘驱逐舰开始向卑尔根进发，这段航程有八十英里，因为逆风和汹涌的波涛，他们前进的速度只能保持在十六海里。不久之后，飞机报告称，有两艘而不是一艘巡洋舰在卑尔根港内。我方拥有的驱逐舰只有七艘，所以说，如果我们的巡洋舰不能一起进港的话，那么很明显，成功的机会并不大。第一海务大臣认为考虑到空袭和水雷对这些舰只所带来的威胁，承受的风险太大。当我参加完内阁会议回来的时候，他立刻找我商量，我把早晨来往的电讯阅读了一遍，并在作战室进行了简短的商讨之后，我对他的建议表示同意。于是我们决定取消这次进攻。现在回想起这件事来，我感觉对总司令，海军部控制得过于严格了，当知道他的本意是要对卑尔根港强行进入以后，我们能向他提供的应该仅限于情报而已。

敌机于当天下午对舰队展开了非常猛烈的空袭，特别是对莱顿海军中将的舰只集中力量进行袭击。"廓尔喀"号驱逐舰被炸沉，因为炸弹在"索斯安普敦"号和"格拉斯哥"号巡洋舰近处发生爆炸，而致使它们受到损伤。另外，同时被击中的还有"罗德尼"号旗舰，但它没有受到重创，这是因为它的甲板铁甲非常坚厚。

在撤销了使用巡洋舰对卑尔根发起攻击的方案时，福布斯海军上将建议出动"暴虐"号航空母舰上装载着鱼雷的海军飞机，时间定在4月10日傍晚。海军部同意此意见，同时也准备于9日晚和第二天一早分别派皇家空军的轰炸机和由哈茨顿（奥克尼群岛）派海军飞机发动袭击。同时，所有的入口处继续被我们的巡洋舰和驱逐舰封锁。空袭成功了，海军飞机的三颗炸弹将"克尼希堡"号德国巡洋舰炸沉。目前，"暴虐"号转而向特隆赫姆驶去，据我们的侦察飞机报告，敌人在那里各有两艘巡洋舰和驱逐舰。我方于11日清晨派遣十八架飞机出动，仅仅发现了两艘驱逐舰和一艘潜艇，这其中并没有将发现的商船计算在内。很不幸，受创的"西佩尔"号在夜里已经离开了，任何巡洋舰都没有发现，同时袭击德国的两艘驱逐舰的任务也没有成功，因为在还没有到达目标之前，我们的鱼雷就已经搁浅于浅水中了。

同时，在斯卡格拉克海峡和卡特加特海峡有我们的潜艇在此地活动。在8日晚上，它们发现有敌船正从波罗的海向北行驶，它们进行了并不成功的袭击。不过在9日，在克里斯蒂安桑港外，"飘荡者"号将"卡尔斯鲁厄"号巡洋舰击沉。第二天夜晚，从奥斯陆返回的"吕佐夫"号袖珍战列舰又被"金枪鱼"号用鱼雷击沉。这些战绩除外，在这个战役的第一个星期内，至少又有九艘敌方运输舰和供应船被潜艇击沉，致使敌人丧失了大量的海员。我们自己的损失也并不乐观，由于波罗的海入口处防御严密，在 4 月间，此地被击毁的英国潜艇共有三艘。

*　　*　　*

9 日早晨，纳尔维克方面的状况不明朗。总司令希望能够抢先德军一步对该港进行占领，于是下令给对我们驱逐舰队进行指挥的沃伯顿·李海军上校，让他进入峡湾，阻止敌人的任何登陆行动。同时，海军部将来自报刊上的一个报道转给了他，说明港内已经有一艘敌舰进去了，并派出了一小支部队登陆。电讯接着说道：

> 向纳尔维克挺进，将敌船击沉或捕获。如果将纳尔维克从现有的敌军手中夺回来这件事，你认为可行的话，马上可以考虑调遣部队登陆。

于是，沃伯顿·李海军上校从自己的小型舰队中选出了五艘驱逐舰，它们分别是"哈代"号、"猎人"号、"哈沃克"号、"霍特斯伯"号和"同仇敌忾"号，他亲自率领这些驱逐舰进入了佛斯特峡湾。到达特莱诺艾后，挪威的领港人员对他说，已经进入峡湾的有六艘敌舰和一艘潜艇，并且这六艘敌舰比他的军舰更大，已经有水雷被布置在了湾口的航道上。他将这个情况以电报的形式做了汇报，并说："决定在清晨开始进攻。"惠特沃思海军上将收到这个电报后，他考虑自己现在的分舰队已经得到了扩大，是否应该以此来加强进攻军舰的实力，但是时间已经非常紧张了，他觉得在这个阶段要是进行干涉的话，或许会耽误事情的发展。实际上，"威慑"号所冒的这种危险，身属海军部的我们也不准备让他去做，因为我们仅有三艘战斗巡洋舰，而"威慑"号便是其中之一。海军部给沃伯顿·李海军上校发的最后一个电报内容如下：

德国或许已经获得了挪威海岸一带的防守舰只。情况就是这样，而在采取进攻是否可行这一问题上，只有你自己可以判断了。不管你的决定是什么，我们都会尽全力给予支持。

他给出答复说：

立刻开始进攻。

4月10日，这五艘英国驱逐舰在浓雾和暴风雪中驶进了峡湾，并在黎明时分到达纳尔维克港外。有五艘敌方的驱逐舰停泊在港内。在进行第一次袭击的时候，一艘飘扬着德国海军准将三角旗的军舰被"哈代"号的鱼雷击中，海军准将随之身亡；两枚鱼雷将另一艘驱逐舰击沉，敌方其余的三艘驱逐舰不能做出有效的抵抗，它们被炮火压制。有二十三艘各国的商船停泊在港内，这其中还有五艘是英国的，六艘德国的商船也被摧毁。时至此时，在我方的五艘驱逐舰中，只有三艘展开了进攻。作为后备力量，"霍特斯伯"号和"同仇敌忾"号被留了下来，便于对海岸上的任何炮台或是德国新开来的舰只进行抵抗。现在第二次袭击开始了，它们也加入了进来，随后又有两艘德国商船被"霍特斯伯"号的鱼雷击沉。战斗并没有损害到沃伯顿·李海军上校的军舰，很显然，敌人的炮火已经偃旗息鼓了。战斗进行了一个小时，也没有发现有从任何海湾内驶出来向他攻击的敌方舰只。

但此时我们的好运气到头了，当第三次袭击完成后，在它们返回的时候，沃伯顿·李海军上校发现从赫杰斯峡湾驶来了三艘新舰只。希望将距离缩短的心情并没有在它们身上表现出来，开始战斗的时候，双方的距离足有七千码。突然，又有两艘战舰从前面的浓雾中出现了。同最初所希望的不一样，它们并不是来此进行援助的英国军舰，而是德国驱逐舰，曾停泊于巴勒根峡湾。德国军舰上的重型大炮立刻开始一展所长，

"哈代"号被击毁了舰桥，沃伯顿·李身负重伤，除了他的秘书斯坦宁海军上尉并无大碍，所有的军官和同伴或死或伤，于是就由斯坦宁驾驶该舰。后来，在引擎内有一发炮弹炸开了，这艘驱逐舰也在猛烈的炮火下搁浅。最后，"哈代"号舰长将最后一个电讯发给了他的小舰队，内容是："同敌人继续作战。"

与此同时，"猎人"号已经被击沉了，"霍特斯伯"号和"同仇敌忾"号也都受创，在"哈沃克"号的带领下驶往公海。曾对它们的去路进行拦截的敌舰，现在想要拦住它们已无能为力。它们在半小时之后遇到了一艘大船，是从公海驶来的，事实证明这就是"劳恩费尔斯"号，它是为德国运输后备弹药的。"哈沃克"号开炮将其击中后，时间不长就炸毁了。"哈代"号上幸存的人挣扎着将他们司令官的遗体带上了岸，后者被追赠维多利亚十字勋章。无论是对敌人还是在我们的海军史上，他们的行为所留下的业绩都是永远不可磨灭的。

＊　　　＊　　　＊

雷诺先生和达拉第先生于9日与达尔朗海军上将一同飞往伦敦，在下午召开最高军事会议，对他们所谓的"由于将水雷敷设在了挪威领海而导致德国采取的行动"进行讨论。张伯伦先生立刻指出，这肯定是敌人预先设计的手段，跟我们的行动没有任何关系，这一情况，就算是在当时也是不难发现的。雷诺先生告诉我们，那天早上，法国军事委员会召开了会议，会议由法国总统亲自主持，会议决定，如果德国发动了进攻，那么盟国军队将会进入比利时，当然这也是从原则上来说的。他说除了将战线缩短以外，如果把比利时的十八个师到二十个师增加进来，那么德国在西线的优势，事实上是可以抵消的。法国准备将这个作战计划同在莱茵河上投放漂浮水雷关联起来。他又说，从比利时和荷兰都发来了情报，据此分析，德国进攻低地国家已经是刻不容缓的事情了；有人说就在这几天，也有人说就是在最近几个小时。

关于把远征军派遣到挪威的问题，陆军大臣提醒会议注意，为了对芬兰进行援助，之前召集起来的英国的两个师，已经派遣到了法国。在英国，目前只有十一个营的兵力可以调动。其中，预备当天夜里就乘船出发的有两个营。因为种种缘由，在三四天内，其余的军队不能出动。

会议赞同对挪威沿海可能登陆的港口，应该把较强的军队调遣过去，并制订了联合计划。法国阿尔卑斯步兵团的一个师已经接到命令，将会在两三天内乘船出发。我们在那天晚上可以调遣两个营的英军，然后可以在三天内调遣五个营，最后可以在十四天之内再增加四个营，一共十一个营。如果想要往斯堪的纳维亚半岛上派遣更多的英国军队的话，那么势必就得要从法国往回抽调。我们采取的手段必须要适当，实现对法罗群岛的占领，同时要向冰岛做出保证，答应要对它进行保护。同时也一并商量妥当，我们应该在地中海进行怎样的海军部署来应对意大利所进行的干预。同时决定，应对比利时政府提出紧急建议，要求他们邀请盟国军队进入比利时。最后决定，"皇家海军"作战计划应在德国如果在西线发动进攻或是对比利时造成入侵时实施。

＊　　　＊　　　＊

截至目前，在挪威发生的所有情况让我感到十分不满意。我给庞德海军上将写信说：

1940 年 4 月 10 日

德国人已经占领了包括纳尔维克在内的挪威沿海全部的港口，对其中任何一个港口，如果不经过大规模战斗的话，是不可能将他们从中驱赶出来的。挪威的中立，以及我们对中立所表现出来的尊重，其结果就是我们无法加以制止这次残暴的突然袭击。现在要采用新观点了。我们北部基地受到敌人空袭的距离缩短了，这让我们所处的地位非常不利。在这一点上，我们必须承受。我们对卑尔根的封锁，必须要通过随时警戒的水雷区完成，同时要对纳尔维克集中力量攻打，为了实现对这个港口的占领，必须经历的战斗是长远而激烈的。

现在必须在挪威海岸要做的事情，就是立刻取得一个或两个加油基地，在这方面的选择空间是很大的，目前参谋部正进行研究。在挪威沿海，如果我们能拥有一个基地的话，所带来的好处也是极大的，哪怕这个基地是临时的。因为现在在那里，敌人已经有了基地，如果我们没有的话，一切进行起来将会更加困难。各个可用的地点，海军参谋部正在从中进行选择，选择的条件是该处要有停泊所，既合适又可以防御，同时要实现同内地在交通上的隔绝。只有我们得到了这种基地，才能在不久之后同处于新形势下的德国人抗争。

我们在法罗群岛的便利条件，我们也应当尽量利用。

必须力争纳尔维克。虽然我们已经相形见绌，但在这个地方将会进行持久而认真的战斗，并且敌人所受的消耗比我们要小得多这样的想法，却是没有理由存在的。

三天以来，各种情报和谣言接连不断地从中立国传出，而德国对它让英国海军所遭受的损失，以及它无视我们的优势海军力量，出其不意地对挪威实现了占领也洋洋得意，大肆吹播。很明显，英国已经被他人抢占了先机，措手不及，而且就如同我给第一海务大臣所写的信中所说的那样，已经相形见绌了。全国人民异常恼怒，而最先受到责难的必是海军部无疑。11日，星期四，一个冲动而又恼怒的下院，是我必须要去面对的。我采用了一种方法，是我在这样的情形下一直认为最能达到效果的，那就是心平气和、镇定从容地依据事情的发展，将事实详尽地加以说明，特别是要着重将事实真相的丑恶描述出来。当着大家的面，我是第一次将开战以来由于德国对挪威走廊水域或"受掩护的航道"进行滥用而让我们面临的处境极为不利，以及我们最终是怎样将这种顾虑克服做了说明。"我们曾因这种顾虑得到光荣的同时，也让我们受到了损害。"

如果德国针对这些中立国家制订了一个科学的计划，并依此对它们进行实际的攻击之前，它们一直同我们若即若离的话，那么因为不能给它们重大的援助和保护而对盟国进行谴责，是没有丝毫意义的。挪威之所以遭受现在的痛苦，就是因为它严格遵守中立，致使我们只能给予它有限的援助。我相信，对其他国家而言，这个事实应该可以给它们敲响警钟，也许在明天，或一个星期，或一个月之后，这些国家会在同样经过缜密策划的方案下被摧毁和奴役，变成牺牲品。

我对我们舰队对斯科帕湾重新使用的过程和我们在北方立刻采取了对德国的舰队实现阻截的行动进行了阐述，以及实际上我们的两个优势的舰队正让敌人处于双面夹击下的形势。

但是，让它们逃走了……你们看一看地图，当看到各个地点都插着小旗时，或许会感觉已稳操胜券；然而当你们来到海上，会发现它无边无际，风暴与浓雾并存，夜幕的降临，以及所有存在的变化莫测，你们就不会指望将那种适用于陆军行动的条件推及至危险的海战形势上……当谈及制海权时，并不是说我们能够对海洋的每一部分都能在同一时刻或在任何一个时刻加以掌控。它所表示的意思是，在海洋中，作为被选作战场的任何部分是可以凭借我们的意志做最后的分配的，也是因为这种方式，让我们的意志可以间接地对海洋的任意一部分进行支配。假如觉得应当在挪威和丹麦的沿海一带去消耗皇家海军的生命和实力，为防止希特勒万一会给我们这样的一个打击而不断地进行巡逻，因此而听任德国的潜艇将我们的舰队作为目标而进行袭击，这样的想法真是太愚蠢了。

我接下来谈到了我刚获得的各种信息，那就是"威慑"号在星期二同敌舰的交战，英国舰队在卑尔根港口外遭受的空袭，特别是沃伯顿·李突然闯进纳尔维克港及其作战的情况，下院在听到这些后，变得渐渐满意起来。最后，我说：

> 每个人都必须认清这种与众不同的和草率的赌注性质，那就是在这场粗鲁的海战中，德国将全部舰队投入了进来，进而把它们当作了赌资，似乎仅仅是为了一个特殊的战役而非投不可一般……这种做法是破釜沉舟式的，这些战役的代价是如此重大，让我感觉这或许是一个前奏，表明在陆地上即将发生的事件，远远重大得多。或许我们现在已经面临着战争的第一次主要决斗了。

下院的态度在这之前是冷淡的，但一个半小时之后，似乎大有改观。还会有更多的事情在不久以后需要阐述。

*　　*　　*

"沃斯派特"号于 4 月 10 日早晨加入了总司令的舰队，并随之一同向纳尔维克前进。等大家知晓沃伯顿·李海军上校在清晨的袭击后，我们决定再试验一次，在驱逐舰的护卫下，命令"佩内洛普"号巡洋舰"参照今天早晨所得到的经验，在感觉作战时间合适时，即可发起进攻"。可是在传送电讯期间，"佩内洛普"号正在对情报所说的在博多港外的敌方运输舰进行搜索时，突然不幸搁浅。第二天（12 日），"暴虐"号派出俯冲飞机对处于纳尔维克港内的敌方船舰进行轰炸。在恶劣的气候和能见度很低的情况下，空袭在极力地进行着，据报告称，敌方有四艘驱逐舰被命中，而我们损失的飞机有两架。这并不够。我们需要纳尔维克，并极为迫切，所以下定决心最起码要扫清德国海军。现在，战斗的高潮马上就要来临了。

"威慑"号是非常宝贵的，没有让它参加战斗。海军上将惠特沃思在海上把"沃斯派特"号改成旗舰，13日中午，在九艘驱逐舰和"暴虐"号上的俯冲轰炸机的护送下，该舰驶进了峡湾。没有说雷区布在该处，不过驱逐舰赶走了一艘潜艇，"沃斯派特"号自己的双翼海上飞机将另一艘潜艇击沉，并且飞机发现了一艘德国驱逐舰潜藏在一个海湾处，正准备从隐蔽的地方对我们的战列舰进行鱼雷袭击。很快，敌方的这艘驱逐舰就被摧毁了。我们的舰只在下午一点半穿过海峡，当来到了距纳尔维克十二英里的地方时，发现有敌方的五艘驱逐舰就在前面的烟雾中。随后，立刻发生了激烈的战斗，双方所有的舰只全部开火进行炮击，并快速移动着。当发现岸上并没有可以用于进攻的炮台时，"沃斯派特"号就使用它厉害的炮火加入了驱逐舰的战斗。它的大炮的口径有十五英寸，发出如同丧钟般的轰鸣声回荡在四周的群山中。处于绝对劣势的敌舰被迫撤退。于是这场海战便被分散开来，成了部分小规模战斗。我们有的舰只驶进了纳尔维克港，在那里完成摧毁敌舰的任务。"爱斯基摩"号则率领着其他舰只去追赶试图到罗姆巴克斯峡湾上游躲避的三艘德舰，并在那里击毁了它们。鱼雷击毁了"爱斯基摩"号的舰头，但是在纳尔维克港外发生的这第二次海战，将逃脱了沃伯顿·李的袭击而幸存下来的八艘敌方驱逐舰全部击沉或损坏，而英国却没有一艘舰只受损失。

结束了海战之后，海军上将惠特沃思派遣由水兵和陆战队组成的登陆部队上岸占领城市，在此处暂时好像不会遇到任何抵抗。但是，除非说"沃斯派特"号能使用炮火将全局掌制得住，否则的话，德国士兵势必要发动反攻，因为他们在人数上存在着巨大优势。考虑到来自空中和潜艇方面的威胁依然存在，他感觉为了防止遭遇出乎意料的危险，不应该长期暴露这艘优秀的舰只。大约有十二架德国飞机在下午六点出现，这就让他的决定更加坚定了。于是，第二天清晨，将驱逐舰上受伤的人员装载完毕后，他便下达了撤退的命令。他说："给我留下印象的是，今天的战斗让纳尔维克的敌方军队受到了极大的震惊。我建议，应该立刻让主要的登陆部队占领该城。"在港口外留下了两艘驱逐舰进行警戒，其中的一艘将"哈代"号上曾在岸上等待援救的幸存者救了出来。

＊　　　＊　　　＊

这次英德两国海军在北海的交战，让英王陛下偏爱海军的本性受到了极大的激励，他写给我下面一封鼓励信：

亲爱的丘吉尔先生：

关于在北海最近发生的重大事件，我一直想和你交谈。这件事的发展让出身海军的我产生了非常浓厚的兴趣。但是我对自己刻意进行控制，不想占用你的时间，因为我明白，自从你兼任协调委员会主席之后，随着责任的增加，势必会异常劳累。但是，只要稍微稳定了当前的局势，请你立刻来见我。与此同时，我应该向你表示祝贺，对德国在斯堪的纳维亚的侵略行动进行了出色抵抗，这是因为你的指挥得当。请你多多保重，现在时刻危机，设法尽量多加休息。

你真挚的国王乔治

白金汉宫

1940 年 4 月 12 日

第十三章　纳尔维克

希特勒对挪威采取的暴行——煞费苦心的阴谋——挪威人的抗争——向盟国召唤——瑞典的地位——纳尔维克的远征——给麦克西将军的训令——给科克勋爵的训令——直接攻击带来的问题——麦克西将军表示反对——我希望集中在纳尔维克港实行围攻——战时内阁于 4 月 13 日的结论——对特隆赫姆计划的讨论——来自纳尔维克的消息让人气馁——我于 4 月 17 日把备忘录交给军事协调委员会——我们给海陆军司令发出的电报——纳尔维克的相持局面

　　挪威世世代代朴实率真的人民，以经营贸易、航海、渔业和农业为生，对世界政治的动荡完全置之不理。之前，突然出动的大量北欧海盗去征服和掠夺当时世界上所知的大部分地区，这样的年代早已一去不复返了。在百年战争、三十年战争、威廉三世和马尔巴罗的战争、拿破仑的动乱，以及后来的各种冲突中，虽然挪威已经从丹麦分离了出来，但并没有影响和损害到它在其他方面的利益。因此，直到此刻为止，大部分人民所希望的仅仅只是保持中立而已。这样的一个民族，他们只有一支很小的军队，并且只是希望能安然地生活在位于靠近北极的、群山连绵的国家中。而现在德国发动了新的侵略战争，却让他们变成了祭品。

　　许多年来，德国对挪威实行的是真诚、同情和友好的外交政策。在上次大战结束以后，在挪威人的家里吃住的德国儿童达好几千人。现在这些孩子都已在德国长大成人，其中有很多人作为赤诚的纳粹党分子。另外，有一个吉斯林少校率领着少数的年轻人，在挪威仿造了一个小规模的法西斯运动。北欧民族会议是德国在过去几年中经常要召开的，有许多挪威人应邀参加。德国的讲演者、演员、歌唱家和科学家都先后对挪威进行了访问，对共同的文化起到了促进作用。希特勒具体部署的军事计划同这些所有的活动交织在了一起，进而安排了一个亲德阴谋活动，并让其广泛分布在挪威内部。在这方面，德国驻奥斯陆的公使馆有权向每个德国的外交官或领事人员和每个德国的贸易代理机构做出指示，让他们从事相应的活动。同历史上西西里人对法国侨民大肆杀戮和圣巴托洛穆节的大屠杀①相比，现在他们所制造的恶行或进行的鬼蜮伎俩毫不逊色。卡尔·汉布罗是挪威的国会议长，他曾经写道：

波兰和以后荷兰、比利时所发生的情况表明，双方都曾经交换过照会，并且也提出过最后的通牒。可对挪威来说，发生的情况跟它们是不一样的。德国人戴着一副假面具，一面在示意友好的同时，一面却试图悄悄地、恶毒地，既没有宣战又不发出警告，在一个夜间将一个国家一举消灭。让挪威人更加慌张的并不是德国的侵略行径，而是让挪威全国人民突然发现一个相互间的友好关系维持了很多年的大国，转眼间变成了死敌；有一些德国男女在商业上或专业方面同他们有着密切联系，曾在过去对这些人到他们家里做客表示热烈欢迎，但现在看来，原来这些人都是间谍和破坏分子。挪威的人民发现，这么多年来，他们的德国朋友为了将最详尽的计划制订出来，以便对他们

---

① 说的是在1572年8月24日，法国国王查理九世在巴黎，于圣巴托洛穆节当天对法国胡格诺教徒进行的大屠杀。——译注

的国家进行侵犯而后加以奴役，一直煞费苦心，他们对此表示惶恐。这给他们带来的震惊，要比破坏条约和一切国际义务更甚。

一旦对正在发生的一切知晓了以后，挪威的国王、政府、陆军和人民立刻感到异常愤怒，可是一切都太晚了。他们的双眼在过去曾被德国人的渗透和宣传蒙蔽，现在又将他们的抵抗力削弱了。电台已经被德军控制，现在吉斯林少校在这上面出现了，作为这个被征服了的国家的统治者，他是倾向于德国的。几乎没有挪威官吏为他服务。侵略者正由奥斯陆向北推进，鲁格将军指挥着已经被动员起来的陆军立刻同他们展开了作战。有些爱国者能够得到武器，他们钻进了山林。一开始，国王、内阁和国会撤到了哈马尔，此地距离奥斯陆有一百英里。在他们后面紧追不舍的是德国的装甲车，德国为了将他们消灭，试图使用空中投弹和机枪扫射等残酷的方式。可是他们依然向全国继续发布命令，号召大家起来英勇地进行抵抗。血淋淋的实例让其余的人民受到恐吓并为之吓倒，让他们不知所措，或是屈膝投降。长约一千英里的挪威半岛，人迹罕至，有很少的公路和铁路，以北部为甚。征服挪威的时候，希特勒的那种做法具有迅雷不及掩耳之势，从作战和策略上来讲，这个成就是非常显著的，并且这也会作为一个永远都不会湮灭的例子，证明了德国人的奸诈和冷酷。

之前因为害怕德国，挪威政府对我们的态度是非常冷淡的，这时为了得到援助，向我们发出了急迫的呼声。但一开始，我们显然无力给予挪威南部援助。我们差不多将所有经过训练的和很多刚训练到一半的部队都派到法国去了。我们空军的数量不多却正在渐渐地增加，但为了对英国远征军进行支援、担任本土防御和接受严格的训练，也都被奉派了出去。为了对重要且容易遭受袭击的地方进行保护，目前我们拥有的高射炮的数量连需求量的十分之一都不到。但是我们依然感到应该极力给予他们援助，因为我们觉得这是自己的责任，即使因此严重干扰了我们自己的准备和利益也在所不惜。如此看来，为了盟国整个事业的利益，是一定能够占领和保卫纳尔维克的。挪威国王可以将他未被征服的国旗悬挂在这里。就算是为了对特隆赫姆进行保护，也应该竭尽全力地抗战。至少这样一来，就可以延缓侵略者向北进犯的速度，直到我们重新占领纳尔维克，并让它成为军队基地为止。看来，从海上是能够给予这个基地支持的，不过需要的力量同经过五百英里山地由陆地赶来的任何军队相比，必定要大得多。为了对纳尔维克及特隆赫姆进行援助和保卫所采取的所有可能的措施，内阁深表赞成。在不久之后，因没有实现援救芬兰的计划而弃置的部队，以及一支保留下来的为对纳尔维克进行攻击使用的精锐队伍，就可以严阵以待了。但是，他们欠缺飞机、高射炮、反坦克炮、坦克，以及运输设备和训练。大雪已经掩盖了挪威的整个北部地区，积雪很深，这样的情景是我们的士兵从来没有见过、感觉过或想象过的。我们没有雪鞋和雪橇，连擅长滑雪的人都没有。但是，我们必须要竭尽全力。这样，就开始了这个轻率从事的战役。

＊　　　＊　　　＊

作为德国或苏联的下一个牺牲者，瑞典必然会首当其冲，甚至会沦为他们两国的牺牲品，我们对此有各种理加以相信。陷于灾难的邻国，如果瑞典出面加以援助的话，那就会暂时改变当前的军事局势。瑞典有一支十分精良的军队，进入挪威对他们来说非常容易。在德军抵达以前，他们可以将大批兵力集中于特隆赫姆，我们在那里可以同他们会师。可是，对瑞典来说，它的命运在以后的几个月中又会是什么样子呢？希特勒会进行报复，给它带来的打击将会是毁灭性的。在东方，将是苏联巨熊给它带来的伤害。另外来说，瑞典可以在整个夏季将德国人所需的铁矿石全部供给他们，以此来换取中立。现在摆在瑞典人眼前的选择有两个，要么保持中立，这是有利可图的，要么被征服。在这个问题的看法上，它却没有考虑到对我们这个没有准备的、目前却很热情的岛国的立场。

这也不能责怪它。

在 4 月 11 日早晨的内阁会议结束以后，我写出了下面的节略，阐述了我们为了小国的权利和国际法所做出的牺牲，基于这一理由，我可以将下面的论点提出来：

首相、外交大臣：

就今天早晨经商讨得出的结论和我自己提出的见解，并不能让我完全感到满意。让瑞典向德国宣战，而不是保持中立，这是我们需要的。而我们不需要的，则是将我们为实行芬兰计划而留用的三个师提供给它，或是把充足的粮食在战争持续期间供给它，或是在斯德哥尔摩被炸的同时去轰炸柏林等。在目前就把这些赌注押下去实在是得不偿失的。另外，我们应该竭力地将一般性的保证提供给它，以资鼓励，让它参战。比如我们竭尽全力对它援助，在斯堪的纳维亚半岛，我们的军队将踊跃地开展行动，我们将视它为友好的盟邦，和它同心同德，并且我们指定不会弃它于不顾而单独，或是在它的地位同以前相比还有差距的情况下去和德国讲和。这样的概念，是不是我们已经让军事代表团树立起来了呢？如果答案是否定的话，那么我现在补救还来得及。另外，我们同样也应该主动地开展在斯德哥尔摩的外交活动。

我们要牢记，如果我们提出耶利瓦勒铁矿由我们来保护的建议，那么瑞典人会说"无能为力"，因为他们要对此地保护很容易。南部才是他们的困难所在地，我们对此却心有余而力不足。但是如果我们能向他们做出保证，说明我们计划使用主力部队尽早地将从纳尔维克到瑞典的路线在大西洋上打通，同时我们也计划着将德国在挪威海岸沿线的据点依次消灭，以便将通向其他地方的道路打开，这样一来，或许会产生一些效果。

如果说在弗兰德①爆发了大战，那么对斯堪的纳维亚半岛来说，德国根本就没有办法将更多的军队派遣过去。另外在西线，如果德国并没有展开攻击，那么根据在西线上德国军队撤下来的比例，我们也可以把军队派遣到斯堪的纳维亚半岛去。在让瑞典人参战这个问题上，法国也想着有意规劝。我感觉，我们不应该对这种想法冷嘲热讽。如果再对他们继续保持中立的态度听任下去，让他们为了讨好德国而通过耶利瓦勒沿波的尼亚湾将铁矿石运走，这将是最不幸的事。

　　今天早晨，我在这个问题上了解得并不充分，我为此表示歉意。可是，在我进来参加会议的时候就已经开始了讨论。并且我也没有十分清楚地表达出我的意思。

　　外交大臣给出的回复，也有理由让我感觉佩服。他说对我的意见，首相和他基本上表示同意，但是在向瑞典交涉使用的方法上，对我的观点却有些疑问。

1940 年 4 月 11 日

　　瑞典同盟国的关系是很友好的，我们根据从他们那里得到的所有情报来看，我们提出来的每一项建议，只要让他们认为我们是在试图将他们拉入战争，那么结果肯定是有悖于我们的希望的。他们最直截了当的想法应该就是，我们在挪威的一个或是更多个港口还没有站稳脚跟之前，想方设法地让他们代我们做我们自己不能或不乐意做的事情。这样一来，对我们产生的结果将会是弊大于利的。

＊　　＊　　＊

---

　　① 比利时、荷兰、法国北部的全称。原先是一个国家，属于中世纪欧洲。——译注

就在几天前，纳尔维克远征军被解散了，这只是一只小队伍，现在也很容易立刻将它再次组建起来。英军的一个旅和它的辅助军队立刻登上了船舰，第一批负责护航的舰只在 4 月 12 日就驶向了纳尔维克。一两个星期过后，隶属于法国阿尔卑斯步兵团的三个营和其他的法国军队陆续出发。在纳尔维克的北面，还有挪威的部队在那里驻扎，能对我们的登陆起到协助作用。4 月 5 日，陆军的麦克西少将被委派对将来可能要被派往纳尔维克的远征军进行指挥。他接到的命令，从言辞上来看，必须要求能体现出我们可以给予一个友好的中立国家某种便利，从这个要求上看，这个命令是十分恰当的。针对轰炸这件事，命令在附录上做出了如下指示：

虽然知道有一个确实存在的目标就在某个人群密集的区域内，但是如果不能确切定位的话，或是不能保证万无一失，那就绝对不能进行轰炸。如果进行了轰炸，那就是违法行为。

考虑到德军的进攻如此猛烈，在 4 月 10 日，我们又向麦克西将军发出了新的命令，这个命令显得更加坚决。这些命令保证了他在行动上有更大的自由权，但是并没有撤销上面所说的特别禁令。下面便是命令的内容：

英王陛下政府连同法兰西共和国政府，决定向挪威北部派遣一只野战部队去对德作战。这支部队的任务就是要将纳尔维克区的德军消灭，并占领纳尔维克本地……你最开始要做的工作就是让部队在哈尔斯塔驻扎，保证能联系上可能在当地尚存的挪威军队，并搜集情报，以便你能够对下一步行动制订计划。我们不要求你置敌人的抵抗于不顾而强行登陆。但是你可能会被对方误解，以为是敌人到来而受到抵抗。对能否登陆的问题，在高级海军军官和你进行商讨后再行决定。如果在哈尔斯塔不能实现登陆的话，应当想方设法到其他合适的地方再行尝试。当你的军队数量足够多的时候，必须要实现登陆。

与此同时，帝国总参谋长埃恩萨伊德将军给麦克西将军写了一封私信，在信中说道：

你或许会有机会利用海战，如果有的话，那就应该利用起来，做事一定要大胆。

同正式的命令相比，这种口吻好像有些不一样。

在波罗的海的战略问题上，我们展开了积极的讨论，在这漫长的几个月中，我同科克·奥里瑞勋爵的接触极为密切。虽然我们在"凯瑟琳"计划上的意见稍有不同之处，但他同第一海务大臣之间的关系是十分和谐的。我凭借长期艰苦的经验，在充分了解之后，以书面的形式大胆地将事情描述了出来，方便对它进行探讨和检查，这同实际进行的工作和完成之间存在差距。依据略显不同的看法，庞德海军上将和我都觉得应该让科克勋爵担任在北方冒险进行的海陆两栖作战中海军方面的司令。我们都极力劝告他，不要因为对风险的害怕便犹豫不决，应该以英勇进攻的方式对纳尔维克进行占领。因为我们有着一致的见解，同时在一起能展开充分商讨，所以在行使的权利上，我们给了他特别的便利，而没有给出书面的命令。我们所想要的一切，他准确地了解到了。在他提交上来的报告中说："我从伦敦离开时，在我的心中有着极为明确的印象，那就是英王陛下政府希望能将敌人在最短的时间内从纳尔维克赶出去。为了达到这个目的，我需要尽快着手进行这项工作。"

这时，我们的参谋工作因为没有在战争中锻炼过，缺乏这方面的经验，而且各军事部门间的行动，除了在我刚接手的军事协调委员会的会议中表现得好点儿外，其他的时候并没有一致的步调可言。我身为委员会主席，却和海军部对陆军部给麦克西将军命令的内容一无所知，而且因为海军部给科克勋爵的命令是口头说出来的，所以也没有可供参考的文字性的东西送给陆军部。虽然两个部门都是为了同一个目的发出的命令，但语气和重点却多少有些出入；不久之后陆军和海军两个司令之间就产生了意见分歧，或许跟这个多少也是有关系的。

4月12日晚，科克勋爵从罗赛斯出发了，他乘着"曙光"号破浪而行，速度很快。他的想法是能同麦克西将军在哈尔斯塔会面。作为瓦格斯峡湾辛诺义岛上的一个小港，虽然哈尔斯塔同纳尔维克之间大约有六十英里，但它已经被选中作为军事根据地了。可是在14日，科克勋爵收到了一个电讯，发电人是身处"沃斯派特"号舰上的惠特沃思海军上将。就在昨天，"沃斯派特"号将所有的德国驱逐舰和供应船都摧毁了。电讯上说："现在我确信纳尔维克是可以占领的，用直接袭击的办法即可，在登陆的时候不用担心会有严重的抵抗发生。我认为只需要用一只极小的部队作为主力登陆便可……"因此，科克勋爵对"曙光"号的航程做出了调整，驶向了罗弗敦群岛的希尔峡湾，对纳尔维克的通路实行侧击，同时向"索斯安普敦"号发出了命令，让它到该地同他会合。他的想法是，要组成一只可以担当直接攻击任务的部队，将"索斯安普敦"号上两个连的苏格兰卫兵、"沃斯派特"号及身处希尔峡湾的其他舰只上的水兵和陆战队都纳入进来。但是他要想联系上"索斯安普敦"号，海军部这一关是无法越过去的。这势必会造成拖延。在海军部所给的回复中有这样一句话："我们认为你一定同麦克西将军取得联系，跟他会合后一同行动。如果不是联合作战的话，就不可以进攻。"于是，他便从希尔峡湾离开驶向哈尔斯塔，带领着对第二十四旅实施护送任务的护航队，在15日早晨进入港内。当时，德国的第四十九号潜艇正在附近巡逻，他的护卫驱逐舰便将这艘潜艇击沉了。

现在德军的实力已经全部被摧毁，科克勋爵极力催促麦克西将军，让他以此为契机，尽早地对纳尔维克进行直接攻击，可麦克西将军给出的答复是，现在港口正被敌人的机枪阵地坚守着，同时还说，在他的运输舰上装载的部队和物资并不是用于进攻的，而是为实行无抵抗的登陆准备的。他将司令部设置在了哈尔斯塔的旅馆中，然后其部队在附近开始登陆。转过天来，他又说，根据情报提供的消息，不可以在纳尔维克登陆，即使有海军排炮的掩护也没有成功的希望。科克勋爵感觉依靠火炮的优势，军队在纳尔维克登陆不成问题，受到重大损失的情况并不会发生；对此，麦克西将军则表示不同的意见，并通过命令找了一些理由。我们海军部对直接进攻也是极力赞同的。于是，在陆军和海军的首脑中间就此形成一个僵持不下的局面。

这时，天气突然发生了变化，鹅毛大雪纷飞而下。我们的军队在这样的情况下，既没有装备也没有受过相应的训练，因此好像所有的行动都陷入了困境。与此同时，我们在纳尔维克的军队日渐扩大，但是德军的机枪阵地却让我们举步维艰。这个障碍严重出乎了我们的预料。

* * *

这次战役是我们临时准备的，其中的各种事务有一大部分我都参与过，所以我想尽量使用我在当时的言论对此事进行记录。首相和战时内阁对占领特隆赫姆和纳尔维克的愿望也都十分强烈。因此这场战役，即所谓的"莫里斯"计划，极有可能会成为一场伟大的战役。可以参照一下我们军事协调委员会在4月13日的记录：

> 我非常恐惧，怕人民提出的建议会对我们试图占领纳尔维克的决定起到弱化的作用。我们绝对不允许有什么障碍阻挡我们占领此地。我们制订了进攻纳尔维克的周密计划。如果能够将计划在不做改动的情况下顺利地实施下去，获得成功的机会还是很大的。另外，我们对特隆赫姆采取的进攻有很大的投机取巧的成分在里面。在我们还没有

占领纳尔维克之前，我们不会同意任何派遣法国阿尔卑斯步兵团去该地的建议。否则的话，我们在挪威沿岸所能进行的只能是一些看不到任何效果的战斗了，并且没有一个会成功。

同时，我们对特隆赫姆地区已经进行了十分恰当的思考，也制订了相应的计划，在势必要进行大规模作战的时候，我们的登陆点就可以设在那里。海军将于那天下午在纳姆索斯进行小规模的登陆作战。帝国参谋总长已经将五个营的兵力组织了起来，在 4 月 16 日，这其中的两个营就可以在挪威沿岸进行登陆；如果情况需要的话，在 4 月 21 日还可以再派三个营过去。确切的登陆地点会在那天晚上决定。

在一开始麦克西将军的命令是在纳尔维克登陆成功后快速向耶利瓦勒铁矿区进发。然而现在他接到的命令是让他不要跨过瑞典边境，因为如果瑞典能将这种友好的态度持续下去的话，那么我们就不用担心铁矿区的问题；但反过来说，如果瑞典采取的是敌对态度，那么要想占领矿区，这个难度就实在是太大了。

我接着说：

或许，围攻纳尔维克的德军是有必要的。可是，在我们还没有过一场十分决绝的战斗之前，一定不要让战斗转变成围困。根据这种情况，我想给法国发一封电报，将我们不仅是希望同时也肯定，能以奇袭的方式将纳尔维克成功占领一事说清楚。与此同时，我们还应该讲清楚，由于命令发生了变化，这一做法实施起来相对就比较容易了，因为现在再也不用越过瑞典的边境线去远征了。

战时内阁做出决定，对纳尔维克和特隆赫姆两地的战役都想尝试一下。陆军大臣的眼光十分高远，他对我们做出了警告，或许在不久之后，就可能使我们迫不得已要从驻扎在法国的军队中抽调一部分兵力出来，以实现对挪威的增援。他建议我们应该尽早地向法国提出这一问题。我对他的意见表示同意，但在这一两天内，我认为还没有必要同法国进行商谈。这个意见被接受了。另一个建议也获得了内阁的批准，那就是要告知瑞典和挪威，我们对特隆赫姆和纳尔维克有要重新占领的意愿；我们觉得特隆赫姆这个战略中心极为重要，但把纳尔维克夺过来，让它作为海军基地也很重要。同时，我们还要讲清楚，调遣我们的军队越过瑞典边境这件事，我们从来都没有想过。同时，我们也请求法国政府同意，在法国阿尔卑斯步兵团问题上，能让我们大胆地进行使用，他们将会被我们派到纳尔维克以外的地方去参加战斗。并且我们也告诉了他们，我们对瑞典和挪威政府讲的一切。在分散兵力这个问题上，我和史丹利先生都不同意。因为我们的本意是希望将兵力集中起来对纳尔维克进行攻击，不过可以在别的地方对敌人做牵制性的进攻还是可以的。然而，最终我们还是对大多数人的意见表示顺从，因为从这种意见的理由上看，也并非完全不合乎情理。

＊　　　＊　　　＊

16 日至 17 日的晚间，从纳尔维克传来了消息，内容让人沮丧。以舰队上近距离的排炮做掩护，直接对此城市展开攻击，以求快速占领，对这样的做法，麦克西将军好像并不愿意，科克勋爵拿他也没有办法。我对军事协调委员会说明当时的形势。

4 月 17 日

1.科克勋爵在发来的电报中说，麦克西将军的建议是先把纳尔维克入口处两个还没有失陷的地方占领了，然后驻守在那里等待冰面解冻。这样一来可能就要到本月底了。麦克西将军想让自己拥有调遣法国第一个阿尔卑斯步兵团的半个旅的权利。这显然不行。这样的策略，就得让我们在纳尔维克前线有几个星期都要按兵不动，这样一来，德军肯定要说他们已经阻挡住了我们，让我们不能前进一步，纳尔维克依然归他们掌控。这样给挪威人和中立国家所带来的影响必将十分不利。同时，德国也在继续加强纳尔维克的防御工事，到时机成熟的时候要想重新占领势必要花费更大的力气。这个消息出乎预料，让人心里生厌。如此一来，我们就会浪费一个陆军中最精锐的正规旅，同时士兵的病患也会让实力遭受损失，进而导致对战斗做不出任何贡献。现在我们需要考虑的问题是，可否给科克勋爵和麦克西将军发出如下电报：

"如果采用了你们的建议，势必会让纳尔维克的局面变得僵化，同时也让我们最精锐的一个旅起不到任何作用。将法国阿尔卑斯步兵团委派给你们的事，我们是不会做的。在这两三天之内，'沃斯派特'号将被派到别的地方。所以，要在'沃斯派特'号和驱逐舰的掩护下进攻纳尔维克，这才是你们需要详细考虑的问题。让这些军舰去罗姆巴克斯峡湾作战也是没有问题的。占领这个港口和城市，这一胜利无疑是十分重要的。你们说这不可能，我们想知道原因。你们估算一下，在海边阵地会遭受什么样的抵杭，其程度如何。此事万分紧急。"

2. 第二件需要做出决定的事情是，把法国阿尔卑斯步兵团派遣到纳姆索斯或越过纳姆索斯的地方，让他们去会合卡尔东·德·伍阿尔特将军，这样的做法是否妥当？还是说最好把他们留在斯科帕湾，然后等到22日或23日的时候，让他们同其他担任主力进攻的军队相会合，一起发动对特隆赫姆的战役？

3. 对第一四六旅的两个营来说，他们所希望的是，在今天破晓之前就已经实现了在纳姆索斯和班迪桑代的登陆。在明天，"克劳布利"号舰上的第三营就会驶向纳姆索斯，一路上的航程很危险，如果一切顺利的话，在傍晚前后就能到达并登陆上岸了。整个下午，利雷约纳思的停泊处一直处于被轰炸的状态，有两艘运输舰幸免于难，一艘一万八千吨的大运输舰已经卸载完毕，正在返回斯科帕湾。如果要在纳姆索斯使用法国阿尔卑斯步兵团的先头部队的话，那就不必让他们去利雷约纳思集合，直接开往该地即可。

4. 现在在特隆赫姆用作主攻的军队的力量是否充足？对这个问题，今天也一定要做出决定。等待动员的两个卫兵营，还没有装备完成，想要按时准备妥当恐怕是不可能的。法国外籍军团的两个营到达的时间可能也会延期。但是在 20 日，来自法国的一个正规旅却可以从罗赛斯出发。同时可以及时到达的还有法国阿尔卑斯步兵团的第一和第二半个步兵旅。加拿大军队的一千人已经准备完毕。另外还包括一营的本土防卫队也已完成了准备。用来压制特隆赫姆的德军，这些部队是否已经足够了呢？如果再拖延的话，危险就太大了，在这里不必多说。

5. 在 18 日，本土舰队总司令就会回到斯科帕湾，在今天晚上，霍兰德海军上将就会出发同他见面，他所给出的决定必须是明确而完善的。对将士兵运送到特隆赫姆这件事，海军定然会高兴去办的，这也在情理之中。

6. 也许在今天夜间或是明天清晨，占领昂代尔斯内斯的战斗就会打响。我们想看到的是，"加尔各答"号巡洋舰上的一只先头部队能够登陆上去，同时，我们正在把足够数量的巡洋舰调动起来，预备在拂晓时，对付敌方可能会发动袭击的五艘驱逐舰。

7. 今天早晨，海军就会以排炮对斯塔万格飞机场进行轰击。

对这个电报，委员会表示同意，随后电报就发出去了。可是，它没有产生任何效果。这样的袭击能够取得成功吗？在这个问题上，一直存在分歧。这种袭击，虽然可以让部队免于再踏冰卧雪，但是必须要求部队无畏敌人机枪的扫射，在纳尔维克港和罗姆巴克斯峡湾，从没有丝毫遮拦的舰上强行登陆。我盼望着能在近距离内通过这艘巨舰上大炮的威力将海岸阵地摧毁，让滚滚的浓烟和被炮弹掀起的积雪及泥土充斥在整个德军机枪阵地上。战列舰和驱逐舰已经得到了海军部提供的在合适的高度就会爆炸的炮弹。科克勋爵既可以留在当地，又可以对炮击的性质做出估计，他对开展这样的袭击肯定是十分赞成的。包括卫兵旅和海军陆战队在内，我们最精锐的正规军已有四千多人。一旦登陆，他们就会和留守的德军兵戎相见。我们估计，不算从被击沉的驱逐舰上救上来的水兵，德军的正规部队连我们军队的一半都达不到。就我们现在所了解到的情况看，这个估计是没有错的。如果说在上次大战的西线会出现这种力量上的对比，那这样的局势肯定会被认为是十分有利的，而在这里，也不会出现其他的结果。之后，这样的袭击在这次大战中发生了几十次之多，往往是成功的。同时，给司令官们发出的命令，不仅措辞十分严谨，性质紧迫，而且也将会发生的重大损失考虑在内了，他们没有理由不去执行这样的命令。更何况，如果进攻失败，受到的损失巨大，国内当局就会把责任全部承担下来，而且是直接由我来承担。而对这样的责任，我却是乐意承担的。但是麦克西将军却对我和我的同事所说的和所做的一切无动于衷。他坚定信心要等到积雪消融。有关让他进行炮击的事，如果他想要应付我们，他可以直接引用他所接到的命令中的不能对平民造成伤害一项作为托词。我们的敌人经过了长期而深刻的谋划，哪怕将生命和舰只孤注一掷都在所不惜，他们进行作战的士气也近乎疯狂，从而让德军取得了很多辉煌的胜利。如果我们将上面所提到的那种态度相互对比的话，那么我们为了进行这场战争所遇到的各种不利因素，也就不言而喻了。

第十四章　特隆赫姆

一个首要的目标——显著的计划——"铁锤"作战计划——本土舰队总司令的立场——挑选担任指挥的将领——一些出乎意料的事件——4月14日的形势——4月17日的形势——参谋人员重新进行考虑——没有受到抵抗时空军的威力——计划的调整——罗杰·凯斯爵士的愿望和建树——我于4月19日给军事协调委员会的报告——战时内阁同意放弃"铁锤"作战计划——4月20日对进攻纳尔维克的紧迫性的交谈——伊斯梅将军的归纳

　　如果我们控制了特隆赫姆，那么我们在挪威中部进行重大战役的时候，它肯定会成为战略要地，这点是毋庸置疑的。占据了这个地方，就相当于为码头与船坞等找到了一个安全的港口，在此地能建立起来一支五万人或人数更多的军队，并可以此作为根据地。在附近建有一个机场，可以容纳几个战斗机中队。如果占领了特隆赫姆，就可以通过铁路直接联通到瑞典，这样一来，既可以极大地增加让瑞典加入战斗的机会，同时当瑞典被袭击时，可以极大地增加我们之间相互帮助的程度。要想阻止德国由奥斯陆向北推进，特隆赫姆是唯一一个可实现这一目的的地方。从政策和战略的大格局上看，如果希特勒的目的地是挪威中部，那么在这个地方，盟军就应该和他展开一场最大规模的战役。纳尔维克的位置在遥远的北方，随时可以袭击并夺取，并且对其进行保卫的工作自始至终都要进行。我们拥有的制海权是十分有力度的。说到空中的力量，只要我们将挪威的机场牢牢地控制住了，那么在我们和德国空军实力都严重受限的前提下，我们会毫不犹豫地同他们做任何可能的战斗。

这些理由，法国军事委员会和英国战时内阁及半数以上的顾问都表示相信。英国首相和法国总理也持有相同的意见。参照德国从西线抽调了多少军队到挪威去，甘默林将军愿意从法国抽调对应数量的法军或是撤走相应数量的英国军团前往挪威。很明显，将长期的大规模战争安排在隆赫姆以南地区进行，他是表示欢迎的。因为那里的地面，作为防御战争的场地十分合适，几乎到处都可以利用。如此看来，相比德国向北推进时只能沿着经过奥斯陆的唯一的公路和铁路线而行，我们通过特隆赫姆将军队和供应品经海路运送到作战地点，在速度上就要快多了。并且，我们随时能使用炸弹或由空中降落的部队将他们后面的公路和铁路线截断。现在最主要的问题是，我们能否占领特隆赫姆，而且是及时地占领。我们要比从南边赶来的敌军主力部队更早地赶到那里，这一目的能否实现？现在他们的空中优势是我们无法匹敌的，我们要是想实现这个目的，能否在这样的情况下取得喘息的机会呢？哪怕是短暂的也可以。

赞同对特隆赫姆进行进攻的意见如雪片般扑面而来，大大超出了内阁的预期。很显然，大家都认识到了进行这个战役的绝大好处。在过去的几天里，公众、俱乐部、报纸及军事记者都对这个政策进行着无拘无束的讨论。海军元帅罗杰·凯斯爵士是我的好友，这位泽布莱赫之战的英雄和胜利者，也支持打开达达尼尔海峡这一做法。他满心向往着能带领着本土舰队或是它的一部分越过炮台，冲入特隆赫姆峡湾，通过从海上登陆实现对城市的进攻。同样是海军元帅的科克勋爵，就军阶上来说，虽然海军总司令福布斯海军上将都要算作他的晚辈，但是他已经受命去纳尔维克指挥海军作战了，所以似乎也已不存在这方面的困难。在现役人员名单上，海军元帅们的名字向来都要被留在上面，并且凯斯和海军部之间也时常会有来往。他用异常激动的语气一再地告诉我，并将在达达尼尔海峡发生的故事以信件的形式向我做出提醒，他说在那次战役中，原本我们是可以相当轻松地就能将海峡打通的，但是那些懦弱的干扰者却阻止了这一切的发生。在攻打达达尼尔海峡这个事件上所取得的教训，我也是一直在思考。特隆赫姆的炮台及可能敷设在那里的雷区，这些不过是我们之前所遇到情况的九牛一毛。另外，英国有少数军舰甲板上并没有防护装置，而现在飞机的出现，就让将炸弹投放到这种舰只的甲板上变成了可能，很不幸的是，英国的海军力量正是这些军舰。

从总体上说，对这样的冒险行动，第一海务大臣和海军参谋部看不出有畏惧的表现。海军部于 4 月 13 日正式向总司令通知了一件事情，那就是最高军事会议已经决定派兵去攻占特隆赫姆，并积极地向他询问了一个问题：是否应该让本土舰队将这条通道打开？

为了运输舰可以方便入港，你是不是觉得（电讯继续问）我们应该对岸上的炮台进行压制或是直接摧毁掉呢？如果是这样，那么你感觉如何搭配舰只的数量和类型才合适？

关于特隆赫姆的防御情况，福布斯海军上将要求立刻告诉他。他对上述的说法表示赞同，并说战列舰上的炮弹合适的话，在白天对炮台进行压制甚至摧毁是不成问题的。但是这种类型的炮弹在当时的本土舰队的舰只上都没有配备。他说，首要的任务就是保护运输舰队，在特隆赫姆的入口处有一段三十英里狭窄的水域，要确保它们在经过这里的时候不会遭受猛烈的空袭；另外，就是要在敌人正面进行强行登陆，在这点上，我们已经进行过警告了，并且还很充分。在目前的情形下，我认为这个计划可行性不大。

海军参谋部坚持他们的意见。在我强烈的赞同下，海军部在4月15日做出了如下答复：

对上述的作战计划，我们认为仍然需要进行更进一步的研究。在七天之内，这个作战计划不可能实行，因为在这个时间段内相应的准备工作将会全力且认真地完成。当大型运输舰驶入危险地段时，来自空中的危险是根本不可能减少的，这个跟所处何地无关。我们的想法是，为了让斯塔万格飞机场彻底无法使用，除了使用皇家空军实行空袭以外，还要在拂晓时分派遣"萨福克"号使用高度爆炸性炮弹对其进行炮击。对特隆赫姆的飞机场，我们的建议是先动用海军航空兵部队的轰炸机进行轰炸，然后再用排炮轰击。为十五英寸口径的大炮配备的高度爆炸性炮弹，已经明确指出要运到罗赛斯去。担当此任务的是"暴虐"号和第一巡洋舰分舰队。这个计划很重要，所以还请你们对此事做更深一步的思考。

就这个计划的稳妥性而言，虽然福布斯海军上将还不能十分肯定，但是在这个电报的作用下，他便以渐渐同意的态度来进行此项工作。在这以后，有一次他复电给我们，上面说，在海军方面，当他们登陆后，运输舰不能受到空军的保护，除此之外，没有什么大的困难。他觉得在海军力量的使用上应该是这样："荣耀"号的防空工作由"勇敢"号和"威慑"号来担任，"沃斯派特"号负责轰击，另外至少需要四艘有防空炮的巡洋舰，同时还需要大约二十艘驱逐舰。

* * *

当正在以最快的速度对从海上向特隆赫姆进行正面攻击的计划进行准备的时候，另外两个登陆行动已经在进行了，它们起的是辅助作用，目的是从陆地向前攻击，以便将这个城市包围。在北面一百英里的纳姆索斯，执行了这两个登陆计划中的第一个。被指定做这支军队的指挥官的是卡尔东·德·伍阿尔特少将，他曾获得过维多利亚勋章，他接到的命令是"占领特隆赫姆地区"。他得到消息说，海军将会派三百人先占领阵地，这样就能为夺取和固守据点提供便利，进而为他的部队登陆提供保障。在当时所想的是，在此地登陆的任务让两个步兵旅和法国阿尔卑斯步兵团的一个轻装师去完成，以同对特隆赫姆进行攻击的海军主力部队相呼应，这就是所谓的"铁锤"作战计划。为达到这一目的，我们正在从纳尔维克把第一四六旅和法国阿尔卑斯步兵团抽调过来。卡尔东·德·伍阿尔特立刻出发，他搭载了一架水上飞机，于 15 日傍晚到达纳姆索斯，而此时敌人正在对此地进行大规模的空袭。在他的参谋官负伤后，他立刻坚强地担任起现场的指挥工作。在特隆赫姆西南沿公路前进大约一百五十英里，就到了昂达耳斯内斯，第二个登陆行动便在此地进行。同样，也是先让海军占领阵地，摩根准将在 4 月 18 日带领一支陆军到达此地，自己亲任指挥。梅西中将则被委任为总司令，以便对挪威中部作战的所有部队进行指挥。目前他只能在陆军部发出指令，因为在大西洋对面还没有地方可以用来作为他的司令部。

＊　　　＊　　　＊

我于 15 日提出报告，将目前所有正在进行的计划做了说明，可是遇到了非常大的困难。纳姆索斯的大雪足有四英尺深，根本没有任何地方可以躲避空袭。制空权完全掌握在敌人手里。我们没有高射炮，也没有机场可供空军中队使用。一开始，对强行在特隆赫姆登陆的方案，上将并不是很赞同，因为空袭所带来的危险是很大的，所以现在最重要的，就是让皇家空军继续保持对斯塔万格机场的袭击，因为这里是敌机向北方飞行势必要经过的地方。4 月 17 日，"萨福克"号会用它八英寸口径的大炮对这个机场展开轰击。这个建议被批准了，然后按照计划如期进行了排炮轰击。机场被损毁的程度相当大，但是当"萨福克"号退回来的时候，它已经被连续轰炸了七个小时。它受到的损伤十分严重，到达斯科帕湾时已经是第二天了，它的后甲板已全部浸入了水中。

*　　*　　*

就现在的情况来看，是时候让陆军大臣指派一个陆军司令官了，可是他做出的所有选择都不顺利。一开始，史丹利上校决定的人选是霍特布莱克少将，因为在当时他还是很有名望的。4月17日，三军参谋长会议在海军部举行，会议上，他认真倾听了自己需要承担的工作的详细要求。当晚十二点半，他突然旧病复发，倒在了"约克公爵台阶"上，过了一会儿才被人们发现，但那时候他已经没有知觉了。幸好，他已经将文件全部交给了他的参谋人员，现在这些文件正在被研究。第二天早晨，他的职务由奉命而来的伯尼－菲克林准将接任。在他知道了自己工作的详细要求以后，乘车前往爱丁堡。他和他的参谋人员于4月19日坐飞机向斯科帕湾飞去。他们的飞机在柯克沃尔机场坠毁了，飞行员伤势严重。可是时间已经快来不及了。

4月17日，我将参谋部所制订的为了实现在特隆赫姆登陆的计划向最高军事会议简要地做了说明。现在立刻就能用的部队，是从法国征调过来的一个有着两千五百人的正规旅、一千名加拿大人所组成的军队，还有本土防卫队的一个旅，大约有一千人左右，这个旅可作为后备军使用。军事协调委员会接到的报告称，可用的军队在人数上是足够的，虽然这一行动需要冒很大的危险，但也是值得的。舰队将会全力支持这次作战，并会增加两艘航空母舰参加，共载有一百架飞机，其中包括四十五架战斗机。暂时决定将4月22日定为登陆日期。要想让法国阿尔卑斯第二步兵团的半个旅到达特隆赫姆，必须要等到4月25日才行。希望他们能在那一天从特隆赫姆的码头上岸。

使用中间突破的方式对特隆赫姆进行占领，这是到目前为止，似乎所有参谋人员和他们的首长都下决心要做的。福布斯海军上将正在积极进行进攻的准备，好像在当时没有什么理由不遵守22日这个进攻日期。虽然我对进攻纳尔维克是特别赞同的，但是在这个大胆且很冒险的行动中，我将我渐渐增长起来的信心投入到了里面，同时也是想让舰队去冒一些险，比如在峡湾入口处小炮台所给予的炮击，可能会触到雷区，而且最可怕的危险还是来自空袭。舰只上装备的高射炮在当时来说是很强大的。要是将一群舰只集中起来向空中一起开火的话，飞机要想在适合投弹的高度进行袭击，那根本就不可能。但是，我要在这里讲清楚的是，在没有遭到抵抗时，空军的力量是十分可怕的。飞行员可以为所欲为地尽量低空飞行，同在高空比起来，在离地面五十英尺的距离飞行时常常更为安全。他们的投弹将会更为准确，并且他们可以动用机枪对地面上的士兵扫射，唯一的危险是，怕碰巧被步枪打中。我们在纳姆索斯和昂达耳斯内斯的小规模远征军，迫不得已要在这样的情况下进行艰难的战斗。但相对来说，舰队上又有高射炮，还有一百架水上飞机，因此在实际作战的时候，敌人派什么样的空中力量到那里去都比不上这样的实力。要是占领了特隆赫姆，则附近的威那斯机场也就会处于我们的掌控之中，仅仅需要几天，我们不仅可以将大量的军队驻扎在城区，而且可以出动进行协同作战的皇家空军战斗机就有好几个中队。如果我有权力可以自己决定是否可以采取行动的话，那么这场我十分感兴趣的纳尔维克战役，我可能在一开始就发动了；但是我现在在一位可尊敬的首相和一个友好的内阁手下任职，我现在能做的，就是盼望能够成功地完成这个让人激动的计划。对这个计划，很多严肃而慎重的大臣们都表示赞同，情绪很高，并且拥护它的人员范围似乎已经涵盖了海军参谋部和几乎所有我们的专家。这一情形发生在17日。

在当时，我觉得我们应该极力让挪威国王及其顾问们对我们的计划进行了解，所以应该派一个人到挪威去拜访国王，但是这个人对挪威的情况必须要了解，并且发言要具有权威性。这个任务让海军上将爱德华·埃文斯爵士来担任是最合适不过的了，于是他受命乘飞机经斯德哥尔摩前往挪威，去挪威国王的总部联系他。在此处，他需要做的，那就是竭尽全力、想方设法地为挪威政府的抗战提供帮助，并且要跟他们讲清楚，为了援助他们，英国政府所采取的各种措施。从 4 月 22 日起，他连续好几天都在同国王及挪威当局要员进行协商，让他们对我们计划和困难进行了深入了解。

＊　　　＊　　　＊

就在 18 日那天，突然间，三军参谋长和海军部之间的意见发生了变化，而这一变化是激烈而具有决定性的。发生这种变化的缘由有以下几个：第一，他们觉得在这样冒险的行动中，投入了我们很多最优秀的主力舰，海军承担了太大的风险，并且这种感觉越来越强烈；第二，陆军部认为，即便舰队能安全入港并能安全出港，当我们的军队在敌人前方登陆的时候，考虑到德国空军所带来的威胁，这样的做法依旧十分危险。第三，登陆成功的事实已经出现在了特隆赫姆的北面和南面，当前看来，这样的解决办法，危险好像要小得多。于是，为了反对"铁锤"作战计划，三军参谋长拟定了一个很长的报告。

这个报告从一开始就给大家敲响警钟，对一个将敌前强行登陆包括在内的联合战役来说，这样的战斗方式是战争中最困难也是最危险的一种。这种特殊的战役，在三军参谋长的眼里，一直将其视为一种特别严重的危险；由于紧迫的局势，所以对这种性质的作战计划就没有进行相应的详细和周密的准备，同时因为不具备空中侦察或空中摄影的能力，所以只好根据地图和航海图来实行计划。这个计划有一个欠缺的地方，那就是几乎要让本土舰队全部集中于一个地方，而这个地方却无法避免来自敌方空军的猛烈轰炸。另外，还要考虑在这样的局势下会出现的其他新的问题。在纳姆索斯和昂达耳斯内斯，我们已经将登陆的地点夺过来了，军队也已经在岸上驻扎好了；据可靠的情报称，德军正在对特隆赫姆的防御工事进行改造；在报刊上已经将我们试图直接在特隆赫姆登陆的消息发表出来了。参考这些出现的新问题，三军参谋长重新考虑了原来的计划，结果是大家全部同意对这个计划进行修改。

我们是否应该占领特隆赫姆的问题，他们依然感觉是有必要的，我们以后在斯堪的纳维亚半岛作战的时候，可以将它作为根据地；但是对从正面直接进攻这样的方式，他们说什么都不同意，他们认为，我们能在纳姆索斯和昂达耳斯内斯让军队成功登陆，这是让人意想不到的，而我们就可以对此加以利用，从北面和南面通过钳形攻势对特隆赫姆实现包抄。他们说，只要使用了这种方式，那么我们就可以降低这种具有巨大危险的冒险行动的危险系数，但行动所取得的结果却是一样的。当修改了计划以后，那么报纸刊登的有关我们意图的文字，也变得对我们有利起来；故意将消息泄露出去，我们就可以盼望着敌人依然认为我们还在使用原来的计划。于是，三军参谋长提出建议说，我们应该将最大数量的兵力投入到纳姆索斯和昂达耳斯内斯，以便将通过丹博斯的公路和铁路交通线占领后，能对特隆赫姆实现从北面和南面的包抄。当主力部队还没有在纳姆索斯和昂达耳斯内斯两地登陆的时候，在这之前应该在海上用排炮对特隆赫姆外围的炮台进行轰击，要给敌人这样的一种印象：那就是我们立刻会在当地直接发动进攻。我们应该以这样的方式对特隆赫姆实现陆地上的包围，完成在海上的封锁，虽然同原来的计划相比，在夺取城市的时间上要长一些，但相对来说，却能让我们的军队尽早地完成登陆。最后，三军参谋长们直接表态，用这种包抄方式取代直接进攻，这样一来，我们就可以将大量值得珍视的舰只从舰队中抽调出来，用于像纳尔维克这样其他地域的战争中。这些有力的建议的提出者，不仅包括三军参谋长，还有他们的三个能干的副参谋长，以及新任命的汤姆·菲利普斯上将和约翰·蒂尔爵士。

对这样一个积极的两栖作战方案给予否决，我们很难想象会有什么人的意见比他们更有权威性。并且，我也没有看到过能对他们的反对意见进行压倒的任何一个内阁或是大臣。三军参谋长在目前所执行的制度下所组成的工作机构，与其说是单独的，还不如说是独立的。任何来自首相或是最高行政机构的权威性的代表，都不能对他们进行监视或发布命令。同时，对整个战局来说，海、陆、空三军的首长并没有一个整体的观念，他们只局限于所属部门的那种狭隘的观点。同他们本部的大臣商讨后，三军参谋长们会开会协商，然后将有着极大影响力的节略或备忘录发布出来。就我们当时的指挥作战制度来说，这一缺点是最不幸的。

当我知道了这一变动是采用向后转的方式后特别气愤，于是便刨根问底地向有关军官咨询缘由。不久之后我就清楚了，就在几天前所有的专家还都对此计划表示拥护，而现在却都表示反对。当然也有例外，罗杰·凯斯爵士就是其一。他对战斗和荣誉十分向往，而对这些渐渐产生的恐慌和一再进行的思虑表示蔑视。他毛遂自荐地说，愿意在德军还处于劣势的情况下，亲自率领少数旧舰只及必需的运输舰，驶入特隆赫姆峡湾，让军队在那个地方登陆并进攻。在此之前，凯斯的成功纪录是十分伟大的，在他的心中有着豪迈不羁的激情。在 5 月展开的辩论中，曾有人说，达达尼尔战役使凯斯痛不欲生，意思是那场战役让凯斯失去了职务，即使他想再次冒险也无能为力了，然而这并不是真实情况。在受他人指挥的前提下，行动的机会都要靠激励的方式才能获取，这其中肯定会有相当大的困难。

另外在当时，相关高级海军将领之间也保持着非常特殊的关系。就资历来说，总司令和第一海务大臣都要低于罗杰·凯斯爵士和科克勋爵。在地中海，庞德海军上将曾经有长达两年的时间一直在担任凯斯的参谋官。我如果对他的建议表示拒绝，而去接受罗杰·凯斯的建议，那么就会致使他辞去职务，同时福布斯海军上将势必也会递交辞呈，表示想要离开。可是在当时就我所处的职位而论，不能让首相和我的战时内阁的同事们为了这样一个作战计划而在此时发生这些人事任免上的戏剧性变化。尽管这个作战计划非常重要，也很有吸引力，但纵观整个战争局势，即便是挪威战役，它也并不是主要的。所以，我毋庸置疑地表示，尽管参谋部的观点发生了变化，我也可以提出相应的理由去反对经他们删改过的计划，但是他们的意见，我依然必须要同意。

于是，我同意放弃"铁锤"计划的决定。18日下午，我向首相如实汇报了事实的经过。虽然他特别失望，但和我采取了同样的态度，对这种新形势，除了接受，没有其他办法。战争和人生是一样的，在通常情况下，当遭遇某个计划失败时，尽管极其渴望它能成功，却也不得不采取另一个看上去更好的方案去替代；如果是这样的话，却并不全力以赴地实现它，那这样的做法就真的太愚蠢了。于是，我也杀了个回马枪。4月19日，我将书面报告提交给了军事协调委员会，内容如下：

1. 考虑到卡尔东·德·伍阿尔特取得的进展已经很大了，同时我们已经不费吹灰之力在昂达耳斯内斯和南峡湾中的其他港口进行了登陆，报刊已将我们攻打特隆赫姆的消息透露了出去，以及"铁锤"作战计划在实行过程中需要庞大的海军力量，并且要在很长一段时间内让很多十分重要的舰只受到近距离空袭的威胁，这样就需要冒很大的危险。因此，三军参谋长及副参谋长们提出建议称，现在应该将在两个钳形攻势与中间突破之间有所侧重，这个计划的重点全部改变，他们的意思就是说，在北面和南面的钳形攻势上应该投入的是主力部队，而进攻特隆赫姆这一中间突破仅仅是作为一种威胁性举措而存在的。

2. 由于事件和意见变动得太快，我们必须要采取上述决定，首相已经审核过了，现在正在发出命令。

3. 建议应该想办法让人相信，立刻就会发动对特隆赫姆的正面攻击，并且在时机合适的时候，应该让主力舰的排炮对外围炮台进行炮击，以便对这一行动做出强调。

4. 应该让炮队尽一切可能对卡尔东·德·伍阿尔特实施增援。他的军队如果缺少了炮队，那在组成上就显得不够全面。

5. 为了实行"铁锤"计划，我们所集结起来的所有部队，应该尽快使用大量战舰将他们运送到罗姆斯德尔峡湾的各港口去，然后向丹博斯挺进。当抵达丹博斯后，可以往南方挪威的主要战线上派出一部分阻截部队，剩余的大部分兵力都要向北方的特隆赫姆进发。越过昂达耳斯内斯以后，已经有一个旅的兵力（摩根的）和六百名陆战队员在一些地方登陆了。从法国调来的一个旅和起协助作用的本土防卫队的一个旅也全部都会尽快地赶到这里来，参加这里的战斗。这样一来，攻下丹博斯是没有问题的，奥斯陆到特隆赫姆的两条挪威铁路中靠东面的一条也会在我们的掌控之内，并且斯特伦这个据点是十分有利的。另外，还有法国阿尔卑斯第二步兵团的半个旅、法国外籍军团的两个营和加拿大军队的一千人，在今天或是明天，可以先不用决定他们的目的地在什么地方。

6. 在纳姆索斯的军队所在的地方，还是有一些危险的，但他们的司令却是不在乎，他已经习惯冒险了。另外，我们有充足的理由让我们有着决定性优势的兵力推进到昂达耳斯内斯—丹博斯铁路线一带，在有机会的时候，就可以从这个最重要的据点上跨过去，然后将特隆赫姆孤立起来，将其占领。

7. 这个侧重点的更改，不免有改变计划的嫌疑，但是可以清楚地看到，我们的作战计划在开始的时候危险是很大的，但现在修改后危险已经变得小多了，同时"铁锤"计划让海军承担的责任也越来越少。计划被修改后显得比较稳妥，我们的目的好像也同样能达到，并且看起来似乎也并不会推迟实现我们的目的。这种方法能比之前的方法更早地将更多的兵力运送到挪威境内去。

8. 对在纳尔维克进行英勇奋战这件事，既然我们已经下定决心了，那么在纳尔维克的战列舰肯定是不能调走的。为此，已经将"沃斯派特"

号调了回来。还需要进一步地援助纳尔维克，这是必须要研究的事情。同时也应该将加拿大军队考虑进去。

9. 与此同时，对斯卡格拉克海峡水雷的清扫工作，可能也在同步进行着，以便将敌人的反潜艇舰只清除掉，为我们潜艇的活动扫清障碍。

　　我在第二天把导致我们取消将对特隆赫姆进行直接攻击的计划的原因向战时内阁做了说明，并且也将首相对新计划表示赞同向战时内阁做了阐述。总的来说，这个计划就是要让卡尔东·德·伍阿尔特将军统帅着法国阿尔卑斯步兵第一轻装师的全部兵力从北面向隆赫姆发起进攻；另一方面，摩根准将已经在昂达耳斯内斯登陆，并对丹博斯发起进攻，这个计划规定要派遣从法国调来的几个正规旅前去增援。对南线，则要派遣本土防卫队的另一个旅前往。或许有一部分在南面的军队的兵力能向前一直挺进，然后到达奥斯陆前线，对那里的挪威军队进行增援。幸运的是，至今为止，所有的部队都已经登陆上岸，也没有什么损失（这里并没有包含运送摩根准将所有车辆的船只）。按照现在计划所规定的，需要在5月的第一个星期之后，登陆上岸的应该约有两万五千人。法国曾说过，除了现有的人员外，还可以多派两个轻装师给我们。现在主要的限制，就是缺少必要基地和交通线，因为我们需要以此来给军队运送给养，同时敌人要想剧烈地空袭我们所有的基地也非常容易。

　　然后陆军大臣说道，同直接对特隆赫姆进行攻击相比，新计划存在的危险并不少。在我们将特隆赫姆的飞机场占领之前，对敌机采用的大规模空袭，我们根本抵御不了。而且，现在将新计划称之为是对特隆赫姆的"钳形攻势"还并不准确，这是因为北面的部队在不久以后就会对特隆赫姆施加压力，但是对南面的部队来说，它的主要任务则是对自己本身的地位加以巩固，以便能同来自南面的德军攻击抗衡。所以说，要想实现从特隆赫姆南面进行的任何重要的行动，估计要在一个月以后才可以。这是一个十分诚恳的评价。但是对这个新行动，埃恩萨伊德将军却是极为赞赏。他想的是在卡尔东·德·伍阿尔特将军得到法军的增援后，就可以拥有一支庞大的军队，而这其中的一大部分都是机动性非常强的，这样一来，他就有可能从特隆赫姆通往瑞典的铁道跨过去。至于已经在丹博斯驻扎的军队，他们是没有大炮或是运输工具的，但让他们进行防御战还是没有问题的。于是我又说道，从正面展开对特隆赫姆进攻的计划，对我们的舰队和登陆部队来说，危险实在是太大了。如果舰队因为敌方一次成功的袭击活动而致使一艘主力舰受到了损失，那么我们在作战中取得的成功也会因此抵消。而且很明显，可能登陆部队所受到的伤亡还要大。梅西将军认为，承担的风险和希望取得的结果之间的比例不协调，特别是因为通过其他的办法也能达到同样的效果。虽然，陆军大臣已经做了准确的说明，说想要得到稳妥的或令人满意的解决办法，这些其他的方法是提供不出来的，但对此进行尝试还是十分有兴趣的。然而，实际上我们都明白，只能从这些让人不快的办法中选择一个，然后迫于无奈地去行动。于是，战时内阁批准了改变进攻特隆赫姆的计划。

现在，纳尔维克问题又再一次摆在了我的面前。自打放弃了对特隆赫姆进行正面攻击的计划之后，那么好像对纳尔维克实行进攻的计划就变得愈发重要而且更加可能了，于是我给军事协调委员会写了一个备忘录，内容如下：

1. 我们是时候要在纳尔维克这个问题上做出决定了，用语言根本就不能将它的重要性和紧迫性描绘出来。如果说战争一直处于静止状态，那么形势将会越来越不利于我们。距离波的尼亚湾的解冻时间，从现在算最多也只有一个月了。到那个时候，德国人就有可能对瑞典提出要求，允许德国可以在瑞典的铁矿区内自由通行，这样的话，就可以方便他们对在纳尔维克的军队提供援助，而且或许也会要求让铁矿区归自己的掌控之中。他们可能会向瑞典人做出保证，如果德国在它遥远的北部采取这一行动，瑞典表示同意的话，那么对瑞典的其他区域，德国可以保证不让这些地方受干扰。不管怎样，我们应该知道德国人进入铁矿区是一定的了，只是在策略上有武力和怀柔之说而已，这样就可以对他们在纳尔维克的驻军进行增援。因此，给我们留出来的宽松时间最多也就是一个月了。

2.在这一个月中，我们不仅一定要把那个城市攻打下来并征服那里已经登陆的德军，而且要沿着铁路线一直推进到瑞典边境，然后能在某个湖上得到一个可用的、有着严密防守的水上飞机基地。这样的话，即便是铁矿区不归我们控制，我们也能不让它在德国的掌控下进行作业。如此来看，需要立刻派遣到纳尔维克去的士兵好像至少必须有（额外的）三千人，他们最晚到达该处的时间应该为5月第一个星期结束。现在应该将这个命令立刻发出去，因为如果在这个时候局势明朗了，是最容易往其他地方调动部队的。如果这些军队都是英军，那就会很方便管理了，但是如果由于什么原因做不到的话，那么就派遣法国的第二个轻装师的主力旅去纳尔维克，这样安排是否妥当呢？往希尔峡湾或周边地区派一艘军舰过去，其受到的危险应该不会太大。

3.我盼望着海军部副参谋长能和一个跟他地位相当的陆军部的官员商谈一番，就怎么样能让这个需求达到满意，以及船只和时间等问题进行讨论。如果不能攻占纳尔维克，那这件事将会极其不幸，而且铁矿区也会归德国掌控。

在4月21日伊斯梅将军写的报告中，对此时总的局势表述得十分到位：

之所以要到纳尔维克作战，就是要为了占领这个城市，并将通往瑞典边界的铁路掌握在我们手中。这样一来，在需要的时候，我们就可以往耶利瓦勒铁矿区派遣军队，同时我们在斯堪的纳维亚半岛所从事的所有战争，其主要的目的就是要占领铁矿区。

大概在一个月内吕勒奥港的积冰就会融化。一旦积冰融化了，我们就能够料想到，对德国人所需要的通道，他们必定会通过胁迫或是武力来取得，其目的就是要自己能占领耶利瓦勒矿区，或是能给他们在纳尔维克的军队更深一层的援助。所以说，势必要在一个月内攻克纳尔维克。

之所以在特隆赫姆区作战，是要占领特隆赫姆，这样就可以取得一个基地，而进一步的作战活动也就能在挪威中部，必要时也可以在瑞典铺展开来。在特隆赫姆北面的纳姆索斯和南面的昂达耳斯内斯，部队已经实现了登陆。我们的目的是，在特隆赫姆向东面延伸的铁路两侧应该驻扎着纳姆索斯的军队，这样就能从东面和东北对当地的德军进行包围。军队在昂达耳斯内斯登陆后，主要任务就是要同在利雷海梅尔的挪威军队协作，然后占领一个易于防守的地方，对从奥斯陆的主要登陆地点出发去增援特隆赫姆的德军加以阻止。应该严防奥斯陆和特隆赫姆之间的所有公路和铁路。这个任务完成后，一部分部队就可以北上了，进而从南边对特隆赫姆施压。

特隆赫姆区目前吸引了我们大部分的注意力。对挪威军队进行援助，同时要保证增援的力量能到达特隆赫姆是现在最重要的事情。虽然占领纳尔维克现在看来并不是最要紧的，但伴随着波的尼亚湾航道的解冻，其要紧的程度也会逐渐提升。如果瑞典参加了战斗，那么纳尔维克这个据点将会是十分重要的。

现在挪威中部正进行着战斗，具有极其冒险的性质，我们碰到了特别严重的困难。主要为：第一，因为要急着立刻对挪威人进行增援，我们就不得不仓促地派出临时组成的军队——立刻可以使用的任意军队前去登陆作战。第二，迫于形势的压力，在我们进入挪威后迫不得以所选择的基地，根本就维持不了这个庞大的军队组织。特隆赫姆这个基地是整个地区中唯一可用的，但是它已经在敌人的掌握里。纳姆索斯和昂达耳斯内斯是我们正在利用的港口，但这些港口都不是主要的，有很少的设备能将军需物资卸载下来，并且也没有什么像样的交通能通往内地。所以，要想往岸上运送机械化的运输工具、大炮、供应品和汽油（在当地根本就得不到这些东西），即便没有其他的阻力，这也是十分困难的。所以，在没有将特隆赫姆攻占以前，我们必须严格控制我们在挪威维持的军队数量。

当然，人们可以这样说，即便我们进行的各种战役在挪威都取得了成功，但从现在的情况看，立即会在法国出现的可怕战争的结果，势必会将这些成功一笔抹杀。敌人会在一个月的时间内将盟国的主力部队击溃，或者是赶入海中。我们将投入所有的一切，为了能继续生存而进行不懈的战斗。所以，我们并没有在特隆赫姆四周建立起来庞大的陆军和空军，还是比较幸运的。未来的事件被掩盖在了帷幕中，而现在它正在被一幕幕掀开，而我们普通人则必须每天都要采取行动。依照在 4 月时我们所了解到的情况，我到现在依然觉得，既然我们都已经走到这一步了，就应该把"铁锤"作战计划，以及大家全部赞同的三面围攻特隆赫姆的方案执行到底；但是对这个计划，我们的专家顾问表示坚决反对，同时向我们提出的反对理由也十分强硬，在这个时候，我并没有将自己的意见强加给他们。在这点上，其责任都应该由我来负。而且，在那样的情形下，最好还是完全放弃进攻特隆赫姆的计划，而将全部力量集中起来对纳尔维克进行攻打。但这个计划到了这会儿再去实行，却已经是太晚了。我们的很多部队都登陆上岸，而挪威人却在向援助发出大声呼喊。

第十五章　在挪威受到的挫折

科克勋爵被任命为驻纳尔维克的最高司令官——科克勋爵写给我的
信——麦克西将军针对轰炸提出了不同的观点——英国内阁的答
复——4月22日召开最高军事会议的第八次会议——德国与盟国在
陆军和空军方面的力量对比——混乱不堪的斯堪的纳维亚局势——对
特隆赫姆和纳尔维克的决定——指挥权被再次变动——5月1日的指
示——特隆赫姆战役——在纳姆索斯的失败——昂达耳斯内斯远征中
的帕吉特——战时内阁针对英军撤出挪威中部做出了决定——惨败莫
绍恩——我在5月4日的报告——戈比斯的军队——北上的德军——
德国在方法上和素质上具有的优势

　　我在4月20日得到首肯，任命科克勋爵担任纳尔维克区英国海、陆、
空军的唯一司令一职，这样的话，他就能直接指挥麦克西将军。毋庸置疑，
科克勋爵的进攻精神是相当饱满的。对即将降临的危险，他能非常机敏地
感觉到；可是当地的自然条件和行政管理都非常艰难，其情形并不是我们
在国内所能想象到的。不单单是这样，即便是把最能直接行事的权力授予
海军军官，那么在遇到单纯的军事问题的时候，向陆军发出指令也是不合
适的。假如说将海陆两军互换位置的话，这一问题就会变得更加明显。之
前我们想过，如果将直接的重大责任从麦克西将军身上解除的话，那么他

应该会感到更加自由，在战术的应用上也会变得更加大胆，但结果却让我们感到十分沮丧。为了不让我们采取激烈的行动，麦克西依然通过各式各样的、层见叠出的理由加以干预。自从对纳尔维克进行攻击的这一临时意见遭拒后，一个星期以来，局势已经越来越不利于我们行动了。毫无疑问，德国的两千名士兵肯定在日夜不停地工作，进行防御工事的建设，并且这些工事及纳尔维克城全被大雪覆盖。有两三千名水兵从敌方沉没的驱逐舰中逃了出来，现在看来敌人肯定已经把他们都组织起来了。为了对付我们，他们想动用空中的力量，也因此每天都在改进为此所做的安排。我们的船舰和已经登陆的部队受到的轰炸日渐猛烈。科克勋爵在 21 日这天给我写了信，内容如下：

　　我这次写信，是为你对我的信任表示感谢。为了不让你失望，我一定会竭尽全力。要想克服目前这种停滞不前的情形是很困难的。这样也极大阻碍了军队的行动，到了大雪天气这种情况就显得更为明显，到现在为止，北部的山坡上依然有好几英尺深的积雪。对此，我曾经亲自查看过，但是这两天陆陆续续的大雪，并没有让形势得到好转。我们在一开始就犯了这样的一个错误，那就是我们都假定原有的军队出发后都不会遇到抵抗，这样的错误也是我们经常犯的，比如说坦噶战役。[①] 到现在，小型武器弹药和淡水的储备并没有发到士兵的手上，有的却是成吨的军需品和人员，但士兵们并不需要这些。

　　战斗机才是我们现在急切需要的东西，因为就空中的形势来说，我们处于很明显的劣势当中。每天都会有敌机来侦察这个地方，如果看到有运输舰或轮船等设备，立刻就会投掷炸弹。这些船舰被命中是早晚的事。昨天我在纳尔维克上空乘飞机进行视察，发现想要看清楚

---

　　① 　指的是在 1914 年于桑给巴尔附近的坦噶登陆。——原注

真的很难。怪石嶙峋的悬崖，除了顶端露在外面以外，其他的都掩盖在积雪之下；在顶端四周，一定有很深的积雪。茫茫的大雪从岸上一直铺到水边，所以对水边的情形实在是看不清楚。

何时可以发动进攻呢？我们一直在等待着。与此同时，我们对地下铁道等交通工具进行了破坏，将大的渡船也给轰炸了，烧毁了，同时也将该城与外界的联系线路切断了……我们依然不能前行，这委实让人生气，并且我知道你一定会为我们为什么不能前进而感到吃惊，可我要向你说明的是，这一情况的出现，绝非是因为我们不想前进而导致的。

科克勋爵决定以海军排炮作为掩护，进行武装搜索，但麦克西将军对这样的决定并不赞同。他说，在还没有对纳尔维克发动攻击之前，他感觉自己有责任要讲清楚，如果我们所计划的炮击伤及到在纳尔维克的挪威男女及幼童的话，那么就他手下的将士自己及其国家来说，都会以此感到耻辱。科克勋爵只是把这篇言论转了过来，自己并没有进行任何评论。因为首相和我在 4 月 22 日要去参加在巴黎召开的最高军事会议，所以我们就不能参加当天进行的国防委员会会议了。我已经在动身之前草拟了一个答复，我的同事也赞同这一回复：

在战争爆发时所颁布的"炮击训令"，我感觉科克勋爵已经阅读过了。敌人可能会为了对他们在纳尔维克的行动加以维持进而使用建筑物做掩护，假如说是因为这样而让他感觉不得不超出训令的规定，那么在这个时候，他就可以将自己可能有的一切方法都利用起来，如果条件允许的话，可以散发传单，将限期六小时的警告通知他们；同时要向德军司令发出通知，势必要让他下令让所有的平民都离开此城；如果平民离去的时候进行阻拦，那么责任应该由德军全部负责。并且他也可以发出通知说，铁路线不会在六个小时内被破坏，平民可以借此安全撤离。

此政策获得了国防委员会的批准，并坚定地发出声明说："德国人如果想要把平民关在城内，以达到阻止我们的进攻，进而让挪威的城镇变成战争堡垒的目的，对此是坚决不允许的。"

＊　　　＊　　　＊

到达巴黎后，我们对挪威的战争不禁感到惊慌失措，因为原本是由英国来负责挪威的战争行动的。在对我们表示欢迎之后，雷诺先生就开始对总的军事局势进行阐述，相比这种严峻的形势，我们两国联合起来对斯堪的纳维亚半岛进行远征的行动，就不再是主要问题了。雷诺先生称，内线作战的优越条件永远要归德国人所有，这是地理位置所使然。在德国现在拥有的一百九十个师中，有一百五十个师可用于西线。盟国有一百个师可以用来抵抗德国军队，其中英国部队占了十个师。上次大战中，德国总共有六千五百万人口，有两百四十八个师的兵力，能在西线作战的有两百零七个师。而法国呢，有一百一十八个师，在西线防守的有一百一十个师；英国总计有八十九个师，在西线有六十三个师。总计在西线方面，协约国军队以一百七十三个师的兵力同德军两百零七个师相对抗，直到美国参战，又派遣过来三十四个师以后，才让协约国在兵力上与德国相等。但是，今天的局势是太不利了！现在德国已有八千万的人口。很明显，它可以建成的兵力能达到三百个师。另外，到今年年底，英国已没有能力将二十个师的兵力派往西线，法国对此不应该再抱有什么希望。所以说，我们必须要面对的是敌人在数量上的巨大优势，而且这一优势依然在不断地增长。现在，在人数上，敌我双方是三比二，只恐怕在不久以后，这一比例就会变成二比一。至于装备上，在航空和飞机的装备方面，德国所占的优势要明显，而且大炮及军火的数量上比我们也多得多。到此为止，雷诺的发言结束了。

今天的这种局面是我们一步步造成的。假如说在德国于 1936 年攻占莱茵兰的时候我们就出面干预的话，想要应付，只需要让警察出动就可以了；或者说在慕尼黑事件发生以后就出面干预，虽然那时捷克斯洛伐克被德国占领了，但是德国只能派十三个师的兵力去西线；或者说，即便是在 1939 年 9 月以后出面干预也可以，因为在那个时候，波兰依然在反抗，德国能派到西线的兵力也只有四十二个师。面对各种条约屡次受到希特勒的侵略和破坏，曾经获得胜利的协约国自始至终都不敢采取任何有效的方法加以阻止，以至于在他们最强大的时候也是这样，久而久之，让德国拥有了今天这种让人畏惧的优势。

*　　　*　　　*

我们都清楚这个阴沉的前奏究竟有多么严重。在结束了这个前奏之后，对处于混乱状态中的斯堪的纳维亚半岛，我们又重新进行了讨论。首相就当前的局势做了确切的说明。在纳姆索斯及昂达耳斯内斯，我们已经有一万三千人的军队在此登陆，并没有受到什么损失。我们的军队一直向前推进，直至到达我们所希望的范围之外的地方。考虑到对特隆赫姆进行正面进攻需要的海军力量太大，于是决定对计划做出调整，采用对南北两面迂回包抄的方式进行。但是，由于纳姆索斯在最近两天内受到了一次空袭，结果十分惨重，于是便严重阻碍了新计划的实施。在那里，由于没有可以用来抵抗飞机的高射炮，才让德国人得以随意轰炸。另外，我们已经消灭了德国在纳尔维克的全部战舰，但面对有着牢固防御工事的陆地上的德国军队，要想在陆地上对他们展开攻击，现阶段还没有这个可能。如果我们第一次尝试没有取得成功的话，那就一往无前地再进行下一次。

张伯伦先生说，对已经派遣到挪威中部的军队，英国司令部急切地盼望着能对他们进行增援，并保护着他们一同抵抗来自南面的德国军队的进攻，然后攻占特隆赫姆。这个地方早就需要生力军的增援了。在近来的一段时间，可以供我们调遣的有英军五千人、法军七千人、波兰军三千人、三个营的英国机械化部队、一个营的英国轻坦克部队、三个法国轻装师和一个师的英国本土防卫队。现在的问题是，能派出多少军队并不重要，重要的是可以在该国登陆并能坚持作战的将士在一定数目上受到了限制。雷诺先生表示，法国可以将四个轻装师派遣过去。

在所有这些会议中，直到现在我才第一次充分发表了我的意见。我向法国人指出，把军队及供给品在敌方飞机及潜艇的袭击下运送上岸时所遇到的困难，需要用驱逐舰对每艘船进行护送，必须让巡洋舰及驱逐舰对每个登陆点进行不停歇的护卫，这一动作要从登陆时就开始，一直持续到把高射炮在岸上架起来为止。到目前为止，盟国的船舶被敌机击中的很少，不得不说真的是很幸运。但是，我们心里应该清楚在作战时能碰到的困难。从开始到现在，虽然盟国安全登陆的军队人数已经有一万三千人了，但是作战根据地还没有建立起来，在内地作战的时候，薄弱的交通线是我们唯一的依赖，而且在实际情况下，也并没有大炮或为作战做掩护用的飞机。挪威中部的局势就是这样。德国人在纳尔维克并没有这么强大的气势，而且想要对港口进行空袭也不像这样容易。只要一将港口夺过来，就可以用最快的速度让士兵登陆上岸。只要是在更南面的海港登陆不了的部队，都应该向纳尔维克集中。无论是被派到纳尔维克作战的部队，还是留在英国的部队，能冒着大雪在当地进行越野行军的部队一个都没有。在纳尔维克的任务，只怕并不仅仅是要让海港及城镇得以解放，甚至是把整个地区的德国人清理干净这么简单，而是针对德国下一步要采取的任何策略所需要的兵力，我们都要拿出与之大致相同的兵力来，沿着铁路线一直推进到瑞典边境。英国司令部对此做了谨慎的考虑，按照他们的看法，这样做是没有问题的，就算这样会让部队在别的港口的登陆速度受到影响，会被推迟，但同上述种种原因使他们在登陆时就已经受到的限制相比，其程度也不会大。

当前的这种处境让人不快，并且我们在短时间内也无可奈何，对此，我们所有人员都表示赞同。对当前的军事目标，最高军事会议一致认为应该是这样的：

1. 攻占特隆赫姆；

2. 攻占纳尔维克，并且让足够的盟国军队集中于瑞典边界。

到了第二天，我们说到了荷兰人和比利时人面临的危险，以及他们表示拒绝跟我们采取任何共同的措施。意大利随时都有可能向我们宣战，我们对这一点十分清楚。庞德上将和达尔朗海军上将将就地中海方面的问题进行讨论，准备实行一系列的海军措施。应邀参加这次会议的还有波兰政府首脑西科尔斯基将军。他声称，在几个月之内，他能将一支十万人的军队组织起来。并且，他想在美国招募一个波兰师，现在他正在为此事积极地准备着。

双方在这次会议上又达成了协议：如果荷兰受到了德国的入侵，盟国的军队就可以立刻进军比利时，而不必和比利时政府进行磋商；英国皇家空军可以出动，对德国军队的集结点和位于鲁尔区的炼油厂进行轰炸。

*　　　*　　　*

我们从会场回来以后，我心事重重，害怕我们会失败得极其彻底，这些失败不但表现在我们为抵御敌人所付出的努力上，而且还表现在对战斗进行指挥时所使用的策略上。于是，我便给首相写信，说道：

为了能给你帮助，我特别希望自己能竭尽所能地去为你做一些事情，所以我不得不提醒你，你很快就要在挪威方面受到挫折了。

你应我的邀请去对军事协调委员会的日常工作进行处理等事宜，我表示衷心感谢。但是，我觉得还是要让你明白，如果说我得到了必要的权力，才能再将这个任务从你那里接过来。没有一个人现在是有权利的。六个参谋长和"副参谋长"、三个大臣，还有伊斯梅将军都待在委员会。他们都有权利对挪威的作战行动（除纳尔维克战役外）

发表自己的言论。可是负责制定和对军事政策进行指挥的人却没有，能做这些事的只有你自己。如果说你能承担起来这个重担的话，我将会以海军大臣的身份把对你的忠诚坚持到底，对此你可以相信。假如说你由于还负责其他任务而感觉不能将这个任务负担起来的话，你可以找一个既能策划又可以对我们的一般性作战做出指挥的代表，然后将你的权利授予他，同时你和战时内阁为其提供支持和帮助，直到不能再给予支持的理由充足为止。

当我还没有发出去这封信的时候，我收到了一封信，是首相写给我的，信上说，关于斯堪的纳维亚的形势，他一直在思考，总是觉得局势差强人意。他让我在那天吃过晚饭后到唐宁街去见他，要跟我就整个局势进行私底下的讨论。

我没有记录这次会谈的经过。这次会谈是相当和睦的。我将这封没有寄出的信中所谈到的各点都悉数告诉了他，首相对这些都表示赞同，因为我所谈到的各点，理由都非常充分和正当。我所需要的指挥权，他特别乐意交给我，并且在我们二人之间没有任何隔阂。然而他必须要做的，就是要同很多重要的人物商议并说服他们。如果他将下列一则通告发给战时内阁及有关人士的话，需要等到 5 月 1 日才可以，通告内容如下：

1940 年 5 月 1 日

我研究了一下有关探讨并决定各种国防问题的现行办法，而且也同主管海、陆、空军部门的大臣们进行了协商。现在交给各位同事一份备忘录，请大家相互传阅，在这个里面已经说明了从今以后就决定对这些办法进行某种革新，而且海、陆、空三部的大臣对此也都没有什么意见。在取得海军大臣的同意后，伊斯梅少将（曾荣获三级巴斯勋章和三级特殊功勋章）已奉命担任高级参谋官，主要负责管理中央参谋部的工作。参照备忘录中的记载，该参谋部应该由海军大臣指挥。也因为担任了这一职务，所以伊斯梅少将已经被任命为三军参谋长委员会的额外委员。

内维尔·张伯伦

国防组织

为了能更加集中处理作战指挥的相关事宜，将要对现行的办法进行如下变革：

当会议不是由首相本人主持的时候，那么军事协调委员会中的种种会议继续由海军大臣主持，同时当会议没有首相参加的时候，那么海军大臣将会以首相代表的身份，对战时内阁提交到会议上的所有事宜进行处理。

军事协调委员会将会让海军大臣作为代表，他有权对三军参谋长委员会进行领导和指挥。为了实现这个目的，在有必要时，他可以随时将委员会召集起来，进行个案会谈。

向政府提出集体建议的工作，还是由三军参谋长负责。海军大臣代表军事协调委员会提出的所有目标，三军参谋长都要同其所领导的参谋人员一起将方案制订出来并实现，将他们感觉合适的评论在提交方案的时候一同呈递上去。

根据每个人不同的身份，三军参谋长对主管自己部门的大臣要分别进行负责，并随时向他们汇报所得的结论。

如果时间允许的话，三军参谋长要将拟定的方案，连同他们的评论和海军大臣做出的任何评论，一同呈递给军事协调委员会进行审核；如果说战时内阁并没有给军事协调委员会做最后决定的权利，或者是军事协调委员会对此有不同的意见时，还要将这些方案提交给战时内阁审核。

如果事情紧急的话，方案就有可能提交不到军事协调委员会的正式会议上去，出现这种情况的时候，海军大臣肯定会通过各种方法和主管三军的大臣进行非正式的协商。如果意见不统一的时候，那么就应该呈报首相，请其裁决。

为了能让上述的一般计划得以顺利实行，同时也为了能有一个方便途径可以让海军大臣同三军参谋长之间保持紧密的联系，将会成立一个恰如其分的中央参谋部（这不等同于海军部的参谋部），以便能对海军大臣起到协助的作用。主持该参谋部的，是一个高级参谋官，他是三军参谋长委员会的额外委员中的一个。

我对这个办法表示接受。同之前的一个相比较，它是有所改进的。现在，我已经可以召集并主持三军参谋长的会议了。任何事情，只要缺少了他们都无法完成。同时，负责对他们"进行领导和指挥"的工作，我已经受命正式开始了。伊斯梅将军是主管中央参谋部的高级参谋官，现在他已听从我的调遣，变成了属于我的军官和代表；并且，他已是三军参谋长委员会的正式委员之一了，原因也是因为有了这个资格。我认识伊斯梅将军已经有些年头了，但时至今日，我们的关系才有了亲密的、更进一步的发展。于是，在很大程度上，三军参谋长们都要集体对我负责，而身为首相的代表，我可以在名义上行使我的权力，对他们的决定和政策产生影响。另外，他们主要还是效忠于主管他们自己部门的大臣，这也是无可厚非的。而对身处各军事部门的大臣来说，如果是因为他们的某位同事分得了本属于他们的一部分权力而感到闷闷不乐，这也是不合乎情理的。并且，通告中已经规定得很清楚了，我奉行自己职责的时候是以军事协调委员会的代表的身份进行的，所以我担负的责任太多了，但是在职责方面，我却没有实际的权力去执行。尽管是这样，我还是觉得或许这个新机构能在我的带领下发挥出作用来。但它仅维持了一个星期，这似乎是命中注定的事情。从1940

年 5 月 1 日起，一直到 1945 年 7 月 27 日我离任为止，我同伊斯梅将军的关系于公于私，都一直保持联系，并没有疏远过，并且他同三军参谋长委员会的关系也是如此。

*　　*　　*

现在是时候可以详尽地阐述一下现实中特隆赫姆战役的经过了。我们北面的部队是从纳姆索斯出发的，他们距离特隆赫姆有八十英里的路程；而我们南面的部队是从昂达耳斯内斯出发的，同该城之间的距离有一百五十英里。现在已经放弃了预备经过峡湾后而展开的中央攻势（即"铁锤"作战计划）；其原因一半是因为怕付出的代价过大，另一半则是因为在两侧包抄的攻势上寄托了很大的希望。但现在向两侧包抄的作战都以失败告终了。在纳姆索斯，在挪威的大雪和德国人的空袭下，卡尔东·德·伍阿尔特正按照命令率领着军队快速行军。峡湾口有一个地方叫菲尔达尔，此地距离特隆赫姆五十英里，到了 19 日，有一个旅到达了这里。我已经看出来了，只需要一晚上的时间，德国人就能派遣出一支实力强于他们的军队，从特隆赫姆经水路将他们的后路切断，于是我给参谋部发出了警告。这种情况在两天以后果然应验了。迫于无奈，我们的军队向后撤退了若干英里，直至到了能阻挡敌人的地方才停了下来。道路上厚厚的积雪让人心生烦躁，而现在有些地方的积雪时不时地也开始消融了。另外，从内峡湾渡过来的德军也没有车辆进行运输，这一情况跟我们是一样的。所有在地面上进行的剧烈战斗，在这些因素的影响下都无法展开；沿着道路能看见不多的零星的部队，正举步维艰地向前跋涉，但相对于不可抵抗的敌方空军来说，他们已经不再是空袭的目标了。如果卡尔东·德·伍阿尔特已经知晓他所能得到的兵力十分有限，或是明白已经放弃了对特隆赫姆的中央攻势这一重要情报的话——在这之前我们的参谋部并没有向他发出通告——那么，他向前推进的行动肯定会更加程序化，这是毋庸置疑的。他所采取的行动是结合原先告诉他的那个主要目标而进行的。

到最后，退回到纳姆索斯的人们，几乎个个筋疲力尽，消沉而气愤，并且在此地仍然留守着法国阿尔卑斯步兵旅。在对这些问题的看法上，卡尔东·德·伍阿尔特的见解受到了人们很大的尊重，此时声称已经没有什么办法了，只能撤退。于是海军部立刻着手准备，在4月28日，发出命令说，让部队撤离纳姆索斯。在英军之前上船的是法国的分遣队，不过将会把一部分穿滑雪鞋的士兵留下，配合我们的后卫部队。5月1日及2日晚可能是撤退的日子。但到最后却是在一夜之间都撤走了。在3日晚上，全部部队都上了船，等德国的侦察机在黎明发现他们的时候，他们早就在海上驶出很远的距离了。敌方成群结队的轰炸机一次又一次地来对我们的战舰及运输舰进行轰炸，从早上八点一直持续到下午三点，当时舰队并没有英国空军的保护，不过幸运的是，敌机并没有击中任何一艘运输舰。"比松"号法国驱逐舰及"阿弗里蒂"号英舰是用来装载我们后卫部队用的，也只有它们"战斗到最后而沉没"。

＊　　　＊　　　＊

不幸的是，在昂达耳斯内斯，我们登陆的部队却遭遇了一连串的各不相同的事件，但至少我们让敌人在此地受到了重创。鲁格将军是挪威的总司令，为了对他的紧急求援做出响应，陆军准将摩根率领着第一四八步兵旅快速向前挺进，达利雷海梅尔是他们到达的最远的地方。在这个地方同他们会合的挪威部队已经是疲惫不堪、溃不成军了。德国人为了追击这些挪威部队曾动用了三个师团的兵力，并且都装备精良，沿着从奥斯陆到丹博斯及特隆赫姆的公路和铁路线一路尾随下来，随之展开了激烈的战斗。摩根准将的车辆和所有大炮及迫击炮都装载在一艘船上，但这艘船中弹沉没了。德国的先锋队拥有五点九英寸口径的榴弹炮，而且还有很多重迫击炮和若干坦克，尽管这样，摩根准将手下那些年轻的本土防卫队依旧用手中的步枪和机枪同敌人进行英勇的战斗。从法国赶来的第十五旅的主力营于 4 月 24 日到达了前线,当时前线几乎都要崩溃了。帕吉特将军是这支正规军的首领,他从鲁格将军那里得知,挪威的部队已经是强弩之末了,如果没有充分休整,重新进行装备,要想让他们再次投入作战已经是不可能了。于是,他把指挥作战的权力接管了过来,在刚到达战场以后,就让他一个旅的部队立刻投入了战斗,并组织了一次又一次激烈的交战,意志坚决地同德军进行着对抗。幸好铁路没有被毁掉,帕吉特灵活地利用了这一点,将他自己的军队、已经牺牲了七百人的摩根旅及一些挪威部队,全部解救了出来。整整一天的时间,大批量的英军只能躲藏在一条长长的铁路隧道中,他们的给养都是由那辆宝贵的军需车提供的。这样一来,敌人和对地面一览无余的敌机根本就别想找到他们。前后经过了五次后卫战,其中曾多次重创德军,并在经过一百多英里的行军后,帕吉特他们终于回到了位于海边的昂达耳斯内斯。同纳姆索斯一样,这个小地方也已经被炸平了;但是,第十五旅和摩根的第一四八旅的残余部队于 5 月 1 日晚间全部登上了英国的巡洋舰和驱逐舰,相安无事地回到了本国。在这几天中,帕吉特将军的才能和决心都表露无遗,随着战争的继续,他也不断地升职,直至担任高级统帅。

另外,为了对地面部队进行支援,空军也展开了一次勇敢的冒险行为,对此也应该记录下来。雷谢斯科根湖,距离昂达耳斯内斯有四十英里,水面已经结冰,这里是唯一的一个可供降落的"机场"。4 月 24 日,一个"斗士"式战斗机中队从"荣耀"号舰上出发,当他们来到此地的时候,立刻受到了猛烈的袭击,海军航空兵部队立刻给予全力支援。但是,既要保障自身的安全,又要为相距两百英里远的两个远征军的作战提供掩护;同时还要对自己的根据地进行保护,一个单独的航空中队根本就不可能完成这样的任务。这队飞机到了 4 月 26 日就再也飞不了了,并且就当时的情况而言,也没有可以从英国飞来的轰炸机能给予长距离的援助。

＊　　　＊　　　＊

考虑到当地的形势，我们迫于无奈选择了撤退，在接到由首相主持的军事协调委员会的提议后，这同战时内阁所做出的决定是相吻合的。我们所有人都一致断言，要想将特隆赫姆攻占下来并坚守住，已超出了我们的能力范围。钳形攻势的实力很是薄弱，两翼都被击败了。张伯伦先生对内阁说，虽然我们对德国的推进应该继续抵抗，但是必须要制订出将我们的部队从纳姆索斯及昂达耳斯内斯撤出来的计划。对这些建议，内阁表现得很不耐烦，而且这样的事也是避免不了的。

＊　　　＊　　　＊

为了能最大限度地推迟敌人向纳尔维克北推进的速度，现在我们已经让勇敢的军官戈比斯上校带领着后来被称为"突击部队"式的特种部队，赶往距离海岸有一百二十英里的莫绍恩。让我感到最焦虑的，是在纳姆索斯驻扎的一小部分部队，他们必须要利用任何可用的车辆突围出来，然后沿着公路赶往格朗。即便只有两百余人，对从事小规模的后卫战来说也足够了。他们一定可以在格朗找到道路，徒步行军到莫绍恩。我想通过这种方式，能为戈比斯营造阵地赢得时间，以便可以同当前敌人能赶到的极少数的部队进行抵抗。大家曾多次跟我说，这条路根本无法通过。在伦敦的梅西将军发出了请求，态度很坚决。他得到的回复是，即便是法国的一小队阿尔卑斯步兵团，在滑雪鞋的帮助下，也没有可能通过这条道路。几天后，梅西将军在电报中说道："如此看来，如果说法国阿尔卑斯步兵团不能从这条公路上撤退的话，那么很显然，德国人想要从这条公路前来也是不可能的……这是错误的，因为德国人在后来曾对这条路进行了充分利用，并且十分迅速地沿着这条公路前进，以至于让我们在莫绍恩的部队连建好他们的阵地的时间都没有。如此看来，我们无论怎样都是无法守住这个地方的。"事实证明，这话十分正确。

"加纳斯"号驱逐舰曾利用海道装载着一百名阿尔卑斯步兵团士兵和两门轻高射炮来到此地，可是在德国人到达之前，这艘舰只又离开了。

＊　　　＊　　　＊

好多重大的事件已经将我们现在进行的挪威的战役埋没了。在计划、执行和力量方面，德国人的优势很明显，他们能自始至终地将一个经过周密准备的作战计划执行到底。他们十分清楚在各方面怎样对空军进行大规模的利用。不仅如此，他们在其他方面，特别是在对小队的组织上，优势极为突出。在纳尔维克，一个人数仅为六千人的德国军队，而且是临时拼凑而成的，就能同盟国两万人的部队进行顽强对抗，时间竟长达六个星期之久；虽然我们后来将他们从该城中赶了出去，但是直到最后我们被迫撤走时，他们还在坚持着。海军以良好的表现发动了纳尔维克攻势，但面对公认的巨大危险，陆军司令却不敢去尝试，最终致使陷入无法挽救的局面。由于纳尔维克和特隆赫姆这两处地方分散了我们的兵力，结果导致这两个地方的进攻计划都受到了损害。英国最高统帅部犹豫不决的态度，从放弃特隆赫姆中间突破战术这件事上已经表露无遗了。在这件事情上，需要承担责任的不仅仅是军事专家，那些对专家的意见过分看重的政治首脑也应该承担相应的责任。我们的部队只不过是在纳姆索斯泥泞的道路上来回跋涉了一次，要说到对德国军队造成了打击，也只是在远征昂达耳斯内斯的时候有过这么一回。从纳姆索斯到莫绍恩的公路，德国人用了七天的时间就走完了，而英国人和法国人却曾声称这条路无法通行。戈比斯的部队向北方撤退了，在这段时间里，对博多和摩城这两个地方，我们还是去晚了；另外，虽然敌人必须要克服越过数百英里坎坷不平、积雪难行的田野的困难，而且就算我们的表现都非常勇敢，但在他们的逼迫下，我们最终还是迫不得已地撤退了。制海权一直在我们手里，能够沿着不设防的海岸对任意地点进行攻击，但现在看来，那些在陆地上行军、冲过了所有险阻、跋涉了遥远的路途的敌人已经将我们甩在后面了。苏格兰和爱尔兰卫队是我们最精锐的军队中的一部分，而这次在挪威的战争中却被精干的、一往无前的和有着专业训练的希特勒的青年军队击败。

1940 年，挪威

我们为了将职责进行到底，已经竭尽所能地试图坚守在挪威境内。我们肯定会觉得上天对我们太过于无情。而今可以看到，幸好我们将这个艰难的局面摆脱掉了。并且，发生的一连串的安全撤退行动，我们应该为此感到欣慰。在特隆赫姆，以失败告终；在纳尔维克，是进退两难。这是我们在 5 月的第一个星期中能给英国人民、我们的盟国，以及友好的或敌对的中立国家的唯一的结果。考虑到我自己在这些事件中所占的地位十分重要，并且对让我们遭受如此失败的各种困难，以及我们的参谋部、我们的政府机构和我们的指挥作战方法等方面的种种缺点，我都不能给出合理的解释，让我奇怪的是，我竟然没有被责令离职，我依然能够继续享有公众对我的尊重和议会对我的信任。出现这一情况的原因，是因为在这六七年里，我对局势的变化过程早就很准确地预料到了，并曾经一再地发出警告。虽然在当时并没有人在意，但现在人们都想起来了。

＊　　　＊　　　＊

挪威受到了希特勒的攻击，这也意味着"晦暗不明的战争"的终结。在人们从没有见过的一次最可怕的军事进攻爆发之后，这种不清晰的状态便突然消失，然后所有的一切便都展现在了烈日之下。英法两国的昏睡状态持续了八个月之久，这曾经让全世界的人都感到诧异，我对此曾做过说明。对盟国来说，这个阶段没有任何益处。在现在的 5 月中旬，不管是从军队方面或民众方面来看，同战争刚爆发时相比，法国的士气要低落得多。

这样的情况并没有在英国发生。政府的工作方式是镇定的、真诚的，也是墨守成规的，并没有将那种具有重要意义的紧张努力的情绪在统治阶级或军火工厂中激发出来。为了将尚在沉睡中的英国民族的潜力唤醒，我们需要一种刺激，那就是灾难性的打击和危险的局势，很快就会警钟长鸣。

第十六章 挪威：最后的阶段

我们抛开事件发生的前后顺序，在本章中对挪威插曲的结果加以描述。迫于无奈，科克勋爵于 4 月 16 日之后便放弃了对纳尔维克进行直接攻击的念头。4 月 24 日，"沃斯派特"号战列舰和三艘巡洋舰使用排炮轰击了三个小时，但依然不能有效击退当地驻守的军队。我曾经让第一海务大臣想办法去安排一下，将"沃斯派特"号撤下来，让非主要的"坚定"号顶上去，因为只是在炮击方面来说，"坚定"号同样可以完成这一任务。并且，由于法国和波兰的军队也到了，特别是因为已经临近积雪消融的季节了，这让科克勋爵进攻城市的步伐更加紧迫。按照新计划的规定，纳尔维克上面的峡湾端部是我方部队的登陆地点，当完成登陆后，再跨过罗姆巴克斯峡湾对纳尔维克进行攻击。为了抵抗从特隆赫姆进犯的德军，第二十四卫兵旅已经奉命调了过去；但到了 5 月初，可供调用的军队就会有三个营的法国阿尔卑斯步兵团、两个营的法国外籍军团、四个营的波兰军队，以及大概有三千五百人的挪威军队。至于敌人，增援他们的是第三山地师团的一部分兵力，这支增援的队伍如果不是通过飞机从挪威南部运过来，就是通过火车从瑞典经铁路偷运过来的。

贝图阿尔将军是法国分遣队的司令，由他指挥第一次登陆。5月12日到13日夜间，在贝尔克维克胜利完成登陆，几乎没有什么损失。当时，我派遣过去对挪威北部所有的部队进行指挥的奥金莱克将军也在现场，他会在第二天指挥作战。他接到的命令是将敌方铁矿石的供应切断，并且能保证在国内为挪威国王及其政府留有立锥之地。这位新上任的英国司令官，顺其自然地提出了极大增加兵力的要求，最好能让兵力达到十七个营，轻重高射炮两百门和四个中队的飞机，但是能给他的，也许只有他所希望数量的一半。

但这个时候，发生了一件足以压倒一切的惊人事件。5月24日，即将面临着一败涂地的厄运，在这个危急时刻，我们做出了决定，要集中使用我们在法国和国内拥有的所有力量。这一决定，几乎得到了一致同意。但是为了确保能够破坏纳尔维克港，同时能对我们撤退的部队进行掩护，我们一定要先占领这座城市。5月27日，跨过罗姆巴克斯峡湾，对纳尔维克展开的主力进攻开始了。参加这次作战的部队有外籍军团的两个营和挪威军队的一个营，由精明能干的贝图阿尔将军统领着他们进行战斗。这次登陆取得了全面性的成功。登陆的时候几乎没有任何损失，并击退了敌人的反攻。5月28日，纳尔维克被攻占。在这之前，德军曾同我方超过他们四倍兵力的军队进行过长期的作战，而今他们终于退入山地，留下了四百名被我们俘虏的士兵。

而现在，面对通过艰难困苦所取得的这一切，我们却不得不放弃。就撤退本身来说，也是一种作战行动，而且是规模很大的那种。舰队因为需要在挪威和英吉利海峡从事两面作战，铺开的范围已经不小了，但是这样

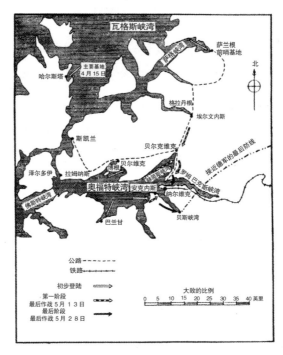

纳尔维克作战图

撤退，势必会让舰队承担的任务更加沉重。负责从敦刻尔克撤退的任务已落到了我们的肩上，只要是可以利用的所有的轻型船舰都已奉命南调。作战舰队则要时时刻刻准备好同侵入本土的敌人作战。很多巡洋舰和驱逐舰很早就已经调往南部沿海一带了，它们的任务是提防敌人入侵。在斯科帕湾，"罗德尼"号、"勇敢"号、"威慑"号和"击退"号是海军总司令可以遣调的主力舰。这些舰只只是为应对所有意外而准备的。

纳尔维克的撤退速度很快。到了6月8日，大量的物资和装备，以及所有法国、英国和波兰的军队约有两万四千人都已经上了船，他们被编成三个护航队驶向英国，在路上并没有遇到的敌人的阻拦。实际上，此时在岸上的不过是几千名分散的、毫无组织性可言的、却取得了胜利的敌军。在最后的这几天里，为了对付德国的空军，我们不仅动用了海军飞机，还出动了陆上基地的一中队"旋风"式飞机，对我们进行十分重要的保护。这个中队得到的命令是，要将战斗活动坚持到最后一刻，如果情况需要的话，在撤退时要将他们的飞机全部破坏掉。但凭借勇气和技术，这些飞行员完成了史无前例的任务，他们驾驶着"旋风"式飞机在"荣耀"号航空母舰上着陆，和"皇家方舟"号及大队船舰一同返国。这也成了他们最后的功绩。

为了对这些战斗进行支援，不算航空母舰，科克勋爵还有"索斯安普敦"号巡洋舰和"考文垂"号，以及十六艘驱逐舰和其他小型舰艇。在当时，"德文郡"号巡洋舰是独自行动的，因为它要去接挪威国王及其部下，载着他们离开特罗姆塞。科克勋爵向总司令汇报了他布置的护航队的情况，为了避免遭受敌方重型军舰的攻击，同时他也向总司令发出请求，要求能给予保护。6月6日，福布斯海军上将派出了"勇敢"号，让它去会合运输部队的第一个护航队，然后护送它到谢特兰群岛的北面，之后再调头回去保护第二个护航队。虽然还有很多其他的工作需要总司令统筹，但对保护运输舰的工作，他依然试图用他的战斗巡洋舰来完成。他在6月5日得到了情报，说有两艘船正往冰岛方向开去，身份不明；后来又收到了敌军已经登陆该岛的报告。为了确定这些消息是否属实，他感觉有必要派他的战斗巡洋舰去调查一下，调查的结果显示消息同现实不符。于是，我们在北方海洋上可使用的力量，都被广泛地分散开了，而这些都是在这不幸的一天当中发生的。在当时，纳尔维克护航队的航行和对它们进行的保护都是按照前六个星期中所采取的毫无差池的方法实行的。在这之前，如果有运输舰和战舰或是航空母舰要通过这条航路的话，护送任务基本上都是由反潜艇舰只来负责。截至到此时，还没有发现德国重型军舰活动的迹象。在早期的会战中，德国的重型军舰曾受到了损坏，但现在修好以后，却突然出现在了挪威沿海一带。

6月4日，"西佩尔"号巡洋舰和四艘驱逐舰在战斗巡洋舰"沙恩霍斯特"号和"歌奈森诺"号的带领下，离开了基尔，目的是要对纳尔维克区域内的航运和各个基地展开攻击，以便能将他们残留的登陆部队解救出来。一直到 6 月 7 日，他们才得知我们的撤退意图。当听说英国护航队已行驶在海上了，德国海军司令决定对它们进行袭击。在 8 日早晨，他碰到了一艘油船、一艘空的"奥拉马"号运输舰和"亚特兰蒂斯"号救护船，护送它们的是拖网船。他尊重"亚特兰蒂斯"号的豁免权，但是击沉了其他舰艇。"西佩尔"号和驱逐舰于当天下午回到了特隆赫姆，但海上依然留有两艘战斗巡洋舰在搜寻战利品。到了下午四点，它们终于有了回报。它们看到了"荣耀"号航空母舰，以及护送它的驱逐舰"阿卡斯塔"号和"热情"号在行驶时冒出的滚滚浓烟。由于燃料不足，"荣耀"号于早上只身返回本国，它此时所处的地方，距离后面的主要护航队大约有两百英里。但这个理由不能让人满意。"荣耀"号上的燃料应该足够用，可以保证它能同护航队并肩前进。所有舰只在行动的时候都应该在一起才对。

　　大约在下午四点半，双方开始交战，两者间应该有两万七千码以上的距离。"荣耀"号的大炮口径是四英寸，然而在这个距离之内基本上起不到任何作用。它曾想让它的鱼雷轰炸机起飞去参加战斗，但飞机还没等飞起来，它的前飞机棚就已经被击中起了大火，"旋风"式飞机被损毁，也不能将鱼雷从舱下吊上来装到轰炸机上。接下来的半个小时，它受到的打击十分严重，连逃脱的机会都没有。到了五点二十分，它的侧舷发生了严重的倾斜。于是舰长命令从该舰上撤退。大约又过了二十分钟，它便沉没了。

　　与此同时，它的两艘驱逐舰也英勇地加入到了战斗之中。它们释放出烟幕，想尽办法地对"荣耀"号加以掩护。在被击沉之前，它们都曾用鱼雷对敌舰进行过攻击。不久后，"热情"号也被击沉。皇家海军的 Ｃ．Ｅ．格拉斯伍德海军中校指挥着"阿卡斯塔"号，同现在占压倒性优势的敌舰孤军奋战。舰上的一个幸存者，一等水兵 Ｃ．卡特将它的故事描述了出来：

　　我们的舰上异常安静，大家都沉默不语。现在，军舰正开足马力躲避着敌舰。紧接着，一连串的命令发了出来：将全部烟幕浮子都预备好，接上皮带管，其他的各项工作都准备妥当。此时的我们仍然在躲避着敌舰，同时将烟幕释放出来。所有的烟幕浮子都被我们打开了。于是，舰长给各个作战岗位传达了以下指令：“现在你们的想法可能是认为，我们之所以要避开敌舰，是想找机会逃走，但事实并不是你们想的那样。我们的友舰‘热情’号已经沉没了，‘荣耀’号也正在沉没之中，至少，我们能让他们见识一下我们的厉害，愿你们好运。”之后，我们的航程就发生了改变，钻进了我们自己的烟幕当中。我接到的命令是，将第六和第七鱼雷射管中的鱼雷发射出去。我们在不久之后便穿过了烟幕，然后转向右舷改变航程，准备通过左舷将我们的鱼雷发射出去。直到这个时候，我才第一次看到敌舰，说实话，我好像看到一艘从属于大军舰的小军舰。我们之间的距离很近。我将两颗鱼雷从我的（船尾）鱼雷射管发射了出去，最前面的射管也正在发射鱼雷。我们都等待着结果。这时欢呼声骤然响起，这一情景让我终身难以忘怀。黄色的亮光在一艘敌舰的左船头亮起，浓烟随之腾空而起，巨大的水柱冲向高空。我们知道，目标已经被我们击中了。我们之间的距离实在是太近了，我认为绝对不会失误的。让我感到意外的是，敌舰却没有发射出一颗炮弹。我们将鱼雷发射完后，再次返回自己的烟幕中，接着向右舷改变航程。“准备将剩下的鱼雷发射出去。”然而这次，就在我们刚把舰首探出烟幕的时候，就遭到了敌人狠狠的打击。我们的机器舱被敌人的一发炮弹击中了，我的鱼雷射管的组员当场死亡。而我则被甩到了射管的后面。我想我肯定是晕过去了一段时间，因为当我醒来的时候，才发觉手臂异常疼痛。此时的军舰已经动弹不得，向左舷侧倾斜着。然而，不管你是否相信，在这个时候的确发生了一段精彩的插曲。总而言之，我爬到了我的控制座上，我望着那两艘军舰，将剩余的鱼雷发射了出去，当时并没有人命令我这么做，我想当时的我肯定是疯狂了。至于我为什么要发射鱼雷，或许只有上帝清楚，但我的确这么做了。"阿卡斯塔"号的大炮在疯狂地吼叫着，即便是舰侧已经发生了倾斜，但它依然在开火。后来，我们又有几次被敌舰击中，并在船尾正中引发了一次大爆炸。我们是否遭到了敌舰鱼雷的袭击呢？我对此时常持有疑问。不管怎么样，这次的爆炸几乎把军舰凌空从海面上提了起来。最后，舰长下达了弃船的命令。有一个上尉医官①让我始终都不能忘怀。这是他第一次登上军舰，也是他第一次加入战斗。当我还没有跳入海中的时候，我看见他依然在给士兵疗伤，这项工作让人如此绝望。当我身在海中的时候，我看到了倚靠在舰桥上的舰长，他将一支烟从烟盒中拿了出来，点燃后吸着。我们向他呼喊着，让他到我们的艇里来。他向我们挥了挥手，表示"再见了，祝你们好运"。一个如此英勇的人，他的一生就这样结束了。

一共有一千四百七十四名皇家海军的军官和士兵，连同四十一名皇家空军人员，就这样牺牲了。经过长时间的搜救，只有三十九人被挪威的一艘船搭救起来运送回国。另外，被敌船救起来的有六个人，他们被带到了德国。被"阿卡斯塔"号的鱼雷击中后受到重创的"沙恩霍斯特"号驶向了特隆赫姆。

在进行这次战斗的时候，"德文郡"号巡洋舰正载着挪威国王及其大臣们在离战斗地点西南方大约一百英里的海面上行驶。向北方赶来同护航队会合的"勇敢"号，距此地还有很远的一段路程。我们收到了来自"荣

---

① 斯坦默斯，一位临时医官，隶属于皇家海军义勇后备队。——原注

耀"号的唯一一个电讯，电码有多处错误，表达的意思并不明确，由此可见，它主要的无线电讯设备早就被损坏了。收到这个电讯的只有"德文郡"号一艘船舰，但是从电文上并没有发现什么重要的信息，它就没有打破当时的寂静，以电讯的方式将这个消息传递出去，因为只要一启动电讯设备，那么就会暴露它当前的位置，会让它受到严重的危险。这样的做法就当时的情况而言，是极不合适的。疑虑直到第二天早晨才产生。在当时，"勇敢"号同"亚特兰蒂斯"号相遇后，从它那里了解到了"奥拉马"号被击沉的消息，同时也知道了敌人已经将主力舰开到了海上。"勇敢"号将这个情报传递了出去，并快马加鞭地和科克勋爵的护航队会合。总司令福布斯海军上将立刻出发，带领着仅有的军舰"罗德尼"号、"威慑"号和六艘驱逐舰驶入了海中。

勇敢的"阿卡斯塔"号让"沙恩霍斯特"号受到了重创，产生的这一结果十分重要。因为它让敌人的这两艘战斗巡洋舰立刻返回了特隆赫姆，而不得不放弃下一步的作战行动。由于德国的海军司令没有遵循训令，对训令中所指示的目标私自放弃，德国最高统帅部非常不满。随后他们又将"西佩尔"号派了出来，但为时已晚。

福布斯海军上将于10日向"皇家方舟"号发出了命令，让其加入他的舰队。当时收到了各方面传来的情报，说敌舰就在特隆赫姆，他就想从空中对它们进行袭击。皇家空军轰炸机在11日发动了攻击，但没取得任何效果。十五架"皇家方舟"号上的"鸥鸟"式飞机在第二天早晨对敌舰发动了俯冲式轰炸。敌方的侦察机预先得知了它们要来袭击的消息，结果反倒让我们损失的飞机有八架之多。最后，我们还有一个更不幸的消息，根据我们现在了解到的情况，在当时，"沙恩霍斯特"号曾被一架"鸥鸟"式飞机投出的炸弹命中了，但是炸弹并没有爆炸。

当这些悲剧正在上演的时候，从纳尔维克驶来的护航队没有受丝毫损伤，返回了它们的目的地。于是就这样结束了英国在挪威的战役。

* * *

在所有这些残余和杂乱的局势中，一个极为重要的事实出现了，它可能对战争的前景产生影响。德国人和英国海军所进行的战斗，是他们破釜沉舟的一击，他们自己的海军就这样被断送掉了，而且战争的高潮就要到来，到那时他们必定会无力应对。盟国在挪威沿海一带进行的所有海战中，总共损失了一艘航空母舰、两艘巡洋舰、一艘海岸炮舰和九艘驱逐舰。另外，受到重创的有六艘巡洋舰、两艘海岸炮舰和八艘驱逐舰，不过就我们海军的实力来说，还是可以修复的。另一方面，1940 年 6 月底，这个日期具有重大意义，因为到了这时，德国舰队只剩下一艘八英寸口径大炮的巡洋舰、两艘轻巡洋舰和四艘驱逐舰能够参加战斗。虽然说，他们也能跟我们一样，能将大部分受伤的军舰修好，但是如果想对英国这个最高目标进行侵犯的话，德国海军这一因素已经不重要了。

第十七章　政府的垮台

5月7日的辩论——不信任的决议由此而生——在议会中劳合·乔治的最后一击——我想尽办法极力扭转下院的形势——我对首相的劝告——5月9日的会议——德国的攻击——同首相在5月10日进行会谈——荷兰的困苦——张伯伦先生的辞职——我被英王邀请去组织内阁——工党和自由党加入到了内阁——现实和梦想

　　挪威的战役虽然短暂，但在这期间发生了很多让人灰心和悲惨的事情，在国内引起的骚乱也非常强烈，以至于在战前最懒惰、最不灵活的人们当中，有些人的心情也变得越来越激动。反对党提出要求说，要就战争的局势做一次辩论，在经过一番安排之后，时间定在了5月7日。议员挤满了整个下院，他们的神情既激动异常又悲痛万分。在开场时，张伯伦先生做出了声明，但这并不能将充满敌意的声音压制住。他的发言被一片嘲笑声打断了。人们让他回忆一下，他在4月5日发表的演说的内容，当时在另外的一种场景下，他曾不加思考地说"希特勒没有把握住时机"。首相将我的新地位及我同三军参谋长的关系进行了说明，并且在对赫伯特·莫里森先生的质问进行回复时，确切地表明我还没有在进行挪威战役的时候行使这种权力。在下院中属于执政党与反对党的议员，陆续发表言论，向政府特别是政府首脑展开攻击，态度十分冷酷和激动。这时发言者发现整个下院都在支持他们，越来越响亮的欢呼声从四面八方传来。因为罗杰·凯斯爵士极力想在新的战争中取得战绩，于是便强烈指责海军参谋部试图占领特隆赫姆这一计划归于失败。他说："在我看到形势进展得十分不顺利的时候，我一直向海军部和战时内阁发出请求，由我将一切责任都承担起来，同时带领舰队进行攻击。"他穿着海军元帅的制服，对下院所表现出来的姿态很是谄媚，并拿出了很是详尽的技术资料，同时通过他专家的权威为反对党的批评摇旗呐喊。埃默里先生就坐在政府席后面，此时欢呼声在下院中此起彼伏，就在这样的环境下，他引用了几句克伦威尔对长期议会所讲的跋扈的言辞："在这里你们待的时间太长了，再待下去也不会做出什么像样的事情。我看，你们还是走吧！从此咱们形同陌路。走吧！就算看在上帝的面上。"真不敢相信，如此让人痛心疾首的话，竟然是从这样一位共事多年的朋友和同事，同样是代表伯明翰区的议员，有着显赫的名声和丰富经验的枢密顾问官嘴里说出来的。

　　5月8日，也就是第二天，虽然在讨论休会动议的情形下依旧进行着议会中的辩论，但辩论现在所具有的性质，却夹杂着对决议不信任的成分，而且赫伯特·莫里森先生声称他们要求进行信任投票，这一建议，是他以自己反对党的身份提出来的。首相又一次起立，对这样的挑战，他表示接受。他发表了一段让人十分惋惜的言论，他召唤他的朋友们能够支持他。他是有权提出来这样的召唤的，因为在过去，无论他采取还是不采取行动，他的这些朋友都表示支持，所以说他们有义务在战前那些"被蝗虫吃光的年代"中分担一部分首相的责任。然而在今天，他们自惭形秽，一言不发，甚至在这些人中有一部分已经加入了反对派，正在不怀好意地进行示威。这天，劳合·乔治先生出现在了下院，他要再进行一次决定性的干涉，这也是最后一次。他的演说没有超过二十分钟，但满是恶意地指责政府首脑。他试图为我讲情，说道："有关挪威发生的一切，我感觉这些责任并不应该全部由海军大臣一个人承担。"在这时我立刻表明自己的立场："海军部所做的一切，责任都应该由我来承担；对我应该承担的责任，我也愿意接受。"劳合·乔治先生对我做出了警告，不要为了让自己的同事免于被子弹攻击就把自己变成防空洞，这样是不值得的。随后，他把枪口对准了张伯伦先生："现在谁是首相已经不重要了。现在所面临的问题要严重得多。在之前，首相曾经要求大家要做出牺牲。要做出的各种形式的牺牲，全国人民都已经准备好了，但有一个前提，那就是必须要有人来领导这个国家，想要达到的目的，政府必须要有明确的指示，同时要让全国人民都能看得到领导人正在竭尽全力地做事。"最后，他说，"我严肃地声明，首相应该一马当先，率先做出牺牲，因为在这次战争中，相比能对胜利做出贡献的其他事情，没有比首相放弃自己的职位更有效果的了。"

我们大家都是阁员，彼此要团结一心。陆军大臣和空军大臣的演说都已经发表完了。对结束辩论的演说，我毛遂自荐，亲自来完成。因为我需要对自己的职责负责，这不仅仅是要对自己为之效力的首长表示效忠，而且也是因为我们在军事力量不够充足的前提下，我在试图冒险对挪威进行救援的战役中所处的地位十分重要。尽管我在演说的过程当中经常会被别人的发言打断，这些发言的人基本上都是工党、反对党，但是我使出浑身解数，想方设法地想让政府重掌下院。当我想到工党在前几年所犯的错误和他们主张的危险和平主义，以及甚至在战争爆发前四个月他们还对进行征兵一致地表示反对这些事情的时候，我的精神在发言的时候就显得异常兴奋。我感觉对这样的指责，只有我和少数几个志同道合的朋友有权提出来，他们是绝没有这个权利的。当我的话被他们打断时，我立刻跟他们针锋相对，并对他们表现出看不起的姿态，有几次叫喊的声音实在是太大了，以至于我连自己的发言都听不清楚。但是他们的愤怒在一开始就是针对首相的，而不是我。我竭尽全力，不顾后果地为首相辩护。当我坐下的时候，已经是十一点了，于是议会便开始投票。最后，政府得到了八十一票，可是有三十个保守党人将票投给了工党和自由党，另外有六十个保守党人放弃投票。这次的辩论和投票表决，即使在形式上不做考虑，至少在实际上，也表明下院对张伯伦先生及其政府极度不信任，这点是毫无疑问的。

在辩论结束之后，我被首相邀请去他的房间。我立马就看出来了，面对下院针对他所表现出来的情绪，他的看法极为严重。他感觉想要接着执政下去已经不可能了。目前要做的，应该是成立一个联合政府，因为面对这样的重大责任，仅仅作为一个政党来说，是负担不起的。现在必须有人出面，把一个由各个政党都参加的政府组织起来，否则的话，我们想要渡过这个难关基本上是没有什么希望的。因为满是敌意的发言充斥在整个辩论中，这让我激动异常，我选择了坚决支持将战斗继续下去，这源自我对过去处于什么立场上进行的争论，我自己非常有信心。"你大可不必为此事感到心痛，虽然这场辩论是对我们不利，但是拥护你的可靠的人还是占了一大部分。更何况就挪威的局势来说，相比下院报告的那些情况，实际的情形还是要好一些的。你需要做的是要让你的政府在各方面都要得到加强，让我们继续奋斗下去，直到拥护我们的人大多数都离开我们为止。"以上就是我说的话，但这并没有让张伯伦先生认可或是在内心上得到慰藉。当我离开他的时候已经是午夜前后了，我认为，如果找不出其他办法的话，他肯定会抱着坚定的决心去牺牲他自己，却不想尝试由一党组成的政府来继续指挥作战。

我现在已经记不清楚在5月9日早晨发生了什么事了，但是下面的情况一定是发生过的。作为首相的同事和朋友，斯利·伍德爵士同首相的关系十分亲密。他们二人在一起共事的时间很长，彼此间的信任也十分牢固。我从伍德爵士那里得知，关于组织一个联合政府的事情，张伯伦先生已经确定下来了，并且如果说不能由他继续担任政府的首脑的话，他愿意将此职位让出来，交给任何一个他既信任又可以胜任的人来担任。所以到了下午，我就感觉这个领导的责任，很有可能会让我担任。我没有为这一前景感到兴奋异常或是手足无措。就当前的局势而言，我感觉这个办法是最好不过的。面对局势的发展，我表现得问心无愧。下午，我被首相召到了唐宁街，我在那里同哈利法克斯勋爵见了面。我们在对当前的局势进行了一番讨论之后，我听说过几分钟后艾德礼先生和格林伍德先生就会到来，同我们一起商谈。

他们来了以后，我们围着桌子而坐。桌子的这边是我们三个阁员，而另一边则是反对党的两个领袖。张伯伦先生将组织联合政府的特别重要意义进行了说明，同时也想了解一下如果是在他的领导下进行服务，工党是否愿意。他们的党此时正在伯恩茅斯召开会议。双方在交谈的过程中都显得非常礼貌，但明显的是，在没有同他们的党内人士商量之前，工党领袖都不愿意给出任何承诺。不过，他们也给出了暗示，而且十分明确，他们认为工党的反应会对我们不利。随后他们便离开了。这个下午天气晴朗，阳光明媚，在唐宁街十号的花园里，哈利法克斯勋爵和我坐了一会儿，我们没有任何目的地随意闲聊着。之后，我便回到了海军部，那天晚上一直到了午夜，我处理着繁重的公事。

*　　*　　*

5月10日，重大的消息在天空放亮之后立刻传了过来。我接连不断地收到来自海军部、陆军部和外交部的装有电报的信盒。德国人发动了他们蓄谋已久的攻击。几乎在同一时间，荷兰和比利时都受到了入侵，很多在两国边界的地点都已经被攻破。德国军队展开了入侵低地国家和法国的整个行动。

金斯利·伍德爵士在大概十点的时候来找我，他就在刚才同首相见了面。他对我说，考虑到目前大战已经开始了，张伯伦先生感觉好像还是有必要继续担任本职工作的。但是金斯利·伍德却对他说，当前的情况跟他想的却正好相悖，因为发生了新的危机，那么就更有必要将联合政府组织起来，对这样的危机，只有全国态度统一的政府才能应付。他还对我说，张伯伦先生已经采纳了这个意见。到了十一点，首相再一次将我召到了唐宁街。我在那里再次见到了哈利法克斯勋爵。我们坐在桌子这边，而张伯伦先生则坐在了对面。他跟我们说，有关组织联合政府的事宜，已经超出了他的能力范围，他对此是深有感触的。他已经了解到了工党领袖对此事所表明的态度，这样一来，便让他在这点上更加确信无疑。所以说，现在面临的问题是当国王批准了他的辞职报告之后，在组建内阁方面，他会向国王推举谁来担当这项工作。他持有一种冷静的态度，丝毫没有惊慌失措之感，避实就虚，好像并没有将自己考虑在内。他在桌子的另一面看着我们。

在我的政治生涯中不知道有过多少次重要的谈话，而这一次的确是最为紧要的。平时都是我在长篇大论地发言，而这次我却没有说一句话。明显能够看出来，对两天前下院中纷纷攘攘的情景，张伯伦先生还是记挂在心的，当时我同工党人士发生了争吵，彼此间针锋相对，吵得特别激烈。虽然就我个人来说是想支持他并为他进行辩解才这么做的，但在他看来，在这个关键时刻我做出如此举动，可能会对我在赢得工党的拥护方面产生阻碍。我已经记不清当时他说的什么话了，但大体的含义就是这样。法伊雷恩先生是他的传记作者，清楚地表示说，有关重组内阁的工作，他宁可让哈利法克斯勋爵去做。由于我依然在沉默，所以我们在很长一段时间内都保持安静。同纪念休战日静默两分钟的时间比起来，这段时间明显感觉要长得多。过了一会儿，哈利法克斯终于说话了。他说，因为他的身份是上院议员，所以感觉在下院中没有自己的位置，考虑到目前这段时间的战争性质，要想从事首相的工作是很难的。如果由他担任首相一职，那么这所有的一切他都要负责，但对下院，他却没有权利去领导，并且要是没有取得下院信任的话，任何政府都不会存在。

他用了几分钟的时间表达这一见解。在他将这些话说完之后，这个责任自然而然地就会落到我的肩上，事实证明的确是这样。于是我才第一次开口说话。我说，在国王命令我重组内阁之前，对两个反对党中的任何一个，我都不准备同其进行坦率的交谈。这次重要的谈话就到此为止了。随后，我们之间那种轻松且随意的心态又回来了；我们在一起共事多年，无论于公于私，我们在英国政治舞台上的生活气氛都十分友好，平时相处的时候，也很自在随意。之后，我回到了海军部，那里有好多事等着我，这样的情景应该不难想象。

此时，在我的办公室里，来自荷兰的阁员们正在等着我。他们是从阿姆斯特丹飞过来的。他们的面容十分憔悴，筋疲力尽，眼中的神色也显得异常恐惧。他们的国家遭到了突然袭击，而在此之前，敌人并没有给出任何理由和警告。大炮、坦克以雷霆万钧之势跨过了边界线，一时间狼烟四起。荷兰的边防部队开始拿起枪进行还击，在敌人受到这样的抵抗之后，随之而来的就是来自空中的大规模袭击。整个荷兰陷入了一片混乱。防御计划早就准备好了，现在立刻实行，堤岸已经被挖开了，到处都是泛滥的洪水。但此时，外部的防线对德国人来说已经没有任何作用可言，因为他们早就跨过去了，目前正沿着莱茵河堤岸如一窝蜂似的快速推进，并且内部的戈拉弗林防线也已经被攻破，同时也对须特海周围的堤坝产生了威胁。如果我们想要对这种情况加以制止的话，是否可以想出什么办法来呢？幸运的是，我们有一小支舰队就在不远的地方。他们接到命令后，立刻对堤坝进行轰击，在最大程度上重创了蜂拥而至的侵略者。此时，荷兰女王仍然待在荷兰这片土地上，不过就情况来看，她想在当地长时间地待下去，已经是不可能的了。

通过这些讨论，得出了一个结论，那就是我们在附近的所有舰只，接收到了海军部发来的大量的命令，而且海军部已经同荷兰皇家海军建立了密切的联系。虽然说在近期发生的挪威和丹麦被征服的事件，荷兰的阁员们依然历历在目，但让他们依然不能理解的是，一直到前天晚上还对荷兰示以友好的那个"伟大的德国"，竟会突然间将这种让人恐惧而又冷酷的袭击带给荷兰人民。只是在处理这些及其他的问题上就花费了一两个小时的时间。德军推进计划让对应的边界受到了影响，从它们那里发来的电报如雪片般纷纷而来。为了同新的局势相配合，德国之前的"施利芬"计划①已经延伸到了荷兰，现在看来，这一计划已经实行得十分充分了。曾在1914年迂回前进的德国侵略军队的右翼部队，已经从比利时跨了过去，而止于荷兰边界。大家心里都明白，如果往后拖延三四年再发动当时的那场战争的话，德国就有可能将另外的军团准备好，并且都有可能把铁路终点和交通线改造完毕，这样一来，对开展跨过荷兰国境的运动战就方便得多了。这种知名的运动战现在已经在进行了。它兼备所有方便的条件和进行突然袭击及诈术的环境，但处于领先地位的还是其他的发展。敌人所进行的攻击是具有决定性的，这种攻击是通过主力对前线进行突破，而不是对侧翼的迂回包抄。在这一点上，我们和法国指挥官们都没有预想到。就在今年，我在早些时候曾发表过一篇谈话记录，在这其中，我曾就敌方军队的部署和公路、铁路的发展，以及从缴获的德国计划中显露无遗的情况，向这些中立国家做出了警告，对他们将会遭受到什么样的命运进行了说明。但别人对我的话却表现出了厌烦。

在唐宁街，我们进行了平静的交谈，但随着这场浩大的战争所导致的猛烈震动，这一情景在我心中渐渐地淡薄起来或是消失。不过有件事我还是有印象的，那就是有人曾对我说过，张伯伦先生已经或正要去拜见国王，这根本就是意料之中的事情，用不着说的。我在不久之后便接到了一个通知，上面说让我在六点到皇宫去一趟。如果沿着公园林荫路走的话，乘车

---

① 在1891年至1907年，施利芬曾担任德国的总参谋长。他给出的建议是，在德国和法国开战期间，德国的主力部队应该跨过比利时与卢森堡进攻法国。——译注

从海军部到皇宫只需要两分钟的车程。虽然我猜想从大陆传来的触目惊心的消息一定会占满晚报的整个版面，然而没有一句话涉及内阁危机。目前对国内外发生的所有事情，大家还没有充足的时间理睬，所以并没有看到有群众等候在皇宫门前。

我立刻被引领着去拜见国王。国王陛下让我坐下，态度十分和蔼。他看了我一会儿，眼光中带着一种犀利和玄妙，然后说："关于我为什么要找你来，我想你可能不知道吧？"沿着着他的思路，我回答道："陛下，我根本想不出来。"他笑道："我想让你来组织政府。"我回答说非常愿意效命。

国王并没有要求一定要将全国一致这一性质放到政府中来。在这点上，我感觉我的任命与此没有什么正式的联系。但是，考虑到眼下已经发生的所有情况，以及导致张伯伦先生辞职的原因，是应该在当前局势下将联合政府建立起来的。就处在反对党地位的各个政党来说，如果我觉得无法向他们让步的话，我就会设法建立一个最大限度的坚强的政府，要是这样的话，宪政就不可以对我加以限制，然后我就会将全部愿意在危机时刻为国效力的人士都召集起来，但这样做有一个条件，那就是下院大多数人都同意这样一个政府的存在。我向国王禀告说，我会立刻会见工党和自由党的领袖；我提议组建一个战时内阁，里面的阁员可以有五个或是六个；同时，在午夜之前，我希望能让他知道的至少有五名人选。随后我便拜别了国王，回到了海军部。

在当天晚上七点到八点之间，艾德礼先生受我之邀前来见我。同他一起来的还有格林伍德先生。我将已经受命组织政府的事情告诉了他们，并询问工党是否愿意加入进来。他给出了确定的回答，表示愿意。我建议他们在政府中应该占有三分之一以上的职位，战时内阁的组成名额应该会有五人或是六人，而他们应该占有两人；我让艾德礼先生给我拟一张名单，为的是在具体职务的安置上能方便我们讨论。我提到了贝文先生、亚历山大先生、莫里森先生和道尔顿先生。高级的职务由他们担任，这也确实是当前局势所急需的。当然了，我早在下院的时候，就和艾德礼、格林伍德两人认识了。在还没有爆发战争的前十年里，我所处的地位或多或少都有些独立，我跟身处反对党地位的工党与自由党之间的争执同与保守党和联合政府之间发生的争执与摩擦比起来，那真是小巫见大巫了。此时，在我们之间进行了一次短暂而愉悦的交谈之后，他们就起身告辞了，并向伯恩茅斯的朋友和追随者以电话的形式发出了通知。在前四十八个小时内，他们之间的接触是最为密切的。

我邀请张伯伦先生担任枢密大臣一职，并让他掌管下院，他对此在电话中表示接受，同时对我说他已经安排好了，决定在当晚九点向全国人民发出广播，公布他已经辞职的消息，并且会倡议全国人民对他的继任者加以拥护和支持。在之后的广播中，他用十分豪迈的言辞将所有的这些都说到了。我将哈利法克斯勋爵邀请进了战时内阁，并且由他担任外交大臣。我按照我所做出的承诺，大概在十点左右的时候，向国王提交了五个人的名单。让谁去担任陆、海、空军三方面大臣，这个事是十分重要的，不过在我心里早就确定了这三方面大臣的人选。陆军部应该由艾登先生主管，海军部应该由亚历山大先生主管，空军部则应该让自由党领袖阿齐博尔德·辛克莱爵士主管。同时，国防大臣一职由我兼任，但是我却不打算规定国防部的范围和职权。

就这样，在即将开始这场庞大战斗的时候，我于5月10日的晚上掌管国政的大权。从此以后，在持续了五年零三个月的世界大战中，我所拥有的权力也越来越大，直到最后，当我们所有的敌人要么已经宣布无条件投降，要么正在准备无条件投降的时候，我的职务立刻遭到了英国选民的解除，我再也不能处理他们的事务了。

这场政治危机最后的日子是十分忙碌的，但我自始至终都兴奋不起来。我接受事情发展的全部态势，但是我却不能蒙蔽阅读这篇真实记载的读者。我上床睡觉的时候已经是凌晨三点了，我如释重负的感觉十分强烈。全局的指挥权终于归我所有了。我感觉自己就像是正在跟命运一同前进一般，而我之前所有的生活，只不过是为了在这个时刻能承担这样一种考验而进行的准备而已。在过去的十年里，我在政治上处于下野的状态。在政党之间通常存在敌对情绪，而我面对这一切却有幸置身于事外。在过去的六年中，我所提出的警告既频繁而又详细，并且现在看来都非常不幸被说中了，所以谁都不会发难与我，也不会对我发动战争或是缺乏作战的准备加以批评。就战争的全局来说，我认为自己有不少的见识，并坚信自己不会失败。因此，虽然我急切地盼望天明，可是我却睡得很沉，而且想要追求安慰，没有必要去梦里，因为相比梦想，现实要美好得多。

附　录

一、杂类

（一）海军实力表

（1939 年 9 月 3 日）

英德两国

类别	英国（包括自治领）			德国		
	已建成	正在建造		已建成	正在建造	
		在 1940 年 12 月 31 日之前完成	在 1940 年 12 月 31 日之后完成		在 1940 年 12 月 31 日之前完成	在 1940 年 12 月 31 日之后完成
战列舰	12	3	4（e）	—	2	2（f）
战列巡洋舰	3	—	—	2	—	—
袖珍战列舰	—	—	—	3	—	—
航空母舰	7	3	3	—	1（f）	1（f）
水上飞机母舰	2	—	—	—	—	—
巡洋舰： 八英寸口径炮 六英寸及六英寸以下口径炮	15 49（a）	— 13	— 6	2 6（h）	2（g） —	1（f） 3（f）
驱逐舰	184（b）	15（d）	17	22	3	13（1）
海岸炮舰	38	4	—	—	—	—
护航驱逐舰	—	20	—	—	—	—

类别	英国（包括自治领）			德国		
	已建成	正在建造		已建成	正在建造	
		在 1940 年 12 月 31 日之前完成	在 1940 年 12 月 31 日之后完成		在 1940 年 12 月 31 日之前完成	在 1940 年 12 月 31 日之后完成
驱潜快艇（包含巡逻舰）	8	3（j）	—	8	—	—
鱼雷艇	—	—	—	30	4	6（1）
扫雷艇	42	—	—	32	10	—
潜艇	58	12	12	57（k）	40（m）	—
低舷重炮舰	2	—	—	—	—	—
（炮口十五英寸口径）布雷艇	7	2	2	—	—	—
内河炮艇	20	—	—	—	—	—
拖网船	72（c）	20	—	—	—	—
摩托鱼雷艇（包含摩托炮艇等）	—	—	—	—	—	—

注：（a）包含改装的三艘防空舰。

（b）包含改装的护航舰。

（c）用于反潜艇的有十六艘，其他的都用于扫雷。

（d）另外，接收了六艘为巴西建造的驱逐舰。

（e）包含"雄狮"号和"鲁莽汉"号，但之后又取消建造。

（f）自始至终没有完成。

（g）其中完成的只有一艘"欧根亲王"号。

（h）包含"艾姆登"号训练巡洋舰。

（j）另外订造了五十八艘驱潜快艇，但没有动工建造。

（k）在当时，估计英国有五十九艘，再加上为土耳其制造的一艘，但没有交货（详见第二章）。

（l）在战时情况下，其中有很多预料能在 1940 年完成。

（m）包括 1939 年 9 月 3 日所了解的，正在建造或是计划建造的所有潜艇；从战事爆发起到 1940 年底，实际建造完成的一共有五十八艘。

美国

（不包含海岸护卫舰艇）

类别	已建成	正在建造和计划建造中	预计完成时间
战列舰	15	8	1941 年和 1942 年分别完成 1 艘 1943 年完成 4 艘，之后完成 2 艘
航空母舰	5	2	1940 年完成 1 艘，之后完成 1 艘
航空母舰供应舰	13	6	1941 年完成 2 艘，之后完成 4 艘
巡洋舰： 六英寸口径炮 八英寸口径炮	18 18	— 7（a）	— 1939—1940 年完成 1 艘， 1939 年完成 6 艘
驱逐舰	181（b）	42	1939 年完成 11 艘，1940 年完成 16 艘，1941 年完成 15 艘
驱逐舰供应舰	8	4	1940 年完成 2 艘，之后完成 2 艘
潜艇	99（c）	15	1940 年完成 4 艘，1941—1942 年完成 11 艘
炮舰（包含巡逻艇）	7	—	—
内河炮艇	6	—	—
布雷艇	10	1	1940 年
扫雷艇	26	3	1940 年
潜水艇供应舰	6	2	1941 年
猎潜艇	14	16	1940 年完成 4 艘，之后完成 12 艘
摩托鱼雷艇	1	19	1939—1940 年

注：（a）包含四艘配置有五英寸口径大炮的巡洋舰。

（b）包含一百二十六艘超龄舰。

（c）包含六十五艘超龄潜艇。

法国

类别	已建成	正在建造	预计完成时间
战列舰	8（包含一艘训练舰）	3	1940 年、1941 年和 1943 年分别完成 1 艘
战列巡洋舰	2	—	—
航空母舰	1	1	1942 年完成 1 艘
航空输送舰	1	—	—
巡洋舰	18	3	—
轻巡洋舰（反鱼雷艇）	32	—	—
驱逐舰（鱼雷艇）	28	24	1940 年完成 6 艘
摩托鱼雷艇	3	6	1940 年完成 6 艘
鱼雷艇	12	—	—
巡洋潜艇	1	—	—
潜艇（一级）	38	3	—
潜艇（二级）	33	10	1940 年完成 2 艘
布雷潜艇	6	1	—
内河炮艇（包含 2 艘过期猎潜艇）	10	—	—
布网布雷艇	1	—	—
布雷艇	3	—	—
扫雷艇	26	7	—
殖民地海岸炮舰	8	—	—
猎潜舰	13	8	1940 年完成 5 艘

意大利

类别	已建成	正在建造	预计完成时间
战列舰	4	4	1940 年完成 2 艘，1942 年完成 2 艘
巡洋舰（大炮口径为八英寸）	7	—	—
巡洋舰（大炮口径为六英寸）	12	—	—
旧巡洋舰	3	—	—
巡洋舰（大炮口径为五点三英寸）	—	12	1942—1943 年
驱逐舰	59	8	1941—1942 年
鱼雷艇	69	4	1941—1942 年
潜艇	105	14	1940 年完成 10 艘，1941—1942 年完成 4 艘
摩托水雷艇	69	—	—
布雷艇	16	—	—
海岸炮舰	1	—	—
水上飞机供应舰	1	—	—

日本

类别	已建成	1939 年正在建造	预计完成时间	在 1941 年 12 月 7 日参战时的实力
战列舰	10	2	1941 年完成 1 艘，1942 年完成 1 艘	10
航空母舰	6	10	1940 年完成 1 艘，1941 年完成 4 艘，1942 年完成 5 艘	11

类别	已建成	1939 年正在建造	预计完成时间	在 1941 年 12 月 7 日参战时的实力
巡洋舰： 八英寸口径炮 五点五英寸口径炮 旧式	18 17 3	3 或 4	1940 年完成 3 艘 1942 年完成 1 艘	18 20 3
水上飞机供应舰	2	2	1942 年完成 2 艘	2
布雷舰	5	2	1939 年完成 1 艘， 1940 年完成 1 艘	8
驱逐舰	113	20	1939 年完成 2 艘， 1940 年完成 10 艘	129
潜艇	53	33	1941 年完成 8 艘， 1940 年完成 3 艘， 1941 年完成 11 艘，1942 年完成 19 艘	67
护航舰	4	—	—	4
炮艇	10	3	1940 年完成 2 艘， 1941 年完成 1 艘	13
鱼雷艇	12	—	—	

（二）1939 年 9 月 12 日的备忘录
"凯瑟琳"计划

第一部分

1.如果要实行的作战计划很特别的话，那么建造出来的器械也应该是很独特的。海军建设局觉得如果想让一艘"R"舰（"君主"号级战列舰之一）从只有二十六英尺深的海峡中穿过的话，只要将它的吃水深度提高九英尺就可以了。目前在这个海峡上，敌方还没有配置大炮来加以掌控，而在其两边都是中立国家。所以说，暂时将舰只的护甲带暴露在水平面上，问题应该不大。这个办法就是将两层浮箱（舰胴）安置在"R"舰的两旁，这样就能让此船增加一条一百四十英尺长的横梁。并且在实施的时候也不存在什么不能攻克的难关。在船坞内可以对船身内部进行安装，在海港则可以对其外部进行安装。要想改变船只的吃水深度，只要增加或是削减这些浮箱的数量就可以了，操作起来也十分方便。并且，只要通过了浅水海峡，船身依然可以沉下去，能平稳地将护甲带下降到吃水线之下。当船身完全升起来的时候，可能会达到十六海里的航速，当吃水深度降为普通时，速度为十三或十四海里。这些速度用于作战是没有问题的。相比我的猜测，这一结果要好得多了。

必须要注意的是，在对鱼雷的防御上，使用这种浮箱就相当于多了一层保护，效果是很让人吃惊的；事实上它们就是护船外壳，而且是那种顶级品质的。

另外，一定要增加甲板装甲的厚度，因为空袭肯定是会发生的，这样做的目的就是为了方便进行特殊的保护。

2. 我们将这种浮箱称为"套鞋"，而将增厚的铁甲板称为"雨伞"。

3. 到了 3 月，我们所提及的战场的冰层就会消融，作战时间也会在此时开始。如果我们将进行必要工作的命令在 10 月 1 日发出，并且设计工作也在同一时间进行的话，我们所拥有的时间就会是六个月或是七个月。将夏日的时光虚度掉，是非常不对的；所以说，我们所需要的优先权应该是最高的。并且在这个基础上，估算出需要的时间和金钱的数量。

4. 按道理来说，具有这种准备的"R"舰应该有两艘，如果能有三艘，那当然是最好不过了。唯一可能在 1940 年夏季出现的敌舰，应该就是"沙恩霍斯特"号和"歌奈森诺"号了。德国的这两艘军舰是它仅有的巨舰，在配置有十五英寸口径的大炮、足可以将它们碾死的"R"舰面前，它们是绝不会暴露自己的，我们对此可以给出肯定的答案。

5. 不算具有这种装备的"R"舰，还要预备十二艘撞雷船。请你们将设计拿给我看一下。这些撞雷船是对它们所跟随的"R"舰起掩护作用的，所以吃水的深度一定要足够，并且应该由一小队机器舱人员负责在舰尾开动它们的任务。它们的船首一定要坚固，无论什么样的水雷爆炸所产生的冲击，它们都能承受得住。这样的舰船，应该在每一艘"R"舰的正前方都要有一艘。如果各船是以纵队的方式前进的话，或许就可以减少这样的需求。这些撞雷船的样子，我画不出来。我们必须以会遇到两三排的水雷为基准，一艘撞雷船就可以毁掉一排。如果将这样的装备安装到普通的商船上，或许它们就可以当作撞雷船来用。

6. 另外，为整个远征舰队所配备的汽油必须能够三个月使用的。所以必须要配备时速最少为十二海里，且有凸形甲板保护的运油船。我们可以假设能达到十二海里的时速，当然如果现实中真能达到这个速度，那会更好。

第二部分

1. 本计划的目标，是能将这个特定的战场（波罗的海）控制住，要想把这种控制权保持下去，那就需要在波罗的海驻扎一队舰队，而这一舰队是敌方的重型军舰绝对不敢碰的。应该让轻型舰只分布在这个战斗舰队的周围加以护航。根据建议，可以组成一个巡洋舰队，其中包括三艘一万吨的配置有八英寸口径大炮的巡洋舰和两艘配置六英寸口径大炮的巡洋舰，再加上两个小队的最强大的战斗驱逐舰，一个分队潜艇和若干补助舰；如果有可能的话，还需要若干军需船和一队修理船。

2.“凯瑟琳”舰队应该于规定的时间内渡过航线，至于是选在夜晚还是白天，要视情况而定，如果需要的话可以使用烟幕。各驱逐舰应该在舰队的前方行驶，在“R”舰的前面应该是撞雷船，紧随其后的应该是巡洋舰和轻型舰只。只要是现在有的扫雷器和其他防御器械，尽管使用。所以，要想克服来自水雷的危险，还是没有问题的，况且在海峡两岸又没有大炮进行封锁。至于说应付来自空中的猛烈的袭击方面，可以让舰队的联合炮火来完成。需要注意的是，同时还需要将一艘航空母舰派遣出来，并让派出的飞机以倒班的方式飞到该舰上进行维持。

第三部分

将这个战场加以控制的战略利益，我们没有必要阐述得过于详细。这是皇家海军发动一次最猛烈攻击的机会。只要把德国和斯堪的纳维亚分隔开来，就能将铁矿、粮食和其他贸易品的供应加以切断。当这个舰队到达了战场并建立起来制海权的时候，那时对斯堪的纳维亚各国的行动所起的作用就可能是决定性的。在这时候，就可以将这些国家拉拢到我们的阵营里来；这样一来，我们就能找到一个从陆地上提供支持的便利基地。难点在于，只有当我们到了那里之后，他们才敢有所作为。但是，我们提供的汽油是可供三个月支配的，保障了最低需求量，到那时，我们的舰队即便是在局势恶化的情况下，也不见得就不能回来。一旦在战场上出现了这样的一支舰队，那么敌人所有的力量所处的境地就很危险了。要是他们不打算孤注一掷就敢派出船只航行于贸易航线上的话，估计他们的胆子没有这么大。如果我们跟斯堪的纳维亚各国结成联盟的话，敌人为了抵御舰队的炮轰，或许还需要对我们的登陆进攻加以抵抗，他们务必会将防线部署在整个北部海岸。对于苏联来说，这样的活动所带来的影响是十分深远的，但对于这一点，我们并不能将其统计在内。

如果要想完全达到迅雷不及掩耳的效果，那势必就要做到不能泄漏丝毫秘密。所以，这也是自始至终将"凯瑟琳"一词作为这个作战计划代称的原因。可以使用"外置的护船壳"一词来形容浮箱。而凸形甲板的增厚，则是正常的防空准备。

你们可以对我提到的这些想法加以研究，希望各种困难都会因此而解决。

丘吉尔

（三）舰船的新建和改造

海军大臣致第一海务大臣和其他人　　　　　　1939 年 10 月 8 日

1. 我们需要一些军舰用来参加战斗，还需要议会在今天订购能够定期交货的那些舰只，同将精力浪费在时间漫长、无益于避免威胁的造船工作比起来，这样做要重要很多。

2. "英王乔治五世"号和"威尔士亲王"号这两艘军舰，我们应该竭尽全力地去按照合同规定的时间完成。承办厂商平时在接受和执行合同这方面有随着自己性子来的习惯，而在战时是绝不允许这样的情况出现的。请告诉我可以实行的惩罚措施，这样就能把案件在必要的时候提交皇家司法官。请告诉我，我们之所以会被限制的原因是什么。我一直以为，会出现问题的工作是在大炮的装设方面。如果说不能在规定的时间内建成这些舰只，那么所有相关的人士肯定都会觉得这样的失败实在是太明显了。这些舰只目前的建造状况，我将会在下星期五亲自去看一下，并且会亲自和你一起在海军部会见承造厂商。这次会见从下午五点开始，请提前为我准备好。如果承造厂商说他完成不了，那是没用的。因为我清楚，只要给的压力足够大，并将资源和装置都充分利用起来，想把事情办成那是没有问题的。不管怎么说，在1940年7月我们必须要让他们把"英王乔治五世"号交付使用，"威尔士亲王"号则要在三个月之后交付。在1940年，在现服役的编制中，一定要将我们要用来夺取胜利的这些舰只加进来。

请你们要将这件事尽全力办好，以便帮我消除各种阻碍。

3. 对航空母舰来说，上述的话同样适用。"光芒"号的交货时间还要往后延迟五个月，交货时间延迟所产生的影响，我们是知道的。"胜利"号的延迟时间竟然达到了九个月。按照1937年的计划来看，"敬畏"号延迟了六个月，而"无畏"号则延迟了五个月。这些所有的军舰都是用来战斗的，而并非是在战争结束了以后才出航的，如果是那样的话，说不定德国的旗帜都已经插在军舰上了！现在我请求你们督促一下这件事。如果说，在1940年我们战败了，就算是航空母舰在以后造出来了，也解救不了我们。

4. 还有巡洋舰。请你们看一眼吧，比如原定于1939年6月就必须要竣工的"迪多"号，而现在的交货时间却推迟到了1940年8月。这个失败该做何解释呢？

5. 就现在的情况而言，我们应当认真分清办工业或做生意和争取战争胜利这两者之间的区别。目前正在建造的舰只在1940年不能完工的，建造这些舰只的熟练工人，只要是有必要或是可操作的，都应该将他们调过去，赶造可能会在1940年完成的那些舰只。根据需要，我们一定要做出不一样的安排，有些舰只的交货期限是比较晚的，就可以将建造这些舰只的工人都调过去建造战争迫切需要的那些舰只。准备在1941年竣工的所有舰只都可以暂时先放在一边，而准备在 1942 年竣工的舰只则更可以不予理睬。可以在 1940 年竣工的舰只，我们必须要保证这些舰只的优先制造权。

6. 同样的原则，放在驱逐舰和轻型舰只身上会更加适合。但看起来这些舰只的生产情况进行得似乎很顺利。这些舰只何时能够完成，我还没来得及进行详细考察。可是现在我们最着急要的，是要有两艘新战列舰、四艘航空母舰及十二艘巡洋舰在 1940 年年底之前服役。

海军大臣致第一海务大臣　　　　　　　　　　1939 年 10 月 21 日

我专门给你一个人写了这封信，这是因为只要我们两个通力合作，对于我们想做的事情是不难做出来的。

我们一定要有相当数量的主力舰，并且这种舰只对经常来自飞机炸弹的轰炸不会产生畏惧感。在防止来自潜艇的袭击方面，我们已经能通过舰胴和潜艇探测器来对舰只进行保护了。并且对来自空中的袭击，我们也要设法能让它们进行防御。在空中将一枚重磅鱼雷投下来去袭击一艘军舰，命中率只有百分之一，但还是有可能被命中的，并且两者之间的价值相差得太悬殊，就如同一个英雄被蚊子咬了一口。我们一定要把原来的观念还原回来，那就是在阵前放置一艘战舰就能将一切进攻抵挡得住。

我主要想说的是，我需要四五艘军舰，而且是装甲极厚的那种，我们想把它们派到哪里都可以，这样就可以万事大吉。另外，我们还可以有各种类型的舰只以便能在远洋执行任务。可是，要是没有一队大型军舰能对付来自空中的轰炸的话，就算我们想维持下去也是不可能的。

在今天早晨，我已经给你写过信了，提到了有关"伊丽莎白女王"号的问题。但至少我们也必须要把其他五艘军舰改装一下，能让它们有足够的能力对付来自空中的袭击，就是说，即便碰到了一万英尺高空投下的一千磅的穿甲炸弹袭击也不足为惧。这样的话就需要改造军舰的结构，但改动量同想象的工作量比起来，并没有那么大。不管怎么做，还是得拆掉一两座炮塔的，这样一来，最少可以减少两千吨的重量，我们就可以将六英寸或是七英寸的钢板铺到军舰上，而且要尽量铺得厚些，只要不超过舰身的稳定极限就可以。拆去炮塔后，一定要把高射炮装在空出来的地方。这样一来，就把大炮从八门减少到四门，但是要想把"沙恩霍斯特"号或"歌奈森诺"号击沉，四门十五英寸口径的大炮就足够了。我们一定要把"英王乔治五世"号和"威尔士亲王"号在德国的新战列舰还没有出现的时候先制造出来。所以说，这五六艘不畏惧空袭，能活动于英国海峡的军舰，我们要集中所有力量先赶制出来。我们可以将高级军舰专门用在远洋活动上。总而言之，把舰上的炮拆下来，把厚甲板加上去。对于1940年的军事来说，这就是首要任务。

目前要办的事情还很多，要想改装这些舰只，就必须要把它们弄到船坞里去，问题是怎么弄呢？

我们不要在舰只的外观上做考虑。关于舰上的上层炮塔，还是请你把它去掉吧。有关军舰改装的地点，在普利茅斯可以放一艘，在朴次茅斯可以放一艘，在克莱德可以放两艘，在太恩也可以放一艘，然后让这些地方各自动工。当这些军舰被改装成只剩下四门炮之后，如果让炮术专家加以潜心研究，其炮火发挥出来的威力还是很大的。但主要的问题是，在增加的高射炮的数量上要多多益善，一定要做到想去哪里都不成问题，1940年的军事主题就是这个，现在我们着手做还不晚。

很明显，所有这一切使我们对装甲军火运输舰和装甲油船的需求更加迫切。这一切做法都表明了我们在海战上没有必要做过多的考虑，而怎样才能在猛烈的空袭下维持住制海权，才是需要我们多考虑的事情。

应该在星期一将这个办法提出来，而且提供的资料要充足，以便我们可以在星期四之前就能采取这个有着深远影响的决定。到了那天，我们可以将审计官、海军建设局长和海军军械局长都请过来，进而将我们的战线从船舷转移到船顶上。

就我的观察，战争在这个冬天应该不会有太大的进展，在各处会有一些接触，不过都是装装样子，但是在春天到来之后，战斗一定会开始，而且是紧张而激烈的。

请记住这一点，没有任何人可以驳倒我们一同做出的决定。

（四）新建军舰计划，1939—1940 年

（不包括轻型海防舰艇）

I	II	III	IV	V		VI	
				修正的（战时）预计完成日期		实际完成	
类别	在战争爆发前核实建造的数量	1939 年战时计划的数量	1940 年战时计划的数量	（a）1940 年底	（b）（a）项外再加上 1941 年底	（a）1940 年底	（b）（a）项外再加上 1941 年底
战列舰	9（a）	—	1（e）	2	2	1	2
航空母舰	6			3	2	2	2
巡洋舰：口径为八英寸 口径为六英寸以下	— 23（b）	— 6	— —	— 13	— 7	— 7	— 6
舰队驱逐舰	32	16	32	12	28	11+6（g）	14

I	II	III	IV	V		VI	
				修正的（战时）预计完成日期		实际完成	
类别	在战争爆发前核实建造的数量	1939 年战时计划的数量	1940 年战时计划的数量	（a）1940年底	（b）（a）项外再加上 1941 年底	（a）1940年底	（b）（a）项外再加上 1941 年底
护航驱逐舰	20	36	30	26	34	25	25
海岸炮艇	4	2	20	4	2	2	4
猎潜快艇（包含护航舰）	61（c）	60	52（f）	88	48	51	70
潜艇	12	19	49	22	23	19	19
布雷艇	4	—	—	2	2	—	4
扫雷艇	20（d）	22	22	10	31	5	20
拖网船（用于反潜艇）	20	32	100	42	50	30	53

注：（a）包含后来取消的"雄狮"号、"鲁莽汉"号、"征服者"号及"雷神"号。

（b）包含原本是在 1939 年计划中的，但是到了 1939 年 9 月 3 日还没建造的四艘，其中有两艘后来取消了建造。

（c）包含已经订货可是到 1939 年 9 月 3 日还没有开始建造的五十八艘。

（d）已经订货可是到 1939 年 9 月 3 日还没有开始建造。

（e）"先锋"号。

（f）后来有二十七艘被称为大型快速巡洋舰。

（g）原本是给巴西建造的，后来被收过来的六艘驱逐舰。

（五）舰队基地

海军大臣致海军副参谋长及其他人员　　　　1939 年 11 月 21 日

（在行动时依照最后一段进行）

在 1939 年 10 月 31 日，海军大臣、第一海务大臣和海军总司令曾经在"纳尔逊"号上举行会议，会议做出决定，在舰队的各个基地应该有以下各种部署。

1. 在春季结束之前，斯科帕湾仅能被视为舰队临时添加燃料的根据地，但作为基地来使用是不行的。可是应该尽快进行下面几项工作：

（1）将沉没的舰船布置在没有设防的航道上形成障碍。

（2）要把防潜网变为两重，特别是在必要的地方要增加这种布置。同之前的相比，这些防潜网不仅要更为先进，而且至少在使用的数量和范围上要等同于上次大战。需要重新研究一下峡道平时的开启和关闭事宜，要缩短每次开放的时间，这样能得到更大的安全保障。

（3）应该按照在上次大战中采用的规模，将拖网船和带有漂网的扫海船的船队调到斯科帕湾使用，应该让计划局对船只的部署工作做出周全的考虑。在 1940 年 2 月底之前，也就是在斯科帕湾重新成为主要基地之前，福斯湾将会有权使用所有的拖网船和带有漂网的扫海船。

（4）应该抓紧对简便营房的建造工作，不能停下来。

（5）应该将混凝土的炮座制造出来，以便能够架设八十门防卫斯科帕湾的大炮。这项工作的工作时间应该放在整个冬季，到了春季，已经将一切都准备妥当后，才能将大炮运过来并安置。

（6）应该扩大威克的飞机场，直到可以容纳四个中队的飞机为止。

（7）应该继续进行雷达的工作，可是如果遇到的任务更加重要的话，那在着手处理的时候也应该先后有序。

斯科帕湾在这段时间里可以当作驱逐舰的加油基地来使用。应该按照一开始制订好的计划，着手进行油库的伪装和假油库的建设等工作。不可以削减在斯科帕湾的人员。在此处已存储的油量为十二万吨，没有必要再增加了。如果有更加紧迫的工作的话，可调派目前正对地下仓库实施建造的工人，甚至可以将近段时间内部决定的事宜交由他们担任。

2. 应该继续保持下去尤湾 A 港的现状，当前的人员也不可变动。甚至可以说在斯科帕湾的水道铁丝网还没有完成的时候，这样的一种永久性的水栅和水道铁丝网在一开始的时候就应该存在。应该立刻将淡水管子加工完成，而且必须要通过其他各种非主要方式将此港变为一个隐蔽的休息站，以便能供时常来休息的舰队使用。

3. 应该让罗赛斯港成为一个主要基地以供舰队作战使用，同时我们应竭尽全力让该港发挥出来最大的效率。应该首先进行的就是改进水道铁丝网的工作。低空飞行的敌机会对大桥下的碇泊处进行攻击，为了能很好地对此进行防御，必须要设置防空气球。在以前曾将二十四门三点七英寸口径的高射炮和四门双筒自动高射炮调到了克莱德湾，当舰队从克莱德湾离开以后，应该在四天之内分批将这些武器调回福斯湾。在进行此项工作的时候不应该显得十分着急，应该尽可能地让各炮兵队在装运的时候表现出从容镇定的神态，只要从现在规定的时间算起，能在五天以内将这些武器调回福斯湾就可以了。要将罗赛斯港的雷达保护好，并且应该将其在最快的时间内配置好。在今天，就从英国防空委员会获得支持的问题，道丁空军少将正在同本土舰队总司令一起讨论。在以前，曾经和海军部商量好的方法，必然要将其视为最低限度，当舰队第一次使用这个基地的时候，希望能参加战斗的空军中队最少有六个。

关于总司令和道丁少将会谈的内容，请海军副参谋长找找看，然后告诉我们结果。只要舰队一到福斯湾就会受到攻击，我们对此已经预料到了，所以要做好应对的准备。这个基地的各方面在今后的日子里都要继续加强，当舰队中最大的军舰可以在此处安全停泊的时候，这一工作才可以告一段落。除此之外，一些特别的部署也是必不可少的，可以让军舰上的炮火跟海岸上的炮火在射击的时候协调进行。依我看，在对停泊的舰只进行掩护这方面，使用七十二门炮的集中火力应该是没有问题的。

4.目前已经装置在克莱德湾十六个防空气球了，是不可以移动的，这样一来就可以迷惑敌方，让他们不知道我们的想法。

这个记录，我真的很希望海军副参谋长能认真地加以核实，以保证这里面的各项细节都准确无误，当第一海务大臣对此表示同意之后就立刻给各部门下令，让他们真正贯彻执行下去。

海军大臣致第一海务大臣　　　　　　　　　　　1940 年 1 月 3 日

有关防守斯科帕湾的问题

1.在 9 月，当我们给斯科帕湾各炮台分派人员的时候，之前预计有三千海军陆战队员就够了。现在，陆军部已经陆续将这个预计的数量从三千增加到六千、七千、一万，甚至到一万一千人。这个数字根本就不是皇家海军陆战队可以承受的。

2.不仅如此，皇家海军陆战队只有到 3 月 1 日以后才能开始进行"专任作战"人员的训练，因为只有到了那时，陆军才能将各种必需的装备提供出来。从 9 月开始，只是将八百余名军官和士兵集结在了一起，其他的什么事都没做。这些人，我们随时都可以将他们作为海军陆战队的突击队或机动的防守兵力来使用。

另外，在人力储备上，陆军部还剩余一些已经训练好的士兵，好像是准备要将他们编入斯科帕湾的炮兵部队。在斯科帕湾，现在正以每月十六门的速度装置高射炮。因为我们会在 3 月以后使用这个基地，所以这是一个能满足我们需要的最好的方法了。

3. 如果说陆军部不想承担这个责任的话，那我们就要对他们提出要求了，要让他们从 2 月 1 日起就将各种训练器材都提供给我们，并让他们将我们所缺乏的各种技术人员都派过来全力协助我们；同时还要跟他们一起商议出来逐步交接的方法。当然了，让他们自己负责是最好的方法，我们一定要对他们催促紧一些。

4. 海军部向陆军提出的要求过多，这样的情况并不是我想看到的。如果有不少办法可以通融的话，那么或许就有极大可能减少所需的人数。三十个人照看一门炮，十四个人照看一座探照灯，我们是在保障长年有人不分昼夜地看管所有的炮和探照灯的前提下得出的这个数字。可是，舰队是要常常出海的，在这个时候就可以降低一些戒备的等级。不仅如此，实际上我们并不想看到每门炮都连续不断地发射，并且将这一动作贯穿于整个长时间的空袭中。假如说这样的攻击方式真的出现了，舰队肯定会出海的，所以能不能考虑只是把一部分炮的戒备状态保持在一级，而让另一部分在接到警报以后能有更多的时间进行准备呢？

5. 在探照灯方面，是否就真的需要一百零八座呢？敌机能在夜间飞过这么远的距离来对舰队实行空袭吗？直至现在为止，只是在白天能看到敌机的空袭，而且想要精准地对目标实施打击，只有在白天才能做到。

6. 当舰队预备使用斯科帕湾作为基地的时候，我们就必须要把数量最好能达到一半的这样一部分高射炮和人员从罗赛斯港调到斯科帕湾去。如果要把最高级戒备的装备在这两个地方同时进行安置，我们是没有这个实力的。采取这样的做法，也是很划得来的。

7. 所以在斯科帕湾的防务问题上，我建议在此地安排五千人，而且要告诉司令官，要对每个炮兵阵地、每个岗位都认真研究一下，看是否有办法在局部上做出改进，然后让这些炮在他一步步的努力下将最大的威力发挥出来。

8.斯科帕湾这个地方，其防守力量十分坚固，估计不会出现什么伞兵降落和受到潜艇袭击的事。所以不必再添加军队，保持现有的炮兵团足矣。可是，司令官应该将一支完全可以应对紧急状况的部队组建起来，以便于能应对这种小规模的但还没有出现的情况。

9.谢特兰群岛跟这里的状况不一样。我们最好是把一个营的兵力安排在谢特兰，当然没有必要跟西线那样把这个营装备得特别精良。

（六）在海军上对土耳其的支援

海军大臣的报告，1939 年 11 月 1 日

今天下午，第一海务大臣和我会见了来自土耳其的奥尔贝将军，跟他讲了如下情况：

如果苏联威胁到了土耳其，在收到土耳其请求支援的消息后，英王陛下政府会在特定的情况下动用海军对土耳其实行援助，而且这些海军比苏联的黑海舰队更有实力。为了能达到这一目的，那就必须要将反潜艇和空防的力量部署在士麦拿湾和伊思梅德湾，如果有必要的话，还需要将英国的技术官员派遣过去帮助他们。所有这些措施，是除了目前在达达尼尔海峡和博斯普鲁斯海峡铺设防潜网计划之外新增加的。

土耳其方面，我们还没有承诺他们什么，也没有签订军事协议。或许不会出现这种意想不到的状况。我们想要的是苏联能够保持中立，甚至能对我方示意友好。不过，如果土耳其感觉处于危险地位，进而向英国提出想让海军支援的时候，那么我们就要参照地中海的形势和意大利所表现出来的态度同土耳其进行商谈，盼望着可以将正式协议签订下来。估计要想对苏联走极端的行为加以阻止，只要让英国舰队开到士麦拿湾就可以了，同时要想让博斯普鲁斯海口免遭苏联的军事袭击，也许把英国舰队开进入伊思梅德湾就能实现。无论怎样，我们也是基于这个立场而采用了必要的行动，以便能将黑海制海权建立起来。

对这个说明，奥尔贝将军表示特别满意。他说，两个国家之间并不存在相互制约的问题，对此他是完全知晓的。并且他还说，他回到自己的国家以后便会将此事报告给他的政府，而且一些必需的准备工作就要在这些基地上展开。

在此事上，我并没有往法理那方面考虑；因为，如果说正式签约的时机已经成熟了，到那时候自然会将这个问题解决的。假设的理由是，土耳其感觉自己受的危险已经极其严重了，或者是实际情况下已经变成了交战国，在这样的情况下才向英国提出请求，要求给予支援。

（七）对灯火的管控

海军大臣的意见，1939 年 11 月 20 日

1. 我向我的同事冒昧地提出建议，当目前月亮由圆转缺的时候，灯火管制的方法也应该做合理的调整。现在的德国政府，他们的政策也并不是不分缘由地在英法两国境内胡乱轰炸，对此我们是清楚的。对他们来说，轰炸非军事目标并没有什么好处。如果要是对军事目标进行轰炸的话，最好或者只有在白天或是晴朗的夜晚效果才明显。如果说他们改变了这个策略，或是我们实行了空袭警报，到

那时候我们再将灯火熄灭也来得及。在目前这种情况下，可以等到发出空袭警报的时候再关闭街道的灯火。如果说仅仅是为了残害平民百姓而发动夜间的袭击，那么不管伦敦是否熄灭灯火，他们只要按定向方位和地图，想找到伦敦并不是难事。用于指导敌机前进的并不是城市通明的灯火，而且如果我们将灯火在进行空袭的敌机进入我国之前就熄灭的话，那对它们也就没有什么引导可言了。不管怎么说，灯火的关系是不大的。

2. 当然，我们也没有必要像平时那样使用街道照明，改变的方式是多样的。对巴黎街道的灯火管制措施是十分实际而有效的，六百码之内的景象一览无余。车辆在这样的灯光下行驶在街道上是很安全的，但同平时的灯光比起来要暗多了。

3. 在现在所采取的办法上，我们所付出的代价是很大的：第一，丧失生命；第二，就如同空军大臣提出的抗议那般，对军火的生产形成了阻碍，同时对海港作业也起到了阻碍作用，以至于对西岸的工作都产生了影响；第三，让群众感觉躁动，情绪上也萎靡了很多，影响了他们作战能力的正常发挥，而且由于这种方法得不到大家的认可，以至于损害了英国政府的威信；第四，使夜晚行走在黑暗的街道中或是乘坐在关灯状态下的火车中的妇女和少女们担惊受怕；第五，影响到了商店、娱乐场所等行业的正常营业。

所以，我的建议是自 12 月 1 日起，执行下面的内容：

（1）应该将各城镇和乡村的街道照明恢复到较暗的程度，或是有限制的照明。

（2）即便是要冒一些危险，也要允许汽车和火车使用较大的灯光。

（3）有关现在按规定所执行的房屋住宅灯火管制的各种限制，群众已经习以为常的，要加以保持；但是如果只是出现了轻微的违反规定的行为就将让人反感的惩罚强加于身，那就不应该了。（我在报纸上看到了这样一则消息，一名男子因为在某个地方抽烟时火光过于明亮而受到了处罚；还有一名妇女也因为要照顾生病的孩子而打开了电灯被罚款。）

（4）如果批准了这种通融的办法，就应该进行有效的宣传，方法可以是通过多次的无线电广播，印发公告，然后分发给在各加油站加油的汽车司机，要让他们清楚，如果有空袭警报发出时，司机就要立刻停车灭灯，也应该将其他所有灯光都关掉。在警报拉响以后还有开灯的人，应对其严惩不贷，以儆效尤。

4. 也许依照这些情况，我们能度过以后云雾甚多的三个月冬季。即便发生了激烈的战争，或者是我们做的事足以招来敌人的打击报复，我们也随时可以恢复现在管制灯火的方法。

（八）用于对付磁性水雷的种种手段的节略

有关使用磁性导炸装置制作的水雷和鱼雷的一般性能，虽然大家在战争爆发之前就了解得很清楚了，可是对德国研制出来的这种水雷的详细情况，当时的人们还是知之甚少的。一直到1939年11月23日我们在修伯利纳思打捞上来一个以后，才能在以前研究获得的知识的基础上，立刻投入对合适的应对方法的研究中。

第一，需要使用新方法扫雷；第二，把被动防御办法提供给各种船舶，保护它们安全通过未经扫雷或未完全扫雷的水道，以免碰到水雷。我们很好地解决了这两个问题，战争初期所采用的技术手段，将通过以下几段文字进行简单的描述。

积极的防护——新的扫雷办法
磁性水雷

要想扫除磁性水雷，那就必须要把一个足可以将该水雷引爆的强大的磁场装置安置在这种水雷的附近，并且还要让水雷在爆炸的时候处在扫雷艇的安全距离之外。在1939年初，我们就已经设计了一艘破雷舰，而现在已经在试验性地使用这种破雷舰。这种破雷舰的电磁装置能发出很强大的电磁波，当它向前行驶的时候，就会引爆前面的磁雷。这种破雷舰在1940年初取得的成绩还是不错的，但是要想大规模使用这种方法的话，却又发现不是很适合，可靠性上也差一些。

同时，我们又尝试研制出了各种电力扫雷器，它们可以使用浅水船只进行拖带；也尝试过让低飞的飞机携带电磁线圈的方法，但在实际使用中这个方法有很多困难，并且飞机会有很大的危险。在试验过的所有的方法中，似乎最有希望成功的就是被称为"L.L."的扫雷法，于是人们在这个方法的研制上投入了大量的精力，为的是让它更加完美。让一只小船拖带着这种扫雷装置和一条被称为"尾巴"的很长的粗电缆，这一工作总是需要两艘或是两艘以上的船一起进行。按照认真计算过的时间间隔，让强烈的电流从这些"尾巴"上通过，这样一来，在距离扫雷艇相当远的地方就能将水雷引爆。设计这种装置的人遇到的困难真的太多了，其中的一项就是要让这种电缆具有漂浮的能力。电缆厂已经解决了这个问题。最初是将一种叫作"索博"的橡皮套子加在了电缆上，后来就换成了缝合网球的方法，效果也很好。

到了1940年春季，L.L扫雷船的使用数量渐渐多了起来。从此以后，在这个问题的解决上，就变成了德国设计水雷的专家和英国扫除水雷的专家之间的智斗。德国人经常改变水雷的性能，但每次改变以后都被改进的扫雷器击败。虽然敌人也有洋洋得意的时候，而且在一个时间段内曾将主动权掌握在他们手中，但最终总会被英国对手降伏。甚至有的时候，能事先预知德国会怎么改变水雷的结构，进而提前预备好应对的方法。一直到战争结束，在对付纯粹磁性水雷上，L.L. 扫雷法一直是十分有效的方法。

音响引爆水雷

敌人在 1940 年秋季将一种新的"音响引爆"式水雷应用到了战争中。这种水雷是通过船舶推进器在水中移动时发出来的声音激发引爆装置而致使其爆炸的。这样的发明，我们早就预料到了，所以早准备好了应对的方法。解决这个问题的方法是，让扫雷艇发出一种声音，这种声音很适宜却特别强烈，在距离水雷很远的地方就能引爆它。在经过试验的各种方法中，效果最好的要数"康果震动锤"。这种装置是装在位于船龙骨下面的一个防水容器内。这个方法的效果，其决定因素在于找出的震动频率是否正确；跟之前一样的是，这也必须要先得到敌人的一个水雷样本，才能取得快速的进展。这次我们的运气还是挺好的，在 1940 年 10 月发现了第一个音响引爆水雷，到 11 月又将两个完整的水雷从布里斯托海峡的泥滩上打捞起来。很快，有效的应对方法就出来了。

不久以后，我们发现敌人将音响和磁性导炸装置同时应用到了水雷中，这样一来，无论在哪一种外因的作用下都能将水雷引爆。另外，敌人又有很多反扫雷的方法，这就是在受到第一次或是被设定好的多次刺激时，引爆装置不会发生反应，或是在一段时间内引爆不了敷设好的水雷。因此，虽然我们使用扫雷艇将航道进行了彻底扫除，有时候甚至是扫过许多次，但随后或许还会有一些"晚熟"的、造成损害的水雷。可是，尽管德国人因为技巧和才能取得了各种结果，而且在 1941 年 1 月，我们很多有价值的记录因索伦特试验场被炸而损毁，让我们的损失十分严重。但是双方不停地进行智斗，这样下去的结果，还是会渐渐变得有利于我们。我们对有关各方面孜孜不倦地努力工作进行表扬，取得了最后的胜利。

被动的防护——消磁

所有用钢铁制造而成的船舶，都有永久性和感应性的磁性，这是常识。要是因此而产生的磁场其磁力足够大的话，就会触发那些放在海中的经过特殊设计的水雷的引爆装置；但相对来说，如果要是减小了这种磁场的磁力，那么这样的危险，或许就能够避免。在浅水里，虽然不能说安全绝对没问题，但是能做到将磁性在很大程度上进行消除。在1939年11月底之前，我们的初步试验在朴次茅斯进行，结果表明，减小船舶的磁性是可以做到的，方法就是在水平方向上将电缆缠绕在船身上，用船本身发出来的电力给电缆通电。这个原则立刻被海军部接受了。于是，使用这个方法可以让所有带有发电设备的船舰在很大程度上得到保护。而且在为了把必要的条件确定得更加精确而必须要抓紧时间进行研究的同时，也要立刻准备用这种防御方法来对舰队进行大规模的装备。我们想达到的目标是，对在超过十英寻水深的水域航行的船舰进行保护，能让它们不畏惧磁性水雷的威胁，而且扫雷艇及其他小舰艇在更浅的水域中航行时，安全上也可以得到保障。在12月，针对这种消磁圈进行了大规模的试验，结果表明，同其他没有装这种设备的船只相比，装上这种设备的船只所能行驶的安全深度只是它们的二分之一，并且航行的时候也比较安全。不仅如此，这种设备对船身的结构没有要求，也不用添加精密的器皿，仅仅是要给若干船舰上安装上发电设备就可以了。而且可以将临时电缆圈缠绕在船的外壳上作为应急手段使用。要想完成这种工作，只需要几天的时间就可以了，不过要想把这种设备永久性地安装在船内，还是应该尽早在时机合适的时候装上。这样的话，正常的航运周转在前一种情况下受到的耽搁不会太大。这种方法被称为"消磁法"。为此，我们成立了一个组织，由海军中将莱恩·普尔带领，主要的任务就是监督将这种设备安装到各船上。

这项工作最为繁重的还是在供应和管理这两个问题上。根据我们的调查，仅消磁圈这一项，每星期就需要用到一千五百英里的电缆，而在一开始，国内的产量只能满足上述供应的三分之一。虽然可以将我们的产量提上去，但是要想做到，就只能以牺牲其他的重大需要作为代价。所以说，只能从国外进口大量的材料才能满足我们的全部需要。另外，各海港的安装工作，都必须要配备训练好的人员管理，需要将每艘船舰实际需要多少量都确定下来，而且要对各地负责航运调度的相关方面给予技术支持。这一切保护措施，将大量属于英国和各盟国商船队的船只都包含了进来。

到 1940 年最初几个星期，这个组织一直处于发展状态。在这个时期内，有一个重要问题是首先要解决的，那就是要让各船舶能自由出入我国的各个港口，特别是在东部沿海有着重大危险的各个港口。所以在对临时消磁圈的装置上，我们集中了所有力量来进行这项工作，将全国生产的只要是合适的电缆都征集过来了。为了供应需求，生产电缆的工人日夜不停地工作着。在这期间，很多船舶都是缠绕着电缆出海的。面对海浪的冲击，这种电缆或许经受不住，但是让船只从危险的沿岸水域平安地通过还是没有问题的，当再次进入可能有水雷存在的水域时，可以重新安装起来使用。

拭去磁力装置

不算上面介绍的方法，我们还发明了一个消除磁力的方法，这个方法相对就简单多了，这就是现在所说的"拭去磁力法"。只需要几个小时就可以完成这个方法，那就是在靠近船身的地方放置一条粗电缆，然后使用岸上提供的强大电流对其通电。这就不需要将永久性的电缆安装到船上了，不过这个方法的缺点是，需要隔几个月就得重新来一次。对大轮船而言，这个方法是没有效果的。但是它对大量时常在危险地段航行的小型沿海船只来说是很实用的，这就极大地减轻了安装消磁圈的部门的压力，也节省了大量的时间、材料和人力。这一方法所带来的特殊价值，在盟军从敦刻尔克撤退时显得尤为明显。在当时，很多样式各异的小船通常情况下都不是在大海上航行的，经过这种简单的处理后，在英吉利海峡沿岸周围的浅水区，它们就可以航行了。

对商船进行消磁

我的同事肯定清楚，让船舶的磁性消失是对付磁性水雷最为有效的方法之一。当船只航行于十英寻以上的水域时，通过这一方法可以让船舶免受来自磁性水雷的威胁。

总共有四千三百艘在联合王国的各港口从事贸易的英国船只，它们都需要安装消磁圈。

在1月中旬，安装消磁圈的工作就开始了。到3月9日为止，已经安装完毕的有四千三百艘军舰和三百一十二艘商船。而在这一天，正在进行安装的有两百十九艘军舰和大约两百九十艘商船。

到目前为止，安装工作的进度因电缆供应的短缺而受到了限制。但是现在已经快速地对这种供应情况进行了改善，估计在今后对安装速度造成影响的，就是船厂劳动力供应是否充足的问题了。

如果说让外国船坞去给一部分英国船只安装消磁圈，那么这样做所带来的好处将会是特别大的。大约有七百艘中立国的船只跟我国有贸易上的往来。对中立国的船员，特别是挪威轮船上的船员来说，在驶往我国各港口的贸易航线上很有可能会触到敌方的水雷，这种危险的存在，他们已经感到不安了。对我们来说，中立国船只的安全和其船员的信心都是十分重要的，所以我们有充足的理由为中立国提供消除磁力所需要的技术知识，以便于让他们可以把同我国有贸易往来的船只的磁性消除掉。

让外国的船坞为很多英国的船只进行消磁，以及让中立国的船只也应用上消磁方法，如此做法带来的好处的确不小，但也要考虑到秘密可能会被泄露出去这一不利问题。如果我们使用的方法被敌人得知，他们可能采取的方法是：（1）对水雷的灵敏度加以提升。（2）将磁极性相反的水雷敷设在同一个布雷区。如果能够保持这个秘密的话，那么对敌人的反措施就能起到延缓的作用。不过，我们没有必要让国内所有修理船舶的厂商都知道关于消磁圈设备的详细技术资料。如果将资料就这样广泛分发下去，很快就会被敌人知道，在这一点上几乎是不用怀疑的。

但是，对敌人来说，这两种方法也有对他们不利的地方，原因是：

（1）在扫除水雷这一工作上会变得更加容易，同时也减少了对没有使用消磁设备的船只的危害，这是因为如果水雷过于敏感，那么会在船舶的前面就发生爆炸，或者更甚者当船只还在很远的地方时，它就会在其前方发生爆炸。

（2）将磁极性加以颠倒，这样的做法只是对那些磁性难以完全消除的船只可以起到作用，并且水雷上还需要安装灵敏度高的设备。

自从"伊丽莎白女王"号到达纽约，以及后来将这件事通过报纸公布之后，上述情景就发生了变化。我们所使用的防护措施已经被敌人知晓。他们对自己的水雷结构是清楚的，所以有关消磁圈的作用也就不难推测了。所以说，现在在力所能及的范围内，他们可以使用任何反措施。报纸上所刊登的消息，使中立国对这种资料的需求更加紧迫。如果说我们还是不同意将这一秘密告诉别人的话，那么真就同我国鼓励中立国商船跟我国进行贸易的政策相悖了。

所以我的顾问人员感觉，如果现在我们不再将这一技术当作军事秘密看待，那对我们而言，也不会有什么特别大的损失。

因此，海军部提出如下要求：

（1）如果情况需要的话，可以把我国的商船开进中立国的船坞，让他们为我们安装消磁圈，以便弥补我国在这方面资源不足的状况。

（2）如果情况需要的话，可以为中立国提供这种消磁方法的技术资料，以便让中立国给同我国有贸易往来的船只安装上消磁圈。

（九）德国第四十七号潜艇作战日记节录

1939 年 11 月 28 日

（德国时间）

十二点四十五分	方位北纬 60° 25′ 东经01°	在 120° （正）方位发现桅杆
十二点四十九分	风向西北 10—9 海浪 8 有云	一艘"伦敦"号级巡洋舰
十三点三十四分	北纬 60° 24′ 东经01° 17	射程为八百米，估计巡洋舰的航速为八英里。自第三号管射出一颗鱼雷。一分二十六秒后，爆炸声响起。我可以看到在烟囱后面中弹后的损伤，上甲板已弯曲破裂。位于右舷的鱼雷管装置向后弯过船边，舰上的飞机在甲板尾部搁置着。该舰向右舷倾斜了大约五度，随后按反方向航行消失在暴风雨中
十四点零三分		从海面露出来，进行追击

		在 90° 的方位上再次看到了该巡洋舰。我立刻潜入水中想要接近它，然后进行攻击，但是此舰却再次消失在暴风雨中
十四点二十分		
十四点五十一分		露出海面，在该区域搜索，但未能找到

1939 年 11 月 29 日，在邓尼茨海军大将的作战日记中有如下记载："当收到第四十七号潜艇使用鱼雷对一艘巡洋舰进行攻击的报告后，宣传部就宣布说，我们已经将一艘巡洋舰击沉了。按照军人的观念，这样的宣传并不合适，因为它是错误而不切实际的。"

（十）"耕耘者六号"

在那段犹豫不定而且在进行分析研究的日子里，我在一个问题上考虑了很久，而且尽力去实现这个想法。我想着，大战只要一开始，或许这个想法还是能起到一些作用的。为了严守秘密，我们先将其称为"第六号白兔"，之后又修改为"耕耘者六号"。这种方法是为陆军设想的，能让他们在穿过敌占区的时候不会有过分或是太大的伤亡。我确信我们可以制造这样一种机器，它可以在地上掘出一条壕沟，其深度和宽度足可以让攻击的步兵，不久后还可以让进攻的坦克在前进的时候能有较高的安全性，然后从无人地段和铁丝网上越过去，出现在敌人的防区，这样我们可以使用的兵力就跟敌人大致相等甚至比他们还要多，就能同敌人展开近距离作战。挖掘这种壕沟的机器前进速度一定要快，可以将一条穿越敌我两军阵线的沟道在夜间的几个小时之内挖出来。我希望这种机器的前进速度能够在每小时三英里或是四英里左右，甚至是每小时前进半英里也可以了。如果将这一方法使用在一条二十英里或二十五英里长的战线上，那么所需要的这种掘壕机的数量或许只有两三百架就可以了。到了黎明十分，就会有一队坚强的步兵以势如破竹之势到达并深入到德军阵地中去。和后方保持联系的交通壕有几百条，顺着这些交通壕就可以将大量的援军和军需品运送到需要的地方。如此一来，我们就可以在敌人意想不到的情况下深入敌军阵地中，并且不会有什么损失。这一方法没有次数上的限制，可以重复进行。

当我在二十五年前下令制造第一辆坦克的时候，我便把海军建设局长德伊纳科特邀请了过来，是他解决掉这个问题的。所以，我在 11 月又一次将这个问题提交给了目前担任这个最重要职位的史丹利·古多尔爵士，负责此事的是霍普金斯，他是史丹利·古多尔爵士最得力的助手之一，同时划拨了十万英镑来支持实验。位于林肯市的拉斯敦·布希鲁公司在六个星期之内就将工作模型设计完成并制造了出来，这个小机器特别具有启发性，它长约三英尺，我们在海军部地下室的沙地上对它进行了试验，取得的成绩还是不错的。埃恩萨伊德将军是帝国的总参谋长，他和其他的英国军事专家对我的支持特别积极，既然如此，我便将首相和一些同事邀请了过来，让他们观看表演。之后这个机器又被我带到了法国，让甘默林将军和乔治将军先后进行了参观，他们对此都很赞同。我于 12 月 6 日得到保证后立刻就订购了两百辆，这些在制造上将享有绝对的优先权，并会在 1941 年 3 月交付使用。同时有人提出建议说，可以制造再大一点儿的机器，挖出来的壕沟能容纳坦克才好呢。

1940 年 2 月 7 日，经过内阁和财政部的核准，准备建造两百辆挖狭壕的"步兵"式机器，准备建造四十辆挖宽壕的"军官"式机器。由于这是十分新颖的设计，所以必须要将主要部件的试验型先造出来。到了 4 月，遇到了一点儿困难。在过去，我们采用的都是简单的"默林－马林"型号的发动机，而现在空军却把这些机器都要走了，所以我们势必就得使用其他种类的发动机来替代，而这种替代的发动机特别笨重，因为它的体型特别庞大。最后制成的机器体重达到了一百吨，有七十七英尺长，高度有八英尺。这个大家伙可以在一个小时之内在普通的耕地中，挖出来一条长半英里、深五英尺、宽七英尺的壕沟，总共推动了重达八千吨的泥土。所有的制造程序在1940年3月都会移交到一个特殊的部门去处理，此部门隶属军需部。有三百五十家厂商负责建造工作，不允许他们将分散制造出来的部件或是在特意选定的中心完成装配等工作泄露出去。通过地质力学的手段对法国和比利时北部的土壤进行了分析，并决定了一些比较合适的地方，对于强大的进攻计划而言，这种装备的利用可以作为发动这一计划的一部分。

可是这些所有的工作，在开展每一步的时候，其中都会有很多说服和推动性的工作掺杂其中，结果却是什么都办不成。不久之后，一个极其不寻常的战争方式会以雷霆万钧之势向我们扑面而来，进而扫清它前面的一切。如同在不久后就能看到的那样，这些悉心设计的计划立刻被我放在了一边，然后将这个计划要用到的所有资源都转移到了其他用途之上。只是又制造出来了几个成品，以便于在某种特别的战术上起到作用，或者是用于在紧急情况下挖掘反坦克壕沟。到了1943年5月，我们所有的只是一个试验性质的原型机、四个狭壕机、五个宽壕机，有做好的，也有还在制造当中的。我是看过原型机的试验的，所表现出来的效率真的让人很震惊，看完之后我批示了几句话："将'军官'式机器的生产由五架改为一架，四架'步兵'式机器暂时不需要改动。或许不知道什么时候就要用到他们。"剩下来的这几辆机器被保存在了仓库中，直到1945年夏季。在那时，我们正在使用非常规方法对吉戈菲防线进行突破。我们只留下了一辆，其他的都给拆了。以上就是"耕耘者六号"的前因后果。我对此有责任，但自始至终都不后悔。

丘吉尔

（十一）在战争开始的八个月里因敌方的攻击而让英国损失的商船数目

（括号内的是船数）

敌人所用措施	1939年				1940年				总吨位
	9月	10月	11月	12月	1月	2月	3月	4月	
潜艇	135,552（26）	74,130（14）	18,151（5）	33,091（6）	6,549（2）	67,840（9）	15,531（3）	14,605（3）	365,449（68）
水雷	11,437（2）	3,170（2）	35,640（13）	47,079（12）	61,943（11）	35,971（9）	16,747（8）	13,106（6）	225,093（63）
海面舰只	5,051（1）	27,412（5）	706（1）	21,964（3）	—	—	—	5,207（1）	60,340（11）
飞机	—	—	—	487（1）	23,296（9）	—	5,439（1）	—	29,222（11）
其他及原因不详	—	—	2,676（3）	875（1）	10,081（2）	6,561（3）	1,585（1）	41,920（9）①	63,698（19）
总吨位	152,040（29）	104,712（21）	57,173（22）	103,496（23）	101,869（24）	110,372（21）	39,302（13）	74,838（19）	743,802（172）

注：①在挪威海口被德国击沉和俘获的船只。

（十二）"皇家海军"作战计划
海军大臣节略

1. 在 3 月 12 日以后的任何时间，海军作战行动都会在通告发出后的二十四小时之内展开。到那时，按照预先制订好的计划，可供使用的海军式漂浮水雷将有两千多个。这些水雷包括三种类型。在此之后，每个星期都要提供水雷，每次至少是一千个，此事已经安排妥当。作战物资要在英国海军部队到达现场前准备完毕。在当地的各种部署，甘默林将军和达尔朗海军上将已经跟法国商谈过了。可以确信，自卡尔斯鲁厄往下一百英里的河段都会因这些水雷而受到威胁。在临近敌人前线四到六英里之处，是我们集结士兵和特种物资的地方，尽管还处于马其诺防线以内，但危险总是会有的。听说河道的情况在这一个月之内都特别好。积雪会在 4 月消融，那时候也许河水会变得更深一些，而这就需要延长水雷的尾部；或许支流的水暂时不会汇入主干河道，甚至会倒流。

2. 要想让空军做好准备估计得等到 4 月中旬月圆的时候才可以。除非我们被事情发展的态势逼得不得不动手，否则的话最好还是等到那个时候再说。这样的话，我们就可以同时将整条河流都搅浑了，从而让敌人分辨不出来我们海军行动的出发点在哪里。在 4 月中旬，会有大量的水雷供给空军使用，这样只要是月朗星稀的夜晚我们都可以出动，将水雷分别部署在宾根和科布伦茨之间的各河区之内。在还没有漂到荷兰边境的时候，这两种水雷都不会对任何事物造成伤害。希望在 4 月底之前能够准备好专门用于静水运河的特殊水雷；准备分布放在流入赫尔格兰湾的各河河口的水雷，或许最晚到 5 月月圆之夜就能准备好。

3. 所以，应该按照下列时间表来实行这个庞大的布雷战役：

第一天，将德国人攻击英国海岸、船舶和各河口的情形以公告的形式发布出来，并且宣称在此后只要英国依然遭受攻击，那么莱茵河这个地方就会变成已经布置了水雷和禁止通行的区域。我们会对各中立国和平民进行二十四小时的通告，让他们从此以后不要使用该河，并停止在此河上的航行。

第二天，到了夜晚之后，就有两种可以采取的方法，要尽可能多地敷设水雷，并且每天夜里都要进行此工作。到那时，就会有大量的水雷提供出来，足能满足各种布雷方式。

第二至八天，开始将水雷敷设在各个静水运河和各个河口。从此之后，只要条件允许就要一直继续下去，直到敌人不再像现在这样对我们进行攻击，或是取得其他结果的时候为止。

4. 在原则问题上，需要采取的决定是：

（1）这样的作战方式在当前这种情况下应不应该使用，是否合适？

（2）还没有行动之前是否应该发出警告？如果这样做，让对方意想不到的效果就不存在了。但是，并不认为这一点能起到决定性的作用。因为对我们而言，阻止河流和内地水道被使用才是我们的目的，而并非专门进行破坏。

（3）这个计划，是不是我们必须要等到空军准备完毕后才可以执行？还是说在3月12日之后能尽快地展开海军行动？

（4）如果敌人采取报复行动，我们考虑它的报复方式是什么呢？如果不把受到袭击的沿海港口计算在内的话，同莱茵河类似的自然上或是经济上的特殊区域，在英法两国国内还真没有。

5. 第五海务大臣是这项工作的负责人，最好可以在星期四之前到巴黎去一趟，跟法国进行最后一次详尽的商讨，要弄清楚法国政府到底做何反应。从达拉第、甘默林将军和达尔朗海军上将表现出的态度来看，感觉大体上的反应应该是挺好的。

（十三）海军在挪威战争中的损耗

1940 年 4 月—6 月德国海军的损失

被击沉的舰只

名号	类型	原因
"布吕歇尔"号	八英寸炮巡洋舰	4 月 9 日在奥斯陆被挪威海岸防线的鱼雷和炮火击沉
"卡尔斯鲁厄"号	轻巡洋舰	4 月 9 日在卡特加特被潜艇"飘荡者"号发射的鱼雷击沉
"克尼希堡"号	轻巡洋舰	4 月 10 日在卑尔根被海军航空兵部队炸沉
"布鲁默尔"号	训练炮舰	4 月 15 日在卡特加特被潜艇发射的鱼雷击沉
"威廉·海德坎普"号	驱逐舰	4 月 10 日第一次对纳尔维克进行攻击时被鱼雷击沉
"安东·施米特"号	驱逐舰	
"汉斯·鱼德曼"号	驱逐舰	
"格奥尔格·蒂勒"号	驱逐舰	
"阿尼姆"号	驱逐舰	4 月 13 日第二次对纳尔维克进行攻击时被鱼雷或火炮击沉（其中五艘在 4 月 10 对纳尔维克进行第一次攻击时受伤）
"沃尔夫·岑克尔"号	驱逐舰	
"埃里希·盖斯"号	驱逐舰	
"埃里希·克纳尔"号	驱逐舰	
"赫尔曼·库纳"号	驱逐舰	
"勒德尔"号	—	
编号舰第 44、64、49、1、50、54、22、13 号	潜艇	有三艘在挪威海外被击沉，五艘在北海被击沉
"埃巴特洛斯"号	鱼雷艇	4 月 9 日在奥斯陆被击毁

另有三艘扫雷艇、两艘巡逻艇、十一艘运输舰、四艘辅助舰被击沉。

因被攻击而受到损伤的舰只

名号	类型	原因
"歌奈森诺"号	战列巡洋舰	4月9日同"威慑"号开战。6月20日被"克莱德"号潜艇用鱼雷命中
"沙恩霍斯特"号	战列巡洋舰	6月8日被"阿卡斯塔"号用鱼雷命中
"西佩尔"号	八英寸口径巡洋舰	4月8日与"萤火虫"号交战
"吕佐夫"号	袖珍战列舰	4月9日在奥斯陆同海岸炮台开战。4月11日在卡特加特被"金枪鱼"号潜艇用鱼雷命中
"艾姆登"号	轻巡洋舰	4月9日在奥斯陆同海岸炮台开战
"布雷姆斯"号	训练炮舰	4月9日在卑尔根同海岸炮台开战

另有两艘运输舰受伤，一艘被俘。

在整个时期内没有能力作战的舰只

名号	类型	原因
"舍尔海军上将"号	袖珍战列舰	修理引擎
"莱比锡"号	轻巡洋舰	修理因鱼雷而造成的损伤

1940 年 6 月 30 日的德国舰队

类型	现役舰名	附注
战列巡洋舰	无	"沙恩霍斯特"号和"歌奈森诺"号已受到损伤
袖珍战列舰	无	正在修理"舍尔海军上将"号，"吕佐夫"号受到损伤
八英寸口径炮巡洋舰	"西佩尔"号	

（续表）

类型	现役舰名	附注
轻巡洋舰	"克尔恩"号、"纽伦堡"号	"莱比锡"号和"艾姆登"号受到损伤。
驱逐舰	"舍曼"号、"洛德"号、"殷"号、"加尔斯特"号	正在修理中的有六艘
鱼雷艇	十九艘	正在修理中的有六艘，正在建造中的新艇有八艘

还可用来做海岸防务用的两艘旧战列舰分别为"施里辛"号和"施勒斯维希·霍尔施泰因"号。

盟国海军在挪威战争中的损耗

被击沉的舰只

名号	类型	原因
"荣耀"号	航空母舰	6月9日被炮火击沉
"埃芬厄姆"号	巡洋舰	5月17日被击沉
"麻鹬"号	防空巡洋舰	5月26日被炸沉
"鹭鹚"号	海岸炮舰	4月30日被炸沉
"萤火虫"号	驱逐舰	4月8日被炮火击沉
"廓尔喀"号	驱逐舰	4月9日被炸沉
"哈代"号	驱逐舰	4月10日被炮火击沉
"猎人"号	驱逐舰	4月10日被炮火击沉
"阿弗里蒂"号	驱逐舰	5月3日被炸沉
"阿卡斯塔"号	驱逐舰	6月9日被炮火击沉
"热情"号	驱逐舰	6月9日被炮火击沉
"比松"号（法国）	驱逐舰	5月3日被炸沉
"格罗姆"号（波兰）	驱逐舰	5月4日被炸沉
"蓟草"号	潜艇	4月14日被德国潜艇击毁

名号	类型	原因
"曹白鱼"号	潜艇	4月22日，不详
"蝶蛟"号	潜艇	4月27日，不详
"海豹"号	潜艇	5月5日触雷
"多里斯"号（法国）	潜艇	5月14日被德国潜艇击毁
"奥泽多"号（波兰）	潜艇	6月6日，不详

此外被击沉还有十一艘拖网船、一艘载有兵员的运输船、两艘未载兵士的运输舰、两艘供应舰。

被击伤的舰只（不包含轻度损伤）

名号	类型	原因
"佩内洛普"号	巡洋舰	4月11日搁浅
"萨福克"号	巡洋舰	4月17日被炸弹击中
"曙光"号	巡洋舰	5月7日被炸弹击中
"库拉索"号	防空巡洋舰	4月24日被炸弹击中
"开罗"号	防空巡洋舰	5月28日被炸弹击中
"埃米尔·贝尔坦"号（法国）	巡洋舰	4月19日被炸弹击中
"鹈鹕"号	海岸炮舰	4月22日被炸弹击中
"黑天鹅"号	海岸炮舰	4月28日被炸弹击中
"霍特斯伯"号	驱逐舰	4月10日被炮火击中
"日蚀"号	驱逐舰	4月11日被炸弹击中
"旁遮普"号	驱逐舰	4月13日被炮火击中
"科萨克"号	驱逐舰	4月13日被炮火击中
"爱斯基摩"号	驱逐舰	4月13日被鱼雷击中
"苏格兰人"号	驱逐舰	4月13日搁浅

名号	类型	原因
"马奥利"号	驱逐舰	5月2日被炸弹击中
"索马里"号	驱逐舰	5月15日被炸弹击中

二、海军大臣的节略

在给海军部一些官员及部门负责人的备忘录和节略中经常会用到一些简称。为便于读者了解，现将对应的全称以表格的形式列出来，如下所示：

简称	全称
Controller	军需署长和第三海务大臣
Controller M.S.R.	商船修造署长
D.C.N.S.	海军副参谋长
A.C.N.S.	海军助理参谋长
D.N.I.	情报局长
D.N.O.	军械局长
D.T.D.	贸易局长
D.N.C.	建设局长
D.T.M.	鱼雷与水雷制造局长
D.S.R.	科学研究局长

1939 年 9 月

海军大臣致秘书和各部门   1939 年 9 月 4 日

为了防止造成混淆，在所有的公文和公报中统一将德国潜艇正式称为 U-boats。

海军大臣致海军情报局长和秘书   1939 年 9 月 6 日

1. 这份公报写得确实不错，我对其中的原则表示赞同。可是，我们在一开始可能要遭受重大损失的时候，这就要着重说明我们是正在消灭德国潜艇才这样的，过段时间之后可以采取保持沉默的态度。如果有可能的话，应该在第一星期内将麦克纳马拉上校草拟的每日公报先交海军大臣看一下；但是，如果海军大臣不在的话，就要立刻发表出去，不可以拖延。最重要的一点，那就是确保海军部公报内容的翔实度，在语气上不能牵强。就拿今天的公报来说，语气就十分合适。

2. 在召开会议期间，只要有值得报告的事情，不管事情是好是坏，海军大臣或海军部政务次官都愿意在下院中说出来，在私底下以友善的态度提出来的问题，我们会进行解答。

在进行起草这种说明的时候，应该同身为海军大臣议会事务顾问的政务次官商量一下。而使人震惊的或是重大的事情，都必须要通过海军大臣或第一海务大臣的谨慎审核才可以。

3. 在下院进行发表任何关于海战的说明的时候，其内容都要让上院议长斯坦纳普勋爵有了解。

另外，海军大臣想通过他的私人秘书了解斯坦纳普勋爵在一开始的这几个星期内可能会产生兴趣的所有问题。勋爵同海军部的关系一直都十分密切，而且跟海军部发展的事态之间的联系也不应该被掐断。

海军大臣致情报局长（密件）　　　　　　　　　　1939 年 9 月 6 日

目前爱尔兰西海岸的情况怎么样？是否有接应德国潜艇的现象发生在爱尔兰海岸的小湾或入口处？如此看来，还是要雇佣一些可信赖的爱尔兰特工人员严密监视着海港的举动才可以。是否已经着手准备这件事了？请报告。

海军大臣致海军副参谋长　　　　　　　　　　　　1939 年 9 月 6 日

请将在多佛尔海峡布雷的进展状况报告给我，在这之后，要每周汇报一次。

海军大臣致军需署长　　　　　　　　　　　　1939 年 9 月 6 日

　　1. 有关使用调出旧商船来对损失的吨位进行弥补的问题，我们进展得怎么样了？能调出多少来？地方在哪儿？请你列出一张名单并将吨数写上。一定要将船只的入坞和擦洗船底的工作调度好，否则会严重影响行驶的速度。

　　2. 有关怎样尽可能多的获得中立国的吨位问题，我很想听听你们的见解。

海军大臣致第一海务大臣、军需署长和其他人员　　1939 年 9 月 6 日

　　1. 现在批准添加的巡洋舰，即便是在战时要想将其制造完成也需要两年的时间，所以我感觉实在不宜过早考虑这一问题。如果有这一打算的话，可以在今后的三个月内另行考虑。目前既然没有什么条约能够制约我们，那么从今以后我们就必须要建造新式的巡洋舰，其实力要完全可以将德国现在建造的五艘配备有八英寸口径大炮的巡洋舰降伏。

　　2. 请告知建设局长，在他方便的时候要给我准备一份有关一万四千吨或一万五千吨巡洋舰的说明，船舰上需要配置九点二英寸口径的大炮、装备优质铁甲、足以抵御八英寸口径大炮的轰击，在航程和速度上，相比德国现有的"德意志"号或是装八英寸口径大炮的巡洋舰，要有过之而无不及。看来，在对这种舰只进行制造的时候，还需要得到美国的支持。

　　3. 在提交上来的计划中，因为其他的部分都跟搜索潜艇有关系，而且是需要在今年准备完成的，所以就都批准了。

　　4. 有关海军部一般性政策的问题，我很有兴趣探讨。

海军大臣致首相   1939 年 9 月 7 日

　　现在看来，通过对居民的训练让他们将私人住宅中所有的灯光都熄灭掉这是十分需要的，到目前为止所采用的方法已经看到了效果。但是如果说一个巨大的灯火设备是通过两个或是三个中心点控制的话，那就是另外一回事了。

　　虽然灯火管制措施是针对每一家用户制定的，但是在没有空袭警报发出的时候，是否可以考虑让可以管控的灯火继续发挥它照明的作用呢？这样的话，只要汽笛声一响起来，就可以立刻让整个范围内的灯火系统全部熄灭，这样发出的空袭警报效果就会更加明显。而且当警报解除的汽笛声响起来的时候，灯火就会在同一时间点亮，这样一来人们就都会明白空袭已经过去了。这样的做法既不会带来不便，又不会让人有身处黑暗中所带来的负面情绪，可谓是一举两得。并且，这会让我们最少有十多分钟的时间从容不迫地将所有的灯火熄灭。

　　如果你同意的话，我会就此事向我的同事发出通知。

海军大臣致军需署长   1939 年 9 月 9 日

　　在和平年代，为了保障海军实力，我们每年都会在政治纠纷的环境下制造船只。到了战时，要想将整个造船事业激励起来只需要设立一个一定的战术目标就可以了。如果我们将德国和意大利的实际和潜在的海军实力搞明白的话，我们就能十分清楚地了解到，到底需要建造多少船只才能同它们抗衡。所以，请通过对能得到的资料的分析，将直到 1941 年为止，这两个国家可同我们进行对比的舰队实力告诉我（实际存在的和预期完成的）。考虑到到了 1940 年底潜艇所带来的威胁肯定还要严重，所以我们在今后要在驱逐舰的建造形式上多侧重于数量和建造的速度，而少考虑体积和威力。可以设计一种用不了一年就能竣工的巡洋舰，如果能成功设计出来，就要立刻制造五十艘出来。我们需要能够在分舰队中占有一定量比例的主力舰和可执行远洋任务的大型驱逐舰，我对此是知之甚深的，但是要是将我所想象的五十艘中型驱逐舰编排在我们的舰队中的话，那么就会替换出所有较大的舰只，远洋的任务就可以让这些舰只去承担，同时也可以让它们加入战斗。

请把现在我们驱逐舰队的所有情况都向我做一下汇报，在本文件中提及的要添造舰只的问题就不要说了。当我还没有做到对驱逐舰的实力了如指掌之前，我并不打算对护航舰只的情况做过多了解。

海军大臣致军需署长、建设局长和其他人　　　　　　1939年9月11日

在9月12日星期二上午九点半，我们会召开会议。但在此之前，可以考虑下列各点：

1. 在所有的战列舰中，只要是在1941年之前不能参加作战的，其工程一律全部停下来，并将这一状态保持一年。在以后，每六个月就可以将这个决定重新考虑一遍。要在"英王乔治五世"号、"威尔士亲王"号和"约克公爵"号上集中全部力量；如果说在1941年可以让"杰利科"号竣工的话，是可以建造的，否则需要立刻停工。

2. 应该按照计划加快速度进行全部航空母舰的制造工作。

3. 可以在1941年底之前交货的"迪多"号级巡洋舰，要集中全部力量进行建造。在行政措施这一强有力的手段下，要想把现在整个计划局限在十艘这一不可跨越的界限内，应该没有问题。在没有解决这个问题之前，不会再制造新的"迪多"级巡洋舰。

4. 放弃对"斐济"号级巡洋舰的建造吧！可以摒弃在各海上散布火力不强的巡洋舰的政策，因为当它们遇到德国配置有八英寸口径大炮的万吨巡洋舰（德国在不久之后像这样的巡洋舰将会有五艘），既

不能同对方进行战斗，又逃不掉。要想实现使用两艘"斐济"级巡洋舰去对抗一艘有八英寸口径大炮的巡洋舰这样的做法，那是绝对不可能的。[1]就算让一群火力不足的舰只去对付一艘实力强大的舰只，结果是都不会成功的，这些在以前都得到过证明。（请参考1914年8月"戈本"号从亚得里亚海口逃脱的事件。）

5. 我们要想将十艘驱逐舰全部验收，需要到1940年年底，也就是在十六个月之后了，而在今年能交付使用的只有七艘，并且另外六艘的交货时间还是在九个月之后。当我看到这些的时候，感到非常担心。不过我们已经接收了六艘为巴西制造的军舰，将会在1940年到达，这样就能缓解一下现在的形势。这些工作，让我们尽自己最大的努力向前推进吧。为了同法国"蚊"式舰队的需求相适应，在设计这种被称为"驱逐舰"的舰只的时候，就已经背弃了它们原来的"鱼雷艇驱逐舰"的任务。实际上，它们就是一种小巡洋舰，只是没有装甲而已，但是同它们抵抗同等舰只炮火的能力比起来，它们所耗费的人力和金钱却是前者可望而不可即的。不过，在战斗和抵挡海洋巨浪这方面，它们起到的作用还是不错的。

6. 现在我了解了，实际上快速护航舰这种船就是一千吨的中型驱逐舰。这种舰只的所有制造工作，应该尽力加快进度。

7. 我们还有九百四十吨的捕鲸式船只，如果需要的数量较多的话，那么花费的金钱数额就会很庞大。我们要是想定制四十艘这类船只的话，我们储备的美元能否承担呢？我对此表示怀疑。要是我们能制订出一项计划，可以将另一型号的船只制造出来以便让捕鲸船得到补充

---

[1] "斐济"号级舰只安装的大炮口径有六英寸。巡洋舰"埃阿斯"号和"阿希里"号安装的大炮口径也是这一尺寸。可是在后来，这两艘舰同安装了十一英寸口径大炮的"史培伯爵"号进行了胜利而光荣的战斗。——原注

那就更好了。

8. 我的建议是组成一个委员会，可以由一名海军军官和两名技术专家组成，但前提是他们对小舰队的工作要特别熟悉，然后立刻组织会议，将下列问题解决掉：

设计一种船只，用于对付潜艇和飞机，并且能让国内的很多小船厂在一年内就可以建成这种船只。一旦批准了设计图样，就动手建造一百艘出来。一定要尽量简化武装和设备，并且要时常对大批量生产所需要的条件加以关注。对这些船只来说，它们的责任就是对爱尔兰海峡、英吉利海峡、西海岸入口近岸一带、地中海和红海的反潜艇任务进行接管，以便可以让替换下来的驱逐舰和快速护航舰去执行更远航程的战斗任务。

我唐突地将以下细节提出来，还望委员会能给予审核和修正：

五百到六百吨；

有十六到十八海里的时速；

配置两门大炮，四英寸上下的口径，不过想要确定下来也要看是在何地弄到什么型号的大炮才可以，当然要是高射炮的话是最好的；

装有深水炸弹；

不需要装备鱼雷，只要能在一般活动范围内行驶就可以。

这些船只会被扣上"廉价而厌恶"的帽子（对我们来说是廉价的，但对敌人的潜艇来说就是厌恶的）。制造这类船的目的，是为了完成一项特殊而紧迫的任务，一旦完成了此项任务，那么它们在海军的眼里将不再有什么价值可言，这是肯定的。但现在还是让我们一起将这个任务完成吧。

9. 已经批准了建造潜艇的计划，因为它们在一定程度上还是有用处的。

如果你可以在明天晚上就上述意见中的每条都提出自己的看法，

那么我将万分感激。

海军大臣致第一海务大臣、军需署长和其他人员　　1939年9月18日

　　虽然在一般情况下，在大洋中不可能使用弹射起飞飞机的方式，但是这种飞机在南美大陆的岬角附近使用起来却特别省事，现在的问题是，可不可以将特定的降落地点或是水面平静的海湾从无人居住的地带或是岛屿背风的地方划定出来，以供从附近船只上弹射起飞的飞机着陆使用。如果被人发现了，可以要求避难降落权利为由，之后搭载巡洋舰离开。或许这件事已经在进行中了。

海军大臣致第一海务大臣和其他人员　　　　　　　1939年9月20日

　　虽然说我特别愿意看到此处的空防得到加强，而且也感觉这是迫在眉睫的事，但考虑到其他方面的需求量也特别大，所以我觉得在此地装置八十门三点七英寸口径大炮的这个规模太大了，并不合乎情理。让三个共六千二百人的高射炮团在整个战争时期都死死守在斯科帕湾，这个要求未免过于苛刻。目前大舰队已经不再将斯科帕湾视为根据地了，在那里停靠的重要的舰只也只有三四艘的样子。不过其他的港口还是可以供它们使用的。那里距离德国十分遥远，足有四百三十英里。所以我们要特别小心，不要因为被动的防御而让我们的实力过于分散。

　　所以，如果说当前最紧迫的工作就是增加十六门三点七英寸口径大炮的话，那么我对此表示赞同。但是我感觉安装这些大炮的工作应该让海军部去负责，进而可以避免因为让陆军部机械局来安装而造成时间上的长期延迟，同时还要花费巨额费用。

　　应该按照马耳他的需求程度和英国飞机制造厂的状况对第二批的二十门大炮进行考虑。不仅仅是对这二十门炮要以这种方式进行考虑，

而且对剩余的四十四门三点七英寸口径大炮都要这样思考。最终它们会被用在什么地方，还要看此后的战争需要。

通过舰队上重机关炮的火力能够看出来，好像是轻高射炮的数量太多了。我们非常需要探照灯和防空气球，那两个战斗机中队也是如此。我们是否需要一个更加强大的雷达站？在大陆上是否应该再增加一个雷达站？要在这个问题上，把一些事情尽快地安排完毕，这同制订1940年的大规模计划比起来更为重要。请把已经删减过的建议拿出来，同时对时间和需要款项的预算也要拿出来，不管怎么样，第一批一定要准时完成。请根据马耳他和查塔姆的防空情况写一份报告，并提交给我。

海军大臣致第一海务大臣和其他人员　　　　　　　1939年9月21日

今天我很高兴能在朴次茅斯船坞中看到"阿尔戈斯"①号航空母舰。本土舰队总司令已经接收了舰上的小艇，但是要想将这些小艇替换掉的确很容易，另外还可以将各种炮安装到上面。据说，可供现代飞机起飞和降落的甲板是很大的。如果真是如此的话，我们是不是应该建造一些飞机同母舰相匹配呢？因为同建造一艘新航母比起来，制造飞机要快得多。既然可以调用"勇敢"号上幸存的人员了，那么我们就应该让"阿尔戈斯"号尽快出海服役。请思考一下，如果想实现这个目的，我们所采取的步骤应该是怎样的。我听说，这艘军舰在海上是以坚固著称的，如果情况并非如此的话，为了对其进行加固，可以在隔舱的间壁上添加支柱，或是采用其他的方法都可以。

---

① 后来，"阿尔戈斯"号被调去服役了，并且在地中海对海军空降兵部队驾驶员进行训练时做出了极大的贡献。——原注

海军大臣致第一海务大臣和其他人员　　　　　　　1939 年 9 月 21 日

　　"韦尔农"号对所谓的艾克提恩鱼雷防御网特别感兴趣，而海军副参谋长和我也对这种防御网的印象很深。这种网被发明出来的时间是在上次大战末期。它的样子看起来就像是一件女裙或是衬裙，其作用只有在船只开动的时候才能发挥出来。在"韦尔农"号上的人说，如果把这种网安装到船上，就可以达到十八海里的航速。"拉孔尼亚"号想安装上这种网进行一次试航。制作这种网的材料是细金属线，网孔很大，在短时间内进行大批量的生产应该没有什么问题。我给出的建议是，应该将其视为最紧迫和最重要的工作来进行。要将这种网装在所有的商船、油船上，而且最主要的是，对只身执行任务而缺少驱逐舰保护的战舰来说，更应该装上这种网。是不是可以考虑在本星期之内成立一个委员会，主抓这个已经被海军当局完成了一大部分的策略，并且研究可不可以将其上升到我们当前迫切战争准备的最前沿？假如说这个策略实行起来没有问题，那就要大规模采用。①

海军大臣致第一海务大臣和其他人员　　　　　　　1939 年 9 月 21 日

　　国内各个港口的司令官和各较小军港的官员，我们都要让他们深刻知道，当敌机来空袭的时候，不管是处于港内船上的还是在造船所中的大炮，只要还有向飞机射击的能力，就一定要一起向敌机开火。应该想个方法让这种炮火的火力能配合常常进行的

_____

　　①　在这种网的发展过程中，曾经遇到的实际性困难很多。一开始的试验没有一个成功的，这种装置被完善起来已经是 1942 年的事了。在此以后，有七百五十艘船舰装上了这种装置，效果各异。听说这种装置曾保住了十艘船舰。——原注

防卫一起使用。如果遇到非常情况的话，可以从供应舰船员中找出人来担任船坞内船上的高射炮炮手。与此同时，要对电力的供应特别重视，即便是船在大修的时候也要这样。一定可以找到很多办法让来犯的敌机受到大量火力的集中攻击。在以后，我们必须要在月明之夜下大力度加强警戒。能不能发出一些普通性的命令呢？请考虑一下。

海军大臣致萨默维尔海军上将和军需署长　　　　　　1939 年 9 月 23 日

请把在皇家舰只上安装雷达的这样一个计划尽快拿出来，并对到目前为止已经进行的情况和此后安装进度的估算进行说明，同时要列出时间点。从此以后，每个月都要提交给我一份报告，将当前的进度加以说明。可以在 11 月 1 日将第一次月报提交上来。

海军大臣致第一海务大臣和其他人员　　　　　　　　1939 年 9 月 24 日

在当前这种艰苦的战争条件下，我们有很多驱逐舰及小舰艇互相之间发生了碰撞。我们一定要特别小心，不要因为偶尔发生的意外事件所带来的灾难，就让小舰队军官的士气受到打击。我们需要对他们加以鼓励，让他们能够根据战时的自由程度，来利用他们的舰只；如果说他们已经尽力了但仍不能避免一些事故发生的话，也不要让他们觉得好像犯了疏忽职守的过错似的。我敢肯定，你们一定早就有了这样的心态和观点，可是我特别想看到的是，海军部能更进一步地强调这一点。不可以硬性规定每一件损坏事故都要交给军事法庭处理。如果在事故中并不存在疏忽职守和愚昧无知的情况，那么海军部就应该在自己的权力范围内自行处理。即便是因为在同敌人作战时发生的过错而导致出现了让人不快的结果，那么在处理的时候也应该从宽而论。

海军大臣致第一海务大臣、海军副参谋长和海军情报局长（最密件）

1939 年 9 月 24 日

1. 在对待英国的态度上，杜兰迪先生没有一点儿恶意。在 1917—1918 年这段时间内，当时我的职务是军需大臣，他是我的一个下属军官，可是他在南爱尔兰的时候（就是所说的南爱尔兰自由邦），并没有地位或是权威可供支配。他平时的态度显得温文尔雅，将爱尔兰所有最好的品质都囊括了进来。对我们表示同情的人们占了南爱尔兰的四分之三，但还有少数心怀不轨、难以冰释前嫌的人，却可以引起不小的骚乱，所以对于这些人，德·瓦雷拉也不敢对他们有丝毫冒犯。一切有关南北爱尔兰分立的讨论，以及仇恨心理会因为南北爱尔兰的联合而被消除的说法，都不会有什么结果产生。他们在当前的情况下是不会联合起来的，而且我们也不会出卖北爱尔兰忠于政府的人们，这是在任何情况下都不会发生的，在海军部同南爱尔兰进行交涉的时候，你们可不可以考虑将这些意见作为根据？

2. 目前似乎看起来有不少的证据，或者也可以说至少有迹象表明，德·瓦雷拉不敢冒犯的那些心怀歹意的人正在爱尔兰西部港口对德国的潜艇加以援助。而现在我们使用贝瑞赫文等港口的权利也被剥夺了。假如潜艇战愈发紧急的话，那么就不得不使用强硬手段迫使南爱尔兰同意我们对海岸进行监视，同时让我们拥有贝瑞赫文等港口的使用权。但要是潜艇战因为我们进行了反击和采用了保卫手段之后缓和了下来，那么可能会由于强制手段而引发严重的问题这一结果，内阁也不希望看到。所以就目前的情况来看，这种恶劣的形势一时半会还不会有所改变。但是海军部应该将对这种情形不满的意见通过各种方法提出来，而我本人也要时常把我们受到损害的情况向内阁汇报。现在他们对我们可谓是恨之入骨，但我们绝对不可以就这样默默接受，更不能为这样的结果感到知足。

海军大臣致第一海务大臣和海军副参谋长　　　　　1939 年 9 月 29 日

　　尽管我特别不愿意在任何方面对本土舰队总司令的判断造成影响，但我还是觉得你们应该指出，让重型舰只深入北海肯定会受到敌机的轰炸，并且此举也不会把德国军舰从它们的港口吸引开。虽然在上一次没有被炸弹击中，但这样的损失是很容易出现的，并且这也同我们的战术目标不相适宜。关于这一看法，在内阁中的几个同事曾跟我提起过。

　　舰队与敌机的第一次交手已经成为过去，结果十分圆满，而且我们也已经得到了那些有用的资料，但是目前我们的重要舰只在防空上并没有达到一个必要的标准，还不能同时速为两百五十英里的飞机相抗衡，所以在这之前，我们并不打算去冒那种没有必要的风险。[①]

海军大臣致秘书　　　　　　　　　　　　　　　1939 年 9 月 30 日

　　根据你所提到的所有这些相互之间并无关联的统计部门的情况，我感觉这表明确实需要成立一个中心机构，海军部的统计资料全部由它进行汇总，提交给我应该是经过不断简化和图表化的东西。

　　我们各个方面的进展情况，我希望在每个周末都能了解到：我们雇佣的人数一共有多少，舰队进展情况怎么样，建造工程的情况如何，跟我们相关的军火生产状况是否顺利，同时还有我们商船吨位和损失情况，以及海军和商船队中每个部门的数字。在将这些所有的情况提

————————

　　①　这是指发生在 9 月 26 日的事情。敌机袭击了北海的本土舰队，但是没有对其造成损害。"皇家方舟"号在这次交战中受到了广泛关注。德国人声称它已经被击沉，并且还说会授勋给击沉它的驾驶员。德国的无线电在这之后的几个星期内每天都在重复这个问题："'皇家方舟'号在哪里？"——原注

出来的时候，应该以小册子的形式展现。我在1917—1918年担任军需大臣的时候，勒敦爵士担当我的统计官员，他就为我准备了这样一本小册子。我每个星期都要得到一本这样的小册子，在这其中要将过去和每周的进展情况表现出来，而且要把延迟的情况标出来。这样一来，我在一两个小时之内就能掌握有关全局的状况，因为这样一来，我就能准确得知能得到什么，什么时候能够得到。

我这种需求，你感觉通过什么办法才能满足呢？

1939年10月

海军大臣致秘书 1939年10月9日

应该让林德曼教授加入海军大臣的统计局中，他在从事科学活动同时，还要兼任这一职务。需要给他配备的人员有：一个对海军情况比较熟悉的秘书、一个统计专家和一个最好能兼任会计工作的机要打字员。这个局需要做的工作如下：

1. 每周都要将一份实际情况的报告提交给海军大臣，在这份报告中要清楚地写明一切新建工程的进度和延期的情况，就算不对延期的原因加以追究也可以，因为参照报告，海军大臣会自己进行调查。

2. 将一切属于英国的或是被英国掌控的商船统计报告提交上来，同时要按照种类提交损失情况和新建的或是新得到的船只的数量：

（1）一周内的；

（2）自从战争开始以来的。

此外再加交货的估计数字。

3. 将每周和从战争开始到现在所耗费的弹药、鱼雷和燃油的数量记录下来，并把每星期的产量和预算数量附加在后面。

4. 要全面、连续地对海军航空兵部队进行统计，不仅仅包括飞机，还有驾驶员、机关枪和各种装备的数量，而且还要指出明显的拖延情况。

5. 相关各种人员的实际损失情况的报告要在每个月都提交一份上来。

6. 对海军大臣提供的调查报告和一切相关数据及实力的专门性文件进行保存。

7. 按照海军大臣的要求，对海军大臣在内阁发表的或是其他部门的统计性报告或是文件，提供专业的调查分析。

在将本局人选同林德曼教授商量决定之后（还要请林德曼教授就是否还需要对上述职务进行补充的问题提出建议），立刻向各个部门分发一份备忘录，让他们将必需的统计数字在规定的时间内交给统计局（简称 S），并且要尽全力协助。

飞机的供给

1939 年 10 月 16 日

这份报告十分有趣也很鼓舞人心，但没有谈到内阁想要知道的每个月制造出的新飞机数量同组成皇家空军第一线战斗实力的中队两者间的差距是多少。早在 1937 年我们就听说了，到 1938 年 4 月 1 日，我们所拥有的现代化装备的第一线飞机的数量就会达到一千七百五十架（详见英森金普演说词）。然而按照后来的说明，直到 1939 年 4 月 1 日才实现这一情况，下院对这个说明表示还是比较称心的。英国的制度有这样一个特点，那就是后备的规模是德国可望而不可即的，在这点上，我们一直保证得很好。很明显，现在我们有的只是一千五百架第一线飞机和预备投入战斗的足够后备。在动员过后，1939 年 4 月 1 日的中队数量从一百二十五个下降到九十六个。目前一定要弄清楚的是，到底有多少新中队能在今后的

11月、12月、1月、2月几个月内组织完成。自5月以来，平均每月能生产七百架以上的战斗机，甚至近段时间的数量还要多一些，特别让人难理解的是，就这种情况而言，为什么我们第一线战斗实力能增加的中队数量只有那么稀疏的几个？为什么同原来说的今年4月确定已经达到的数字相比，实际的实力要低？考虑到飞机能有这么高的产量，驾驶员拥有这么多的人数，感觉让我们的第一线的战斗力以每月十个或是十五个中队的速度增长应该是没有问题的；但是为什么实现不了，却没有人能给出解释。如果说以十个中队来算，每个队拥有飞机十六架，就算再将百分之百的后备机加上，那么每个月需要制造出来的飞机也只有三百二十架，连现在工厂产量的一半还不到。内阁对此需要得到一个解释，在这里是不是有什么因素限制着我们，应该给他们一个详细的说明。是不是因为驾驶员，或是技工，或是高级的地勤人员，或是机关枪，或是其他的工具数量不够？工厂已经进行大规模生产了，到底在组成中队方面受到了什么阻碍，使其不能立刻完成以便让第一线战斗实力的阵容得到补充？我们对此肯定要了解情况的，而不会长时间置之不理。或许这样的情况根本就没有补救的方法，可是不管怎么样，我们都应该立刻开始检查。现在拖后腿的不是生产，而是怎样将具有充足后备的战斗单位根据已经审定好的规模加以组成。

海军大臣致科学研究局长、军需署长和秘书　　　　1939年10月16日

1. 科学研究局长（关于海军研究局的）那份备忘录十分有趣，在此我表示感谢。他提出说对工作进行研究的第一个阶段应该是让各军种将他们的需求提出来。我完全同意这一原则。只要通过简单的事实将这种需求表述清楚后，那么解决此事的方法，科学家们几乎都能找到的。我们应该常常对各军种进行鼓励，只要他们在具体的某项工作

中遇到了困难或是阻碍都要说出来。比如，一个士兵在穿过无人地带的时候为枪弹所伤，不能再继续前行了。此时已经没有必要对他或是他的后继者进行鼓舞从而让其坚强起来了，因为他们已经具备了这个条件。可是如果将一层钢板或是其他东西放在士兵和子弹之间作为掩护，那么这样的话，他就不会失去运动能力。于是问题就变为怎样将一个掩蔽物安放在士兵的前面。这样就会带来另一个问题：他携带不了太笨重的掩蔽物，所以那个掩蔽物就必须要拥有可以运动的力量，怎么办呢？最后坦克就出现了。当然，这也是作为一个简单的例子来说的。

2. 在你们的研究局里，应用和发展是你们各部门工作的主要内容，好像并没有过多地考虑物理方面的研究。所以，当我听到克拉伦登实验所将作为物理研究专属地的时候，心里特别高兴，我会在今天处理关于这个问题的报告。

海军大臣致军需署长和其他人员　　　　　　　　1939 年 10 月 18 日

征用拖网船

我已经发出了邀请，让农业大臣会同贝文先生和他的代表团在明天四点十五分的时候一起到海军部来，而且在来之前，他们自己已经仔细探讨过这一问题了。给所有相关人员发通知，并且给农业部发一份正式的信函邀请他们参加。这次会议将会由我亲自主持。

同时，海军助理参谋长、贸易局长、军需署长或副署长和财务秘书在今天晚上召开一次会议，按照海军的需求并以"极力捕鱼"为目标拟订一个计划出来。应该让各港口一起分担因为被我们征用而造成的直接损失，不要让制造拖网船最好的港口反倒承受的损失最为严重。除了这个将损失平均分担的方法外，同时应该给各造船厂提供设备，让他们尽快把一种合用的拖网船造出来。只要能够大批量地生产出这种拖网船，被暂时征用过的平均分担的拖网船也已经归还了回来，这样就能或者给各港口分配下去，或者就让曾作为主要征用对象的港口接收这些船只，可以让地方对此协商解决。保证正常的渔业行为是特别重要的，而我们必须要拿出像对付潜艇威胁那样的艰苦斗争的精神来对待来自这方面的食品供应。[①]

海军大臣致第一海务大臣和海军副参谋长（最密件）

1939 年 10 月 19 日

土耳其的形势越来越敏感。假如土耳其要求我们向黑海派遣舰队的话，那么舰队就需要有特别强大的实力，完全可以应对苏联对博斯普鲁斯海峡或土耳其北部沿海其他部分的军事压力；假如说内阁同意了这一做法，感觉如此一来或许能对苏联参加战争一事形成阻碍，而且就算是苏联加入了战争，也可以防止它对土耳其发动进攻；这种舰队，我们能抽调出来吗？

在黑海，苏联的海军实力怎么样，要想控制它们需要多大的实力才可以？在这一范围内，在以土耳其的港口作为基地的前提下，是否仅仅需要将英国潜艇，外加几艘驱逐舰和两艘起保护作用的巡洋舰派遣出来，就能发挥出特别大的保护作用？不管怎么样，对这一可能性，海军参谋部要变换军事角度进行研究，而且要想个办法，可以将这样的一支舰队抽调出来，并能够维持下去。

假如说苏联向我们发动战争，我们一定要守住黑海这个地方，这是显而易见的。

---

① 整个战争期间，贸易局会成立专门的组织，这一组织的工作内容就是处理我们在沿海活动的渔船的需求。——原注

海军大臣致第一海务大臣和军需署长　　　　　1939 年 10 月 23 日

　　在对你们有关北方水雷封锁线的文章进行更进一步的研究之前，我首先要知道的是，我们需要多少这样的炸药，以及在不影响陆军的主要军火供应的前提下，怎样得到这些炸药？针对这一问题，军需署长在今天可能会和柏金先生或他的化学组长进行讨论。是什么原因在这方面对我们产生了制约？我对此并不知道。我听人说可能甲苯会不用够。我认为海军部无烟火药或是炸药厂的产量，根本就远远不能满足水雷封锁线的需要。我的建议是，让军属署长通过非正式的方式从海军部和供应部将所有的资料搜集起来，在我们回来之后再讨论。

海军大臣致第一海务大臣　　　　　　　　　　1939 年 10 月 23 日

　　我特别想让你跟其他参谋长在今天早上约个时间，就目前舰队所处的地位和黑夜延长的情况，对关于防范突袭或攻击的问题做一次探讨。早在上次大战的时候，我就常常跟这些想法做思想上的斗争，但同之前相比，现在的环境似乎不一样了。对于军事部署问题，我肯定是不了解的，但按照我的看法，好像应该有这样一支由一定数目的机动部队或是经过组织的兵力组成的部队，可以快速地反击前来进行偷袭的敌人。当然，或许空军部能够将全部的责任担当起来。

海军大臣致第一海务大臣和海军副参谋长　　　1939 年 10 月 27 日

　　现在写的这个文件，我打算送到内阁去传阅，请你们考虑一下。

　　出于对我们利益的考虑，有关苏联想要在波罗的海取得基地这一做法，根本就用不着反对。只有在对抗德国的时候才有必要取得这种基地，而且苏联和德国的利益冲突也会在争取基地的过程中变得明显起来。我们需要让芬兰人明白，让德国不能侵犯和征服他们的国家是非常重要的，而苏联在芬兰湾或波的尼亚湾取得基地，也并不会让芬兰的安全受到影响。对我们而言，除了德国之外，在波罗的海的苏联海军实力虽然强大，但不会到可怕的地步。在那里能称得上是危险分子和敌人的，只有德国才有这个资格。就实际情况来说，如果被德国利用的只是波罗的海中的很小的一部分，那么这样的结果对英国和苏联都有好处。为了防止德国侵略波罗的海沿海省份或是列宁格勒，苏联想在此得到一些基地也是顺理成章的事情。假如说上述推理正确的话，那么我们的想法就应该让苏联人清楚，并且设法说服芬兰人对苏联退让一步，同时要说服苏联在获得战略要地后就要终止行动。

海军大臣致海军副参谋长和秘书　　　　　　　　1939 年 10 月 29 日

　　请想个办法将一个武器架安放在地下室内方便的地方，可以让海军部大厦中的每一位军官和所有体质健硕的雇员都能拥有一支步枪、一把刺刀和弹药。准备五十份就可以了。请在四十八小时内完成这项工作。

海军大臣致史默兹将军函（私人密件）　　　　　1939 年 10 月 29 日

　　"艾克史莫"号低舷重炮舰已经做好了开往开普敦的准备。在对开普敦的防护上，我们一向认为没有必要使用十五英寸口径的大炮，你对此是清楚的，但是皮尔柯特别怕日本发动攻击，所以为了能让他安心，在当地还没有现代化的防御力量之前，我们同意暂时将"艾克史莫"号借出去。开普敦的防御力量依然不够牢固，这我们很清楚，但目前德国没有主力舰，"沙恩霍斯特"号和"歌奈森诺"号是德国仅有的两艘战列巡洋舰，将它们开到南非的海面上去，我想这样的事情估计德国绝对不敢做。如果说它们不顾一切地开过去了，那么就会冒虽然防护不够牢固但远离一个优秀的修船厂的危险。如果说它们冲了出来，那么大规模的海战将无法避免，我们会把最强大的舰只派遣出来，无论他们逃到哪里都摆脱不了我们的追踪，直到捕获它们为止。

所以以我的观点来看，可能你用不到这只船。不过，要是处在比利时的沿岸浅海中，特别是在荷兰被入侵的时候，这艘船的各种妙用就表现出来了。事实上，费希尔和我也是出于这种用途的考虑，在1914年将这艘船造出来的。所以现在的主要问题就是来自政治的影响。我们宁愿不使用这只船，也不想看到你尴尬。但是要是你可以通过转租或是转让的形式让我们再拥有这艘军舰的使用权的话，海军部会对你十分感激的，那我们也会给予南非联邦赔偿。[①] 愿一切顺利。

1939 年 11 月

海军大臣致秘书   1939 年 11 月 4 日

法国人将一整套极其完备的机构设置在了乡下，在那里，他们所有的海军事务都能得到处理，而且现在已经迁过去了。我们的政策是依然待在伦敦，直至不能待下去为止，也正因为如此，我们才要竭尽全力将有可能被选为临时替代机构的效率提升到一个很高的水平。

请将当前的境况告诉我，以及我们是否能做到在不中断任何指挥的前提下，一接到通知就能立刻转移。是否已经将电话等安装完毕了？存不存在地下电线和别的设备？除伦敦的交换台外，是否还连接到了其他的电话交换台上，还是说仅仅依靠伦敦的总台？如果这样的话，那就太危险了。

海军大臣致第一海务大臣和其他人员   1939 年 11 月 9 日

自从战争开始后的十个星期之内，我们的进出口贸易因为战争而出现了大幅度下滑的现象，我为此特别担心。如果我们能通过管控让减退的幅度不至于超出正常状态下的百分之二十的范围，那么这样对我们的影响还不是很大，否则我们即将面临的是出现严重短

---

① 史默兹将军回信说，能按照我们的想法去处理，他感到特别高兴。——原注

缺的状况。其他行政部门提出了异常严重的不满意见。如果我们只能通过拖延来替代商船的沉没的话，那么我们就有失职之嫌。在这点上，坦率地讲，我在过去确实没有意识到，但我们还需要在这场战争中进行不断学习。在暗中，我们一定要将护航制度放宽（但是在公共场合又必须要将护航制度大肆宣扬出去），在远洋航线方面尤其要如此。在目前实行的限制措施，以及航程为此而变得更加遥远方面，我们一定要进行细致入微的研究，并且就算发生了较大的危险也不会畏惧。考虑到我们已经将很多船只武装起来了，所以现在还是有可能实施的。他们在出发的时候可以结成小队；在一定程度上来说，即便是横渡大西洋的船只恐怕也得遵守这一原则。要是我们不仅能采用上述的方法，而且还能专门派遣一支强大的驱逐舰队去西部海岸入口进行巡逻，这样的话，对护航舰只进行指挥的集合点当然就不需要再布置了，我们可以自由行动的范围也会变得更宽广。这不是对之前政策的摒弃或是蔑视，因为就开始时的情况而言，那种政策是必需的。我们发展和改进了之前的政策，也是为了更好地实现政策所要达到的目的。

海军大臣致海军副参谋长　　　　　　　　　　　　1939 年 11 月 9 日

　　在我看来，一定要充实并加强圣赫勒拿岛及阿森松岛的防务，以便于能够防范类似于"德意志"号这类敌舰运输可以占领该地的登陆部队。如果说只有两门六英寸口径大炮和港口内的一艘供应舰被布置在这两个地方的话，那就显得我们过于愚蠢了。我感觉此地的防御还不够牢固。

海军大臣致第一海务大臣　　　　　　　　　　　　1939 年 11 月 15 日

　　请告诉我建议的第一批加拿大护航队的详细状况。船数多少，是什么类型的船，每只船上的人数，护航队的航速怎么样，在护航方面是否有预防潜艇和防空的船舰？要口头通知集结地点和离港日期。

海军大臣致秘书和海军助理参谋长　　　　　　　1939 年 11 月 16 日

你们对海军部地下室通气孔的安全程度是否真的清楚？如果说炸弹炸毁了现有的通气孔是不是还有其他备用的？如果大火在庭院里着起来怎么办？就目前的情况来看，不单单是在庭院里，就是在地下层的房间里那些没用处的东西、木料和其他可燃物都堆积成山了。只要是无关紧要的却可以燃烧的东西，都应该挪走。

海军大臣致第一海务大臣　　　　　　　　　　1939 年 11 月 20 日

在对潜艇进行的反击战中，将一支独立的小舰队成立起来是最重要的方法，就如同马路上的骑兵师一样，它的工作内容是系统地在广泛的大区域内进行搜索，而对来往的商船和商船被潜艇击沉的这类事件却不用理睬。潜艇在这样的方式下根本就不能藏身于这些区域内，而且当这种政策被采取后，还会有很多其他的好处随之而来。[①]

海军大臣致第一海务大臣和其他人员　　　　　1939 年 11 月 22 日

1.当突然发生紧急事件的时候，好比磁性水雷在这次以让人吃惊的形式出现等，在这类事件上，只要是有任何知识或是权威的人都应该召集起来，然后从各方面着手采取行动。可是你是不是感觉我们有必要就此事成立一个专门负责的机构，然后让我们找一个最合适的人掌管这一机构，在参谋部和海军本部的直接领导下从事这项工作？需要将这种机构划分成几个组，比如可以让一个组专门负责搜集自磁性

---

① 只有到了战争后期，才有可能去实现这个方法。——原注

水雷最早被敌人在西海岸使用算起的一切相关的资料，以及同幸存者进行的谈话等，在经过鉴别之后，将所有资料集中收集起来。

2. 第二组主要是对试验方面的工作进行处理，其中之一就是"韦尔农"号的试验工作。我听说在那里李斯特海军上将正从事着某种工作，他正在进行自己的一个计划，但如果说大家能持有一个共同的看法的话，那是最好不过的。

3. 第三组主要负责生产，对各个计划需要的材料，要想尽办法使其可以在期限规定的时间内交货；很明显，第四组就应该是负责作战行动的，实际上它已经成立了。

我并不是说这是个永久性的机构，或是让所有加入的人在这里整天的工作，这项任务应该被他们视为日常的重点工作，并且最高一级有指导和协调一切的权力。

请你们考虑一下，然后将一个各方面都可以进行配合的书面计划提出来。

海军大臣致第一海务大臣和其他人员　　　　　　　　1939 年 11 月 23 日

1. 在对磁性水雷工作进行协调这方面，我同意任命威克·沃克海军上将负责。只不过在他所负责的任务和对他的指示上，应该是明确和具体的。(1)将所有能得到的资料都收集上来。(2)明确工作的主次，对全部试验工作进行协调和推进。(3)在必要的生产任务上提出自己的看法。(4)向海军参谋部就作战行动提出建议。不过作战行动必须时刻要在海军参谋部和诺尔总司令亲自领导下单独进行。当然了，以上所说的各项工作都应该在海军部的领导下展开。

2. 请给我准备一张相关各部门的职务分工表，并且将海军部各技术部门的官员都要在表内明确标注出来，如果情况需要的话，能够随时加入威克·沃克海军上将安排的工作当中去。你们必须同他商量以后才能拟订这个计划。

3. 在一开始的时候，就必须让德拉克斯海军上将加入所有的各项工作当中，同时也不能间断和诺尔总司令的联系，从 12 月 1 日开始，就应该让他有充分的了解和活动。^①

海军大臣致第一海务大臣和其他人员　　　　　　　　1939 年 11 月 27 日

1. 在德国从瑞典取得铁矿石的事情上，我们必须要保持一个清醒的头脑。一直有人在对这种供应进行切断的问题上抱有怀疑的态度。经济作战大臣曾跟我提起，情况正好相反，如果能在三个月甚至是六个月的时间不能让德国得到铁矿石的话，那么不单单能使德国的作战能力受到影响，而且就德国整个国家的生活来说，影响都是十分深远的。

2. 海军参谋部曾经口头向我提出过建议，在吕勒奥港结冰的时候，我们应当对挪威的中立进行侵犯，派遣军队去挪威登陆，或是将一艘军舰驻扎在纳尔维克港领海内。这两种建议，我都没有同意。

3. 有人建议，可以将雷区敷设在挪威沿岸一些偏僻的地方，要是条件允许的话，布雷的地点越往北越好，以便对挪威的领海进行封锁。请对这个建议加以研究，然后将意见早报上来。当然，我们最愿意看到的，还是挪威人想自己布设雷区。否则，我们就一定要制订一个实行布雷的计划。有人曾怀疑，这个雷区，我们是否要保持必要警戒，或是能不能将航行中的装有矿石的船只阻挡在布雷区以外。当然，这样的疑虑是没有依据的。我们曾经将水雷布设在这个地方，并且大家都明白我们正在进行的警戒和封锁行动，就这个事实而言，就足可以让装有矿石的船只望而生畏了。并且对我们本土舰队总司令来说，这一任务也并不是特别繁重的。无论怎样，请把你们的真实想法告诉我。

---

　　① 见第七章和附录中有关磁性水雷的问题。——原注

4. 需要引起注意的是，对德国来说，不仅是矿石，其他十分有价值的商品还有很多，现在正经过挪威水道向南运输。情报局曾给我看过一个报告，上面说，在11月，从纳尔维克到达德国的装铁矿石的船已经有五艘之多，而且还有一些正在向北航行的空船要去装载矿石。在此事上，经济作战大臣的观点是什么？我们一定要弄清楚事实的真相，而且各部门之间要获得统一的意见。

5. 同时，我们已经得到了苏联的通知，他们那只庞大的北极破冰船名义上说是要开往喀琅施塔得，而现在立刻就要驶入挪威的领海。但同时我们也听得一些消息说，苏联的这艘破冰船正要租借给德国，为的是借此船只将通向吕勒奥港的冰路打开。假如说冰被破开之后，我们却没有相应的反措施可用，那么矿石依然会像目前一样，以每月一百万吨的数量运往德国，这就会将我们一切政策全部扼杀。面对这样的局面，我们该如何应对呢？我会把一项建议当面告诉你们，但同时，要同外交部就整个形势进行商议。

海军大臣致秘书　　　　　　　　　　　　　　　1939 年 11 月 27 日

我在空军部看到，为了以备不时之需，每个房间都准备了蜡烛和火柴。

在海军部同样要有这样的准备工作，请立刻办理。

海军大臣致海军副参谋长和第一海务大臣　　　　1939 年 11 月 30 日

还要受累考虑一下，我们可不可以将第三只船增添到大洋洲的护航舰队中。澳大利亚或许会将另一艘巡洋舰提供给我们，但是要是他们不这么做的话，装有六英寸口径大炮、有飞机弹射装备的这样一艘舰只，我们还能不能再找出一艘来？当敌人在海面上发动进攻时，我们让"拉米伊"号比较自由地同敌人交战。我们还可以让这艘船在运输舰队前面很远的地方或其侧翼巡逻，这样在发现危险的时候就能提前发出警报。

假如说有这样一艘配备潜艇探测器和深水炸弹的巡洋舰出现在中国或是印度的海面上，那么至少表明，在对付德国潜艇方面，我们已经掌握了某种确切的方法。在英帝国的历史上，运送一些澳洲师这件事，是具有历史意义的，但如果有意外发生，那就会是一场劫难。在印度洋上，我们派过去的潜艇之一，或许也能助我们一臂之力。

1939 年 12 月

海军大臣致军需署长和其他人员（密件）　　　　1939 年 12 月 3 日

建设局长说过，能建造一艘新式的主力舰，此舰上装备有压缩成四座十五英寸口径大炮的炮塔。我对此十分感兴趣。按类型来说，这种战舰应该隶属于战列巡洋舰，装甲很厚，抵挡空袭是没有问题的。请提交给我一份说明，并且要附上需要的费用和时间的估算。可以在"英王乔治五世"号一批完工以后，"鲁莽汉"号及"雄狮"号动工之前，着手制造这艘船。①

海军大臣致秘书、副参谋长和第一海务大臣　　　　1939 年 12 月 12 日

1. 为了预防敌人在我们不注意的情况下发动突然袭击，不可以在圣诞节或是新年暂停办公或是放假。必须要在海军部和所有军港执行最高警戒措施。另外，从现在到 2 月 15 日这段时间内，要让每个参与参谋工作的官员基本上都能拥有一个星期的假期。听说此事正在海军部进行筹划，我对此十分高兴，而且我觉得这样的做法也应该推广到各个军港。

2. 对驱逐舰上的水兵们而言，他们的工作都特别辛苦和忐忑，要尽一切办法去减轻他们的这种压力。在对巡逻回来的舰队全体人员的

---

① 继续执行这艘船的制造方案，也就是后来的"先锋"号。——原注

慰劳活动上，我听说在德文波特就把这项工作做得很好，这些人员在港内会得到两三天的休息时间，再回到舰上后精神就显得特别好。罗赛斯和斯科帕也出现了类似的安排，但我听说同其他军港比起来，在斯科帕的休假活动则显得相形见绌，在那里进行过短期休息的人员都觉得特别失望。不过，有时候不可避免地会出现这种情况，我确信，针对这一问题，相关方面会做出全面研究，能够在作战情况许可的范围内，对这些海员进行最大程度的慰劳。

海军大臣致海军副参谋长、威克·沃克海军上将和科学研究局长（请立刻行动） 1939 年 12 月 24 日

　　敌人可能会通过音响将水雷引爆或是使用超声波水雷作为磁性水雷的替代品，对此，我感觉你们应该已经预料到了。如果方便的话，提交给我一份意见。

海军大臣致秘书、海军副参谋长和第一海务大臣　1939 年 12 月 28 日

　　有关意大利领海以六英里作为限制的这项规定，是在战争开始的时候海军部主动让步后制定的法律条令，应该把这件事向外交部解释清楚。自始至终我们都没有向意大利发出通知，也没有向全世界宣布。所以说它只能被视为在特定情况下英国海军当局为了方便工作而遵守的规章制度，而不能被作为任何谈判或协定的一部分加以使用。但现在看来，它对我们不利的影响已经出现了，并且可能会在很大程度上妨碍我们的封锁政策，在这样的情况下，海军部应该本着对本部事务进行处理的方式，向地中海舰队总司令发出通知，告诉他在此之后所遵守的限度应该控制在三英里之内。与此同时，本部需要将之前的命令重申一遍：在对意大利船只所采取的态度上，应该保持一种宽广的心态，要避免同该受惠国之间发生摩擦或出现不满的情绪。

请交给我为此所拟定出来的稿件。

1940年1月

海军大臣致秘书　　　　　　　　　　　　　　　1940年1月4日

南北两方之间的煤炭运输一直处于紧张的状态当中，能不能设法通过对运河系统的利用来解决这个问题呢？请你准备一份意见出来，在我回来的时候提交给我。

海军大臣致第一海务大臣、军需署长、鱼雷及水雷制造局长、沃克海军上将和林德曼教授　　　　　　　　　　　　　1940年1月12日

"皇家海军"作战计划

1.我们已经在法国同它的高级军事当局就此问题做了充分的讨论，而且进行了各种安排。菲茨杰拉德上校与杰弗里斯少校已经同必要的人员见了面，现在让他们将工作报告提交给我应该没有问题。法国军事人员说，他们控制着萨尔河和摩泽尔河的上游及莱茵河，这样就能让很多可能性的措施得到应用。大家都深信不疑的是，要想将行动真正开展起来，一定要等到真正能大批量地供应给我们需要的必需品的时候才可以。对所有各处在行动的时候一定要采用最大的规模这一要求，不仅是针对第一次行动而言的，而是在以后每天和每周都要有大量的供应，以便能让最高的紧张状态一直持续下去。

2.双方都清楚，虽然说目前需要将所有的行动准备就绪，但最后还要等两国政府做出决定。

3.不管怎么说，我们预备将需要在2月月圆时进行的行动延迟到3月月圆时进行。与此同时，为了让计划更加完美，我们应该竭尽全力，而且还需要将储备积累到最大的限度。

4.星期一晚上九点半，相关人员会在我办公室开会。到那时候，

每个人都应该将自己工作的进度汇报上来，而且各个方面的工作应该步调统一。我准备将空军大臣邀请过来，听取你们的报告。每个人可以单独提出报告，但在休会的时候需要相关人员一起讨论。在会上应该将所有造成与实际不符的拖延的障碍或原因都说出来，以便能尽快地准备好作战计划。如果迫于无奈的话，我们的行动或许会在3月月圆之前进行。[①]

海军大臣致第一海务大臣、军需署长、海军副参谋长、秘书、和海军助理参谋长　　　　　　　　　　　　　　　　　1940年1月12日

　　海军大臣向所有参加磁性水雷处理工作的相关人员，对他们至今为止取得的成功表示祝贺。

海军大臣致厄斯本海军上将　　　　　　　　　　　　1940年1月13日

火箭推进武器

　　你于1940年1月12日提交的报告已经收到。如果不算炸弹的话，所有工作进展得似乎都很顺利，不过在这项武器制造当中，不能为我们所掌控的只有炸弹这一部分。我留意了一下，看到就某个构件而言，文纳公司制造炸弹的技术已经不再先进。但是就研究炸弹这方面来说，你是否可以确定空军部已经竭尽所能了呢？

　　请就这个问题，写一份专门的报告给我；而且要告诉我，我还有没有必要给空军大臣写信，让他们也可以像其他部门那样，转交给我们这一部分工作。对这种不旋转的投射弹所进行的试验特别重要。或许就是因为这种发展，而让整个英国战舰及商船的安全得到强有力的保障。我希望你能将各方面有关的工作切合实际地加以协调，一同往前推进，可以让我们尽可能早地实现大批量的生产。

----

　　①　见第七章和第十一章。——原注

今天并没有完成试验工作，我对此表示遗憾，不过林德曼教授却告诉我，从原理角度上看，这个试验还是让人满意的。

请加以督促，以最快的速度进行这项工作。

我感觉向空军部和陆军部提出报告，将进展情况加以说明的时机已经成熟了，在之前，这个问题中同他们相关的部分，他们曾托我代为管理。因此还请你将一份扼要的报告准备出来，这其中要将截至到现在的情况和今后的展望表述清楚。①

海军大臣致军需署长　　　　　　　　　　　　　　1940 年 1 月 13 日

在收到你发来的有关混凝土船只的报告后，我特别高兴。就这种设计来说，我并没有感觉在之前有过充分的研究。在钢筋混凝土方面，自上次大战开始以来，取得的进步已经特别大了。我们可以使用一类跟之前相比有着天壤之别的技术和材料，以便能够相对缓和之前造船计划的紧张状况。我感觉应该在这一情形下，设法立即着手将一艘可以出洋的混凝土船制造出来。②

---

① 在这个节略中所提及的不旋转的投射弹（即火箭），在当时还处于发展阶段，其作用是准备对低飞飞机进行攻击。这种武器包括一组火箭，当上升的高度达到预定值时，就会将一组拖拽着的金属线发射出来，每条线的末端都会有一个小炸弹被降落伞吊着。当这些金属线缠绕在飞机上时，被拉到机身上的炸弹就会爆炸。这种武器可以说是应急而生的，之所以会设计这种武器，是因为在当时我们十分缺乏短程武器。随后它就会被更加强大的武器取代。——原注

② 我们重要的战争工业的责任会因为混凝土船只的发展而减轻不少。如此看来，制造这种船速度很快，而且成本也不高，让普通造船业以外的工人就能完成，并且还可以节约下来大量的钢铁。但后来经过研究，发现这些好处依据不足，而且技术上有很多意想不到的困难随之而来。一艘两千吨的试验性船只曾被我们制造了出来，但结果还是失败了；在此以后虽然继续进行着试验，但是这种船身用混凝土制成的船只，只有两百吨以内的驳船被造了出来。——原注

海军大臣致秘书　　　　　　　　　　　　　1940 年 1 月 14 日

　　你或许可以拜访一下克里普斯先生——斯塔福德·克里普斯爵士的兄弟，他在上次大战中的表现特别优异，这人勇敢而有才干。我们在某些扫雷艇中，肯定存在诸多空缺。

　　（附有一封来自雷德里克·克里普斯先生的信件，他在信中询问"他是否可以在扫雷方面做些工作"。）

海军大臣致第一海务大臣　　　　　　　　　1940 年 1 月 16 日

斯科帕湾的空中防御

　　按照我所提出的建议开一次会，把问题拿到会议桌上来进行讨论这样的方式，比让我准备一个报告，然后提出问题让内阁去讨论是不是更好一些呢？人力和物力在现在的各个方面都有浪费的现象，每个人都以为即便是为了局部的安全国家也需要竭尽所有。按照在前线的实力来说，我们的陆军力量是薄弱的；让人沮丧的是，同德国相比，我们的空军也要弱很多；而他们获得的重要的矿石供应，我们又不能想办法阻截；我们一直持有的态度全部都是消极的，我们的实力也越来越分散；海军对斯科帕湾和罗赛斯提出了要求，让他们的紧张程度要保持在最高值上。可能我们正行走在失败的路途上，你是否有过这样的感觉？我感觉我一定要尽自己的职责想方设法地集中全部力量同敌人抗衡，同时还要防止因不必要的原因造成的实力上的分散。

海军大臣致第一海务大臣 　　　　　　　　1940 年 1 月 19 日

在战争打响后对海军航空兵部队进行的

最初十二个月的费用推算

1. 在对英国的作战资源上，海军航空兵部队的需求太大，这让我早就觉得越来越不安心。然而，眼前的这个估算却让我大吃一惊，如此庞大的费用完全出乎我的意料。设立海军航空兵部队，我向来是极力提倡的，实际上在 1938 年，由英森金普爵士最后提出的折中决议就是我草拟的。因此为了能够达到让海军航空兵部队在这场战争中能够杀死和击败德国人从而做出真正贡献的目的，我觉得我的责任更大了。

2. 我们在几年前讨论海军航空兵部队的时候，那时航空母舰上的飞机和从岸上起飞飞机，两者在速度上并没有什么差别；也就是从那时候开始，岸上起飞飞机得到了快速发展，将母舰飞机远远地甩在了后面。如此一来，航空兵部队最重要的工作也就仅限于侦察搜索海面，在同海面舰只战斗的时候将敌舰辨别出来，以及使用海上飞机发射鱼雷袭击敌人。不过敌人现在只有少量的海面战舰，所以可能会成为我们目标的也仅仅是可能突围出来的德国攻击舰或快速战斗舰。在这些事情上，我们肯定是要准备好的，但是并不值得我们付出如此巨大的费用。

3. 另外，我们的空军已经被德国远远地甩在了后面，而且在当前的形势下，我们必须要把敌人对我们本岛、工厂、军港、商船，以及港内舰队的空袭视为唯一可能致命的打击，从而进行严加警戒和认真对待。本来在海峡和北海方面进行日常巡逻的任务是由皇家空军担任的，但由于上述原因，我急忙解除掉了皇家空军的这项任务，而让这个责任改由海军航空兵部队去担任，也只有到那时，他们担负的这项任务才能让他们花费的费用和他们的能力画上等号。

4. 在之前，正值空军部发展的巅峰时期，他们特别害怕他们的势力范围被他人侵越，但现在的情况是，他们的地位已经很重要了，其待遇在很多方面都是等同于皇家海军的，也正因如此，他们在态度上也谦虚了很多；另外，他们急切地希望能让自己可支配的力量得到增加。他们近来曾经答应给我们组建两支飞行中队，这两支中队以海岸为基地，其目的是对奥克尼群岛等进行保卫，所以我相信，如果在处理这件事的时候方法得当，还有当前的这种良好氛围做基础，那么对整个东部海岸来说，都可能应用到这一原则。就我所知道的，我们有十分优秀的驾驶员和飞行侦察员可以担任此类职务，所以这样的做法对海空军两部来说都有益处。

5. 因此，请你考虑一下我提出的这一原则，就是要让第一海务大臣草拟出来一项计划，然后再从海军航空兵部队里挑选出一百到一百五十名驾驶员，连同技工和管理人员，组成六到八个中队，这些中队都要以陆地为基地，而航母上的编制名额，特别是没有配置装甲的航母，要在能保障需要的前提下尽量裁减。并且我们只能将特别小的编制配备到外海的侦察工作上。在完成了配置有装甲的母舰之后，要根据当时北海的情况对它们的人员编制加以考量。为了让这些新的战斗力得到充实，我们应在海军航空兵部队的训练学校及其他机构内严格罗致新兵。

6. 如果说拟订完成了这个计划的细节，我就会跟空军部商量并建议可以全部免除他们在本国沿岸的所有工作，当然这一做法是有前提的，那就是不可以让人民的负担加重。母舰飞机，我们在此后可以少要一些，但另一方面我们要求把战斗机或中型轰炸机供应给我们，或许在一开始没有必要提供最新的机型，可是进行短距离战斗方面要有保证。作为战时的特殊措施，我们应该担负起整个责任，等战争结束之后，再重新划定本部的职权范围。

请把对这个问题的看法告诉我。①

海军大臣致海军副参谋长、海军情报局长和秘书　　1940 年 1 月 31 日

在三十年前，我在外交部看到他们使用的密件书册都是用特别容易燃烧的纸张印制而成的，几乎立刻就能将它们焚毁。从那之后，这方面技术的发展速度还是很快的。目前估计印书的材料采用硝酸盐纤维纸都没问题，只需一根火柴，基本上立刻就能焚毁。可以采用拍照的办法将现在的书籍印在这种材质的纸上，这种办法在使用的时候也十分简便。以上这两种方法分开或是整合起来使用都可以，这样就能将书的体积变得很小，在阅读时只需要一种小型的阅读器就可以了。针对这个问题，请成立一个负责研究的委员会，只需少数的几个人就可以。请把人选提交给我。林德曼教授可代表我做这件事情。

海军大臣致第一海务大臣、海军副参谋长　　　　1940 年 1 月 31 日

有关澳大利亚军队在开赴战场之前开过悉尼等地的照片，在国内的许多报纸上都刊登了出来。

由此一来，对于运送士兵的船只立刻会向红海入口和索科特拉

---

① 这个计划因变化的局势而放弃。海军航空兵部队曾在不列颠战役中对皇家空军做出了贡献。后来，发展起来的反潜艇战，对沿海司令部的实力造成了严重的消耗，而且沿海司令部的任务在日益增加，为了应对这一局面，他们不得不要求轰炸司令部给予大量的援助。到了 1941 年，出现了一种"护卫航空母舰"的舰只，这就让海军航空兵部队在战败潜艇中所占有的地位变得更加重要。这种潜艇的活动范围一般是在从陆地起飞飞机的航程范围之外。——原注

岛一带靠近的情况，敌人肯定知晓了。虽然德国潜艇的踪迹还没有出现在印度洋上，可我们又怎么能确定从马达加斯加（曾经在那里出现过谣传）没有开过来一艘德国潜艇，驶进红海，然后到某个意大利或阿拉伯的港口加油呢？要在索科特拉岛附近能有护航的舰只驱赶潜艇的话，那我就安心多了。我们可以这样做：派"复仇"号驱逐舰经海法到达一个事先约定好的地点（例如索科特拉岛以东两百英里的地方），到那里同"威斯特科特"号会合，这艘船舰自新加坡开始就跟随着运输舰队。这两艘驱逐舰都配备有潜艇探测器，在安全保障上是绝对没有问题的，在进行大范围搜索方面，只需要其中一艘就可以了。

请就这个问题做出一个答复给我。

1940年2月

海军大臣致第一海务大臣　　　　　　　　　　　　1940年2月9日

第三应急舰队在战时的特点

一千六百五十吨的驱逐舰和小巡洋舰的体积差不多大。这种舰只上面配备有两百人，本身并没有装甲，就像发生在"格伦维尔"号和"艾克史莫"号身上的事件那样，它成了德国潜艇射猎的目标。在这种舰队中，驱逐舰同分舰队主舰的吨数仅有十吨之差。由于驱逐舰体积和造价的持续增加，这种打人的舰只已经被我们渐渐地改造成挨打的舰只了。在一艘没有装甲保护且特别容易受到攻击的舰只上安排这么多人，确实不安全。这种舰只的制造时间很长，要想让它参加这次战争估计是不可能了。数量大、交货快、比较小的船舰才是我们需要的。这种大型的驱逐舰，我们一定要将其数量维持在最低限度之内。武装简单、续航力持久这样的优点算是很大了。

海军大臣致第一海务大臣（附文件）、海军副参谋长、海军情报局长、
军需署长和秘书   1940 年 2 月 11 日

日本的实力——海军情报局文 02242/39 号

1. 日本的造舰能力，无论是现有的还是可能会有的，在看法上一定要与现实相符，这点是特别重要的。我们必须要有确凿的证据能够证明，日本建造出来的海军要比英国和美国已建和正在建造的海军要更加有优势，只有这样才能将这个问题提交给内阁。日本的财政已经非常吃紧，愈加恶化。它在中国展开的战争具有极大的毁灭性，已经持续了两年半的时间，它需要将一百万到一百五十万的军队保留在这个战场上。到现在为止它所取得的成绩也不能说具有决定性。恰恰相反的是，大家都认为中国的实力正在一步步强大起来。对于这样一种情况，日本的反响确实很强烈，其内部也存在十分严重的紧张态势。

2. 我们要以这些事实为根据，去了解他们发出的一些预备建造新舰的公告。如果他们想造军舰的话，那么这其中一大部分的原材料势必要在海外采购，要是将这笔费用同对华战争的花费合算起来，对他们的外汇储备肯定要产生很大的影响。第一海务大臣将他们的造船计划在表格中罗列了出来，要是使用日元、英镑、美元来计算的话，所需的费用是多少？在我看来，好像他们准备在财政急剧恶化的情形下支出巨额的海军费用，而这一情况是史无前例的。

3. 他们有多少钢铁产量？消耗量又是多少？如果我没有记错的话，日本在一年当中大约需要消耗三百万吨左右的钢铁，而英国和美国分别为一千五百万吨和五千四百万吨。不过，听说日本正在进行的此项造舰计划，将会而且正在对英国或是美国的实力造成严重消耗。英美两国的造船计划规模很大，这势必让日本在此方面投入的努力会更大，

这是毫无疑问的。他们在建造方面是否可以快速进行，则是另一个话题。如果单单是听说他们计划要制造多少只船出来，那我感觉这样的依据是不够的。我们是否同负责研究敌国或潜在敌国军事实力的莫顿小组或委员会探讨过？

总之一句话，我并不相信日本建造出来的舰队在实力上同英国或美国现有及正在建造的舰队相等。

海军大臣致第一海务大臣   1940 年 2 月 20 日

根据内阁在昨天做出的决定，应该把所有准备都做好，对提出来的作战计划要尽可能快地加以执行。

请把你的意见提出来。

我感觉这是十分紧迫的一件事，因为在看它的时候，一定要同"埃特马克"号事件关联起来。

由于这个作战计划比较小且相对简单，可以将其称为"威尔弗雷德"作战计划。①

海军大臣致第一海务大臣等   1940 年 2 月 24 日

就目前"埃克塞特"号的情况和需要多长的修理时间写一份报告，尽快交给我。我们要竭尽全力让该舰上的所有士兵保持集中。如果说修理"埃克塞特"号需要三四个月的时间的话，那么在这期间，能顺路将"埃克塞特"号的全体人员及他们目前的舰长一同带回来的巡洋舰还有哪些？在陆军中，谁要是去拆散这样一个作战单位，肯定会被人看作是愚昧无知的；这种道义上的考虑，我感觉我们有充足的理由

---

① 这指的是在挪威水道敷设水雷的计划。但是因为遇到第十一章中所描述的众多复杂政治状况，直到 4 月 8 日才实行这一计划。——原注

把它运用到海军中去。①

海军大臣致军需署长和其他人员　　　　　　　　1940 年 2 月 25 日

再次对小型战舰加以分类

计划局长说过：“将驱逐舰这个词同现在的情况联系起来进行描述的话，那就是以鱼雷作为主要攻击武器的一种特殊舰只。”这样的说法，将整个驱逐舰的历史都忽视了。驱逐舰是以火炮的优势摧毁鱼雷艇为主要任务。有关驱逐击毁这一说法，并不单单是指使用鱼雷来达到驱逐击毁的效果，使用深水炸弹或炮火所表达出的含义也一样。

第一海务大臣觉得，舰名的后面再用“舰只”这个词就显得多余了，他所希望的是，一切舰只在名称上都限制为一个词。我对此十分赞同。

我感觉驱逐舰这一词，应该含有在之前被称为“快速护航舰”的舰只的意思，事实上，这种舰只就是中型的驱逐舰。我并不欣赏“捕鲸船”这个词，这称呼根本就不对，因为事实上他们跟捕鲸这一动作没有半点儿关系，我很想听听大家在这方面有什么建议。现在对有些舰只的称呼分别为“护航艇”“巡逻艇”和“捕鲸船”，这三者之间的差别到底在哪里呢？目前最主要的事情，好像就是要尽快地就这个问题得出一个简单的结论，并向各司令部和各部门发出命令，让他们从 3 月 1 日开始使用。

---

① 在本书的第八章中，记载了我写的一个节略，里面表述了“埃克塞特”号在普拉特河战役后，返回本国时发生的困难。在当时，有好几个月的时间，它都在被修理。——原注

请将已经完成的和正在建造的船只分门别类地列出名单来，然后交给我。[①]

1940 年 3 月

海军大臣致第一海务大臣和秘书　　　　　　　1940 年 3 月 1 日

我们需要将这样的一个计划制订出来，那就是假如说战争在 3 月发生了，要怎么样才能让战列舰（和别的舰只）向地中海集结。当然了，我并不是说战争一定就会发生；可是在事情发生之前就将各种搭配方式通盘考虑一遍，还是有好处的。[②]

海军大臣致第一海务大臣、军需署长和其他人员　　　1940 年 3 月 5 日

我们的舰队在 9 月 26 日受到了空袭，在这之后，我们普遍认为十分有必要对我们的高射炮手加以训练，让他们可以将比之前更快的目标击落下来。林德曼教授曾经提出过新的设想，也为此做过试验，"韦尔农"号也提出来使用照明弹等其他设想。这所有的一切还有其他的想法吗？自始至终天气对我们都是不利的，但是关于在我们领海上从事高速率目标射击这样的演习恐怕从来就没有吧。到现在为止已经过去五个月了，要是到现在我们还没有制成一套成熟的武器来对付快速目标，又弄不到让舰队发挥威力的必要装备，那么这个问题就显得极为严重了。

---

① "快速护航艇"也被称为"狩猎"级驱逐舰，因为它们的名字都是根据闻名于世的猎犬的名字而起的。我们造了很多这样的舰只，它们服役于反潜艇战和我们的两栖作战中，所取得的成绩都十分突出。到后来，它们的旧称又被恢复了回来。"驱潜快艇"这一称呼指的是之前的"捕鲸船"，之后造出来了另一种类型，将其称为"快速巡洋舰"。"海岸炮舰"则指的是护送艇。——原注

② 考虑的结果，是让"沃斯派特"号战列舰重新返回地中海，但在挪威战役打响之后，它又奉命回到了北海，这样一来，它到达地中海后已经是 5 月了。意大利在 6 月宣布开战，在这之前，"马来亚"号、"拉米伊"号及"君主"号也参加了地中海舰队，这些舰只原先的工作是在大西洋执行护航任务。——原注

现在的气候已经开始好转，舰队也已经回到了斯科帕湾，我们一定要解决这个问题。将皇家海军舰只的大炮加以改进，对它们的安全来说，意义不可谓不大。

海军大臣致第一海务大臣和军需署长　　　　　　　1940年3月5日

1. 比起新建船只来，对船只进行修理的好处还是多一些的。为了将这艘八千吨的"旦玛拉"号改装成一艘便于使用的运货船，我们应该竭尽全力去做。现在立马就把它接管下来，在修理的时候可以采用最大众化的方式进行，最艰苦的工作需要它去承担。

2. 在抢救工作这方面，我们做得到不到位？请统计一下到目前为止搁浅在我们沿海海岸的船只的情况，然后把结果告诉我，并且在需要采用什么样的手段才能让它们的航海能力得到恢复这方面，也要写一份报告。这类船只，只要它们的寿命和航行安全不受影响，就应当将需要花费的人力物力降到最低。对抢救和修理部门来说，要下大力气加快工作的进展。无论哪一天工作所完成的吨数，都应该比建造新商船的速度要快。

海军大臣致第一海务大臣　　　　　　　　　　　1940年3月6日

面对意大利这种对立或是威胁的态度，盟国的舰队应该怎样重组才能加以应对呢？在这个问题上你要是能同法国一起商议的话，这样的做法还是很保险的。请你在我回来之后，将情况讲给我听。

（于火车上）

海军大臣致海军部政务次官　　　　　　　　　　1940年3月11日

你和工会的谈判已获得相当大的成功，我感到十分高兴。但在"劳工部训练中心"这一问题上，一定要小心谨慎。从过去的组织情况来看，这个机构具有半慈善的性质，其目标是为了救助贫困地区的受难人民。它们组织起来的人员向来不是由半熟练工经训练而成的技工。对我们来说，只能将这一组织的现状视为一种圈套。我们要派一个可以胜任的人去学习新技术，这是我们一定要做的工作。劳工大臣常常表示，他的训练中心所涉及的只是那些失业人员，而这些失业人员主要是指在和平时期失业的人员。而我们所需要的是相对来说比较有激情的一种人，这些人才是我们要招收和培养的目标，他们也只不过是在战争的环境下将本身的职业做一些改变而已。

我感觉造船厂和隶属于海军部的专业技术学校才是你从事训练工作的地方。

请把你的意见说出来，因为在这个问题上，给我的感觉好像弊端还比较突出。

海军大臣致第一海务大臣和其他人员　　　　　　　　1940 年 3 月 14 日

既然现在我们对挪威走廊无权加以干涉，那么像对船头已经做了特殊加固，最好装有撞角的这种快速商船，我们是否能找出一两艘来呢？可以让这种船只装上货物，让它们在挪威水道中行驶，只要遇到来自德国的运矿船或其他商船，就以发生了意外事故为由撞向它们。这对于"Q"式船来说，也算是它的另一种发展模式。

海军大臣致海军副参谋长、海军情报局长（密件）　1940 年 3 月 22 日
（请立刻行动）

据欣维尔先生所说，还有很多的德国商船待在维戈，船上有很多船员都不是德国人，并且就算是德国的船员，其中也有很多不是纳粹分子。他说，可以煽动这些船员，让他们把船开到海上，然后我们再进行截获，而且要想办成这件事，只需要不多的金钱和一定的组织工

作就可以。如果看到有人把船开出来了，就要给他适当的报酬。这一说法是否有它的道理？

海军大臣致海军副参谋长和第一海务大臣　　　　　　1940 年 3 月 30 日

这是我从 1940 年 3 月 29 日发表的《每日电讯报》上剪下来的：共有二十艘纳粹船只预备启航，试图从封锁中突围出来（阿姆斯特丹，星期五）。据传言，"厄尔斯特"号目前正在鹿特丹。

我将这段新闻从《每日电讯报》上剪了下来，然后咨询了一下情报局长，因为我感觉对荷兰来说，德国从荷兰港口撤走了大量的船只，其本身就是一个危险信号。我相信你们应该也会有这样的想法。

海军大臣致秘书　　　　　　　　　　　　　　　　　1940 年 3 月 31 日

战时内阁后备职业小组委员会财政处提出的建议

现在差不多有一百五十万人存在失业问题，而且陆军的伤亡也不算十分严重，在这样的情况下，我并不赞同对我们造船厂的人进行调动，因为我们需要这些人，要是调动他们的话，我们的工作安排就会因此被打乱。要想解决这个问题必须要由内阁来裁决。请你设法告诉威尔逊爵士，我并不能接受他的意见，我对此表示抱歉。

1940 年 4 月

海军大臣致军需署长　　　　　　　　　　　　　　　1940 年 4 月 1 日

现在有四十艘驱逐舰正在进行修理，想让它们重新服役，不知道目前是怎样的一种情况。在此之外，为了能让新建的驱逐舰，特别是为第四十分舰队赶造的驱逐舰提前完工，能不能考虑把调整和新添加的新式设备这些工序略去一些呢？因为这些工序都是特别费时的。要在今年夏季这几个月内使我们可以得到的驱逐舰数量达到最大值，这才是我们最大的愿望。在我们得到了更加充足的舰只以后，再考虑将它们送回工厂做进一步的处理。

海军大臣致第一海务大臣和其他人员　　　　　　1940 年 4 月 4 日

在意大利的形势变化上，我并没有看出有什么不利的影响，尽管如此，但我考虑海军参谋部的相关部门正在或是已经把针对此问题的方案制定了出来，只要我们迫于意大利的压力而不得不同它作战的时候，那我们就准备同它在地中海展开海战。或许内阁也会向我们索要这种方案。因此我想尽快见到这份方案，不管怎么样，在四天或是五天之内一定要提交上来。

海军大臣致军需署长　　　　　　　　　　　　1940 年 4 月 12 日

我们应该在"胡德"号上投入我们所有的力量，因为面对来自意大利的威胁或是攻击，我们或许要竭尽全力加以应对。

请给我一份时间表，上面要列出它在什么时候可以出海。

海军大臣致海军副参谋长　　　　　　　　　　1940 年 4 月 12 日

如果不算法罗群岛，其他的丹麦岛屿还有没有需要引起注意的？

除此之外，请你让参谋部就库拉索在荷兰被攻陷后所表现出的局势做一下研究。因为在这之前第四海务大臣对我提及过，库拉索炼油厂是我们石油供应的主要地点。在这个问题上，我希望能见到一份简明扼要的报告。

海军大臣致商船修理署长　　　　　　　　　　1940 年 4 月 12 日

关于造船所工人的 1940 年 4 月 9 日的周报

　　这份报告好多了，对新商船的产量有所提升进行报告这还是第一次。从我们在 2 月 1 日接管到现在为止，新增加的人数达到了一万五千人之多。你感觉前任政务次官是否已经安排好了所有的部署，而且到目前也进展得十分顺利呢？我们还需要三万多人，我们必须要尽最大的努力去实现这个目标。现在还有没有可用的方法？

　　关于向内阁提出的报告，你现在能准备好吗？原本我是想在上周将它提交给内阁的。

　　我盼望着下周能将报告准备妥当。有关报告的提纲，你能不能先让我看一下？

海军大臣致海军副参谋长　　　　　　　　　　1940 年 4 月 13 日

　　你需要派你手下的一个部门认真研究一下西班牙岛屿，这也是为一旦西班牙陷入战争的泥潭而不能保持中立做准备。

海军大臣致军需署长、第一海务大臣和秘书　　　　1940 年 4 月 13 日

军需署长在 4 月 13 日写下的有关"胡德"号的记录①

　　在这个记录中描述的情况，同建议将这艘船放到马耳他岛修理时我听到的情况相比，可以说大相径庭。我在当时曾得到过保证：仅需三十五天就能完成全部的修理工作，而且可以出海的时间绝对不会多于三十五天，也就是说需要的时间很短。在前几天，我曾就"胡德"号复役需要多长时间的问题，进行了询问，听说还要十四天的时间。就是说，到现在为止，修理这艘船的时间已经超过了原计划

---

　　① 详见海军大臣在 4 月 12 日写的节略。——原注

二十天，并且现在又说必须将4月的十七天和5月的三十一天都加上，这样算来，总计六十八天，这在时间上同在这个危急时刻让这艘重要船只进港修理之前人们告诉我的相比，多出了将近一倍。请最好将这种超乎寻常的变动做一下解释。而且在六十八天过后，还需要十四天的时间维修它的后备供油舱，前后加起来总共是八十二天，这就是说，在目前战事最紧急的时刻，需要大约三个月的时间修理这艘船。

我上次去斯科帕湾的时候，负责"胡德"号的工程师信心满满地告诉我，在对此船上有缺陷的凝结管的保养上，他们已经找到解决的办法，这就能让该船拥有二十七海里的时速，同时跟我说，让这艘船继续服役六个月一点儿问题都没有。

在意大利现在所持有的态度下，我并没有得到相对比较准确的情报，我对此表示十分遗憾。

海军大臣致第一海务大臣和其他人员   1940年4月14日

如果说在以后纳尔维克被我们所得，我们就必须要考虑一下怎么利用它。首先，我们要把它当作一个加油基地，并且在使用的时候要感觉特别方便，这样的话，我们活动在挪威沿岸的分舰队就能到那里去加油，而且会特别实惠。其次，我们要把位于此地的大批量的矿石运到我国去。

我们需要将一支合适的驻军派遣过去，以便实现我们的这些目的，例如可以将大约一千人的本土防卫队调过去；可以将几个强大的高射炮兵连调过去，以便抵抗在高空和低空飞行的飞机；需要建立一个封锁区，形成这个封锁区的方法可以是通过精密的布网，设立水栅或者再加上部分布雷来完成；对油船来说，要有充足的油料供应。淡水方面是不是充足呢？

敌人会时不时地发动空袭，这也是我们必须要防范的地方。在对海岸的保卫方面需要安装几门大炮，以便能够保证海岸人口的安全。或许这其中的一部分大炮，我们可以从德国沉没的鱼雷艇上获得。一定要研究一下怎样对这些鱼雷艇实施打捞和修理，除此以外，应该让港口的作用尽快得到恢复。可以把我们目前招募的海军陆战队工作队往纳尔维克调遣一部分。我们的修理工作，我相信应该在那里可以找到不错的工厂完成这项工作。针对这一问题，今天就需要海军部的一部分人员（我估计应该是计划处）进行研究，然后将我们的要求制定出来。我们只要控制了纳尔维克，就应该让它能在最短的时间内实现自给和自卫，这也是我们的目的所在，因为我们还需要将全部的精力放在纳尔维克以南一些沿海的地方。可以让英国防空委员会提供需要的大炮（高射炮）。

海军大臣致文官大臣 　　　　　　　　　　　　　　1940 年 4 月 16 日

法罗群岛

就你现在在部内的经验和关系来说，你现在应该做的工作是负责调度行动，让法罗群岛能同我们的目标相匹配。我们的要求可以让海军副参谋长告诉你。在每周你都要提交一个报告上来。我们所需要的一个飞机场和一个雷达站，以及一定数目的防空设备和几门海岸大炮，一定要在最短的时间内得到。对攻击舰来说，这个基地是很有魅力的。

海军大臣致首相 　　　　　　　　　　　　　　　　1940 年 4 月 18 日

对法国得到的德国有关军火报告的评述

如果要想保持攻势，仅仅依靠无节制地使用大炮炮弹那是根本不可能实现的。对进攻的部队来说，这样所形成的纵横交错的地带或是弹坑云集的地段其本身就是一种障碍，而且想要越过去是很难的。到了必需的时刻，步兵肯定会冲进这个地段同守军展开肉搏的。而且在关于消耗弹药的这一问题上，防守一方的射击时间会选在敌军步兵发动进攻的时候开始，这样就可以让它的实力得以保存，可以把大量的弹药节省下来。有人说，"一切大规模的攻势之所以会中止，都是因为进攻的部队弹药不够充足而造成的"。这种说法是错误的。战斗部队的进攻热情会随着渐渐远离出发地而慢慢地消失。不管是弹药还是粮食，这种来不及供应的情况都会发生的。中间地带被他们用大炮破坏得越严重，将弹药（即便是将弹药存放在之前已经前移的临时贮藏站中）运送给战斗部队的程度也就越困难。此时便是发动反击的最佳时机。

这篇报告的确十分有趣，如果我没有记错的话，这一定是由德国军火部门高级人员写出来的，他很自然地将他所有的注意力都集中在了炮弹上。炮弹确实十分重要，拥有多少也不嫌多，但是在现代化的战争中，要想取得大规模的胜利仅仅需要毫无节制地使用炮弹就可以的话，那么这样的说法是绝对不可信的。通过什么方式可以在各个阶段的战争中将弹药运送到大炮身边，这一问题至今为止都限制着炮兵的行动。

海军大臣致萨默维尔海军上将　　　　　　　　　　1940 年 4 月 21 日

请根据雷达站现在的情形、海军和沿岸防务的情况做一份简单的报告交给我，而且你要将它的缺点和你感觉应该使用什么方法加以改进表述清楚。

海军大臣致第一海务大臣和海军副参谋长　　　　　1940 年 4 月 25 日

我们将雷区敷设在了纳尔维克的入口，这也让我感到忧虑，这是因为目前"沃斯派特"号已经不在此地了，留在那里的只有"坚定"号一艘舰只，而且连战斗准备都还没有做好，如果说"沙恩霍斯特"号和"歌奈森诺"号在一个阳光明媚的清晨突然出现的话，就这艘船的大炮射程来说，肯定会落于下风。不过它应该可以到峡湾里躲藏一下，以防止射程远的炮火的攻击，等到敌舰驶近了以后再进行战斗，如果不想这样做的话，或许我们可以修理一下"坚定"号。总而言之，我认为一定要确保来自海面的敌舰的攻击威胁不到纳尔维克的安全。[①]

（立刻采取行动）

海军大臣致第一海务大臣和其他人员　　　　　　1940 年 4 月 28 日

　　有关飞机及海上飞机基地的坏消息从法罗群岛那边传了过来，同时，我们还必须要同德国人相持在整个挪威海岸上，根据所有的这些事实，我们感觉在冰岛一定要拥有一个自己的基地，这样的话，我们的飞机就能在此地停留，同时北方巡逻队的舰只也可以到这里来加油，请把事实凭据准备好，到时候好向外交部提出来。我们的这种需求让冰岛人知道得越早越好。[②]

海军大臣致里斯戈爵士和军需署长　　　　　　1940 年 4 月 30 日

　　我们俘获的船只从挪威和丹麦受到德国入侵的时候算起，大约已有七百五十艘，总计三百万吨。这对我们的航运和造船现状有什么好处，是值得我们进行思考的。我们在对当前的计划实施的时候，的确没有想到能取得这样的缓和作用。你们在这件事情上的想法如何，特

---

　　①　在当时，被我们的船只视为前进基地的是罗弗敦群岛的希尔峡湾。这个基地掩护着从佛斯特峡湾通向纳尔维克的入口。——原注

　　②　英军在 5 月 10 日占领冰岛。——原注

别是在里斯戈爵士最近写的报告这件事上，你们的感想是怎样的，有关这些我真的很想知道。

同人事相关的一些问题

海军大臣致第一海务大臣、第二海务大臣和秘书　　1939 年 9 月 18 日

　　我方才将给北方巡逻队的电报又核实了一遍。

　　关于纽芬兰的渔民：在这个严寒的冬季，时常伴随着暴风雪，要想把电报中的任务行之有效地执行下去，其中最重要的一个因素就是纽芬兰人在海上的航行技术。这些在波涛汹涌的大海中生存的渔民，他们的坚强态度、娴熟的技术都是世界上最好的。他们想被雇用的心情十分迫切。皇家海军需要立刻在纽芬兰募集一千人的志愿后备队，请将执行这项任务的办法提出来，同时要将必须要交给自治领事务处的信函草拟出来，并且还要将招募的要求写出来。他们有很丰富的海上知识，因此在对他们的训练上，就能立刻通过某些方式进行。最迟也应该在十天之后就要在纽芬兰开始这项工作。

海军大臣致第二海务大臣　　　　　　　　　　　1939 年 9 月 21 日

　　我在和本土舰队总司令谈话的时候，曾说起过要在斯科帕湾为本土舰队及北方巡逻队准备一艘演戏及电影船，我当时答应他说，可以对此事进行研究。

　　我认为同在岸上建设娱乐设施比起来，用船做这方面的工作要好得多。这样我联想到了上次大战，在当时我们就是用"夸尔喀"号轮船为大舰队安排的。

　　在这艘船上，不仅要有放映电影和舞台表演的设备，还应该让海陆军招待所在这上面开一家大商店，同时还可以将一艘具有冷藏储备的船只加入进来。

请你拟订一个计划，以便能将这项特别重要的附属设施添加到斯科帕湾海军日常生活当中去。

海军大臣致第二海务大臣和秘书（密件）　　　　　　1939年9月29日

有关泄密的问题

这个文件中建议说，在不经过审判、不提出诉讼、甚至是不加以询问的前提下，便将一个海军下级士官开除。跟他同名同姓的有六个人，之所以能把他认出来，是因为他的牙齿极白。听人说是因为有一天在吃午餐的时候，他说一些话的时候可能稍欠考虑。文件中并没说他有被收买的迹象和有叛变的想法。可用于在法院中对他进行指控的任何证据，我在这些文件中都未能找到，检察官也是如此。然而现在的问题是，他没有任何机会可以为自己进行辩护，军队的大门在大战刚刚开始就将他拒之门外，让他这一辈子都在奸细或卖国贼的阴影下生活。

不应当允许这样的做法出现。如果感觉这种泄密事件虽然不甚严重，却很让人生气值得进行深究的话，那这就是刑事诉讼的问题了，就可以直接在军事法庭上依《海军惩治法》上某一具体的罪名对其提出控诉，至于他是否有罪，只有军事法庭才能判定。

如果说取得的证据同样是如此含糊不充分的话，那么这样的办法也不应该应用在造船厂中的雇员和其他人员身上。通过行政手段将他们的职务稍稍调动一下，还是无伤大雅的。

海军大臣致秘书　　　　　　　　　　　　　　　　1939年10月4日

无法适用低级人员擢升办法的部门，请你将它们统计出来。适用此办法的部门和不适用的部门的比例如何？

海军大臣致第二海务大臣、政务次官和秘书　　　　1939 年 10 月 7 日

　　有些工种的人员不能因功被提升到委任级，这是为什么？请你们给出说明。为什么电工、炮工或是造船工不行，而厨师或是乘务员却可以？为什么电报员可以，油漆工却又不行了？很明显，在德国，油漆工可以比较容易地升到委任级。

海军大臣致秘书　　　　　　　　　　　　　　　　1939 年 10 月 7 日

海军元帅

　　没有必要口头协商这个问题。我要给第一到第二海务大臣一个节略，请你为我草拟出来，这个节略主要为解决困难而写的，我会在草拟完后签字。海军元帅和陆军元帅应该是一样的，在现役的军官名单上应该一直保留着他们的名字，而且他们的处境不应该因年龄太过年轻却得到了提升而受到不利的影响，我对此是了解得很清楚的。你可以通过个人的身份向财政部解释清楚，这里面的事跟金钱无关。如果说被任命为海军元帅之后，就是将联合王国的国旗挂上一两天，随后就退休到基尔特纳姆去，时不时地给《泰晤士报》写写信，那这样的海军元帅要不要又有什么区别呢？

海军大臣致第二海务大臣和有关人员及秘书　　　1939 年 10 月 14 日

　　当皇家海军在雇用印度人或是殖民地土著的时候，不应该因为种族或是肤色的不同而存在偏见。但是在现实生活中，如果说这个平等的理论推行的实例太多的话，那么很多困难也会随之而来。对每一件事的评判标准都是以行政工作是否能顺利推进为基准的。就一份工作来说，如果印度人完全可以胜任，并且也需要这样的人的话，我感觉

让他们在皇家军舰上服务也未尝不可；如果说他们有做海军元帅的这种人品和能力，那么也不可能会阻止他们晋升为海军元帅。但注意不要从中提升太多的人上来就是了。

海军大臣致第一海务大臣　　　　　　　　　　1939 年 10 月 24 日

　　依我看，在自治领征兵的政策没有必要在战时停止，或者海军的大门不再向自治领敞开。我十分关心纽芬兰的情况，我曾经特意给这个地方做出过指示。当然了，让纽芬兰人从本地"自己找到我们国家来"这是不现实的。尽可能多地招募士兵、对他们进行训练然后把他们运送到联合王国这项责任和工作，我们应该承担起来。我的目标是能招募上来一千名。我听说正在进行这项工作，请提交给我一份报告，将纽芬兰工作的进展翔实地加以说明。

　　对其他自治领方面来说，只要是征募进来的合格人员，不管是只想参加作战的，还是想永久性服役的，都要接受。训练这种海军人员的自治领港可以选择在悉尼、哈利法克斯、埃斯奎莫尔特和西蒙斯敦等地。然后在条件允许的情况下分批将他们运回我国，或者让停靠在自治领海岸的英国军舰将他们招募起来去服役。

　　根据上述政策，请拟订出一个计划，以便我们能够克服困难。

海军大臣致第四海务大臣　　　　　　　　　　1939 年 12 月 12 日

　　我听说没有徽章可供扫雷艇的人员佩戴，要是这样的话，要立刻想法弥补。我已经将此事告诉了布雷肯先生，并让他要求肯尼思·克拉克爵士将图样在一个星期之内绘制出来，然后以最快的速度将徽章制出来，交货后就立刻发下去。

海军大臣致海军秘书和其他有关人员　　　　　　1939 年 12 月 19 日

战时"萨摩鱼"号出巡的记述

　　在昨天由第二海务大臣提出来的备忘录，我表示完全赞同。不管是针对军官还是士兵所提出来的提升和嘉奖的建议，我都没有意见。我等待着海务大臣们就提升方面提出见解。海军秘书应该将受奖名单准备好，预备呈交给英王，而且当"萨摩鱼"号再次出海的时候，如果条件允许，要公布所有官兵的名字。或许这位军官（比克福德少校）会受到国王的亲自接见，在结束会见后会将服务优异勋章授给他。在这件事上，王宫内部的态度是怎样的，这还要请海军秘书设法弄清楚。这种类似的奖励可能还会授予"厄休拉"号的艇长，这两者不会完全相同，但是跟"萨摩鱼"号一样的是，在授奖的时候艇上的士兵也必须要一起参加。为了能让士兵和军官一同接受奖励，我们要尽最大努力。最晚也应该在四十八小时之内全部完成这项工作。

第一海务大臣致秘书及其他人员　　　　　　　　1940 年 2 月 8 日

某一学员的入学资历

　　面对这样一个有着较高的学历，跟军队也存在着一定的关系，并且他的简历在 1 月 4 日也被他父亲通过信件提交了过来的考生，却没有接受，并且态度也很坚决，这是为什么？我真的无法理解。需要引起我们特别注意的是，阶级的偏见不要夹杂在录取决定中。如果你们拿不出更充足的证据，那我就会按照来件中所建议的，给他父亲写信之前，派我的海军秘书代表我跟那位青年谈谈。

海军大臣致秘书　　　　　　　　　　　　　　1940 年 2 月 25 日

1939 年 11 月参加海军学校入学考试落榜的考生

要是我感觉做出了不公正的决定，那么我就会"调查这一正式委员会提出的建议"，甚至会让委员会这一组织发生改变，或将现在的主席换掉。从重新组建以来，这个委员会已经历时了多长时间？那天当我看到达特默思军校的学生在我眼前齐步走过时，一种很糟糕的印象随之而生。相对而言，当我在朴次茅斯演习场上看到那些正在操练和受训的准备升为军官的士兵的时候，给我的印象却是异常深刻。虽然他们的年龄看起来要大很多，但精气神却强得太多了。

同那位青年见面的不仅是我的海军秘书，如果有时间的话，我也想亲自跟他谈一谈。选拔委员会中的海军代表是谁？海军应该有一位合适的代表。

所以，请立刻行动。

请将委员会所有人员的名单交给我一份，这上面要将每个委员的所有履历和任职日期写清楚。

海军大臣致第一海务大臣和海军副参谋长　　　　1940 年 2 月 25 日

1. "萨摩鱼"号已经十分出色地完成了艰巨的任务，这艘额外的实习潜艇，我愿意按照你们的建议让它到德文波特休整几个月。另外，还要让比克福德少校去海军计划司待一段时间（假如按六个月算），这样就保证了此部门能同赫尔戈兰湾最近的局势有直接和紧密的联系。这位军官在我看来好像显得很精明能干，而且他有着极其丰富的反潜艇经验，我希望能将这些经验尽快收集起来。

2. 是什么理由让"厄休拉"号不能加入挪威商船的护航队中？

3. 另外还有一些船只，潜艇司令认为它们曾进行了过于紧张的工作。在以后可以对此事进行研究。

4.如果认为战争是普遍性的，每个人在作战的时候都用尽全力，那么对这种职务变化的商讨就没有必要了。但考虑到现在只是少数人会最先受到波及，特别是在布雷区工作的潜艇，需要冒的危险越来越大，而且异常艰苦，所以我坚决认为是时候实行轮换制度了，将曾经在一段时期内经历了十分艰苦的工作或是立下功勋的舰只和官兵，调到一个比较轻松的环境中，也让其他人都能够拥有这种可以声名远扬的机会。潜艇上的岗位，能不能交给一些适合在赫尔戈兰湾工作的水手，让这一重任可以由更多的人来分担呢？希望你们能好好地考虑一下。

5.是否已经让"萨摩鱼"号和"厄休拉"号上的人员得到了他们该有的奖章和勋章？军官们的授勋工作已经完成。为了保证在下次出海前士兵们能得到这些奖励，我们需要使用一些特别的手段。

海军大臣致第二海务大臣和第四海务大臣　　　　1940 年 3 月 24 日

在士官起居室、中级和下级士官室内，双陆棋这一游戏特别受欢迎，我感觉水手们一定是可以从这种游戏中得到休息。罗瑟米尔勋爵给了我一千英镑作为各种娱乐的费用，现在情况如何？用完了吗？怎么用的？如果需要的话我应该还能再筹措一些钱款。同扑克牌比起来，在战时舰上服务的这一环境下，双陆棋要好得多，因为它所需要的时间只有二十分钟或是十五分钟，而扑克牌需要的时间则显得长多了。

海军大臣致第一海务大臣和第二海务大臣　　　　1940 年 3 月 25 日

我看到德国的报纸上对我们的士兵进行了指控，说他们犯有抢劫罪。要是我没有看到某些士兵将偷来的"埃特马克"号舰长的手表、经纬仪及铁十字勋章作为纪念品保存了下来，那么这类事情，我原本以为是没有必要提出来的。必须严厉禁止所有这种行为的发生。只要没有经过报告并得到批准，都不能私自保留任何有价值的纪念品。国家可以没收敌人的个人财产，但个人绝不允许这样做。

海军大臣致第二海务大臣　　　　　　　　　　　　　　1940 年 4 月 7 日

　　我已经见到了那三个参加考试的人。有四百名考生参加这次教育选拔考试，其中及格的有三百二十名，成绩优良的有九十余名，这三名青年的成绩分别排在第五、第八、第十七位，因此我就不明白了，说他们不符合海军服役的要求，原因是什么？没错，在这三个人中，A 的发音稍微有一点儿伦敦土音，另外两个分别为商船队中一个大副和一个轮机长的儿子。但是我们之所以会进行选拔考试，其目的就是为了让有能力的人都有机会得到这个职业，而不应该注重对方的身份和财富。在一般情况下，我们应该认为考试成绩好的人就应该被录取。不过，在少数情况下，在教育程度的测试中考试成绩很差的人想要参加服役，也是有机会的。但是，将名列前茅的青年拒之门外（除非说他们具有的某种缺点极为明显），这同议会所批准的原则是完全背离的。

　　我敢肯定地说，在这些青年参加委员会的面试之前，如果委员会已经得知他们属于整个考试者名单中最聪明的一批，他们根本就不可能采用这样严厉的态度，仅依据一次口试就否定他们所有人。按照我的想法，从今以后，委员会的笔试应该放在口试之前进行，然后在口试的时候，以他的笔试成绩作为参考。另外，如果说在考试之前就已经对一个青年做出了决定，即便他取得了第一名也不会被录取，那么这场考试就不应该让他参加了，没有必要再让他体验一次考试所带来的紧张和焦灼感。

　　有关口试和经历不合格的这一标准，我认为也没有必要再提。另外还要向口试委员会发出通知，他们可以依据兵役中各单位要求的不同，对同一个考试者打出不同的分数。很明显，同担任行政人员比起来，让一个青年担任军需官一职更加适合，委员会应该可以将相对应的不同的审评结果拿出来。

当然，口试委员会也不必同每个应试的人都见一次面。教育程度测试一定要有章可循。目前规定四百分为及格，满分为一千三百五十分。我看到在上次考试中，被录取的青年分数都在六百分以上。如果说提高了教育程度测试的合格分数，那么不就相当于减轻了口试委员会的工作吗？

请将对现有制度的修改建议提出来，以便能让上面所述各点得以实现。我之前提到的三个人，他们应该得到学员的资格。